ELIZABETH HICKEY s-a născut în Louisville, Kentucky, și a absolvit Masteratul în Arte la Universitatea Columbia. Debutul editorial cu *Sărutul pictat* (*The Painted Kiss*), roman dedicat lui Gustav Klimt, a entuziasmat criticii și cititorii, deopotrivă. Acestuia i-a urmat, în 2007, *The Wayward Muse*, o carte de ficțiune istorică dedicată lui Dante Gabriel Rossetti. În prezent locuiește în Portland, Oregon.

ELIZABETH HICKEY

Sărutul pictat

Ediția a II-a

Traducere din limba engleză și note de
IRINA CERCHIA

NEMIRA

Editor coordonator: Andreea ROȘEȚ
Coperta: Adnan VASILE
Ilustrația copertei: Sărutul, 1907–1908 (ulei pe pânză),
Gustav Klimt (1862–1918) @ Osterreichische Galerie Belvedere,
Viena, Austria/Bridgeman Images
Prepress copertă: Alexandru CSUKOR
Redactor: Oana IONAȘCU
Corector: Angela DUMITRICĂ
Tehnoredactor: Antonela IVAN

Descrierea CIP a Bibliotecii Naționale a României
HICKEY, ELIZABETH
Sărutul pictat / Elizabeth Hickey; trad. din lb. engleză:
Irina Cerchia. - Ed. a 2-a. - București: Editura Nemira, 2025
ISBN 978-606-43-2214-2

I. Cerchia, Irina (trad.)

821.111

Elizabeth Hickey
THE PAINTED KISS

Nemira Smart este colecția de cărți de buzunar a editurii **NEMIRA**.

ISBN 978-606-43-2214-2

Pentru Jonathan

1

Kammer am Attersee
21 octombrie 1944

Când am părăsit Viena, am luat cu mine un singur lucru: o servietă dintr-o piele groasă, cu închizătoare argintie. Am plecat pe grabă și a trebuit să las în urmă multe lucruri. Un dulap din lemn de trandafir pe care Koloman Moser l-a făcut special pentru mine. Colecția mea de costume. Una dintre faimoasele rochii Delphos de la Fortuny. O rochie Madame Vionnet galben-pal, din mătase, cu tăietură în bié. O pereche de șalvari Paul Poiret de culoarea safirului și niște saboți cu strasuri. Și picturile. Erau cele mai valoroase piese, însă erau prea mari și prea greoaie pentru călătoria cu trenul. Și, în clipa în care mi-am dat seama că nu pot fi transportate, mi s-a părut ridicol să iau cu mine metri de material, ac de pălărie, tăieturi din ziare sau reviste de modă. Ce urma să fac, să ridic un altar din rămășițele a ceea ce a fost cândva viața mea, în vreme ce picturile rămân în dulap, într-un apartament abandonat?

Nepoata mea Helene a făcut o listă cu lucrurile de care am avea nevoie, a împachetat câteva valize și a plecat să cumpere sfoară, ciorapi de lână și o alifie cu extract de camfor. M-am gândit că simte nevoia să-și ocupe timpul, că îi fac o favoare lăsând-o să pregătească ea totul, dar asta nu era decât o minciună inventată de mine, o scuză pentru catatonia mea necruțătoare. Nu aș fi putut s-o ajut fiindcă, dacă aș fi făcut-o, ar fi trebuit să accept că într-adevăr plecam.

Am pășit în tren ca și cum m-aș fi dus în capătul celălalt al orașului, să las servieta la o galerie de artă, și această a doua minciună a fost singurul lucru care m-a împiedicat să mă arunc pe șine. Mi-a fost teamă că voi muri fără să apuc să mai văd o dată orașul.

— De când ești tu așa teatrală? m-a întrebat nepoata mea, fiica surorii mele Helene și, de asemenea, tiza ei, care uneori îmi amintește mai mult de cealaltă soră, cea realistă, Pauline. Începi să semeni cu bunica. Nu plecăm departe și, din câte știm, războiul se va încheia în șase luni, a continuat ea, apoi mi-a întins o chiflă mare, cu un strat gros de unt la mijloc.

Trenul era plin de copii transpirați, care purtau palton peste haină și haină peste pulover, și femei care cărau ceainice, oale de supă și cuțite în boccele improvizate din cearșafuri. Femeile erau slabe și pe chipurile lor cenușii se citea o expresie sumbră. Deși probabil erau îmbrăcate cu cele mai bune haine ale lor, aproape toate aveau fustele pătate și rupte, jachetele copiilor erau cârpite cu petice neasortate, iar ața groasă, neagră, cu care erau cusute, nu făcea decât să accentueze condiția lor jalnică.

Am traversat încet orașul, trecând de periferie și apoi de orășelele învecinate, oprindu-ne des ca să urce mai multe și mai multe astfel de familii. De fiecare dată când credeam că trenul este plin până la refuz, vedeam în fiecare gară o mulțime de oameni și știam că le vom face loc și lor. S-au îngrămădit toți în spațiul pentru bagaje; stăteau unii peste alții, ca niște boluri, unul în brațele celuilalt.

Am trecut pe lângă dealuri aride, unde cândva creșteau struguri. Am trecut pe lângă câmpuri pline de noroi, unde înnoptau sute de oameni, care încercaseră să-și încropească un adăpost din bucăți de tablă sau ziare. Am trecut pe lângă cazărmile armatei. Camioane pline cu soldați umpleau drumurile.

I-am dat chifla mea unui băiețel fălcos care stătea pe jos, lângă mine. A băgat-o pe toată în gură și părea că a înghițit-o fără s-o mai mestece. Recunoștința atât de înflăcărată a mamei lui m-a făcut să-mi fie rușine.

După cinci ore trenul a ajuns în gară, la două stații spre est de Salzburg, aruncându-ne în propriul exil. Nu pot să pretind că suntem aici pentru căldura verii: norii sunt de un gri metalic și lacul, rece ca gheața. Mestecenii sunt golași și tremură în bătaia vântului. Sus, în munți, ninge.

Mă simțisem însingurată printre lucrurile mele. Acum am atât de mult timp la dispoziție.

Îmi țin servieta de piele în dormitor, într-un dulap în stil Biedermeier. Tatăl meu a iubit epoca Biedermeier așa cum iubea o pipă bine făcută. Stă acolo, atât de frumos și corect lucrată, finisată, un fel de reproș pentru ceea ce eu nu sunt.

Uneori, după-amiaza, când cărarea care duce la lac este prea noroioasă chiar și pentru mine și când tunetele se aud prin vale ca și când cineva ar trage cu un mortier, sau, de fapt, poate chiar mortierul se aude în vale ca un tunet, nu pot să le deosebesc, îmi iau servieta din dulap și mă întind în pat. Pielea groasă este zgâriată, tocită, iar mirosul ei îmi amintește de trăsurile care se înșiruie de obicei în spatele catedralei Sf. Ștefan. Pare foarte nelalocul ei în așternuturile din dantelă pe care le am din copilărie. Am privit-o o clipă, mi-am plimbat degetele pe deasupra ei, de parcă ar fi fost o căprioară pe care o omorâsem, apoi i-am desfăcut închizătoarea și am răsturnat-o, astfel încât toate desenele au căzut pe pat. O sută douăsprezece, ca să fiu mai exactă. Am stat acolo, pe pat, lângă pipă, și le-am ridicat rând pe rând. Le-am pus în teancuri micuțe, pe grupuri, și le-am aranjat în funcție de poziție, model și dată. Le-am sortat în ordinea preferinței, cele mai dragi deasupra.

Toate sunt diferite: unele sunt în cărbune, unele în creion cu mină de grafit și altele colorate, în ulei. Unele sunt cât palma mea, altele trebuie împăturite de mai multe ori ca să încapă în servieta de piele. Unele sunt făcute pe hârtie groasă și poroasă, cu asperități, în vreme ce altele sunt realizate pe o hârtie subțire și netedă, care îmi alunecă printre degete și cad pe podea. Iar unele sunt degradate și fragile și se rup în mâinile mele ca dantela putredă.

Cu toate acestea, ele sunt la fel, fiindcă toate înfățișează niște femei dezbrăcate, în diferite ipostaze. Sunt făcute rapid, cu naturalețe, doar câteva linii, fără contur sau umbre, desenate pe nerăsuflate într-un minut, două. Femei ușoare, goale, care parcă plutesc ca un fulg, ca niște personaje dintr-o carte de colorat pentru copii. Iată aici o femeie întinsă pe brațul unui divan, cu spatele ușor răsucit, într-o postură provocatoare. Aici, o femeie într-o rochie cu guler înalt și în cizme, care-și întinde mâna pe sub faldurile jupei ca să se atingă printr-o gaură din lenjeria ei. Aici, alta, o femeie cu o privire directă, care poartă ciorapi de mătase, portjartier și o bluză. Iar aici, desenul unei femei care stă întinsă pe spate, cu picioarele într-o parte și fesele tronând în centrul paginii, în vreme ce umerii și capul se micșorează și aproape nu se mai observă.

Știu numele tuturor acestor femei. Alma și Maria, Mizzi, Adele. Pe unele le cunosc foarte bine, pe lângă altele am trecut prin atelier, iar pe unele nu le-am văzut niciodată, dar m-am gândit la ele și am auzit atât de multe despre ele de-a lungul anilor, încât m-am simțit apropiată de fiecare dintre aceste femei. Știu totul despre viețile lor.

Când am spus că desenele sunt toate la fel, nu am fost chiar exactă. Unul este diferit. Acesta este cu un bărbat care îmbrățișează o femeie și îi întoarce fața spre privitor cu o expresie de fericire pură. Îl pun ultimul fiindcă mă doare prea mult să-l privesc.

Asta a fost tot ce-am putut să aduc din Viena, desenele lui Gustav. El niciodată nu s-a gândit prea mult la ele și nici nu le-a luat în serios, ca fiind artă, ci le-a considerat ceva pregătitor, un experiment, niște schițe, simple desene, de probă. Dar acum ar putea fi singurele lucruri care să-l ajute să supraviețuiască, iar eu trebuie să o fac pe curatorul în lipsa unor lucrări mai importante sau măcar încheiate. Trebuie să le analizez în amănunt, să fac o paralelă și să le plasez într-un context istoric reprezentativ pentru cineva, cineva din viitor care ar putea fi interesat de ele. Între timp, rămân ale mele, sunt singură cu ele și le privesc ca să le țin în viață.

Ajung la birou pe pipăite și aprind lampa cu ulei. Mă îndrept spre măsuța de toaletă și mă așez în fața oglinzii. Am părul alb, dar încă este bogat și ondulat. Trăsăturile mele nu mai sunt la fel de pronunțate ca altădată. Un artist probabil ar omite câteva riduri de pe bărbie și de pe gât ca să nu mă rănească. Dar ochii mei au rămas la fel de pătrunzători ca la vârsta de doisprezece ani. Îmi scot pieptenii din păr, piepteni din fildeș, care au fost cândva ai mamei mele și pe care tata i-a cumpărat din Veneția, și îmi las părul să cadă pe umeri. Păr de cotoroanță, așa îi spune Helene. Crede că femeile, de la o anumită vârstă, ar trebui să-și taie părul foarte scurt, ca Gertrude Stein. Îmi spune asta foarte senină în timp ce se joacă cu coada ei împletită, neagră și bogată. Mă gândesc că, la șaptezeci de ani, își va schimba părerea, dar, cu toate acestea, îi spun doar că, atunci când voi muri, va putea să facă ce vrea cu mine.

Țepii periei mele cu spatele argintiu sunt îngălbeniți și înmuiați de vreme, așa că atingerea lor atât de slabă nu mai are niciun efect asupra părului meu încurcat. Deschid sertarul și scot o foarfecă.

Mi-aș putea cresta coapsa încercând să fac o gaură în umila mea lenjerie intimă. Pielea coapsei este subțire ca un șervețel. N-ar dura prea mult ca totul să se termine, o mică înțepătură care se va infecta, o mică otrăvire a sângelui. Aș putea despica țesătura din bumbac ca și cum aș desface o cutie. Decupajul ar cădea pe podea ca un fulg de hârtie. M-aș putea întoarce în pat și mi-aș desface picioarele, trăgându-mi faldurile rochiei peste șolduri. Mi-aș putea băga mâna-n gaura pe care am făcut-o și mi-aș freca degetele în sus și-n jos. M-aș putea încadra în ipostazele care se regăsesc în portofoliu. Dacă aș face asta, probabil Gustav ar apărea în caftanul roșu pe care eu i l-am făcut, privindu-mă ca Ioan Botezătorul. Aș poza pentru el cum nu am mai făcut-o niciodată în viața mea și el m-ar desena la fel cum le-a desenat pe toate.

Dar nu fac nimic din toate astea și nici Gustav nu apare. În schimb, pun foarfeca la loc în sertar, sting lampa și mă întorc în pat. Poate în somn voi reuși să mă întorc la Viena, în atelier. Poate în vis desenele de lângă pat vor deveni ceva mai mult decât niște bucăți fragile de hârtie.

FEMEIE CULCATĂ, NUD, 1888

În atelier e o după-amiază foarte friguroasă, dar gemulețele trebuie să fie deschise, astfel încât mirosul de terebentină și de alte substanțe chimice să nu otrăvească aerul. Gerta, cu oasele ușoare ca un pai și carnea albicioasă, de parcă ar fi acoperită cu parafină, ascunzându-și sânii cu palmele, așteaptă instrucțiuni.

Gustav nu îi vede goliciunea. Nu o vede ca pe o femeie. Pentru el nu e decât o problemă obositoare de lumină și întuneric, de geometrie, de cantitate.

— Poți să-ți prinzi un sân în palmă? Stângul, nu dreptul. Bun. Acum, poți să te întinzi pe salteaua de paie? Desfă-ți picioarele. Întoarce genunchiul puțin spre interior. Foarte bine.

Gerta face toate astea fără niciun comentariu, cu plictiseala răbdătoare a unei femei care se ajută de corpul ei ca să câștige bani. El o desenează iar și iar, articulațiile degetelor și genunchii, coatele și abdomenul. Uneori pozează doar două minute, alteori o ține nemișcată și o jumătate de oră. Una după alta, Gustav întoarce foile din blocul de desen.

Deși este foarte devreme, soarele a apus și el lucrează cu fervoare ca să învingă întunericul care invadează încăperea. Când nu mai poate să continue, îi spune că este de ajuns. Ei i s-a făcut pielea de găină, iar carnea îi este de un alb bolnăvicios, mai puțin sub unghiile de la picioare, unde este mov. A devenit din nou o femeie, ceva mai mult decât un simplu exercițiu vizual, dar, cumva, și ceva mai puțin de atât. Se urcă pe scară și închide gemulețele. Ea își pune combinezonul, ciorapii. Își încheie nasturii de la rochie și-și leagă cizmele. Pentru el, totul pare un efort inutil.

— Ți-ar plăcea să rămâi? o întreabă el, iar ea dă din cap că da.

În colțul încăperii se află un pat, iar Gustav o conduce într-acolo. Cât o dezbracă el, ea așteaptă cu capul sprijinit în mâna-i subțire. Se așază pe pat, lângă ea, îi desface nasturii de la rochie, până când este din nou goală. Apoi își plimbă palma pe pielea ei, ca o atingere de penel.

2

Când am împlinit doisprezece ani, am mers cu tatăl meu şi cele două surori, Pauline şi Helene, să vedem o procesiune imperială.

Pentru vienezi, o procesiune imperială este cel mai important eveniment din calendar. Este mai important chiar și decât Paştele şi Crăciunul la un loc, iar vienezii sunt, de regulă, foarte credincioşi. Era ca şi când însuşi Dumnezeu alesese să vină la Viena și să facă turul orașului călare. Pentru mine, un copil, să iau parte la un așa spectacol a fost cel mai minunat lucru pe care mi l-aş fi putut vreodată închipui.

Am coborât din apartament în stradă şi ne-am luat după sunetul clopotelor care băteau la amiază la Catedrala Sf. Ana, din colț. Slab, ca un ecou, puteam auzi dangătul clopotelor de la Catedrala Sf. Ştefan, de la o milă depărtare. Bubuia aceeași melodie de Bach. Ne-am întors cu toţii să ne uităm în sus, la fereastra de la al treilea etaj, unde stătea mama. Ea nu ar fi mers cu noi, indiferent cât de mult ne-am fi rugat să vină. Spunea că n-o ajută cu nimic să ia parte la un așa spectacol fastuos.

Clădirea noastră era atât de nouă, că încă se simțea mirosul de lemn de cedru şi var. Era zugrăvită în galben, cu nişte sirene de piatră înălțându-se grotesc din cornişe. Era încadrată de cele mai vechi și mai mici clădiri, ca o pisică uriaşă jucându-se cu doi șoricei gri, pricăjiți.

Ne mutaserăm acolo în urmă cu un an dintr-un apartament mai ponosit, la câteva străzi depărtare. Tavanele erau atât de înalte, încât tata nu le putea atinge nici dacă se urca pe o scară. Pe pereți, cupidoni din ipsos țineau în mâini ciorchini de struguri. În fiecare cameră se afla o sobă din faianță.

I-am făcut cu mâna mamei, luându-ne la revedere, iar ea ne-a răspuns la fel, dar știam că nu ne vede. Ea nici măcar nu auzea clopotele. Se uita pe deasupra acoperișurilor înspre apă, fredonând o arie pe care o compusese, să vadă dacă îi iese bine. Acustica din noul nostru apartament era uimitoare, iar pianul ei de concert părea să fie singurul lucru care chiar se potrivea de minune.

Peste stradă, tutungiul trăgea obloanele, închizând mai devreme ca să poată participa și el la celebrare. Tatăl meu a alergat într-acolo ca să cumpere un pachet de țigări. Și-a luat niște țigări turcești, învelite într-o hârtie transparentă, cu dungi roșii. O să-l fumeze acasă, seara târziu, după ce noi ne-am băgat deja în pat.

— Ai nevoie de ceva, Georg? l-a întrebat tata, în vreme ce-i examina colecția de pipe.

— Este sărbătoare, domnule Flöge, i-a răspuns Georg rânjind. De ce nu vă ocupați de asta mâine? Bucurați-vă de această zi!

Ne-a oferit fiecăruia câte o caramea și ne-a spus că ne vom vedea mai târziu. Tata nota ceva în carnețelul său. L-a anunțat pe tutungiu că va trimite pe cineva acolo în dimineața următoare.

Tatăl meu avea o mică fabrică de pipe din spumă de mare. Angajase șaisprezece oameni într-un mic depozit de pe malul apei. Încă de când am crescut îndeajuns de mare ca să pot ieși să mă plimb, a fost o adevărată plăcere să îl pot vizita acolo și să văd cum lucrează meșterii. De multe ori urmărisem cum un om scotea dintr-o cadă cu apă o bucată de spumă de mare. Piatra extrasă era fină și albă ca brânza. O cioplea apoi cu cuțitul, știind întotdeauna dinainte unde să taie. Putea scoate din acel mineral un cal, un taur sau un om cu față dolofană, exact ca un sculptor. Meșterii erau specializați pe un anume model: regi, caricaturi ale politicienilor sau animale.

După ce cupele pipei erau sculptate, erau priponite în gâtul pipei și băgate la cuptor. Apoi erau șlefuite și lustruite. De asta se ocupau ucenicii. După ce terminau tot acest proces, pipele erau ușoare și netede ca o coajă de ou, dar mai rezistente și decât porțelanul. Pe fiecare dintre ele era inscripționat în relief, cu litere mici, aurii, *Flöge Spumă de mare*. Erau foarte cunoscuți și tata spunea că până și împăratul avea una.

Niciodată nu obosea să ne spună cât de norocoși suntem. Tatăl său fusese un fierar sărac, care murise de tuberculoză înainte ca noi să ne fi născut, pe vremea când locuiam într-un apartament din Viena, cel mai frumos și mai cosmopolit oraș din lume.

Străzile medievale, pietruite și clădirile de culoarea marțipanului erau magice, iar prăvăliile slab luminate, unde se vindeau partituri și cupe de cristal, erau încântătoare, dar nu știam asta încă. Atunci era doar orașul în care locuiam. Credeam că orice alt oraș sau orășel ar trebui să fie la fel.

Dar ziua aceea a fost altfel. Ne-am alăturat mulțimii care curgea ca apa ploii, dinspre niște străduțe înguste spre bulevardele largi și, în sfârșit, pe Ring, drumul care fusese construit cu doar câteva zeci de ani înainte, înlocuind vechile fortificații medievale. Încercuia vechiul oraș ca un colier, trecând de la palatul împăratului și clădirile guvernamentale și continuând până la noul muzeu de artă. Oameni de toate felurile se îndreptau spre procesiune. Fabricile erau închise. Era vacanță. Până și studenții erau scutiți de cursuri.

Carele și trăsurile care se opriseră din cauza aglomerației blocau străzile, iar birjarii pocneau din bice în roți și strigau la lume să se miște, dar nimeni nu părea cu adevărat enervat. Copiii alergau pe străzi ca să ducă mere cailor plini de spume.

Era o zi luminoasă și călduroasă. Cu cât ne apropiam de Ring, străzile umbrite, unde pe acoperișurile caselor crescuse mușchi, se lărgeau, dând în bulevarde fără niciun copac și unde clădirile monumentale din piatră făceau puțină umbră. Simțeam trotuarul prin tălpile cizmelor. Pauline a spus că ar fi trebuit să ne cumpărăm umbrele. Toate doamnele aveau. Cu fiecare pas, îi amenințau cu decapitarea pe cei din apropierea lor.

— Fetițele nu poartă umbrelă! s-a răstit tata. Ce urmează? Rochii de seară decoltate și iubiți?

Cu o mână m-a apucat strâns pe mine și cu cealaltă, pe sora mea, Helene, de parcă ne-ar fi putut smulge cineva dacă ar fi slăbit pentru o clipă strânsoarea. Dacă ar fi avut cum s-o care pe Pauline în spate, sunt sigură că ar fi făcut-o, dar, așa cum era, a pus-o să mă țină pe mine de cealaltă mână. Înaintatul prin mulțime devenise astfel un vals complicat.

Pauline îl privea de parcă voia dinadins să-i amintească faptul că mama avusese șaptesprezece ani când se măritase cu el, adică nu cu mult mai mare decât era ea acum, dar știa că era în zadar, așa că-și mușca buza în tăcere. Am văzut imediat picătura de sânge pe mijlocul buzei de jos. Tata era copleșit de neliniște la gândul că trebuia să îndrume cât mai bine trei fete spre măritiș, iar soluția găsită era să nege că noi crescuserăm îndeajuns. Până și Pauline trebuia să poarte un guleraș înalt de dantelă, ca pentru fetițe, chiar dacă abia împlinise șaptesprezece ani. Marea provocare era să nu te scarpini sau să te foiești. Mama spunea că era un exercițiu destul de bun. Că un guler din dantelă era nimic pe lângă un corset.

Peste drum de Operă am trecut pe lângă un cort din mătase. În spatele lui se mișcau niște umbre. Puteam doar să ghicim cine era acolo și ce se întâmpla. În acel loc se strângea de regulă nobilimea, care stătea așezată pe perne de catifea, mâncând stridii. Lacheii le umpleau paharele de cristal cu cidru. Oamenii se înghesuiau cât mai aproape și așteptau să vadă cine coboară din trăsurile care tot soseau. Am urmărit cum o femeie durdulie, cu turban era condusă în cort de un bărbat uscățiv, cu monoclu, având petrecută în bandulieră o eșarfă vărgată.

În mulțime, băieții vindeau ziare comemorative și confetti, bărbații mai în vârstă, cârnați cu muștar, iar femeile vindeau trandafiri. Tata a cumpărat patru trandafiri roșii ca sângele de la o femeie cu o bonetă aurie, ca să-i aruncăm când trece împăratul. Unii de lângă noi aveau buchete împachetate în hârtie. Străzile miroseau a carne prăjită și bălegar de cal.

Devenea din ce în ce mai aglomerat, iar mulțimea se mișca din ce în ce mai încet. Mi-aș fi dorit să fiu îndeajuns de mică, încât tata să mă ridice pe umerii lui. Eram, ce-i drept, scundă pentru vârsta mea, așa că oamenii mă împingeau când în față, când în toate părțile. Nu reușeam să văd aleea unde avea să fie curând procesiunea.

— Nu-ți face griji, a spus Pauline. Când vom ajunge la scări, vom fi mai sus. De acolo vom vedea.

Lângă mine, Helene își făcea griji din cauza gulerului din dantelă, care o strângea de gât, astfel că puteam să observ pe pielea ei zgârieturile roșii ca niște dâre de vopsea. Am ciupit-o. Dacă ne vedea tata, o încurcam toate. Cu un aer arogant, Pauline ne-a arătat că ea nu și-a mișcat deloc gâtul, ci, dimpotrivă, s-a întors cu tot corpul când a vrut să se uite la ceva.

— Ce se întâmplă cu voi? a întrebat tata, surprinzându-i privirea. Arăți ca o găină.

Pauline n-a răspuns.

— De ce ești atât de liniștită? mi s-a adresat ea iritată. Nu te-ai foit deloc toată dimineața.

Când Pauline s-a întors, i-am arătat lui Helene secretul meu. Prinsesem pe sub guler un șervețel pentru cină, din in, pe care îl furasem. Era aproape invizibil și puteam să întorc capul fără probleme.

Cu părul nostru creț, roșu, aproape că păream gemene, dar Helene era cam cu trei ani mai mare decât mine. Uneori se gândea ea prima la nişte lucruri, alteori eu, dar întotdeauna ne împărtăşeam descoperirile. Formam o alianţă strategică împotriva surorii noastre mai mari, mereu atât de cuviincioasă, a tatălui nostru, mereu supus regulilor, şi a agerei noastre mame. Din punct de vedere vestimentar, Pauline era adversarul cel mai de temut. Nu era vorba doar de gulerele din dantelă, ci de enormele panglici, prinse fără milă în păr cu agrafe. De frecatul zdravăn al mâinilor crăpate cu apă rece-bocnă. Avea calculată durata fiecărui pas pe care trebuia să-l facem şi unghiul din care ar fi trebuit să ţinem cartea de rugăciuni în biserică. Ne urmărea tot timpul, şi când n-o făcea ea, era tata. Mama fie sărea în apărarea noastră, fie ne certa, pe noi cel mai tare, dar niciodată nu ştiam exact ce va alege să facă. Dar pe Helene puteam să mă bazez întotdeauna.

— Cum ai reuşit? mi-a şoptit ea.

I-am povestit despre banda de elastic pe care mi-o prinsesem în jurul coapsei ca să pot ascunde sub fustă şerveţelul.

— Eşti nebună! mi-a zis ea cu admiraţie. Şi ce o să faci dacă o să fii prinsă?

Nu putea să-şi dea seama când găsisem momentul oportun să ascund şerveţelul chiar în timpul uneia dintre interminabilele cine formale şi tăcute. Stăteam între tata şi Pauline. Mâinile mele, de vreme ce ţineau paharul şi cuţitul, furculiţa şi lingura, erau mereu la vedere. Trebuia să vărs ceva sau să ţin cuţitul într-un mod foarte grosolan, sau să iau nişte muşcături prea mari, ca aceste erori să fie corectate repede şi cu asprime. Mi-am spus că, în lipsă de altceva, le-aş oferi tatei şi lui Pauline ocazia să-şi omoare timpul cu ceva.

I-am amintit că la cină, joia trecută, mama avusese o tuse care se potrivise de minune şi astfel prinsesem momentul să scap furculiţa când tata o bătea pe spate, iar Pauline se ridicase să-i aducă apă.

— De ce tot chicotiţi acolo voi două? a întrebat tata, deloc prietenos.

Nu am spus nimic, încercând să nu ne uităm una la alta. Uneori, doar asta ne putea stârni din nou. Simţeam cum faţa mi se înfierbântă şi mi se îmbujorează şi cum plămânii mi se umflă de un râs pe care mi-l reţin. Simţeam cum Helene tremura lângă mine.

— Hai, liniştiţi-vă! a spus tata şi, adresându-ni-se pe acel ton, toată veselia noastră a dispărut.

Un bărbat chel, cu ochelari, care trecea pe lângă noi, şi-a verificat buzunarul hainei şi a anunţat, neadresându-se cuiva anume, că „Ar trebui să fie aici în douăzeci şi şase de minute".

Am trecut pe lângă o femeie care vindea îngheţată dintr-un cărucior pictat.

— Fetelor, aţi dori o îngheţată? a întrebat tata.

Am rămas împietrite. În mod normal, nu aveam voie să mâncăm dulciuri şi, în mod cert, nu de la un vânzător ambulant.

Pauline l-a privit neîncrezătoare.

— Într-adevăr, papa? Eşti sigur că este în regulă?

Eu şi Helene ne-am ţinut respiraţia şi ne-am strâns tare de mână.

— Până la urmă, e ziua de naştere a lui Emilie, a spus el.

Când a zâmbit, ceea ce nu se întâmpla prea des, faţa lui aspră aproape că părea atrăgătoare. I-a dat banii lui Pauline.

— Nu fi timidă. Du-te repede la ea!

Femeia a ţipat spre mulţime:

— Grăbiţi-vă! Luaţi o îngheţată înainte să se topească! Se face din ce în ce mai cald!

Am stat la coadă în spatele unei femei care avea într-o colivie de sârmă un papagal verde şi am urmărit cum vânzătoarea îi servea cu îngheţată pe clienţii din faţa noastră. Avea braţele foarte bronzate şi purta un şorţ roşu, pe care erau brodate fructe: lămâi, pere şi ananaşi.

Într-o parte, lângă noi, o fetiţă cu rochie albă şi cizme scumpe ţipa foarte tare. Chiar dacă părea să aibă cam zece ani, am remarcat puțin invidioasă că umbrela ei era făcută din dantelă roz și că broderia rochiei era cu totul diferită față de ce văzusem până atunci. Cred că din cauza hainelor ei mă uitam atât de atent la ea. Asta, și din cauza tărăboiului pe care îl făcea. Nu văzusem niciodată o fetiță care să facă o criză de nervi în public. Niciuna dintre cele pe care le cunoșteam nu ar fi îndrăznit.

— Adele, a spus un bărbat, știi doar că nu mâncăm de la cei care vând pe stradă.

Era tatăl ei; era foarte înalt și masiv și avea o mustață neagră. Dar asta nu o făcea decât să țipe și mai tare. Eu și Helene am schimbat câteva priviri.

Tatăl ei era stânjenit. Lângă el, mama fetiței, îmbrăcată într-o rochie elegantă, a bătut din picior.

— Să-ți fie rușine! a rostit tatăl ei. Oamenii vor crede că nu-l iubești pe împărat.

— Îl urăsc pe împărat! a exclamat fetița. Îl urăsc pe împărat!

A doua oară a spus-o mai încet. Oamenii de lângă ei se prefăceau că nu aud.

— Îl urăsc pe împărat! a țipat iar.

Mama a prins-o de umeri și a privit-o îndelung în ochi. Apoi a ridicat din umeri.

— Cumpără-i fetei o înghețată.

Tatăl nu a lăsat-o să se apropie de cărucior împreună cu el. Așa că am urmărit-o stând deoparte, în vreme ce el s-a așezat la rând. Ochii fetiței străluceau ca smaraldul.

Apoi a venit rândul nostru. Femeia a pus niște înghețată în cornete de hârtie și ne-a întrebat ce arome preferăm. Erau trei feluri: căpșune, cireșe și lămâie. Am hotărât să luăm câte una din fiecare. A turnat siropul peste înghețata noastră din trei tuburi diferite, ca niște stropitoare. Pauline i-a întins o monedă, pe care femeia a pus-o la cingătoarea din piele. Apoi și-a șters fața cu șorțul și a trecut la următorul.

Am aşteptat, lingând îngheţata, să vedem ce va mai face fata. Când i-a venit rândul tatălui său, s-a scotocit prin buzunar de bani. Femeia cu şorţ a făcut o glumă, dar el nu a zâmbit. A apucat îngheţata stânjenit, de parcă ar fi fost un mic animal. Când s-a întors, i-a întins fetiţei cornetul de hârtie fără s-o privească. Dacă s-ar fi uitat la ea, ar fi văzut că Adele ţinea cornetul fără să guste îngheţata, până când aceasta s-a topit şi i-a curs pe braţ, formând astfel o dâră lipicioasă. Mânecile frumoasei rochii brodate se coloraseră acum într-un roz lipicios.

Când ne-am întors la tata, l-am găsit vorbind cu un bărbat pe care nu îl cunoşteam. Acesta purta un sacou ponosit, cu o margaretă roz la butonieră. Nu mai văzusem pe nimeni să poarte aşa ceva. Nu era foarte înalt, dar era lat în umeri şi foarte impunător. Era la fel de bronzat ca femeia care vindea îngheţată. Într-o mână avea o servietă de piele şi ceva care semăna cu o trusă de scule în cealaltă.

Am şovăit puţin, intimidate.

— Nu poartă pălărie, a spus în şoaptă Pauline.

— Poate e ţigan, şi-a dat cu părerea Helene.

— Iată-le pe fiicele mele! a exclamat tata. Fetelor, veniţi să-l cunoaşteţi pe domnul Klimt!

— Ce mai faceţi, domnule Klimt?

Am făcut o reverenţă aşa cum am fost învăţate, încercând totuşi să nu vărsăm îngheţata. Când mi-am plecat capul, am văzut cum bărbatul se amuza pe seama noastră.

— Mă faceţi să mă simt ca un bătrânel sau ca un prinţ, a spus el. Toţi îmi spun Gustav. Şi nimeni nu face plecăciuni în faţa mea.

— Domnul Klimt este pictor, a continuat tata, de parcă asta ar fi explicat totul: sacoul, floarea, bronzul, râsul, tot.

— Mă duc să montez un şevalet lângă muzeul de artă. Fratele meu a ajuns deja acolo. Ne face reclamă. Şi uneori oamenii ne dau câţiva bănişori ca să le facem un desen, ceea ce, vorba aia, nu strică.

Apoi ne-a făcut cu ochiul. Niciuna dintre noi nu ştia ce să facă. Puteam să mâncăm ce mai rămăsese din îngheţatele noastre, sau era nepoliticos? Helene a încercat să soarbă încetişor sucul de pe fundul cornetului, dar Pauline a pocnit-o.

Spunea că are nişte idei despre un nou model de pipă. Cu o cupă mai mică, cu o lucrătură complicată în lemn de nuc şi filigran aurit. Tata îl asculta şi părea interesat. Era de părere că domnul Klimt ar trebui să mai vină pe la fabrică uneori şi să-i arate schiţele.

Apoi tata i-a spus că ne grăbim şi i-a strâns mâna. Klimt s-a înclinat şi dus a fost, trecând prin mulţime, dar s-a mai întors o dată şi ne-a zâmbit.

Iar noi ne-am continuat drumul spre Rathaus[1]. Am tăcut, gândindu-mă la acel bărbat. Nu apăreau foarte des oameni noi în vieţile noastre atent controlate şi supravegheate.

Voiam să-l văd pe Klimt desenând. Ştiam că papa nu ar fi niciodată de acord. Mai aveam doar câteva minute până să ajungem la timp unde trebuia.

— Papa, uite-o pe Anna Vogel! am spus eu. Pot să mă duc să o salut?

— Unde? a întrebat Helene, scrutând mulţimea în căutarea prietenei noastre de la şcoală.

Am ciupit-o.

— Grăbeşte-te! a zis el. Să fii lângă trepte în zece minute.

Am încercat să nu o iau la fugă.

În jurul lui Klimt erau adunaţi o mână de oameni şi un tânăr slăbuţ, cu un halat legat peste costum. Trebuie să fie fratele lui, m-am gândit eu. Despachetau ceva ce semăna cu nişte stative de partituri din lemn, tăind astfel hârtia cu care

---

[1] *Wiener Rathaus* – clădire din Viena care serveşte ca sediu al primăriei şi al consiliului orăşenesc al capitalei Austriei.

erau acoperite. Am stat în spate, trăgând cu ochiul printre umerii bărbaților, încercând să ajung mai aproape.

O bătrână având petrecuți pe după gât doi fazani legați cu sfoară a trecut pe lângă el. Fără să stea pe gânduri, Klimt a strigat-o, făcând semn spre păsări. În schimbul banilor Klimt s-a ales cu una dintre ele. Femeia s-a înclinat în semn de mulțumire și a sporovăit ceva într-o limbă pe care nu am înțeles-o. M-am gândit că era poloneză.

Klimt a clătinat din cap și s-a întors, dar ea l-a urmărit, fluturându-i pe sub nas cea de-a doua pasăre cu gâtul ei flasc. Până la urmă a cedat și i-a dat banii. A pus cei doi fazani drept ornament pe șevaletul său.

Apoi, șovăind, Klimt a întrebat-o în limba ei dacă îi îngăduie să-i facă un crochiu. La început, l-a refuzat categoric, dar mulțimea din jurul ei a început să aplaude și să aclame. Bărbații au împins-o spre cercul liber care se formase în jurul șevaletului. Klimt a zâmbit și i-a făcut semn să se apropie. Într-un final, râzând, a acceptat.

În ciuda vremii călduroase, femeia purta atâtea pulovere de lână, încât semăna cu un ghem de lână cu picioare. Părea o păpușă cu un măr uscat în loc de cap și ață de mătase în loc de păr. M-am uitat la ea, apoi la hârtie, din nou la ea, privind cum apare o linie aici, apoi alta acolo și încercând să-mi dau seama cum o vede domnul Klimt. Era imposibil. Vedeam doar un triunghi întunecat, apoi un fel de căpiță de fân alcătuită din linii încurcate, câteva ovale și, iat-o, era chiar ea. Cum făcuse asta?

Când Klimt i-a întins desenul pe care îl făcuse, femeia a chicotit ca o copilă și i-a oferit un săculeț din pânză plin cu alune.

Mi-am croit ușurel drum prin mulțimea strânsă ca o țesătură până am ajuns chiar în spatele fratelui slăbuț. Mi-a trecut prin minte să mă întorc la tata și la surorile mele, că probabil voi avea necazuri când voi apărea, dar nu conta. Trebuia să mă apropii.

Prin câteva semne mute s-au pus de acord și amândoi au desenat două vânzătoare care stăteau cu brațele încrucișate și care vorbeau despre bordurile pălăriilor. Flori din mătase galbenă sau din dantelă, cu panglici albastre ca porțelanul, care ar fi cea mai drăguță? Iat-o pe doamna aceea bogată, cu o pasăre colibri pe pălărie. Ce minunat trebuie să fie să-ți permiți asemenea lucruri! Am văzut că fratele lui folosea un creion, în vreme ce Klimt ținea în mână o bucată groasă de cretă neagră, ca pe un pește pe care tocmai îl scosese din lac. A lucrat repede și a întors pagina blocului de desen când a terminat. Abia am avut timp să le studiez înainte să dispară.

Când au văzut că cei doi artiști se uitau la ele, fetele au roșit și au luat-o la fugă. Am zărit ultima schiță făcută de Klimt și nu exista niciun dubiu în privința reprezentării lor. Într-o singură clipă el imortalizase postura ușor gârbovită a femeilor, privirea vioaie, și modul în care se sprijineau una de alta.

Apoi doi studenți, trecând întâmplător pe acolo, au întrebat dacă li se poate face portretul pentru câțiva șilingi. Fratele lui a refuzat.

— Noi ne alegem modelele, a spus el. Nu ele pe noi.

Mulțimea a râs de cei doi băieți amețiți, care păreau surprinși, de parcă niciodată nu le-ar fi trecut prin cap că cineva nu i-ar considera niște modele demne de luat în seamă. Când unul dintre ei și-a dat seama că a fost refuzat, s-a înroșit de furie.

— Ai să vezi tu acum! a țipat el, lovindu-l în piept pe fratele artistului, aproape dărâmându-i șevaletul.

Apoi Klimt s-a pus între cei doi, în calea pumnilor ridicați de student.

— Vorbește în numele tău, a rostit el. În ceea ce mă privește pe mine, aș fi onorat să-i desenez pe acești domni.

Pentru o clipă, fratele s-a uitat la Klimt de parcă ar fi vrut să-l pocnească, apoi a zâmbit, a ridicat din umeri și s-a întors la șevaletul său.

Cei doi studenți s-au sprijinit unul de celălalt, adoptând o atitudine extrem de înțeleaptă. Robele lor erau prea lungi, lăsând astfel dâre prin țărână. Cu câteva linii întortocheate, Klimt a reușit să le contureze tinerețea, aspectul costeliv, de parcă erau niște câini flămânzi, și privirea tulburată de alcool. Și el, și fratele lui au rupt colile din șevalet și le-au arătat studenților, care au fost încântați fără nicio logică, dând uitării disputa. Și-au golit buzunarele pentru ei. Au arătat schițele tuturor celor care își îndreptau privirea spre ei. Apoi le-au împăturit și au plecat. Am tresărit când cei doi au îndoit colile. Pliate astfel, fermecătoarele desene arătau acum ca niște hârtii de aruncat la coș. Probabil cei doi studenți vor uita de ele în zece minute și, din neatenție, le vor pierde. Klimt părea să nu bage de seamă modul grosolan în care fuseseră tratate desenele. El număra banii.

Lângă el, fratele lui începuse să facă crochiul unui cuplu de ungari, amândoi îmbrăcați în costum național, brodat și foarte strălucitor. Klimt a venit și s-a pus în fața lui, blocându-i vederea. Oamenii începuseră să se îndepărteze, dar eu nu puteam să mă mișc.

— Suntem artiști, nu cerșetori! a șuierat fratele lui Klimt nervos.

— De unde avem noi cărbunele ăsta? a întrebat Klimt calm. Și hârtia?

— De la școală, i-a răspuns acesta ursuz.

— Am luat hârtia din tomberoane și am curățat-o. Iar cărbunii i-am scos din pământ. Cu banii ăștia chiar putem să ne cumpărăm niște materiale.

Fratelui său nu-i plăcea nici în ruptul capului să recunoască faptul că Klimt avea dreptate.

— Avem suficienți bani să mâncăm o felie de tort la cafenea, a continuat Klimt într-un mod care mi-a dat de înțeles că acesta era punctul slab al fratelui său.

Apoi amândoi au pufnit în râs.

— Cât de mult am strâns? a întrebat el.

— Ce copii nătângi! Mi-au dat zece șilingi pentru un desen cu care nu m-aș șterge nici la fund.

Am simțit că mi se învârte capul. Artiștii erau atât de săraci încât scoteau hârtia din tot felul de gunoaie și o refoloseau. Aproape că se luaseră la ceartă. Aveau un limbaj vulgar și înspăimântător. Eram dezgustată și, totuși, fascinată. Nu mai întâlnisem pe nimeni ca ei.

Dintr-odată, singurul lucru din lumea asta pe care mi-l doream era ca Gustav Klimt să mă deseneze. Nu aveam niciun ban, dar mă gândeam că dacă aş intra în raza lui vizuală, aş putea face ceva interesant, cât să-i atrag atenția. Apoi cineva a țipat că trăsurile au fost zărite și toată lumea s-a grăbit spre stradă. Am fugit spre treptele primăriei. Părul roşu al Helenei ieșea în evidență ca și când ar fi fost un semnal luminos și, când l-am văzut, am încetinit pasul, ca de plimbare, și m-am strecurat lângă ea.

— Pe unde ai fost? a şuierat tata.

Am încercat să nu suflu prea tare sau prea repede și să mă dau de gol.

— Îmi pare rău, am rostit eu.

— După câte ți-am permis astăzi, a continuat el. Ar trebui să-ți fie rușine!

— Uite-l! a țipat dintr-odată Helene.

Am uitat că tata era furios și am început să țopăi, încercând să văd mai bine. Pauline și-a întins gâtul într-o manieră foarte nepotrivită pentru o domnişoară. Până și tata s-a lungit și s-a agitat.

Împăratul înainta călare, arătând foarte curajos și puternic. Epoleții de pe haina lui și mâinile de pe genunchi au rămas perfect nemișcate în timp ce calul înainta ușor la trap. Era înconjurat de un corp de soldați.

— Cum arată? a întrebat Pauline, deşi îl văzuse în fotografie de o sută de ori.

— Ca o morsă tristă! am țipat eu.

Eram în culmea fericirii; îi prinsesem privirea împăratului, iar el îmi zâmbise.

Pauline era şocată. Helene a chicotit.

— Nu aşa se vorbeşte despre un împărat, a spus tata.

— Când vreodată ai văzut tu o morsă? a întrebat şi Pauline.

— Într-o carte de zoologie. La şcoală.

Am încercat să le explic că din cauza mustăţii cu vârfurile în sus pare că zâmbeşte, deşi are o privire tristă. Am încercat să le explic cum îmi zâmbise.

— Nu îţi zâmbeşte ţie, a rostit tata. Tu eşti un nimeni. Zâmbeşte întregii Viene.

Soldaţii care îl urmau pe jos pe împărat aveau pe coifuri ciucuri atârnând ca o coadă de cal şi mărşăluiau în formaţie ca un cârd de gâşte, săltând praful, în vreme ce paşii lor bubuiau ca într-un cântec. Comandantul lor le striga diferite ordine, iar ei îşi ridicau puştile şi trăgeau în aer. Mulţimea aclama.

Atunci trăsura din spatele soldaţilor a intrat în raza mea vizuală. Era lucrată în filigran, semănând astfel cu o pagină dintr-un caiet de muzică. Caii puternici aveau ghirlande în jurul gâtului şi panglici galbene şi roz împletite în coama albă.

— Ce vezi? a ţipat Pauline, pierzându-şi răbdarea.

— Ea are perdeaua trasă la trăsură, i-am spus. Nici măcar nu se uită la mulţime.

„Ea", bineînţeles, era împărăteasa, singura pe care chiar venise lumea să o vadă. Părea că o să fim cam dezamăgiţi. Dar ne resemnaserăm totuşi; nu mai fusese văzută în public de vreo cinci sau șase ani.

Apoi perdeaua trăsurii s-a crăpat puţin. A apărut o mănușă, care a apucat marginile aurite ce încadrau fereastra. Și nu o mănușă oarecare. O mănușă din cea mai moale piele, vopsită în negru şi împodobită cu pene de ceea ce aveam să aflu mai târziu că se numeşte marabu. Mâna s-a întins spre mulţime, abia atingând aerul, nicidecum fluturând. O mânecă – cea mai delicată mânecă din dantelă, împletită cu fire aurii – a fâlfâit pe mâna înmănușată, și asta a fost tot. Trăsura și-a continuat drumul și dusă a fost.

3

A doua zi, la micul-dejun, tata ne-a citit din ziar un articol despre frații Klimt. Cei doi au fost angajați să picteze frescele noului teatru care s-a construit nu departe de unde locuiam noi. Papa a spus că era o sarcină foarte importantă pentru niște artiști atât de tineri.

Dar eu voiam să știu mult mai multe: ce anume aveau să picteze? Cum aveau să picteze tavanul? Și ce vopsea aveau să folosească? Avea să arate ca picturile de pe pereții apartamentului nostru? Dar papa nu a luat în seamă întrebările mele.

— Sunt în întârziere, a spus el. La fel și tu.

Am mers la o școală parohială, de lângă biserica Sf. Ana. Toată lumea de acolo a fost foarte drăguță cu noi, într-un mod cumva compătimitor, pentru că eram protestanți, ceea ce, practic, însemna că, atunci când gazda trecea prin capelă, noi trebuia să ne încrucișăm mâinile pe piept în formă de „X". Mereu mi s-a părut că astfel ne autoproclamam excomunicați. În principiu însemna că ne duceam în Iad. Surorile nu ne-au explicat niciodată de ce se mai chinuiau să ne educe dacă ăsta era adevărul. Mama ne-a spus să nu le ascultăm când ne vorbesc așa.

Piatra din interiorul bisercii Sf. Ana, acolo unde asistam la liturghie, era pătată de trecerea anilor, iar încăperea era întunecoasă, cu un aer dulceag și greoi de la tămâie. Lumânările erau atârnate de cuști din fier forjat, care semănau cu niște instrumente de tortură din perioada medievală.

Figuri îmbrăcate în robe albe pluteau pe lângă noi cu cădelnițe aprinse și lumânări aproape arse. Hristos murea în fiecare colț, suferind enorm: pe vitraliile ferestrelor era înfățișat momentul răstignirii pe cruce, cum sângera, plângea și cădea iar și iar, și în fresca de pe tavan purta coroana de spini. Pe tapiseriile care acopereau pereții reci, înfășurat într-un giulgiu, zăcea într-un mormânt. Tata ne-a spus să nu ne uităm, era o barbarie, o blasfemie, dar era greu să nu tragi cu ochiul sau să nu asculți. Apoi am crezut că-mi vor cere să mă țin de nas ca să nu inhalez mirosurile de lemn de santal și mir care pluteau în aer.

Școala era găzduită în mănăstirea din apropiere, care era cam tot atât de veche ca biserica. Hornul era înfundat de secole cu cenușă, de aceea atunci când ne întorceam acasă aveam ochii roșii și ne usturau. Mergeam acolo fiindcă măicuțele erau singurele care le învățau pe fete latină și matematică și filozofie. Tatei îi era teamă că afacerea lui se va duce de râpă și că noi nu vom fi în stare să ne întreținem. Nu a spus de ce s-ar duce de râpă; existau tot felul de lucruri, mâini invizibile, perfide, care încercau să-l tragă în jos. Sau cel puțin așa mi se părea mie, când îl auzeam vorbind. Mama s-a retras de la școală când a murit mama ei și niciodată nu a putut să treacă peste asta. Veți fi educate, spunea ea sumbru, indiferent ce s-ar întâmpla. Așa că, în maniere cu totul diferite, unite doar de spiritul pierzaniei și al neputinței, ei au încurajat mereu educația noastră.

În fiecare dimineață plecam toate trei la școală. Ne întorceam acasă să luăm prânzul. Uneori, după școală, invitam prieteni în apartamentul nostru. Dar de cele mai multe ori ne distram singure. Sâmbăta puteam să mergem să ne plimbăm în parc sau o ascultam pe mama cântând la pian.

Își dorise să devină pianistă, iar profesoara ei chiar era de părere că avea talent pentru asta. În schimb, a făcut ce a trebuit și s-a măritat. Tatei îi plăcea la nebunie s-o audă cântând, dar habar nu avea că n-o mulțumea deloc să interpreteze doar pentru el melodii de Strauss. Din când în când încerca să fie o mamă și o soție bună, burgheză, dar de multe ori uita și asta. Era prea acaparată, pierdută în compozițiile pe care le putea cânta doar pentru noi.

Cam la atât se rezuma întreaga mea lume. Nu aveam contact cu niciun cântăreț de operă sau cu profesorii care predau la Universitate, cu nimeni, de fapt, în afară de familia și colegii mei. Uneori mă duceam la magazin cu mama și mă uitam cu jind la fetele care veneau de la țară împreună cu familiile lor ca să vândă brânză, sturion sau iepuri. Stăteau afară indiferent de vreme, strigând după oamenii care treceau, flirtând cu clienții, făcând schimburi, împachetând produse și legându-le cu sfoară. Părea o viață mult mai frumoasă decât a mea. Aveau mâinile roșii și crăpate, dar făceau ceva cu adevărat folositor. Și erau libere sau cel puțin mai libere decât mine.

Când trebuia să îmi fac temele, eu preferam să desenez într-un caiet de școală. Desenam fetițe cu păr creț și ochi imenși. Aveau mereu capetele mult prea mari pentru corpurile lor. Desenam balerini într-un picior, dar nu reușeam să le redau cum trebuie îmbinarea dintre gât și spinare. Toți dansatorii mei aveau omoplații ieșiți în afară, ca niște aripioare de pește. Am încercat să o desenez pe Helene în timp ce dormea, dar nu am făcut decât să o sperii când am scăpat tăblița și hârtia a zburat lamentabil prin cameră. Mă pricepeam mult mai bine să desenez haine decât pe oamenii care le purtau. Am desenat mănușile frumoase ale împărătesei și am încercat să reconstitui rochia, chiar dacă îi văzusem doar mâneca. M-am gândit că trebuia să fie dintr-o țesătură de brocart, culoarea piersicii spre auriu. Nu ar avea un guler regal, ci decolteul ar porni de la mânecile împodobite cu un șirag de perle. Prinsă în dantela aurie a decolteului ar sta cea mai mare broșă cu rubine care s-a văzut vreodată. Desigur că această rochie nu ar ține prea mult de cald, așa că am desenat o capă din blană albă de vulpe și o pălărie pe măsură. Aproape că eram mulțumită de rezultat.

Odată desenată rochia, am fost inspirată să mă joc de-a desenatul camerei. Am adunat câteva rochii de seară de-ale mamei, pe care le-am găsit într-un dulap de pe hol, la care am adăugat niște șaluri, mantii, cârpe pentru bucătărie, bijuterii, tot ce-am putut să găsim. Nu aveam voie să atingem nimic din toate astea, bineînțeles, dar mama stătea în pat fiindcă o durea capul și nu ar fi apărut până la cină, deci mai erau câteva ore bune până atunci.

După ce ne-am îmbrăcat, Helene a încercat o coregrafie, lăsându-se inspirată de o trupă faimoasă a unor surori dansatoare. Din când în când, destul de des, una dintre noi fugea repede lângă pat și mânca dintr-o pungă niște bomboane de ciocolată pe care luaserăm de la școală și le aduseserăm acasă pe furiș.

Distracția noastră s-a transformat rapid într-o ceartă. Helene mă tachinase în legătură cu dansul meu stângaci, ceea ce mă făcuse să fiu și mai împiedicată decât de obicei, așa că am călcat pe tivul rochiei și am rupt-o. Cred că apoi am și lovit-o cu pantoful. Pauline s-a băgat între noi și a primit un toc fix în ochi, motiv pentru care a început să țipe. Am luat-o la fugă înainte să pot fi dată afară din joc. Așa că iată-mă aici, nemaidansând, ci stând bosumflată pe pervazul ferestrei.

Helene a încercat să mă împace. Și-a întins brațele spre mine și le-a fluturat, imitând enervant de bine o silfidă, chiar dacă rochia de tafta gri, din mătase îi era prea mare și-i atârna pe brațe ca rufele pe sârmă. Apoi a început să cânte. Helene știa că atunci când începea să cânte era aproape irezistibilă. Avea o voce clară, înaltă, ca a unui băiat de cor. Părul ei strălucitor se încolăcea, încadrându-i fața parcă pictată de Raphael. Dar eram sora ei, nu un profesor care o admira sau un părinte mândru ori un enoriaș entuziasmat. Așa că am ignorat-o. A încheiat o strofă și, când a văzut că nu primește niciun răspuns, s-a oprit.

— Ești foarte împiedicată, a spus Pauline care, deși era prea mare pentru un joc ca ăsta, ni se alăturase doar ca să ne amuze.

Era încorsetată într-o rochie de seară din organza roz, cu talie înaltă, care o făcea să arate ca o pernă mult prea umflată.

Oricum nu-i plăceau mai deloc jocurile noastre. Practic, pentru noi, Pauline era ca tata. Era singura care putea să o liniștească pe mama când avea unul din accesele ei isterice de plâns și singura care putea face budincă din tăiței cu scorțișoară și stafide, așa cum îi plăcea tatei. Mi se părea că era îngrozitor de lipsită de imaginație.

Nu am spus nimic. Am deschis și am închis siguranța broșei în formă de trandafir pe care o purtam la eșarfă. Nestematele din broșă erau, bineînțeles, din carton presat, dar semănau extraordinar de bine cu rubinele și diamantele roz.

Helene a ridicat din umeri spre Pauline. Erau obișnuite cu toanele mele. S-au întors la dansul lor, care presupunea totodată și o muncă foarte complicată în ceea ce privește eșarfele. Era extrem de greu să nu le încurci. De fapt, trebuia să te întrerupi mereu din dans ca să le descâlcești și apoi urma cearta din cauza celei vinovate. Le-am ascultat pe jumătate în timp ce urmăream cum treceau oamenii pe trotuar.

Spre bucuria mea, strada pe care locuiam era una foarte aglomerată. Întotdeauna trecea cineva interesant. Am urmărit cum o femeie cu o pelerină din catifea, strânsă bine în jurul gâtului, a intrat în farmacie. Am recunoscut-o, era o soprană foarte faimoasă. M-am întrebat dacă era ceva în neregulă cu vocea ei. Când a ieșit după câteva minute, citea în timp ce mergea eticheta de pe spate a unei sticluțe. Aproape că s-a ciocnit de doi doctori care aveau genți din piele și niște expresii îngrijorate. L-am văzut pe unul dintre studenții beți pe care îi pictase Klimt. Nu mai părea la fel de beat, dar tot avea părul foarte murdar și era destul de palid în toată graba asta a lui. A trecut în viteză pe lângă clădirea mea și a dispărut cu totul.

Chiar când Helene spunea că Pauline arăta ca o capră și Pauline era pe punctul de a izbucni în plâns, fiindcă într-adevăr aducea puțin, din cauza ochilor săi căprui, foarte apropiați, și a feței lungi, am văzut și aproape că nu-mi venea să cred că era adevărat. În fața ușii stătea cineva. Un bărbat scund, cu un geamantan într-o mână și un baston cu mâner strălucitor în cealaltă. A lăsat geanta jos și a sunat la sonerie. Apoi și-a scos pălăria, astfel încât vântul să-i ciufulească părul, și s-a uitat în sus, direct la mine.

Era Gustav Klimt.

Mi-a zâmbit și s-a înclinat în fața mea, fluturându-și pălăria. Aproape că am căzut de la locul meu de lângă fereastră grăbindu-mă să mă ascund. Pauline și Helene s-au oprit din dansat.

— Ce e? a întrebat Helene.

— E aici, am spus eu.

— Cine? a întrebat și Pauline, care a scos un țipăt de uimire când i-am zis.

Dar nu le-am povestit și despre reverență. Nu știu de ce. Era ceva special, care mă separa cumva de restul.

— Dar ce face el aici? s-a mirat Helene.

În afară de doctor, nu mai venea nimeni la noi. Era o enigmă cum de acest artist, despre care nu auzisem niciodată până acum câteva săptămâni, stătea chiar în fața ușii noastre. Am așteptat, trăgând cu ochiul de după draperii. Când s-a deschis ușa și Gustav Klimt s-a făcut nevăzut în clădire, ne-am furișat în hol și ne-am aplecat peste balustradă, străduindu-ne să auzim ce se discuta.

Mama l-a condus în salon, acesta lăsându-și geamantanul și bastonul în hol, semn că va sta ceva la noi.

Apoi am luat-o în sus pe trepte și am fugit cât am putut de repede în camerele noastre, fiindcă mama ieșise din salon și se îndrepta acum spre scări. Am dat repede jos rochiile de seară şi le-am ascuns în şifonier. Când a ajuns, noi eram deja îmbrăcate în hainele obişnuite, aranjate ca într-un tablou, şi aproape că nici nu respiram: eu şi Helene ne uitam pe fereastră, iar Pauline citea la birou.

S-a încruntat la noi şi a spus:

— Nu prea reuşiţi să păreţi inocente. Sunteţi prea îmbujorate la faţă.

Nu eram sigure dacă asta însemna că ştie de rochii sau dacă ştie că noi ştim de Klimt, aşa că toate am încercat să rămânem calme, nescoţând o vorbă ca să nu ne dăm de gol.

— Ce s-a întâmplat, mama? a întrebat-o Pauline, nu foarte convingător. Am auzit soneria.

— Domnul Klimt este aici.

Mamei noastre îi plăceau foarte mult pauzele dramatice. Aşa că Helene nu a mai avut răbdare.

— De ce? De ce este aici?

— Tatăl vostru i-a cerut să vă facă portretele.

Ne-am holbat una la cealaltă. Pauline părea îngrozită, dar Helene era la fel de entuziasmată ca mine.

— Nu-l lăsaţi pe bietul om să vă aştepte acolo jos, a mai spus mama. Îndreptaţi-vă spatele, puneţi-vă bluzele de şcoală şi coborâţi.

— Bluzele de şcoală? a repetat Helene.

— Aşa doreşte tatăl vostru.

Aproape că am început să plâng. Bluzele noastre de şcoală erau dintr-un bumbac subţire, alb, cu un guler simplu şi cu platcă - un soi de baveţică. Ceea ce semăna cu o baveţică era brodată cu fir de mătase ieftin, fiindcă fuseserăm nevoite să ne-o facem chiar noi. A lui Pauline ieşise destul de bine, dar a lui Helene şi mai ales a mea erau prost făcute. Era ca şi cum ar fi trebuit să interpretez un recital de dans echipată într-o cămaşă de noapte. Aş fi putut să trec peste cuvântul mamei şi să mă îmbrac în altceva, dar apoi l-am auzit pe tata venind acasă mai devreme de la fabrică. Avea să supravegheze întâlnirea.

După ce ne-am îmbrăcat, ne-am netezit părul şi am oftat din cauză că arătam aşa.

— Dacă aş fi ştiut, aş fi făcut o baie în lapte şi miere, a spus Helene, care deja roşise ca o madonă.

Am ciupit-o.

— Sau ne-am fi curăţat faţa cu castravete şi nucă, a adăugat Pauline. Aşa face împărăteasa înainte să fie fotografiată.

Pauline s-a dus prima. În timp ce aşteptam, eu şi Helene ne imaginam ce se întâmpla în spatele uşilor de la salon. Lemnul era atât de gros, încât nu puteam auzi nimic, nici măcar atunci când stăteam foarte aproape. Helene, care era extrem de ruşinoasă în prezenţa oamenilor pe care nu-i cunoştea, era speriată că va trebui să vorbească cu el. M-am gândit că ar fi mult mai ciudat să stai acolo şi să nu spui nimic.

Am ascultat cum ceasul din hol suna o dată la un sfert de oră. Au trecut şase sferturi până când a ieşit Pauline. I-am analizat chipul, căutând un indiciu. Părea doar adormită şi ameţită.

— Helene! a strigat-o tata.

Îngrozită, ea a dispărut în spatele uşilor.

Am întrebat-o pe Pauline ce s-a întâmplat în salon, dar tot ce a spus a fost că nu merită să te entuziasmezi pentru atât. Când am întrebat-o cum era Klimt, a ridicat din umeri. Când am întrebat-o ce au vorbit, a spus că nu ştie. Ceasul a sunat, apoi încă o dată. În sfârşit era rândul meu.

Când am intrat, l-am văzut pe tata stând într-un colţ al camerei şi citind ziarul. În jurul lui se formase o ceaţă din cauza fumului de ţigară şi mirosea a piele şi scorţişoară. Mi-a zâmbit, apoi s-a întors la hârtia lui, lăsându-mă atât de nerăbdătoare chiar în uşă. Pictorul se afla în mijlocul camerei, în faţa unui şevalet fragil şi demontabil.

— Asta se afla în geamantanul dumneavoastră? am întrebat uimită.

Eram atât de curioasă în privința acestor lucruri, încât am uitat că nu era politicos din partea unei domnișoare să fie atât de curioasă sau să pună prea multe întrebări.

Klimt a râs.

— Practic, nu-i așa? Hai să-ți arăt!

Și-a întins hârtia pe sofa și, cu mare dexteritate, și-a împachetat șevaletul până ce a ajuns să semene cu o grămadă de surcele. Mi-am amintit că îl mai văzusem făcând asta înainte.

— O, da, aveați unul și un ziua procesiunii.

Mi-a zâmbit.

— Îți amintești.

Mi-a întins grămada de lemne s-o țin. Când m-am apropiat, am văzut că avea smocuri roșii în barbă.

Șevaletul era surprinzător de ușor.

— Nu-l suflă vântul? l-am întrebat eu.

— Emily! a țipat tata. Nu-l mai bate atât la cap pe domnul Klimt și fă cum îți spune!

— E în regulă, i-a răspuns acesta. Deschide-l și uită-te, mi s-a adresat apoi mie.

Am desfăcut șevaletul și mi-am dat seama că cele trei piciorușe, crăcănate în direcții diferite, îl făceau să fie mai stabil decât părea. Mi-a luat apoi șevaletul din brațe și l-a dus înapoi în mijlocul camerei.

Am așteptat până ce Klimt a adăugat mai multă hârtie, pe care a prins-o cu un fel de cârlig de rufe. Am așteptat să-mi spună ce să fac. După ce a terminat cu hârtia, s-a întors, dar nu a zis nimic. Și-a încrucișat brațele pe piept și s-a uitat fix la mine. Acest lucru m-a făcut să mă simt foarte inconfortabil, dar am încercat să nu devin agitată.

— Ei bine... a rostit Klimt.

Am aşteptat. Expresia de pe faţa lui era îngrijorătoare. Nu puteam să mai stau locului. M-am foit de pe un picior pe altul şi m-am scărpinat pe faţă, chiar dacă nu mă mânca.

— Ce-ar trebui să fac? l-am întrebat atunci.

Arăta de parcă abia îl trezisem dintr-o transă.

— Aşază-te pe scaunul roşu şi stai cât de nemişcată poţi. Dacă vreau să te mişti, te mişc eu.

A vorbit sacadat, aproape nepoliticos.

M-am aşezat aşa cum învăţasem la lecţiile despre poziţia corpului. Când s-a întors, Klimt a oftat. S-a oprit la câţiva centimetri de mine şi s-a încruntat. Haina lui mirosea a lemn de cedru, ca şi cum fusese lăsată la păstrat mult timp.

— Cum te-ai aşeza dacă ai avea voie să te aşezi cum vrei tu?

Nimeni nu-mi pusese vreodată o astfel de întrebare. Pentru nimeni nu contase ce voiam eu, important era ce voiau ei. M-am uitat la el perplexă.

— Nu ştiu, domnule.

— Nu ai nicio idee?

— Nu, domnule.

— În regulă, a spus el.

Dintr-odată a părut foarte obosit.

— Stai aşa dacă îţi place. Fă-mi totuşi o favoare, uită-te fix la tatăl tău şi nu te mişca.

Tata nu era nici pe departe la fel de interesant ca artistul şi desenul său, aşa că-mi venea greu să mă uit numai la el. Klimt şi-a pus un halat peste haină, ceea ce îl făcea să semene cu un apostol. A rămas în faţa şevaletului şi, în vreme ce mă privea, rodea capătul creionului. Era greu să nu mă mişc. Am încercat să zâmbesc drăguţ.

— De obicei zâmbeşti? m-a întrebat el.

— Nu foarte des, domnule, i-am răspuns.

— Ei bine, atunci, nu zâmbi nici acum. Doar o expresie normală, te rog.

— Cum arăt, papa? am întrebat eu, dorindu-mi ca pictorul să audă cum sunt lăudată.

Tata a lăsat ziarul într-o parte și mi-a aruncat o privire pe deasupra, dar abia părea să mă vadă.

— Foarte bine, a spus el.

S-a chinuit să găsească cel mai frumos compliment de care era capabil.

— Arăți exact ca mama ta, a adăugat el, deși știam că nu este așa.

Mama mea era frumoasă. Avea părul castaniu, lucios și moale, și o față rotundă. Tata, odată îndeplinită misiunea, și-a ridicat din nou ziarul și a adormit imediat.

Klimt nu avea nicio vopsea, doar câteva crete aliniate pe o bucată de hârtie cerată. Lângă ele se afla un pahar cu apă. Voiam să-l întreb la ce folosește, dar îmi amintisem de bunele maniere. M-a văzut cum mă uitam ele.

— Am nevoie de apă ca să înmoi anumite linii, a explicat el. Creează un efect diferit, după cum ai să vezi.

Mă privea cu atâta profunzime, încât am roșit. Speram să nu observe, dar știam că era puțin probabil. Nimeni nu se mai uitase la mine așa până acum. Îmi venea să mă târăsc sub canapea.

— Mereu îți spionezi de la fereastră musafirii? m-a întrebat el.

Am observat că, în timp ce desena, tendoanele de la încheietura mâinii erau la fel de încordate ca odgoanele velelor umflate de vânt.

— Poftim? m-am mirat eu, prefăcându-mă că nu știam despre ce vorbea.

— Când am sunat la ușă, erai la fereastra de la etaj.

— Da? Nu v-am văzut.

S-a oprit din desenat și mi-a zâmbit. Chiar atunci mi-a amintit de fratele mai mare al prietenei mele, Ulrike, căruia îi plăcea să ne tragă de păr, să ne lovească în umăr sau să ne pună piedici cu fiecare ocazie.

— La ce anume te uiți când stai la fereastră?

— La oameni, am spus eu. Îmi place să mă uit la hainele cu care sunt îmbrăcați, să observ modul în care merg. Unii sunt grăbiți, alții au mersul legănat sau șchiopătează. Văd aproape aceiași oameni de fiecare dată, care în unele zile par fericiți, iar în altele, nu. În unele zile sunt singuri, iar în altele, cu familiile lor. Este interesant.

— Deci, la urma urmei, nu ești dresată întru totul, a răspuns el, apoi s-a întors la lucru. Ce vrei să te faci când o să fii mare?

Își dăduse deja seama că îmi venea greu să evit întrebările directe.

— Actriță, am recunoscut.

De data asta nu a mai rânjit. A continuat să se uite la hârtie.

— Ai fost la multe piese de teatru? m-a întrebat el.

A trebuit să recunosc că nu.

— Nu mă duc foarte des, dar știu multe actrițe, a continuat el. Unele îmi sunt modele ca să câștige niște bani în plus.

Tot ce știam despre actrițe aflasem din ziare sau mai erau unele pe care le recunoscusem la promenadă pe strada Mariahilfer. Erau mereu îmbrăcate elegant și se plimbau cu atâta grație, că-ți venea greu să-ți imaginezi că aveau nevoie de niște bani în plus și, dacă a face pe modelul era exact ceea ce făceam și eu acum, nu părea atât de rău.

— Nu sunt atât de seducătoare pe cât crezi tu, a adăugat el, de parcă mi-ar fi citit gândurile. Sunt în regulă. Sărace, majoritatea dintre ele. Nu au o viață ușoară, să știi. Tu o duci mult mai bine aici, cu părinții tăi.

Asta m-a înfuriat. De unde știa el cum este să stai cu părinții mei? Dar nu era permis să contrazici un adult.

— Cândva o sa te iau la teatru. Ai să vezi.

Apoi s-a încruntat și s-a oprit din desenat. S-a dat în spate și s-a uitat la hârtie o clipă, apoi s-a apropiat iar. Dar încă era încruntat. Mă întrebam oare cu ce greșisem. Și-a lăsat creionul jos și a venit spre locul în care stăteam eu așezată.

— Nu-mi place cum îți stă părul așa, a spus el.

— Așa trebuie să îl purtăm la școală, i-am explicat.

— E urât.

Nervoasă, am vrut să-mi smulg funda din păr, dar el m-a oprit.

— Lasă-mă pe mine, a zis el.

Și-a îndreptat mâinile spre fața mea și am observat câteva pete maronii pe ele.

— Nu, mulțumesc, mă descurc singură.

— În regulă.

Apoi a pășit în spate ușor. S-a dus spre fereastră și a deschis un geam. Mă chinuiam cu panglica, încercând din răsputeri s-o smulg, până ce ochii mi s-au umplut de lacrimi, căci Pauline mi-o fixase cu o meticulozitate de neînduplecat și fără o oglindă nu aș fi reușit s-o dau jos.

Klimt s-a întors.

— Îți promit că n-o să te doară, m-a asigurat el. Acum lasă-mă pe mine să-ți scot panglica.

Era foarte atent cu zonele în care părul mi se încâlcise.

— Trebuie să o punem la loc corect, a spus când a terminat. Ai niște piepteni?

M-a surprins faptul că Klimt cunoștea atât bine accesoriile feminine, cum ar fi un pieptăn. Papa nu putea niciodată să-și amintească cum se numeau și le spunea „drăciile de păr". M-am uitat la tata, dar el încă sforăia în spatele ziarului.

— Să merg să caut? am întrebat eu.

Am ieșit în hol. Nu era nimeni acolo. Am auzit-o pe mama în bucătărie, cântând o arie de Verdi. Am alergat pe scări, spre camera ei, și am deschis caseta de bijuterii. Înăuntru erau șiraguri de perle, o brățară cu diamante, un ceas de aur, cum de altfel erau și o mulțime de ace de păr și piepteni. Mama avea câțiva simpli, din carapace de broască țestoasă, pentru zilele obișnuite, și apoi mai erau cei mici, lucrați în email, pe care și-i cumpărase când fusese cu tata la Paris. Să îndrăznesc să-i împrumut? În mod convenabil pentru mine, am decis că lui tata i-ar plăcea portretul și mai mult când îi va vedea.

Înapoi în salon, m-am așezat iar pe scaun și l-am lăsat pe Klimt să-mi aranjeze părul. Când a terminat, s-a dat în spate ca să mă vadă și părea mulțumit.

— E mult mai bine acum, fiindcă linia maxilarului tău o să se vadă și mai clar.

Pentru mine asta nu avea nicio noimă. Mi se spusese întotdeauna că aveam maxilarul prea osos, deloc feminin. Mi s-a spus că ar trebui să-l ascund cu orice preț. De ce avea să insiste fix pe trăsătura mea cea mai urâtă? Am început să suspectez că desenul nu avea să fie așa cum speram.

— Vi se dă mult să desenați la școală? m-a întrebat el în timp ce lucra.

— Am avut un profesor de desen o perioadă, dar a plecat să-și facă stagiul militar și apoi nu au mai adus pe altcineva.

— Ție îți place să desenezi?

Aveam piciorul amorțit, iar la gât aproape că mi se pusese un cârcel, asta fiind singura explicație pentru răspunsul pe care i l-am dat apoi.

— Nu prea, mă plictisește.

Imediat după aceea m-am plesnit peste gură îngrozită, uitând complet că nu trebuia să mă mișc deloc. M-am uitat apoi la tata. Încă dormea, așa că nu mă auzise. Mă așteptam ca pictorul să îmi facă observații și să mă amenințe că le va spune părinților cât de nepoliticoasă fusesem. Dar spre surprinderea mea a pufnit în râs.

— Poate fiindcă tu iei totul prea ușor. Oamenii ca mine, care trebuie să muncească din greu ca să devină desenatori tehnici demni de luat în seamă, nu se plictisesc niciodată.

Îmi era teamă să mai deschid gura, de frică să nu iasă iarăși ceva obraznic.

— Ce anume ai desenat de a fost atât de plictisitor? m-a întrebat el.

— Mereu aceeași natură moartă. Două sticle, trei mere, un ciorchine de struguri.

— Să știi că poți să înveți o grămadă despre cantitate, lumină sau umbre atunci când desenezi sticle și mere. Sau struguri! Dar ei sunt prea complicați pentru începători.

Am sperat din tot sufletul să nu încheiem acest subiect.

— Atunci, ce vă învață la școală, dacă nu desen?

— Istorie, germană, matematică.

— Croitorie? m-a întrebat el, uitându-se la bluza mea.

— O dată pe săptămână.

— Spune-i profesoarei tale că ar trebui să faceți în fiecare zi, mi-a spus el râzând.

— Îi voi spune, domnule, i-am răspuns eu cât de politicos am putut.

Apoi o vreme am rămas tăcuți. Am auzit când ceasul a bătut a treia, a patra, apoi a cincea oară. M-am întrebat de ce portretul meu durase cel mai mult. În cele din urmă, a întors hârtia spre mine.

— Ce părere ai? m-a întrebat el.

Orgoliul meu, de copil de doisprezece ani, a suferit imediat o lovitură mortală, când m-am văzut astfel prin ochii artistului. Desenul îmi arăta doar capul și umerii. Și se vedea și maxilarul, care ieșea în evidență ca o formațiune stâncoasă dintr-un munte. Expresia gurii mele era sumbră și severă, ca a unui general. Ochii îmi străluceau de lumină ca razele soarelui. Cum de reușise asta doar cu cretă? Puținul corp care mi se vedea era aproape imperceptibil, doar conturul rotunjit al unei bluze albe și strălucirea abia sugerată, de culoarea piersicii, de dedesubt, care sugera pielea. Ignorase complet salonul, scaunul roșu, tapetul. Ca fundal, el doar frecase foaia cu podul palmei, dându-i o nuanță de culoarea caisei. M-am gândit că, dacă așa arăt eu, probabil sunt cea mai urâtă fată din întreaga Vienă.

— Îți place? a insistat el.

Chiar părea îngrijorat în legătură cu ce gândeam eu. Dar mă simțeam mult prea umilită ca să iau în considerare sentimentele lui. Doar educația foarte strictă m-a salvat:

— Cred că este minunat, am spus eu, dar el știa că mint.

***

Klimt l-a trezit pe tatăl meu și m-a trimis s-o chem pe mama, ca să vadă portretele încheiate. A sprijinit toate cele trei desene de peretele salonului și noi ne-am adunat toate să le studiem. Pauline era zâmbitoare și delicată. Klimt desenase întreaga cameră din jurul ei, astfel încât portretul era luminos și aglomerat. Helene, bineînțeles, arăta ca un înger. În jurul capului ei se afla chiar și o aură. Doar eu eram singura care arăta de parcă ar fi putut transforma oamenii în piatră.

— Sunt superbe! a exclamat mama. A lui Emilie îmi place în mod special. Chiar ai reușit să-i surprinzi personalitatea.

Klimt s-a uitat la mine și mi-a făcut cu ochiul. Am întors privirea. Tot ce îmi doream era să plece. Apoi tata l-a invitat să rămână la cină. Spre disperarea mea, a spus că ar fi încântat să rămână.

În timp ce ne îndreptam să luăm cina, Helene mi-a tras un ghiont.

— Îți place cum a ieșit al tău? m-a întrebat în șoaptă.

M-am holbat la ea, nevenindu-mi să cred.

— Chiar seamănă cu tine, a adăugat ea puțin reținută.

Îmi venea să plâng.

— Îmi place mai mult al tău decât al lui Pauline. Aproape că nu seamănă deloc.

Nu mai văzusem pe nimeni care să mănânce atât de mult și atât de repede ca el. Avea mâinile tăbăcite și mari, cu degete groase și plate, ca niște linguri de lemn. Părea destul de neîndemânatic când trebuia să țină furculița și cuțitul, deși tocmai îl văzusem mânuind creionul și creta cu atâta pricepere. Era nepoliticos să atragi atenția altor oameni lipsiți de maniere, dar m-am asigurat, prin felul în care îl priveam, că știe ce gândesc.

Îi povestea mamei că are ceva de lucru la ordinul familiei imperiale.

— O să fac câteva picturi murale în casa din Italia a reginei, spunea el. Ceva nostim, colorat, nu foarte complicat. Nu am fost niciodată în Italia, așa că e ocazia perfectă pentru mine să vizitez Roma și Florența.

— Cum de ai obținut slujba asta? s-a mirat tata.

— Ca de obicei. S-a pus un anunț general despre asta la Căminul Artiștilor și eu am depus o cerere. Dar, probabil, comisia de la Burgtheater mi-a făcut rost de această slujbă. Am cunoscut o mulțime de oameni importanți. Toți voiau să-și vadă portretul pe perete. Doi sau trei judecători, doctori, oficiali ai Curții, toți vin la mine în atelier în fiecare zi.

Am văzut cum și-a scăpat o bucățică de carne fiartă în poală și i-am zâmbit malefic.

— Ați întâlnit-o pe regină? a întrebat Pauline timid.

Papa i-a aruncat o privire aspră, dar Klimt l-a ignorat.

— Nu am văzut-o niciodată, a răspuns el. Nu o mai vede nimeni, nici măcar împăratul, să știți.

O bucată de cartof i-a căzut din gură în farfurie. Mama a tușit și a întrebat dacă mai vrea cineva varză.

— Emilie spune că nu desenează deloc la școală. E o rușine. Fiecare fată ar trebui să fie capabilă să facă măcar o schiță.

Apoi s-a întors spre mama:

— Cred că dumneavoastră sunteți destul de pricepută...

Mama a roșit.

— O, nu, nu sunt talentată deloc! Mi-e greu să cred că fetele ar fi.

— Prostii! Aveți ochiul format.

— Ei bine, am studiat desenul cu Hans Lerner în școală.

— Hans Lerner, el este o legendă! Și pentru el, să vă aibă ca studentă, o onoare!

Helene mi-a dat un ghiont pe sub masă. De ce o măgulea pe mama într-un mod atât de revoltător?

— Și am fost în Italia, a adăugat ea. Înainte să mă mărit.

A oftat de-a dreptul fascinată când a povestit despre picturile lui Fra Angelico, Tiepolo sau Masaccio pe care le văzuse acolo.

— Ar trebui ca și fetele dumneavoastră să aibă o astfel de oportunitate dacă își doresc.

Am așteptat ca papa să spună că este treaba lui să decidă ce oportunități ar trebui să avem, dar nu a făcut-o.

— Helene se pricepe la muzică, a intervenit mama. Ia lecții în fiecare după-amiază. Mă îndoiesc că ar avea timp pentru mai mult de atât.

— Și celelalte două? s-a interesat Klimt.

— Am stabilit ca Pauline să înceapă un curs de limbă special, după ce termină școala, în primăvară. Dar Emilie este liberă.

M-am uitat la ea implorând-o, dar nici măcar nu mi-a înțeles privirea sau nu i-a păsat.

— Știu că este ocupată cu actoria, a spus Klimt. Mi-am dat seama după eșarfă că probabil repetase chiar înainte de sosirea mea.

Abia atunci am văzut că aveam eșarfa roz, de mătase legată în jurul taliei, care ieșea ușor de sub bluza de școală și pe care încă era prinsă broșa. Uitasem de ea în toată graba aceea și cu toții fuseserăm mult prea preocupați de locuri și de cină ca să observăm asta. Dar, mulțumită lui Klimt, toți din familie se holbau acum la ea.

— Emilie! a țipat mama. Du-te sus și dă-ți aia jos chiar acum!

M-am ridicat de la masă, sperând că nu va fi nevoie să mă mai întorc, că aș putea să mă strecor în pat și să stau acolo până când Klimt avea să plece. Am încercat să-mi amintesc care era pedeapsa fiindcă am luat hainele mamei fără să întreb. Să nu mai iau cina trei zile? De data asta avea să fie mai rău, de vreme ce îmi făcusem părinții de râs în fața unui musafir. Oare tata avea să scoată cureaua? În timp ce urcam scările, încă o puteam auzi pe mama cum își cerea scuze în privința mea.

— Știu că e deja prea mare să se mai joace de-a costumatul, dar ei îi place foarte mult și pare un joc inofensiv.

Am tras de eșarfă până ce am dat de broșă, am desfăcut-o și am strâns materialul în pumn, imaginându-mi că era fața lui Klimt.

Când m-am întors, totul fusese deja decis. Klimt avea să fie profesorul meu de desen și nu puteam să fac nimic în legătura cu asta.

4

În ziua în care trebuia să am prima lecție m-am trezit înainte să se lumineze. Am încercat să o trezesc și pe Helene, sperând ca vocea ei liniștitoare să reușească să mă calmeze, dar, în ciuda zgâlțâielilor mele puternice, ea doar s-a încruntat, s-a întors cu spatele, fluturând din gene și cu o mână atârnându-i dramatic, de parcă ar fi fost o regină a lumii mondene, copleșită de emoție. Era clar că visa ceva și nu voia să fie trezită. Am tras așternuturile de pe ea, dar Helene le-a înșfăcat imediat. Era frig. În timp ce mă îndreptam spre patul lui Pauline, simțeam cum mă dureau oasele picioarelor. Aceasta bolborosea în somn, explicându-i profesoarei ei de ce a întârziat și de ce nu poartă pantofi.

Am mers la fereastră și mi-am tras cămașa de noapte peste picioare. În curând va trebui să ne scoatem cămășile groase de noapte, pilotele umflate, din puf de gâscă, umplute de soțiile țăranilor de lângă Attersee.

Când mă simțeam furioasă, mă gândeam adesea la Attersee, un orășel de lângă lac, situat la vreo câteva ore spre vest de Viena. Familia mea își petrecuse verile acolo încă dinainte ca eu să mă fi născut. Acolo, munții înconjurau lacurile glaciare și dealurile erau acoperite de flori sălbatice. Îmi era imposibil să mă gândesc la asta și să rămân totuși supărată.

Afară era o ceață groasă. Clădirea de apartamente de dincolo de stradă arăta de parcă fusese înghițită de ape. Doar câțiva oameni ieșiseră din casă; bărbatul din colț, care vindea ziare și care acum intrase în raza mea vizuală, împingea căruciorul cu pachetele de ziare *Times*, din Viena, pe asfalt. A scos un cuțit din buzunar și a tăiat sfoara care înfășura pachetele, apoi și le-a aranjat în cărucior. După care a dispărut după colț ca să facă același lucru din nou. Să care, să descarce, să taie și să aranjeze.

Căruțele cu produse pentru piață abia începeau să ajungă din provincie. Întotdeauna conducea un bărbat cu o pălărie cu borurile foarte largi și, în spate, câțiva copii de toate vârstele stăteau pe dovleci. Erau zdruncinați și săreau ca semințele din tărtăcuțe. Nepăsătoare, m-am întrebat oare la ce oră trebuiau să se trezească țăranii ca să ajungă în Viena la acea oră. Aproape mai toți erau obișnuiți. Ar fi putut fi chiar distractiv, să-i vezi pe cei din provincie în lumina crepusculară, tropăind prin oraș când toți cei de aici încă dormeau.

Lumina stradală s-a diminuat. În curând, săgețile soarelui vor străpunge dimineața timpurie, umedă, iar totul va fi dezgolit și clar. În curând va trebui să mă spăl pe față cu apă rece, care-mi va face pielea de găină pe brațe. Va trebui să mănânc până la ultima îmbucătură terciul îngrozitor, despre care mama spune că este cel mai bun pentru noi, chiar dacă eu văd că ea mănâncă foietaj umplut cu zmeură sau măr. Va trebui să ascult multe observații despre cum să am grijă să fiu politicoasă și să mă comport frumos. Va trebui să-mi pun pălăria urâtă, de fetru, să ies din casă și să trec pe lângă bărbatul cu ziarele. Nu voiam să mă gândesc mai departe de atât.

Mai ceva decât canibalii, vaccinurile sau vulgaritățile, îmi era teamă să nu mă fac de râs. Ce avea să spună artistul când îmi va vedea încercările atât de neîndemânatice la desen? Va fi atât de umilitor! Mi s-a strâns stomacul numai gândindu-mă la asta. Poate o să mă îmbolnăvesc și nu va mai trebui să mă duc.

Helene a apărut dintr-odată lângă mine, cu pătura pe cap, arătând ca Fecioara Maria.

— E prea frig aici ca să stai așa, a spus ea. Du-te înapoi în pat!

Am clătinat din cap și m-am întors cu fața spre stradă. Un vânzător ambulant încerca să-i ofere celui cu ziarele un sac cu mere galbene. Copiii aruncau unul în celălalt cu ceea ce păreau a fi niște castane.

— Ai emoții? a întrebat ea cu înțelegere.

— În legătură cu ce?

Nu mai luasem niciodată lecții de la altcineva în afară de călugărițe. Nu că ele nu ar fi avut trăsături înspăimântătoare: buzele subțiri, atât de severe, costumele ca de fantome; plăcerea de a se apleca peste umărul tău în timp ce lucrai la o temă, până ce deveneai atât de tulburată, încât nici nu-ți mai puteai aminti ce subiect rezolvai. Dar călugărițele aveau un aer familiar. Știam deja ce le mulțumea: părul îngrijit, mâinile curate, ochii larg deschiși și un zâmbet mic, niciodată un rânjet. Puteam chiar să adorm cu acea expresie pe chip.

— Eram îngrozită în prima zi când am avut lecția de canto, a început Helene. Credeam că o să uit toate notele. În noapte de dinainte am visat că eram un porumbel și nu puteam să scot decât gânguritul ăla. Dar apoi domnișoara Schraft s-a dovedit a nu fi atât de rea.

Domnișoara Schraft avea șaptezeci de ani și haina de lână îi mirosea întotdeauna a câine ciobănesc. Avea în buzunarul fustei bomboane cu alune, învelite în folii colorate, pe care le oferea din belșug studenților săi.

— Ce mi-aș dori să merg și eu la domnișoara Schraft!

Helene s-a așezat, și-a dat jos pătura din cap și m-a înfășurat pe mine cu ea. Stăteam spate în spate, ca două cariatide.

— Și eu îmi doresc să pot veni cu tine, a spus ea.

Și eu îmi doream să fi putut. Astfel și-ar fi concentrat doar jumătate din atenție asupra mea. Și poate după aceea papa ne-ar fi lăsat să mergem la o cafenea, unde să putem comanda o ciocolată caldă și să râdem.

— Vrei să înveți să desenezi? am întrebat-o eu.

— Vreau să văd atelierul. Mă întreb dacă o să intre cineva faimos cât o să fii tu acolo.

— Mă îndoiesc. Cred că doar a inventat toate chestiile astea.

Helene a clătinat din cap. Nu înțelegea de ce nu-mi plăcea Klimt. Ei i se părea interesant.

— Ce ai de gând să porți? m-a întrebat ea.

M-am aplecat și am împins-o de pe spatele meu. M-am întors și m-am încruntat la ea.

— De ce ar conta asta?

— Nu vrei să faci o impresia bună?

— Nu mă interesează dacă îi fac sau nu o impresie bună lui Klimt.

— Mai bine îi spui domnul Klimt, a răspuns ea șocată. Dacă te aud mama și tata?

Apoi i-am mărturisit planul meu secret: aveam de gând să fiu politicoasă și tăcută, dar total nepricepută. Klimt nu ar putea să se plângă de mine, dar l-aș enerva atât de tare, încât ar renunța și m-ar aduce înapoi acasă, spunându-le părinților că sunt incapabilă să învăț. Apoi totul s-ar întoarce la normal și nu ar mai trebui să-l văd din nou.

— Nu ești nici măcar puțin curioasă? a întrebat ea. Nici măcar interesată de atelier sau de artiști sau să înveți să desenezi?

— Nu, am răspuns eu, dar ea mă cunoștea mai bine de atât.

— Poate o să-ți împrumut noua mea fustă gri, a spus ea. Ar arăta bine cu bluza ta roz.

După micul-dejun, tata m-a apucat de braț și m-a condus repejor spre est, spre Naschmarkt.

— Credeam că atelierul se află în Leopoldstadt, am spus eu.

Era nervos. Ura fiecare semn prin care îi dădeam de înțeles că nu ascultasem ordinele lui.

— Nu mergem la atelier, a zis el. De unde ți-a venit ideea asta? Mergem la el acasă, în Hietzing.

Hietzing era foarte departe, undeva la țară, unde era și palatul de vară. Nu mai fusesem niciodată acolo.

O cunoștință de-a tatei a trecut pe lângă noi, citind ziarul în timp ce mergea. Tata se afla în fața lui și aproape că s-au ciocnit. Bărbatul și-a strâns ziarul și i-a întins mâna.

În colț se aflau adunate mai multe trăsuri. Acestea, trase de cai, erau aliniate pe toată strada, așteptând. Tata a fluturat din mână, un gest care semăna mai mult cu un salut, iar birjarul a dat din cap și a sărit în lături să deschidă ușa. Avea mânecile cămășii suflecate și sub mustățile unsuroase ținea o țigară la fel de groasă ca un șarpe prins între dinți. Fumul era înțepător, nu dulce și aromat ca tutunul cu care eram obișnuită. Am tușit fără vreun motiv anume când m-a ajutat să urc în cabină.

— Ai fumat vreodată pipă? l-a întrebat tata. E mult mai sănătoasă.

M-am ghemuit în colțul trăsurii, încercând să nu respir. De ce voia tata să vândă pipe oricărui om pe care îl întâlnea?

Bărbatul râse, împroșcând salivă.

— Nu-ți face griji pentru mine. O să mă omoare nevastă-mea cu mult înainte.

Bărbatul m-a înfășurat într-o pătură în carouri, destul de strâns, totuși. Am trecut pe lângă magazinele de mărfuri, pe lângă florării, biserici, brutării, toate înlănțuite pe strada aglomerată. Acolo se afla și o groapă imensă unde se construia noul teatru, între două clădiri de apartamente din piatră, foarte sumbre. Bărbații stăteau într-o băltoacă de noroi, pasând bucăți de piatră de la unul la altul. Am trecut pe lângă șiruri de case unite între ele, cu ferestre de la care se revărsau iederă, mușcate și flori sporul casei.

Casa lui! Până și cea mai mică speranță din această dimineață era acum spulberată. Un atelier era un loc misterios, exotic, plin de bărbați cu privirile înfierbântate. Într-o casă, mobila era acoperită cu mileuri din dantelă.

Tatăl meu și-a scos pipa și săculețul din piele, în care-și ținea tutunul, sperând poate că, în timp ce o va umple, aprinde și fuma, îl va ademeni pe vizitiu cu aroma ei. Deși mă aflam cu spatele la el, eram sigură că era gata să vorbească.

— Să știi, Emilie, este o mare onoare pentru tine, a început el.

Voiam să-i spun că mai mersesem înainte cu trăsura, când Pauline făcuse scarlatină, dar n-am făcut-o.

— Da, tată, am spus eu în schimb.

— Și pentru familia ta, a continuat el. Am încredere că nu vei face nimic ca să pui în pericol părerea noastră în ceea ce te privește.

— Nu, tată.

— Mă aștept ca la finalul lecției să primesc de la domnul Klimt un raport complet despre performanțele tale.

Tata dădu din cap, semn că interviul a luat sfârșit. Eram liberă să mă întorc iarăși spre fereastră. Trecuserăm de gară și lucrurile începuseră să se schimbe. Un bărbat cu capul descoperit, într-o vestă roșu-aprins vindea ceva ce semăna cu niște bucăți mici de ziare.

— Ce sunt alea? l-am întrebat pe tata.

Mi-a explicat că omul era un șarlatan. Vindea răvașe, cele mai ieftine erau scrise pe un carton, iar cele mai scumpe erau transcrise după o mică discuție. Florile din florării erau ofilite și cu pete de rugină pe alocuri, semănând astfel cu pâinea prăjită. Un tocilar își împingea cărucul plin cu instrumente de ascuțit cuțite. Trei bătrâni smochiniți, cu bărbi albe, stăteau la pândă în fața brutăriei, așteptând pâinea veche de o zi.

— Ai mai fost vreodată în casa lui Klimt? am întrebat agitată, uitând să folosesc „domn“ în fața numelui, însă tata nici nu băgase de seamă.

— Bineînțeles, a spus, și la fel era și el, puțin agitat. Acum că au de lucru, băieții sunt bine. Și locuința lor se prezintă foarte bine.

Era o căsuță îmbrăcată în iederă, care abia ce începea să devină de un roșu strălucitor. Geamurile mici ale ferestrelor batante îi dădeau fațadei o tentă medievală. Într-o parte se afla o casă din cărămidă, în cealaltă, o fabrică de conserve. Tot cartierul mirosea a pește și a sulf de la topitoria din apropiere.

Tata a deschis poarta și a șovăit o clipă când am intrat. Nu era sigur dacă să plece sau nu. M-a urmat până în susul scărilor și a sunat la sonerie. Apoi și-a scos din buzunar ceasul și s-a uitat la cadranul din fildeș.

— Este nouă și un sfert, a spus el. Mă voi întoarce la unsprezece.

Mi-a înmânat ceasul, pe care l-am pus în buzunarul hainei.

— Mă aștept să termini până atunci.

Nu l-am mai întrebat cum avea să ajungă la timp dacă nu avea un ceas. Dar el nu întârzia niciodată.

Faptul că țineam ceasul mi-a dat curaj când ușa s-a deschis și a apărut doamna Klimt. Era o femeie micuță, cu fața ridată și bronzată și mâinile aspre ca ale cuiva care lucrase pământul mulți ani. Părul ei cărunt era prins la întâmplare într-un coc în vârful capului, iar șorțul era plin de pete care nu mai ieșiseră la spălat.

— Intră! a spus ea morocănoasă.

Cu ochii ei strălucitori m-a examinat din cap până-n picioare – părul meu atent pieptănat, haina din fetru cenușiu spre violet cu guler din catifea de culoarea prunei. Mi-a luat-o de pe umeri și a ținut-o în mâinile ei ca pe un copil. Am văzut-o chiar mângâind-o.

M-a condus în camera de zi și m-a așezat la masă. Apoi a plecat cu haina mea. Îmi era teamă să nu fugă undeva cu ea și să n-o mai văd decât după mult timp, pe spatele unei fiice de țăran din Naschmarkt, dar a trebuit să i-o dau. Mai târziu mi-ai dat seama că ea aprecia o haină frumoasă așa cum un inginer ar putea aprecia planurile arhitecturale ingenioase ale altcuiva. Știa câtă muncă fusese depusă și de aceea o admira. Tot ce știam pe atunci era că fusese foarte scumpă.

Mă întrebam oare ce trebuia să fac. Cumpărasem un bloc de desen și un mănunchi de creioane. Hârtia era subțire și ieftină, ca aceea de ziar. Puteam să văd prin ea așchiile de lemn. Am pus creionul pe hârtie, dar nu știam ce voiam să desenez. Bineînțeles, pentru asta erau profesorii.

Doamna Klimt s-a întors cu un halat mizerabil.

— Pune-l peste rochie, a spus ea. Să nu se păteze lâna merinos, e prea bună.

Am pus-o peste, întrebându-mă dacă halatul îmi va murdări rochia mai mult decât lecția de artă. Mirosea vag a argilă, ceea ce nu era neapărat neplăcut. Doamna Klimt s-a așezat lângă mine.

— Ce zi minunată! am spus eu politicoasă.

Nu a răspuns nimic, ci a continuat să se holbeze la mine fără să scoată un cuvânt. Trebuia să încerc în continuare să fac conversație sau nu? I-am zâmbit, dar ea nu mi-a zâmbit înapoi. De fapt, cutele dintre sprâncene i s-au adâncit, ca și când scruta depărtările.

Nu exista nimic în acea cameră care să dea de înțeles că acolo urma să se țină o lecție. Era o cameră de zi obișnuită, ca ale noastre, doar că mai neîngrijită. Covorul era ros până la urzeală, iar ferestrele înnegrite de funingine dădeau luminii un efect de sepia. Masa avea un aspect primitiv și unele scaune aveau picioarele rupte, chiar și cel pe care stăteam eu, dar țesătura roșie, din bumbac de pe masă avea brodate flori galbene, iar vitrina era plină de porțelanuri.

Klimt a apărut după câteva minute, aducând trusa care acum îmi era cunoscută. Aruncându-mi doar o privire, a așezat-o pe masă și a început să scoată de acolo bucăți de cretă, cioturi de creioane, radiere care arătau ca un gogoloi de lipici, niște bureți spălăciți și cârpe pline de vopsea. Arătau la fel de misterioase pentru mine ca artefactele egiptene.

— Aici avem tot ce ne trebuie, a spus el senin, ridicând o bucată de cărbune pe care o scosese de pe fundul cutiei.

— Am cumpărat creioane, am spus eu, arătându-i cutia din tablă nouă-nouță.

— E prea devreme pentru creioane, a răspuns el. Mai întâi cărbunele, apoi creioanele.

Fără tragere de inimă, am întins mâna spre fărâma cenușie. Nu aveam idee de ce o bucată de lemn comprimat, ars, nu mai mare decât degetul meu mic, era un instument mai bun decât un creion, dar trebuia să mă supun. Când mâna lui a atins-o pe a mea, am văzut că pe degetul mijlociu și pe cel mare avea bătături. Oare așa voi avea și eu? Mâinile tinerelor domnișoare ar trebui să fie foarte fine și albe. În fiecare sâmbătă le țineam în baie de zară[1] și le frecam cu suc de lămâie, ca să iasă petele.

— Nu-ți face griji, a spus el. Cărbunele este destul de dur, vei vedea.

M-am uitat în jos spre hârtie și nu am spus nimic.

El s-a așezat în fața mea.

— Acum, ce nu e bine? a întrebat el. Și nu-mi spune mie că totul este în regulă. Ești ușor de citit.

A fost o situație îngrozitoare. M-am înroșit și, deși încercam să nu o arăt, m-am înroșit și mai tare.

— Aș vrea să mergem la atelier, am spus eu. Locul ăsta nu mi se pare foarte artistic.

Klimt a râs și s-a împins pe picioarele din spate ale scaunului.

— Nu e nimic magic în legătură cu atelierul, crede-mă. Dar, dacă vrei, o să te duc acolo cândva, cu condiția să încetezi măcar puțin să te mai încrunți.

---

[1] Lichid albicios și acrișor care rămâne după ce s-a ales untul.

— Atelierul nu este un loc potrivit pentru o tânără domnişoară, a intervenit doamna Klimt, aruncându-mi o privire severă.

— Dar aşa facem mizerie în sufrageria dumneavoastră, am constatat eu politicos.

— Atâta vreme cât te întorci tu îngrijită la mama ta, asta e tot ce mă interesează, a spus doamna Klimt. Nu aş vrea să se supere pe mine.

Mă întrebam dacă o cunoştea pe mama. Oare ştia că mama uita din când în când cine suntem, şi asta vreme de câteva săptămâni?

Am studiat cărbunele din mână. Era lung, subţire şi incredibil de uşor. Îmi lăsa pe degete o urmă cenuşie.

— Eşti pregătită? m-a întrebat Klimt.

— Dar unde este şevaletul? am spus, luându-l prin surprindere.

— Astăzi vom sta la masă, m-a lămurit el.

Apoi a dat pânza roşie laoparte. Doamna Klimt a luat-o, a împăturit-o şi şi-a pus-o în poală. După aceea pictorul a scos o foaie de hârtie pe masă şi o cărămidă din trusă. Am încercat să-mi dau seama pentru ce era cărămida. Să ţină foaia să nu zboare? Să ascută creta? A pus cărămida în faţa mea şi apoi şi-a încrucişat braţele şi a rămas aşa. Aşteptam.

— Ei bine? a început el.

Se uita la mine nerăbdător. Razele dimineţii îi făceau ochii să pară mai albaştri şi mai luminoşi, prea strălucitori să îi poţi privi direct. În schimb, m-am uitat la barba lui.

— Ei bine, ce?

— Desenează.

— Nu înţeleg, am spus eu. Ce anume să desenez?

Mi-a făcut semn din cap spre cărămidă.

— Să desenez cărămida? am întrebat eu, nevenindu-mi să cred.

— Exact! a confirmat el. Desenează cărămida.

— Dar este doar... o cărămidă.

Știam că vorbisem ca o idioată.

— Și ce este o cărămidă? a insistat el.

Suna ca și cum îi dădea lecții unui copil foarte mic. Era o glumă? Dar el încă aștepta.

— Nu știu, lut ars într-un cuptor...

— Și articolele din ceramică sunt din lut arse într-un cuptor și, cu toate astea, acum nu confuzi urciorul cu această cărămidă, nu-i așa?

Nu se desfășura ca o lecție de desen obișnuită. Ar fi trebuit să schițez un bol cu fructe sau niște sticle, așa cum obișnuiam să facem la școală cu profesorul de desen. Nu știam ce să răspund.

— Nu, domnule, am spus eu.

— Știu că mă crezi nebun, a râs el, dar asta a fost prima mea lecție la școala de arte când aveam unsprezece ani și tot asta va fi și a ta. Încearcă să-mi dai o definiție mai concretă. Nu o să te doară.

Am tras adânc aer în piept.

— O cărămidă este o bucată de lut dreptunghiulară, care se arde într-un cuptor și care se folosește ca material de construcție.

— Excelent! Acum uită tot ce tocmai am spus și desenează ce vezi.

Am ridicat cărbunele și am desenat un dreptunghi. Nici măcăr nu era umplut. Mi-a luat zece secunde. Am lăsat cărbunele jos și mi-am pus mâinile în poală.

— Ai terminat? a întrebat el, iar eu am dat din cap că da.

— Interesant! a rostit el gânditor, apoi a ridicat hârtia și s-a uitat la ea de aproape. Chiar asta ai văzut tu?

De ce ținea să fie ridicol cu tot dinadinsul?

— Da, domnule, asta am văzut.

— În regulă, mi-a zâmbit el. Următoarea sarcină este să te uiți la cărămidă douăzeci de minute și apoi s-o desenezi din nou.

— Trebuie să mă uit la ea douăzeci de minute?!

— Te voi cronometra. Poţi să începi.

Am crezut că o să mor de plictiseală. Cărămida se afla acolo, în faţa mea, anostă şi tare. M-am uitat la ea. Doamna Klimt încă stătea lângă mine. Nu păruse surprinsă sau amuzată de tot ce se întâmplase. Se uita prin bucătărie, de parcă se gândea la plăcintele pe care le avea la cuptor. Probabil chiar se gândea. Faţa de masă încă se afla în poala ei. Unele flori brodate aveau câteva fire lipsă. Majoritatea aveau nişte fire negre, care trasau conturul petalelor. Mi-am îndreptat privirea spre raftul din faţa mea, unde o iederă de salon dintr-un vas de ceramică se ofilea. Mai jos, două păstoriţe din porţelan se uitau încruntate una la alta, luptându-se pentru o oaie singuratică, tot din porţelan. Klimt stătea în faţa mea, fluierând nepăsător şi desenând. M-am uitat la hârtia lui. Desena cărămida.

A simţit că îl priveam.

— Mai ai zece minute, mi-a spus el.

— Dumneavoastră de ce o desenaţi? l-am întrebat. Deja sunteţi artist.

— Pentru că un artist poate învăţa mereu dacă se uită, indiferent de cât de banal este obiectul.

Răspunsul lui m-a făcut să mă ruşinez şi să mă uit la obiectul pe care trebuia să-l desenez.

Era roşie. Un roşu spre portocaliu-închis, ca sucul de roşii. În unele zone era neagră de cum fusese arsă, iar în altele carbonizată de tot, până la cenuşă. Era găurită. La un capăt era plină de striaţii. Am ridicat-o. Pe masă au căzut câteva fire de praf. M-am uitat la Klimt să văd dacă aşa era normal, dar el nu-mi acorda atenţie deloc. Era aplecat asupra desenului, ţinând în mână o radieră.

Colţurile cărămizii nu erau drepte, aşa cum crezusem. Erau ondulate şi inegale, la fel ca vocea mea atunci când încercam să cânt. Cum să fac acest obiect tridimensional? Cum să-i surprind textura?

M-am uitat la ceas. Încă trei minute.

— Este prea greu, am spus eu.

Aveam ochii plini de lacrimi de frustrare. Am încercat să le șterg pe ascuns. Klimt și-a ridicat privirea. A închis blocul de desen și l-a pus pe podea.

— Acum ești pregătită să înveți, mi-a răspuns el.

Apoi și-a întors desenul spre mine. Arăta ca o felie de brânză mucegăită, deși nu încăpea îndoială că era o cărămidă, și nici că n-ar fi fost cărămida care se afla în fața noastră, pe masă. Era mai detaliată și decât o amprentă.

— Nu pot să fac asta, m-am plâns eu.

Îmi simțeam lacrimile în gât și am tușit ca să scap de ele.

— Bineînțeles că nu poți, a spus el. Cel puțin, nu astăzi. Dar te străduiești să privești cu atenție, vei putea.

La sfârșitul lecției aveam câteva foi cu ceea ce trebuia să fie o cărămidă, dar care semăna mai mult cu niște vânătăi pe piele. Când a expirat timpul, a pus cărbunele înapoi în cutie și a încuiat-o. A luat hârtiile de pe masă și m-a întrebat dacă aș vrea să le păstrez. Am clătinat din cap. Mă gândeam că le va mototoli într-un ghem și că le va arunca în sobă, dar în schimb el le-a împăturit cu atenție.

— Ia-le, m-a îndemnat el. Într-o bună zi o să vrei să le revezi. Și o să te amuzi.

Mi s-a părut greu de crezut, dar am acceptat. Apoi m-a condus spre chiuvetă, ca să mă spăl. Când m-am privit în oglindă, am văzut că aveam dungi de cărbune sub ochi, de când încercasem să-mi șterg lacrimile. Arătam ca o văduvă îndurerată. Și el nu spusese nimic.

Tata era deja la ușă.

— Așteaptă aici, m-a oprit el. Trebuie să vorbesc cu domnul Klimt.

Pentru prima oară îmi era teamă. Desenul meu ieșise foarte rău. În ciuda faptului că eu chiar mă străduisem. Mă gândeam că probabil Klimt era supărat fiindcă făcuse o asemenea greșeală. Avea să-i spună tatei că, până la urmă, lucrurile n-au mers atât de bine. Iar tata avea să se enerveze pe mine și să-mi spună că sunt o rușine pentru el, fiindcă dădusem greș.

Am rămas în trăsură, așteptând inevitabilul. M-am ascuns sub pătură, dar, cu toate acestea, încă tremuram. Tata s-a apropiat de trăsură fluierând o melodie, ceea ce era un lucru neobișnuit pentru el. Nu părea deloc nervos, dar m-am gândit că poate toată veselia asta era ca să-și păstreze imaginea în fața birjarului.

— Ai vrea să oprim la Demel în drum spre casă? Nu au ei o tartă cu ciocolată și alune care îți place ție?

Oare ce-i spusese Klimt? Nu am aflat niciodată.

Când am ajuns acasă, i-am arătat desenele lui Helene.

— Ce ar trebui să fie? a întrebat ea, iar eu i-am explicat.

— Nu mă mir că te-a ales pe tine, a spus ea. O să ne coste o avere până o să reușești să desenezi.

Apoi Helene s-a înviorat pentru o clipă.

— Dar ai făcut asta cu un scop, nu-i așa? Deci n-o să trebuiască să te mai duci.

Apoi mi-a văzut expresia.

— O!

Sâmbăta următoare tata m-a dus iar acasă la Klimt. Și următoarea, și următoarea. În fiecare sâmbătă stăteam la masa acoperită cu pânză roșie. La a doua lecție am trecut la sfere desenate cu latul cărbunelui, ca să creeze efectul de volum. Am desenat cu ochii închiși. Am desenat fără să mă uit la foaie. Am mâzgălit niște cercuri, în linie continuă și hașurând apăsat. Am desenat lucruri pe care nu mă gândisem vreodată să le desenez: o carte deschisă de pe masă, un porumbel mort. La sfârșitul lecției, doamna Klimt scotea întotdeauna niște brioșe cu stafide dintr-un coșuleț împletit, apoi îi turna cafea lui Klimt și lapte fiert pentru mine. Încercam discret să culeg stafidele.

De obicei, Klimt era răbdător și binedispus, dar câteva lucruri îl scoteau din sărite. În primul rând, după prima lecţie am refuzat să port halatul. Nu voiam să arăt urât în timp ce desenam, i-am spus eu. Mi-a amintit că nu-i păsa nimănui câtuşi de puţin cum arătam. Au fost oare desenele lui Ingres respinse de Şcoala de Arte Frumoase fiindcă avea părul neîngrijit? Oare i s-a interzis lui Toulouse-Lautrec să picteze fiindcă avea o malformaţie? Dar eu eram încăpăţânată. Când am ajuns acasă am scuturat praful de cărbune de pe rochie şi mi-am curăţat pantofii şi haina, dar chiar şi aşa surorile mele continuau să mă strige „slujitoarea".

Mi-a spus că ţineam greşit cărbunele. Nu era un pumn de bani, ci un ghem de mătase care trebuia desfăşurat. Dacă-l ţii prea strâns, rişti să se încurce. I-am spus că, dacă slăbesc strânsoarea, îl pot scăpa. A insistat că dacă îl ţin prea strâns, îl rup, că ar trebui să am încredere în el. Cum să am încredere în el, m-am gândit, când mă pune să fac aceste desene îngrozitoare, urâte? Desenam mai bine când eram mai mică şi mi se permitea şi să mâzgălesc pe spatele hârtiei motolite şi folosite. Dar nu am spus nimic şi am încercat să fac aşa cum mi-a cerut.

Dar principala lui nemulţumire era că nu aveam deloc răbdare, că nu-mi luam îndeajuns timp să mă uit. Voiam să iasă bine, dar nu îndeajuns de mult ca să accept pe deplin o ucenicie istovitoare. Ăsta era adevărul. Nu aveam niciodată răbdare. Şi la doisprezece ani este dificil să te uiţi prea mult la ceva, în afară de propria-ţi persoană.

Într-o sâmbătă m-a întâmpinat în uşă şi mi-a spus că vom merge în Grădina Poporului.

Făcuserăm deja jumătate de oră ca să ajungem la el acasă. Ne lua mai mult de jumătate de oră ca să ne întoarcem în centrul oraşului. De ce nu făcuse aranjamentele cu o săptămână înainte? Şi cum aveam să ajungem acolo?

Cu trenul, a spus el. De ce mergeam în Grădina Poporului, voiam eu să ştiu. Aveam să desenez flori, oameni sau templul? Să-mi las caietul de schiţe acasă, mi-a spus el. Pentru o oră va trebui să nu fac nimic altceva decât să mă uit.

Nu-mi părea cu nimic diferit față de uitatul pe fereastră, așa că a venit ca o scutire binevenită de la exercițiile plictisitoare.

În tren era multă gălăgie. Am stat tăcuți pe platforma unde se prindeau vagoanele între ele, în timp ce trenul se oprea și pornea din nou. Mă concentram să nu-mi pierd echilibrul și să mă lovesc din greșeală de mâneca lui.

Am coborât la Karlsplatz. Până acum nu mai rămăsesem singură cu el și habar nu aveam ce să spun în timp ce mergeam. Am așteptat uitându-mă în jos la fusta mea, care se umfla în valuri în bătaia vântului. Frunzele pestrițe de sub picioarele mele erau la fel de umede ca pâinea înmuiată în lapte. Petrecusem atât de multe sâmbete luminoase stând înăuntru, de ce se hotărâse ca astăzi să ieșim în parc? Era oare exasperat de performanțele mele atât de slabe? Obosise să-mi mai dea lecții?

— Acolo este Casa Artiștilor, a spus el într-un final, arătând cu degetul spre clădirea imensă. Toți artiștii se întâlnesc acolo, își pun pe pereți anunțurile și tot aici se țin lecturi și spectacole.

— E drăguț, am răspuns eu politicoasă.

— Chiar crezi? s-a mirat el, oprindu-se în loc. Sau doar ai spus ce creadeai că vreau să aud?

M-a luat de umeri și m-a întors cu fața spre clădire. Mă prinsese cu mâța-n sac.

— Bineînțeles că nu este drăguță, am început eu. Partea de jos este prea fragilă în comparație cu partea de sus, ori partea de sus este prea masivă pentru cea de jos, și toate aceste sculpturi din marmură sunt pur și simplu vulgare.

— Asta-i fata mea! a râs el. Niciodată n-o să mă jignești dacă îmi spui adevărul, să ții minte asta.

— De ce este Casa Artiștilor atât de urâtă? am întrebat eu.

— Din cauza comitetelor. Un comitet încearcă să mulțumească pe toată lumea și sfârșește cu cele mai rele părți din toate ideile discutate. Casa Artiștilor este plină de comitete.

Și eu fac parte dintr-unul, Comitetul de Spectacol Ambulant. Încercăm să aducem aici munca artiștilor străini ca Pissaro sau Turner sau Burne-Jones, ca oamenii să îi poată vedea. Dar Comitetul Financiar vrea să desfiinţeze Comitetul de Spectacol Ambulant pe motiv că este prea costisitor, astfel că îl include în Comitetul de Expoziție Generală. Asta este ultima controversă. Artiștii sunt îngrozitor de angajaţi politic.

— Deci credeţi că ar fi mai bine dacă și Casa Artiștilor ar urma principiile monarhiei? l-am întrebat eu direct.

Nu știu de ce am spus asta. Probabil doar ca să mă dau mare; studiaserăm la școală sistemele politice.

— Da, și eu să fiu rege! a răspuns el ca să mă tachineze. Ce-i în neregulă cu asta?

Am ridicat din umeri fiindcă nu-mi păsa deloc cine conducea Casa Artiștilor, apoi m-am oprit să mă uit pe fereastra unei brutării pe lângă care treceam, unde un tort cu caramel care arăta extraordinar de delicios trona pe un platou din cristal.

— Îţi plac dulciurile? m-a întrebat el, privindu-mă. Să văd, poate vrea mama să facă ceva cu ciocolată data viitoare.

— Cu alune, am spus eu, apoi m-am simţit vinovată. Dacă nu este prea scump, am adăugat apoi.

— Ești socialistă? a continuat el, revenind la discuţia despre Casa Artiștilor. Oare ce-ar spune tatăl tău?

— Nu sunt de niciun fel. Doar că mi se pare mai important ca toţi să poată să-și exprime părerea decât să existe o singură persoană care să le spună tuturor ce să facă.

— Tu crezi că ar fi mai bine să se cunoască opinia tuturor, dar majoritatea oamenilor nu au opinii care să merite luate în seamă. Mai ales când vine vorba de artă.

M-am gândit la tatăl meu și la birjarul cu ţigara care scotea un fum înţepător și m-am hotărât să-i dau dreptate.

Ajunseserăm în Grădina Poporului și Klimt m-a condus spre o bancă, a scos din buzunar o batistă cu un miros neplăcut și a curăţat-o. Banca era micuţă și, chiar și așa, ștearsă, tot simțeam că răceala ei îmi intra în oase. Voiam să mă ghemuiesc ca un copil lângă Klimt ca să mă încălzesc, dar nu puteam. Am rămas nemișcată, încercând să nu tremur. Puteam să văd cum îmi ieșeau aburi din gură când respiram.

Aerul era dens și cenușiu, iar ploaia rece amenința să se transforme în ace de gheață. Toți care treceau păreau foarte concentrați, hotărâți să îndure disconfortul creat de frig, gândindu-se la cafeneaua sau la căminul care-i așteptau. Niciunul dintre trecătorii cărora le clănțăneau dinții de frig nu ar fi ieșit afară dacă ar fi fost după ei. Îmi era greu și mie să-i urmăresc. Îmi amorțiseră picioarele. Trecuseră zece minute, apoi douăzeci. Klimt nu spunea nimic. Când mi-am întors privirea spre el, avea aceeași expresie pe care o avea și mama lui când stătea la masa din bucătărie.

— Așa vă torturați toți elevii? l-am întrebat după treizeci de minute.

A tresărit, de parcă uitase că eram acolo, apoi s-a întors spre mine confuz:

— Nu am alți elevi, a spus el.

— Credeam că... m-am poticnit eu, încercând să găsesc un răspuns cât mai elegant.

— Că probabil am foarte mare nevoie de bani de îți dau ție lecții? a continuat el pe un ton distrat. Când făceam parte din Comitetul de Teatru, aveam o grămadă de bani. Am încercat să-i cumpăr mamei o altă casă, dar îi plăcea aia pe care o avea. Se obișnuise cu ea. Tatăl meu a făcut-o să se mute de câteva ori pe an, timp de douăzeci de ani, promițându-i mereu că următoarea va fi mult mai bună, dar întotdeauna era și mai rea. Acum spune că nu o să se mai mute niciodată.

— Și dumneavoastră? Nu aveți nimic, am spus, gândindu-mă la costumul său nepotrivit.

— Eu pictez. Nu am nevoie de nimic altceva.

— Atunci de ce am devenit eu eleva dumneavoastră?

— Toți avem nevoie de un discipol.

— Eu nu sunt discipol! am sărit eu uimită, ceea ce m-a făcut să par cam grosolană. Sunt groaznică.

— Nu ești atât de groaznică pe cât crezi tu.

Aproape că era un compliment, singurul pe care mi-l făcuse, așa că nu știam cum să reacționez. M-am uitat repede primprejur, căutând ceva cu care să îl distrag. Am zărit o femeie cu părul roșcat, care stătea rezemată de trunchiul unui copac închis la culoare și neted. Imaginea parcă era un omagiu adus contrastului. În timp ce vorbeam, mă gândeam la acea femeie. Nu era cu mult mai mare decât mine ca vârstă și nici nu purta pălărie, ceea ce era o prostie, ținând cont de vremea de afară. Era palidă și părea îngrijorată. Își mișca mâinile întruna, netezindu-și părul sau aranjându-și haina. Oare pe cine aștepta?

După o oră, în drum spre gară, mi-a spus că schițele pentru teatru aveau să fie expuse la Căminul Artiștilor într-o săptămână.

— Ar trebui să vii, a spus el, și să-ți aduci și părinții ori surorile. Va fi și o ceremonie.

Era important pentru un student să vadă munca maestrului său.

— Apoi poți să decizi dacă merit să fiu respectat, a continuat el.

I-am spus că o să încerc să ajung.

I-am povestit lui Helene. Am hotărât să nu le spunem părinților, care cu siguranță ne-ar fi interzis să ne ducem. Plănuiserăm să inventăm o scuză și să plecăm singure. Nu era mult de mers; am fi putut să ne grăbim înapoi înainte să ne observe cineva. Le-am spus că ne ducem până la cafenea ca să ne luăm o ciocolată cu frișcă. Din fericire, Pauline n-a vrut să ne însoțească. Credea că mergem să ne uităm pe furiș la vreun ospătar nou, care pe ea n-o interesa. Așa că a preferat să rămână acasă să citească o carte.

Planul nostru părea ingenios până când a trebuit să urcăm scările clădirii despre care același Klimt mă forțase să admit că era urâtă. Urâtă sau nu, era o arhitectură intimidantă pentru două fetişcane. Toţi cei de acolo erau mai mari decât noi, stăpâni pe ei. Arătau de parcă ştiau exact unde se duc. Am urmărit cum câteva grupuri deschideau uşile principale şi apoi dispăreau, după care am tras adânc aer în piept şi ne-am strecurat şi noi înăuntru.

Podeaua din sala rotondă avea pe jos plăci de mozaic, iar pe tavan erau pictate fresce cu îngeri. La o masă lungă, artiştii îşi turnau în pahare ieftine vin, care încă bolborosea şi fermenta în sticlă. Se aflau acolo multe persoane despre care Klimt îmi vorbise, persoane care pozaseră pentru el, printre care şi Katherina Schratt şi prinţul moştenitor. Sau, cel puţin, aşa mi-a spus Helene mai târziu. Eu nu puteam să văd decât schiţele.

Erau doar nişte suluri de hârtie lungi, fixate pe pereţi, înconjurate de lumină de parcă ar fi fost nişte candelabre de cristal. M-am apropiat foarte tare ca să desluşesc mişcările pensulei. Vopseaua curgea pe hârtie în râuri şi se vărsa în râuleţe. Credeam că puteam să-mi dau seama care-i aparţineau lui Klimt. Era greu de explicat cum. Erau mai puţin studiate, deşi nicidecum neglijente, din contră. Mişcarea pensulei părea la fel de firească precum arcuşul unui virtuoz.

Fiecare imagine făcea parte din istoria teatrului, de la un amfiteatru grecesc până la o piesă vieneză de anul trecut, dar încă nu ştiam asta, pentru că rămăsesem vrăjită în faţa unei imagini, o reprezentaţie elizabetană, a piesei „Romeo şi Julieta", toţi protagoniştii fiind îmbrăcaţi în catifea moale, albastru-păun şi verde. Mi s-a părut că-l recunosc pe Mercutio.

Nu ştiu cât timp a trecut de când stăteam acolo, până ce Klimt m-a zărit. Probabil mă urmărise cu privirea câteva clipe, fiindcă m-a întrebat dacă mă simt bine. Ni l-a prezentat mie şi lui Helene pe fratele său, Ernst. Helene i-a mărturisit lui

Ernst cât de mult îi plac schițele. Eu, pe de altă parte, nu puteam să scot un cuvânt.

— Nu-ți plac deloc? a întrebat Klimt îngrijorat.

Helene i-a explicat că uimirea aia tâmpă fusese dintotdeauna răspunsul meu pentru ceva ce chiar apreciam. I-a povestit despre prima oară când am mers să vedem caii din rasa Lippizan și și-a dat seama că apreciam schițele lui cel puțin la fel de mult sau poate chiar mai mult decât acei cai albi care dansau.

Chiar trebuia să mă trădeze ea așa?

Apoi Klimt mi-a adus niște vin. Nu i-am spus că nu am voie să beau.

— Deci îți plac? m-a întrebat iar.

Nu am putut decât să dau din cap. Vocabularul meu de școlăriță părea destul de inadecvat aici și dintr-odată m-am simțit intimidată de el. Veneau întruna oameni lângă noi care îi strângeau mâna lui Klimt. Nici măcar nu se uitau la mine și mi-am dat seama cât de neimportantă eram probabil în viața lui. Fiind vernisajul lui, ar trebui să mă lase pe mine și să se ducă să vorbească cu oameni importanți, așa că mi-am închipuit că doar din politețe încă se află aici.

— Unde o fi Helene? am întrebat eu, încercând astfel să găsesc o scuză. Trebuie să mă duc s-o caut.

— Este o domnișoară destul de matură. Poate să aibă și singură grijă de ea. Hai să-ți arăt și restul.

Așa că m-a condus mai departe prin încăpere și mi-a arătat diverse tablouri, spunându-mi cui aparținea fiecare, șoptindu-mi câteva mici bârfe, astfel încât nimeni să nu ne poată auzi, explicându-mi de ce făcuse unele lucruri într-un anume fel. Chiar mă întrebam ce se întâmplase cu Helene, dar imediat apoi am uitat de ea.

— Îți place? continua să mă întrebe. Ești sigură?

Voia să știe de ce îmi place. Când i-am spus că mi se pare frumos, s-a încruntat. Nu acesta era răspunsul corect. Am încercat să-i explic de mișcarea pensulei, dar mi-a spus că orice artist care își merită halatul poate face asta. Nu am știut ce altceva să mai zic.

— Nici nu mai contează, a continuat el. Eu am greșit.

Nu i-am înțeles tristețea neașteptată. Nu-l mai văzusem niciodată așa. Părea că, de fapt, tocmai petrecerea, care ar fi trebuit să fie punctul culminant din tot acest proces, îl întrista. Nu l-am putut convinge că munca lui era bună.

Un bărbat blond, masiv s-a apropiat de noi chiar când dezbăteam secțiunea greacă.

— E Moll, m-a lămurit Klimt. Nu prea am chef să vorbesc cu el acum.

Așa că m-a împins spre spatele sălii. Credeam că avea de gând să ne ascundem după draperii, dar Moll ne-a acostat chiar la țanc.

Îl mai auzisem pe Klimt vorbind despre Moll. Avea o personalitate puternică și-i plăcea să organizeze lucrurile, ceea ce-l făcea un tovarăș de valoare. Știam că și Klimt îl place, dar avea îndoieli în ceea ce privește statutul său de artist.

L-a bătut pe Klimt pe spate, aproape dărâmându-l.

— Maginific! a exclamat tare cu vocea lui groasă. Un triumf!

— Scutește-mă cu prostiile, Moll! i-a retezat-o Klimt. Asta să le-o spui reporterilor, mie trebuie să-mi zici ce crezi cu adevărat.

— L-ai întrecut pe Makart, a continuat Moll. Chiar ai reușit să surprinzi spiritul vienez.

— Știu, a oftat Klimt. Tocmai asta-i problema. Este plictisitor și burghez.

Părea înfrânt. Mă întrebam oare cum arăta o reușită de-ale lui, dacă ăsta chiar era un eșec.

— Ești epuizat, a zis Moll, și te-ai uitat atât de mult la ele, încât nici nu le mai vezi. Hai afară cu mine să bem un pahar, ar trebui să te ajute. Oricum vreau să discut ceva cu tine.

Klimt mi-a întors un zâmbet încercând astfel să se scuze, iar Moll l-a condus afară. Mi-am dat seama abia după ce au dispărut că nu m-a prezentat lui Moll și că acesta nici măcar nu s-a uitat la mine.

Am găsit-o pe Helene discutând despre Schiller cu o fată cu doi ani mai mare, pe care o știa de la școală. În drum spre casă mi-a spus că Ernst o întrebase dacă ar vrea să pozeze pentru el la următorul lor proiect, o pictură murală în stil roman pentru castelul Esterházy din afara Budapestei. I-a spus că ar fi de acord doar dacă aş putea să vin şi eu. Şedinţele s-ar ţine la atelier.

Una era să te furișezi la o galerie de artă într-un spațiu public și alta era să te duci singură în atelierul unui artist. Am fi riscat totul, și amândouă eram conștiente de asta. Cu toate acestea, nici eu, nici Helene nu am ezitat. Am petrecut întreaga noapte discutând despre cum să facem fără ca părinții noștri să afle.

Apoi, când mă gândeam la el, nu-l mai numeam Klimt, ci Gustav. Și m-am gândit la el și mai mult. Era de parcă îi despicasem pieptul și văzusem cum îi bate inima, astfel încât nu am mai putut niciodată să îl privesc așa cum o făcusem până atunci. Mi-am spus că îi admir talentul, că este un profesor bun, că, în afara lecțiilor, a devenit cumva prietenul meu. Dacă cine știe cum va ieși la suprafață un gând care ar indica ceva mai mult de atât, îl voi reprima negreșit.

5

Kammer am Attersee
11 noiembrie 1944

Astăzi a venit la noi acasă vecinul Heitzmann, cu un coş plin de legume: ceapă roşie, ceapă dulce, păstârnac, morcovi mici, rotunjori, cu nişte capete stufoase, care se revărsau ca părul unei sirene. Nevasta lui împletise coşul din lăstari înmuiaţi în apă. Acest obiect mi se părea la fel de frumos ca un tablou cu natură moartă şi aproape că am plâns. Spuneau că au prea multe, a minţit el. Dacă nu le mâncăm, o să se strice. El şi soţia lui au şapte copii şi nici nu plouase cine ştie ce vara asta, dar nu-i puteam refuza.

Îl ştiam dintotdeauna pe Heitzmann. Fusese un copilaş îmbujorat şi grăsuţ, care mai apoi a devenit un băiat de-a dreptul dolofan şi roşcovan şi care ne aducea ouă şi lapte de la ferma tatălui său, aflată pe partea cealaltă a străzii. Acum este slab şi bronzat, dar tot mai roşeşte când e cald sau când e jenat şi se bălăngăne înainte şi-napoi în cizmele lui cu ţinte, la fel cum făcea când era mic. S-a însurat cu o fată din St. Wolfgang, pe care a întâlnit-o la festivalul recoltei. Aşa merg lucrurile pe aici.

Îi părea rău pentru noi, ştiu. Cândva, eu şi surorile mele eram nişte domnişoare de rang înalt pentru el. Acum trebuise să-i scriu ca să-i cer ajutorul şi iată-mă, slăbită şi singură. Nicio rudă în afară de nepoata mea. Viaţa modernă, sofisticată pe care o avusesem în Viena părea atât de departe acum, iar banii nu mă ajutau deloc în aceste condiții.

I-am mulțumit recunoscătoare pentru legume. Cu o seară înainte nu mâncaserăm decât niște cartofi pe care-i găsiserăm în cămară, deja încolțiți, ale căror tulpinițe păreau niște șerpișori verzi, târâtori. I-am prăjit, dar tot mai aveau gust amar și făinos. Alături de biscuiți și cafea, nu prea păreau o masă potrivită.

Helene l-a întrebat dacă soția lui n-ar dori să ne coacă niște pâine și, astfel, să câștige niște bani. Pot să spun că apoi s-a simțit puțin vinovată, plătind pe cineva să facă ceva de care eram și noi capabile, dar niciuna nu se pricepea să coacă și nici nu aveam suficientă energie. Am ascultat cum au stabilit un preț și un program de livrare. Acesta a spus că-l va trimite pe fiul său Hermann marțea și sâmbăta cu o bucată de pâine de secară și una de pâine integrală.

După ce a plecat, mi-am pus o haină și am ieșit să inspectez locul unde înainte fusese grădina noastră. Dacă aveam să stăm aici o perioadă mai lungă de timp, trebuia să cultivăm noi legumele. Nu puteam să depindem de Heitzmann pentru totdeauna; i s-ar putea întâmpla oricând ceva.

Cărarea pietruită care începea din fața verandei era acoperită de buruieni și greu de zărit. Lichenii se răspândiseră spectaculos printre pietre și m-am aplecat să examinez încrețiturile coraline și reflecția razelor de lumină. La poalele copacilor era plin de ciuperci. Nu puteam să-mi amintesc care erau sau nu comestibile. Poate găsesc o carte în bibliotecă, ca să-mi reîmprospătez memoria.

În grădină aveam trandafiri și tot felul de mirodenii: rozmarin pentru pâine și levănțică de pus în săculeți. Probabil una dintre noi o să se lase furată de entuziasm și o să cultive și alte plante mai exotice: bumbac, plantă de indigo sau duzi. Speram să avem viermi de mătase. Am crescut orhidee și bonsai în seră. O dată am reușit chiar să creștem un ananas. Dar asta se întâmpla cu mult timp în urmă. Tot ce am găsit acum acolo a fost pământ bătătorit, unde erau încâlcite buruieni ofilite, ca un mormânt după un an de la înmormântare. Totul era împânzit cu buruieni, care se dezvoltau nestingherite, așa cum făcuseră întotdeauna: coada șoricelului, flori de sânziene și ciulini. Banca din piatră era tot acolo, tocită și roasă de vreme, și ceasul solar, cu cadranul din alamă, era acum îndoit. În orice caz, în această perioadă a anului nu e cine știe ce soare.

Era liniște, așa cum îmi aminteam din copilărie. Mai târziu, orășenii cu mașini decapotabile aveau să claxoneze, să țipe și să fluture din mâini în timp ce se îndreptau spre vreun picnic sau o ieșire cu barca, dar acum nimeni nu mai are nici măcar bani de benzină, iar dacă totuși merg la un picnic, eu n-am de unde să știu. Toți se plimbă, iar unii ies cu bicicleta. Uneori se aude zornăitul unui cărucior de la fermă sau cum o vacă mugește la o alta, însă cele mai puternice sunete sunt cele ale respirației mele sau când bat cu degetele într-o piatră.

Aici sunt peste tot fantome, nu din acelea care umplu paginile revistelor cu istorisiri supranaturale sau din acelea îngrozitoare, despre care povestesc școlarii în jurul focului de tabără, ci unele care ne chinuie, dar în același timp ne alină suferințele. Gustav stă pe bancă, lângă mine, desenându-mi încheietura mâinii cu un creion cu mină de cărbune. Apoi țipă la mine de sub capa neagră a camerei greoaie, din lemn, pe care o avea pe atunci. Stai nemișcată, spunea el, chiar dacă știa că eu știu ce am de făcut. Mama citește scrisori cu voce tare sub coroana unei zade. Pauline stropește frunzele trandafirilor cu o soluție cu piper roșu, în timp ce Helene face vocalize. Tata e în pădurea din spate, studiind păsările și notându-și observațiile într-un jurnal cu copertele roșii, din piele.

Cea mai rea dintre toate este fantoma mea: fie slăbită de dor în timp ce pozez, fie mândră pe când îmi expun propriile desene, fie tachinând-o pe mama pentru accentul ei prea corect, fie căutând melci în grădină sau alergând să-i dau un sărut tatei ori să sperii toate păsările.

În spatele grădinii se află sera pe care Gustav o folosea pe post de atelier pe vremea când stătea cu noi. Câteva geamuri sunt sparte. Acum toate au devenit opace din cauza mizeriei. Poate Heitzmann ar fi în stare să curețe zdravăn locul ăsta. Mi-e teamă să intru. E ca atunci când găseşti un borcan în fundul răcitorului. Nu-ţi mai aminteşti ce conține, dar ştii sigur că nu are cum să fie ceva bun. În orice caz, trebuie să-mi înfrunt teama. Aşteptarea nu mă va scăpa de asta.

Mă învârt o vreme, strivind sub tălpi câteva spice de pir. Clanța îmi arde mâna într-un mod destul de plăcut. Ușa e înțepenită, bineînțeles. Mă împing în ea și pășesc înăuntru. E răcoare și umezeală, ca într-o cămară cu cartofi. Mijesc ochii ca să pot să disting prin întuneric. Apoi, pentru o secundă, inima îmi stă în loc.

Trei persoane se află la capătul opus al serei. Niște siluete firave, sfârșite: refugiați? fantome? Se uită spre partea din spate a atelierului improvizat, înspre păduri. Stau în poziție de drepți, într-un fel de formație, ca soldații. Par să nu mă observe. Mă dau puţin în spate, cât să-mi recapăt suflul.

Apoi, într-o clipită, îmi dau seama că sunt doar siluetele unor șevalete din lemn. Inima mea începe să bată din nou și mă amuz în sinea mea. Cândva eram mai curajoasă.

Câteva rozătoare şi veverițe cu siguranță și-au făcut un culcuș prin colțuri, cărând înăuntru frunze și iarbă pentru vizuine. E acolo și o masă veche, de-a bunicii. Prima oară a fost în bucătărie, apoi am mutat-o pe verandă și, în final, când până și tata a fost de acord că era prea zgâriată și uzată ca să o mai ținem în casă, a fost izgonită în atelier. Acum lacul i s-a crăpat și i s-a cojit din cauză că apa de ploaie s-a scurs prin niște găuri din tavan.

Iată și un rând de găleți galvanizate şi un raft cu stropitori, niște mănuși groase, cizme de cauciuc de mai multe mărimi, precum și cazmale. Două lopeți zac încrucișate pe jos, ca un blazon. Încă miroase ca odinioară, a lut de modelat și benzină, chiar dacă niciodată nu am ținut combustibil aici. Solvenți de vopsea probabil.

Pe raftul de lângă cazmale găsesc pachetele de semințe. Etichetele s-au șters de tot. Îmi vărs unul în palmă: semințe de floarea-soarelui sau dovleac, cred. Semințele din celălalt pachet sunt mucegăite și pe jumătate mâncate. Următoarele, totuși, sunt micuțe și maronii. Nu vor mai crește niciodată, a trecut prea mult timp. Cu toate astea, răstorn la loc semințele în plicul lor și îmi pun niște mănuși. Iau o lopată și mă duc în grădină. Este o senzație plăcută să despic iarba strâns împletită ca un sac de pânză, să sparg crusta pământului și să-l răstorn ca pe o clătită, dar în același timp este o muncă istovitoare și umerii îmi iau foc imediat. Gâfâi după aer și știu că m-am aprins tare la față, într-o nuanță de violet deloc plăcută.

După aproape jumătate de oră am făcut șapte gropi onorabile. Din fericire, nu e nevoie să fie prea adânci, nu pentru acest tip de semințe, de orice soi vor fi ele. Răstorn câteva în fiecare groapă și le acopăr. Ar trebui să le ud sau așa o să le înece? Pământul are destule substanțe nutrivite ca să poată crește?

Mă întind pe iarbă lângă parcela proaspăt cultivată și inspir mirosul pământului. Dacă ar fi fost Gustav aici, ar fi adus o pătură din casă și m-ar fi desenat în timp ce dormeam. Dacă ar fi fost aici, ar fi săpat toate gropile în locul meu și ar fi reparat ceasul solar și, după asta, am fi trecut peste drum și am fi furat mere din livada lui Heitzmann. Dacă Gustav ar fi fost aici, m-aș fi dezbrăcat de toate hainele și m-aș fi oferit lui ca și cum i-aș fi întins o tavă cu pepene și rodii.

FATĂ ADORMITĂ, 1889

Maria era o spălătoreasă de șaptesprezece ani, care stătea nu foarte departe de atelier. Locuia cu tatăl ei într-o cocioabă, cu o mușama prinsă în ferestre și acoperiș de paie, care niciodată nu reușea să țină departe ploaia. Cădea tencuiala și lipseau și câteva cărămizi. Tatăl ei era bolnav, un bețiv. Mâncau doar din ce se afla prin ogradă și lua haine la spălat ca să poată plăti restul lucrurilor de care aveau nevoie. În fiecare zi se ducea la biserică și încerca să se țină departe de muncitorii portuari periculoși și de cei de prin împrejurimi. Centrul orașului nu era foarte departe, dar trebuia să mergi mult dacă nu aveai o căruță a ta sau bani de bilet. Fusese o singură dată, când era doar o copilă, să vadă ceremonia nunții de argint, aniversarea a douăzeci și cinci de ani de căsnicie a împăratului cu împărăteasa. Și-a adus aminte de trăsurile mari, pline cu flori, și oamenii înspăimântători care o împingeau și aproape că o striveau. Când se gândea la Viena, se simțea deopotrivă uimită de parfumul și strălucirea ei, dar, în egală măsură, simțea și o frică viscerală din cauza aglomerației, a spațiilor fără aer. Voia să plece, să-și lase tatăl, să-și găsească o slujbă într-un magazin, să asculte muzică, dar îi era teamă. O fată ca ea, firavă și naivă, nu fusese pregătită să întâlnească un bărbat ca Gustav.

Maria stătea în genunchi lângă albie când a apărut el. Folosea bucățica de pământ dintre casa ei și cea din spate pe post de spălătorie. Corsetul rochiei îi era ud de la albia plină cu clăbuci din fața ei. În poartă stătea un bărbat cu barbă, fără pălărie și cu o mantie lungă, cu falduri. Pentru o secundă, s-a speriat crezând că este un mesager din ceruri, venit probabil să o ia într-o misiune specială și, cum Maria era o fată care încerca să nu atragă foarte mult atenția, s-a oprit din spălat și, cu capul aplecat, a bolborosit o rugăciune înflăcărată cum că nu ea era aleasa. Fusese învățată că, atunci când venea îngerul la tine, datoria ta era să te supui și, în cel mai rău caz, spera, dacă într-adevăr era un înger, să nu fie foarte dificil pentru ea ceea ce el cerea.

— O, continuă să speli! a spus bărbatul. Nu voiam să te deranjez. Doar că scoate un sunet atât de plăcut, nu-i așa? Ca de țiteră.

— Așa-i, a rostit ea, uimită că un asemenea înger putea să vorbească pe o voce atât de prietenoasă și blândă.

— Aș putea să încerc? a continuat bărbatul și, spre surprinderea ei, s-a apropiat și a îngenuncheat lângă ea, a luat scândura de spălat rufele, apoi și-a sprijinit-o pe poale. Trebuie să recunosc că sunt fascinat de astfel de lucruri. Ai făcut-o tu singură?

— Tatăl meu a făcut-o, a răspuns Maria. Înainte lucra ca tâmplar.

Maria era conștientă de mirosul sintetic al mantiei lui și se întreba dacă în loc de înger el nu cumva era scăpat din azil.

— Este obiectul perfect, a spus bărbatul, apoi și-a plimbat mâna pe șipcile de lemn, care vibrau de parcă era zumzăitul unei albine. De ajutor și frumos.

S-a uitat la ea și fata a tresărit sub privirea lui. El a zâmbit.

— Am nevoie de o spălătoreasă. La croitorie mi s-a spus că tu ai putea fi interesată.

Ușurată, Maria și-a dat seama că, deși bărbatul arăta ca o sculptură a Sfântului Petru în fața Catedralei Sfântul Ștefan, nu avea de gând să-i ceară să le predice leproșilor sau să se lupte cu necredincioșii.

— Desigur, domnule, a fost ea de acord.

— Numele meu este Gustav Klimt și sunt artist. În fiecare săptămână murdăresc o grămadă de cârpe și prosoape cu vopsea, alcool sau ulei. Nu sunt ușor de curățat. Cât crezi că meriți să primești pentru asta?

— Un șiling pentru zece cârpe, a spus ea după ce s-a gândit o clipă, sperând ca el să nu râdă la auzul unui preț atât de extravagant.

Auzise că artiștii erau bogați, dar bărbatul din fața ei cu siguranță nu avea nici bani să-și ia un costum.

Acesta a zâmbit.

— Nu ar trebui să ceri mai mult? a întrebat el. Sunt un artist foarte cunoscut. N-ar fi potrivit să se afle că te plătesc cu atât de puțin.

— Cinci cârpe pentru un șiling? a continuat ea timid.

— De acord.

S-a uitat la el cum o studiază, părul ciufulit, pistruii de pe piept.

— În sat mi s-a spus că te cheamă Maria.

— Maria Ucicky, a completat ea.

— Soțul tău este acel Ucicky care îmi vinde mie lemne pentru foc?

— Unchiul meu.

— Deci nu ești măritată?

Maria a clătinat din cap. El s-a încruntat, aparent indignat de gusturile proaste ale tinerilor localnici.

Timp de două luni, Gustav i-a adus cârpele în fiecare sâmbătă, pe care le lua înapoi lunea. Apoi într-o sâmbătă a întrebat-o dacă i le poate aduce ea la atelier luni.

— Voi plăti în plus, a lămurit-o el. Trebuie să termin o pictură până marți. Dacă nu, o să-mi pierd comisionul.

— Desigur, a fost ea de acord.

Luni și-a pieptănat părul subțire, și-a frecat cu seu mâinile tăbăcite și a pornit-o spre locul pe care el i l-a indicat.

Maria nu era îndeajuns de naivă încât să creadă că se va întâmpla ceva; ea și prietenele ei știau cum se sfârșeau astfel de lucruri. O fată ca ea nu avea cum să refuze un bărbat ca el, dar cineva ca el sigur i-ar ruina viața. După vizitele ei la atelier, Maria s-a dus să se spovedească și a cerut iertare. Era speriată de moarte. Prietenele ei au consolat-o, dar, cu toate acestea, erau invidioase. El îi cumpărase tot felul de lucruri, o pălărie, un șal. Au sfătuit-o să pozeze pentru el, să facă niște bani în plus, dar ea era prea timidă și se temea să nu-și piardă sufletul. Cu greu putea să îndure rușinea și vina când el o atingea, cum să rămână, atunci, fără nicio haină în fața lui? Nicio prietenă de-ale ei nu știa că în câteva luni avea să-i poarte copilul. Tatăl ei nu și-a dat seama; purta șorțuri largi și-l evita ori de câte ori putea. Gustav fusese bun și nu o alungase, dar nu-i spusese dacă avea să-i dea sau nu bani. Ar fi trebuit să știe că el n-avea s-o ia de nevastă. Nu știa cum o să crească un copil singură sau dacă tatăl ei o s-o arunce în stradă.

La atelier a vegheat focul, a dat cu mătura, a spălat ceștile de ceai, de parcă ar fi fost menajera și nu iubita lui. Uneori, când el era plecat, ea îl aștepta acolo, adormind pe divan cu mâna sub obraz, ca un copil. Chiar și când dormea părea îngrijorată. Când se întorcea acasă, Gustav se mișca ușor ca să n-o trezească. Se îndrepta tiptil spre șevalet și dădea jos teancul de foi. Apoi, cu grijă, îi lua mâna de sub obraz. Pătura îi era adunată la spate, iar cămașa de noapte îi era ridicată la piept de atâta foit și răsucit în somn. Le-a așezat mai bine. Părul ei lung îi acoperea toată fața, de parcă ar fi fost alge care fremătau în ritmul mareei și al bătăii inimii. A scos o bucată de cărbune din buzunar, a îngenuncheat în fața ei și a început să deseneze.

Când a terminat, a pus desenul deoparte și și-a culcat capul pe burta ei, încă plată și încordată de foame și tinerețe. Inocența ei aproape că i-a frânt inima, mâinile ei tăbăcite, corpul ei palid, micuț. Era chinuit de remușcări. Ea merita mai mult decât o viață în sărăcie și munca grea la care fusese supusă, mai mult decât acea viață trăită în izolare și mizerie pe care el i-o oferise. Dar acum era prea târziu; fusese prea inocentă să-și dea seama ce trebuia să facă, iar el fusese prea lipsit de experiență ca să știe ce ar fi trebuit să-i spună.

Într-un moment de nebunie, s-a gândit să se căsătorească cu ea și să o aducă la atelier, să rămână împreună. S-a gândit la ea cum îi spală în grădină halatul pe minunata ei scândură de rufe, s-a gândit la gulaș și tăiței pentru cină, la copii cu fețele murdare dărâmându-i șevaletul. Dar asta era viața altcuiva, nu a lui. A trezit-o pe Maria și i-a spus că mai bine s-ar grăbi acasă înainte ca tatăl ei să se trezească din beție și să-și dea seama că lipsise.

6

Klimt avea atelierul la etajul patru al unei fabrici de obiecte din argint. Ca să ajungem acolo am luat tramvaiul pentru Gumpendorferstrasse, am schimbat la stația Ring, am coborât pe partea cealaltă a canalului Dunării și am mers pe jos șase străzi. Biletul de tramvai l-am cumpărat din banii lui Pauline. Noi nu aveam niciun ban al nostru, dar ea câștigase odată un concurs de eseuri. Își păstra comoara într-o batistă ascunsă în sertarul cu lenjeria de corp, dar bineînțeles că noi știam ascunzătoarea. Nu ne-am gândit ce s-ar fi întâmplat dacă și-ar fi dat seama că lipsește. Am plecat de la școală la amiază.

Era o stradă unde mărfurile erau descărcate de pe vapoare și puse direct în vagoane, unde năvoadele de pești erau târâte în depozite, ca să fie eviscerați și puși la sărat. Aici puteai repara potcoavele cailor sau chiar propria încălțăminte, să cârpești o pânză, să tai o vacă și să o tranșezi. Aerul era apăsător din cauza mirosului tuturor acestor lucruri care putreziseră atâta timp în tomberoane și care, într-un final, fuseseră scoase afară.

Familii numeroase trăiau în clădirile din preajma fabricilor și a depozitelor. În timp ce mă plimbam, zăream la ferestrele lor perdelele murdare, improvizate, și lămpile cu ulei pictate, de cea mai proastă calitate. În fiecare zi, bărbații se duceau să muncească pe vapoare, iar femeile, în ateliere de pălării sau de croitorie în zonele mai bune ale orașului.

În clădirea învecinată cu a lui Gustav, un imigrant din Silezia și nevasta acestuia aveau o brutărie și, în timp ce urcam scările, aroma de cocă și ulei încins se amesteca cu mirosul înțepător, dulce de terebentină și cel amar, de fier. Scările se înclinau spre stradă, iar câteva trepte se lăsau când pășeai pe ele.

În atelier era rece de când artiștii nu mai aveau aproape deloc cărbuni pentru cuptor, și gol, de când toate scaunele fuseseră strânse în mijlocul camerei pentru a fi folosite într-un tablou. Pe jos era ciment, care se mai și crăpase pe alocuri. Era plin de praf de cărbune. Câteva geamuri din ferestrele înalte erau sparte și în locul lor fusese pus carton. Sticla părea subțire și fragilă, prea fragilă ca să nu lase frigul să pătrundă.

În ciuda sau poate chiar datorită tuturor acestora, nu mai văzusem niciodată în viața mea ceva atât de minunat. Artiștii lipiseră tot felul de lucruri pe pereți: o paletă de culori în formă de roată, articole tăiate din ziare despre o actriță pe nume Limova din Moscova, care făcuse turul capitalelor europene, gravuri ale clădirilor din Roma, care cu siguranță fuseseră rupte din albume, cărți poștale, schițe de cuburi și cilindri însoțite de măsurători scrise cu creionul pe lângă ele. Aveau un aragaz cu vopseaua sărită pe care îl luaseră de la o ghenă de gunoi de pe undeva și acolo încălzeau apa pentru cafea și ciocolată caldă. Alături se aflau cutii cu ceai și cafea, cești și lingurițe, câteva bucăți de pâine cu stafide și pungi de hârtie cu alune sărate și un spărgător de nuci. Erau coji pe jos.

Erau acolo și patru șevalete, fiecare cu o măsuță lângă. Gustav stătea lângă un șevalet, amestecând ceva într-un bol. Masa lui era goală, cu excepția a două manechine din lemn, cu o înfățișare umană și care se îmbrățișau.

Gustav părea diferit aici. În primul rând, purta un halat în loc de costum. Era exact genul pe care un pacient l-ar fi purtat într-un spital. Era șocant să văd un bărbat în toată firea, sănătos, îmbrăcat în el. Am încercat să nu mă uit, ceea ce părea ușor, până ce a aruncat o privire spre mine. Era concentrat și complet absorbit. Din când în când părea că-i spune ceva lui Ernst și că el râde, dar vorbeau prea încet ca noi să-i putem auzi. Stăteam pe margine, neştiind ce să facem. Încă aveam hainele pe noi, de vreme ce nimeni nu ni le luase. Mă întrebam pentru cine sunt celelalte şevalete.

— Franz şi Georg vor ajunge în curând, a spus Ernst, anticipând întrebarea noastră.

S-a întors cu spatele la masa lui, care era mult mai dezordonată decât a lui Gustav. Era plină de cărţi din care ieşeau afară multe foi, tuburi de vopsea deformate, sticle murdare şi tot felul de cutii.

Ne-am uitat una la alta.

— Faceţi curat vreodată? a întrebat Helene mirată.

— De ce am face asta? a răspuns Gustav. Clădirea asta e pustie. Când devine prea murdar aici ca să mai putem lucra, ne mutăm un etaj mai sus.

Pentru noi, era o idee absolut radicală. Ne iroseam cea mai mare parte a vieţilor noastre păstrând totul în ordine. Îmi venea să-mi arunc haina pe jos. Cei doi artişti au continuat ce începuseră. Ernst îşi curăţa pensulele cu o cârpă, câte una pe rând, îngrijindu-le de parcă ar fi fost nişte câini de concurs. Gustav a terminat de amestecat, apoi a turnat ulei peste o paletă de culori.

După aproape o oră, s-a îndreptat spre un cufăr din colţ şi a scos câteva haine. Apoi s-a întors spre noi şi i-a întins lui Helene o rochie subţire, din mătase albă.

— Asta e pentru tine, să te îmbraci cu ea. În spate avem cabină de probă, a spus el şi a făcut semn din cap spre ea.

— De unde o aveţi? a întrebat Helene, uitându-se la etichetă.

— Ne-a împrumutat-o actriţa Marie Geistinger.

Era actriţa preferată a lui Helene.

— O cunoaşteţi? Va veni aici? Aş putea să o cunosc?

— Ea vine pe aici doar seara, a spus Ernst pe nerăsuflate, apoi a roşit şi a tăcut, cu privirea în pământ.

— Ziua doarme și joacă noaptea, a adăugat Gustav. Uneori se întoarce aici după aceea și pozează pentru mine. Așa trăiesc actrițele, știi tu. Ca liliecii.

Mie mi-a dat o haină maro, foarte neîngrijită, care semăna cu un sac de făină, și mi-a făcut cu ochiul.

— Pentru domnișoară.

— Ce este?

— Rochia ta.

— Cine trebuie să fiu în tablou?

— Servitoare. E perfect, ai fix vârsta potrivită.

Cabina de probă era separată de restul atelierului printr-o pătură de lână, atârnată peste tocul ușii de la ceea ce fusese cândva un spațiu de depozitare. Agitate, ne-am dat jos rochiile și le-am agățat în cuiele care ieșeau din perete. Amândouă ne simțeam intimidate, deși dezbrăcate de rochii, încă păstram pe noi lenjeria de lână care ne acoperea de la încheietura mâinii până la gleznă, și un furou și o jupă peste. Am stat pe cât posibil cât mai aproape de colțurile debaralei. Helene și-a întins mâinile protectiv spre piept. Cu stânjeneală, încercând să nu fim văzute, ne-am pus costumele pe noi.

Nu mă puteam vedea, dar mă îndoiam că arătam prea bine. Decolteul rochiei mele era tăiat drept în ceea ce ei numesc acum tip „barcă". Tivurile mânecilor și ale fustei fuseseră sfâșiate, iar capetele zdrențuite atârnau neuniform peste încheieturile și gleznele mele. Picioarele mele mari și dolofane erau dezgolite, în văzul tuturor.

În orice caz, Helene era o apariție, chiar și îmbrăcată în rochia decoltată, pe sub care i se vedea furoul. Era mai subțirică decât restul vienezelor, în general plinuțe, și avea linia gâtului și a brațelor ca ale unei dansatoare.

Era o rochie minunată, regală și mi-o puteam imagina pe Helene, cu o diademă de aur peste părul ei cârlionțat, din buclele căruia se întrezărea brațul firav, ținut într-o postură demnă de o regină.

— Arăt bine? a întrebat ea stânjenită, tot încercând să-și acopere decolteul și să tragă de umerii rochiei peste brațe.

— Va trebui să-ți scoți cămașa, arată ridicol.

— Dar nu pot!

— Dacă ieși așa, o să-ți spună să te întorci iar.

— Chiar crezi că ar trebui să fac asta? Aș rămâne pe jumătate goală.

— Încearcă și ai să vezi.

I-am ținut rochia cât s-a schimbat, ca să nu se murdărească, apoi am ajutat-o să o îmbrace iar.

— N-o să pot niciodată să port asta în fața lor! a spus Helene cu rochia pe ea.

Rochia fără mâneci îi atârna îngrozitor și-n față, și-n spate. Porțiuni mari de piele, pe care numai eu și Pauline aveam voie să le știm, erau acum la vedere. Helene era timidă. Se schimba după o pânză chiar și în dormitorul nostru.

De aici și lejeritatea cu care am spus:

— Ești incredibil de dezgolită!

Și-a aplecat capul pe umărul meu. Tremura, iar mâna cu care m-a luat de gât părea la fel de rece ca a unei fantome.

— N-o să pot niciodată să dau ochii cu ei așa.

Am încercat să par îngrijorată și înțelegătoare.

— Putem să le schimbăm. O s-o port eu.

— Ai face asta? Nu te-ai simți jenată?

— Puțin. Dar una dintre noi tot trebuie s-o facă.

Ne-am schimbat hainele între noi. Mi-am dat lenjeria de corp jos, iar Helene și-a pus-o la loc. Am îmbrăcat rochia subțire, iar ea, pe cea groasă.

— Deci?

— Arată ca o cămașă de noapte pe tine, a spus ea.

Încă stătea umflată acolo unde ar fi trebuit să fie sânii, iar cureaua micuță nu se prindea la fel de strâns ca la Helene, dar eu eram cea care o purta.

— Sper că nu sunt furioși, a spus când am ieșit.

Au râs, exact ceea ce speram să nu facă.

— Micuța Juno! a explodat Gustav. Chiar ești o apariție!

— Cred că e o greșeală aici, a spus Ernst și s-a uitat la Helene. Tu trebuia să porți cealaltă rochie, i s-a adresat ea surorii mele.

Iar sora mea s-a uitat la el aproape implorându-l din priviri.

— Asta dacă nu vrei, a adăugat rapid. În acest caz, e absolut în regulă.

— O să încercăm așa oricum, a spus Gustav. Dacă nu merge, îi trimitem vorbă lui Lotte și poate vine ea mâine.

— Cine e Lotte? a întrebat Helene.

— Un model profesionist. Lucrează pentru noi câteodată.

Era uimitor numărul femeilor care intraseră și ieșiseră din atelier.

— Ce e în neregulă cu mine? am vrut eu să știu. De ce nu pot să fac eu asta?

— Păi, dacă ai de gând să faci asta, nu te mai văicări și urcă pe platformă! mi-a răspuns Ernst arțăgos.

Nu înțelegeam de ce era atât de nervos.

Platforma era ceva mai mult decât o cutie de lemn, acoperită cu o pătură. O adunătură de scaune rupte, perne destrămate și o canapea jerpelită completau peisajul. Gustav mi-a spus unde să stau și mi-a poziționat brațele și fața. I-a arătat lui Helene cum să îngenuncheze ca să nu obosească.

Pentru mine nu și-au făcut atâtea griji și am rămas cu brațul îndreptat spre fereastră, părându-mi-se astfel că au trecut câteva ore. Helene a îngenuncheat lângă mine cu un urcior în mână. Din când în când, avea să șoptească că o doare gâtul și întreba dacă poate să vadă. Oare mai aveau mult? Mă durea brațul, dar sigur nu m-ar fi lăsat să mă odihnesc.

— Așa fac modele, a spus Ernst. Dacă nu-ți place, poți să pleci acasă.

Îmi schițau profilul, așa că nu puteam să văd ce fac ei acolo. Mă concentram să număr panourile de sticlă și plăcile din tavan. Soarele se muta dincolo de fereastră. Erau două, apoi trei. Brațul îmi cobora din ce în ce mai jos. La trei și un sfert Gustav l-a sprijinit de un pupitru care apăruse acolo în mod miraculos. La trei și jumătate au intrat câțiva oameni. Nu puteam să-i văd, dar volumul din cameră crescuse considerabil.

— Cine sunt cele două? a întrebat un bărbat.

Franz sau Georg am presupus eu.

— Fetele lui Flöge, îți amintești că ți-am spus? a răspuns Ernst.

— A, da, acele tinere! a rânjit celălalt.

Am auzit zdrăngănind ceva și niște pagini cum sunt rupte. La un moment dat am avut impresia că a căzut șevaletul.

— Pe unde ai fost? a întrebat Gustav.

— Am stat până târziu noaptea trecută, a răspuns primul bărbat.

— Cu Therese, a pufnit celălalt.

— Și a fost bine?

Probabil bărbatul a gesticulat, fiindcă tot ce am auzit a fost râs înfundat.

La patru am luat o pauză. Îmi simțeam brațul de parcă purtasem o mănușă mare și grea. Helene a alergat imediat la cabină ca să se schimbe în hainele ei obișnuite sau ca să se ascundă până lua sfârșit pauza, eram sigură de asta.

Gustav m-a prezentat fratelui său, Georg, și prietenului lor, Franz Matsch. Georg era lat în umeri și blond și probabil el fusese cel care răsturnase șevaletul. Pesemne că din cauza lui nu se intra cu pahare în atelier.

— Îl va sparge, apoi un model va călca pe cioburi și se va tăia la picior și ăsta-i ultimul lucru care ne lipsește, un model care să sufere de septicemie, a explicat Franz.

Și el era blond, dar înalt și slab. Avea o mustață rară și niște umflături roșii pe gât. Mi-a oferit o ceașcă de cafea.

— Zici că erai un soldat care trebuie să stea de strajă vreme îndelungată, a spus el. Niciunul dintre modele nu ar fi fost în stare să-și țină brațul ridicat atâta timp. Sau măcar să vrea să facă asta.

— Ei așa mi-au spus că trebuie să fac.

A zâmbit.

— Dacă ai de gând să pozezi cu regularitate, va trebui să le ții piept. Mai ales lui Gustav. O să te pună să faci atât de multe, încât chiar o să întindă coarda.

— O facem de plăcere.

— Cu atât mai bine. Poți să pleci oricând dorești, nu trebuie să-ți faci griji că nu câștigi îndeajuns pentru mâncare sau chirie.

M-am gândit la cum ar fi să am bani în mână, bani pe care i-aș câștiga eu, și la cum aș cumpăra câte caramele cu vanilie aș vrea, pe care le-aș mânca toate odată. M-am gândit la o pereche de cercei cu granate și o cameră cu o ușă care să se încuie. M-am gândit cum ar fi să merg la teatru și să dorm până la prânz a doua zi. Suna palpitant, dar totodată îmi dădea un sentiment de singurătate. Dacă vreodată aveam să locuiesc în altă parte, Helene avea să vină cu mine.

Restul după-amiezii a trecut repede. Pentru următoarea postură a trebuit să mă întind pe podea ca și cum aș fi fost moartă, și am adormit. Din când în când, un râs sau un țipăt mă trezeau din somn, așa că încercam să aud ce se discută. Erau plini de secrete, plini de cunoștințe despre o lume mult mai întunecată și mai încordată decât cea în care trăiam eu, și voiam să fiu acceptată. De aceea eram de acord cu tot ce mă punea Gustav să fac.

Am plecat la cinci și am ajuns acasă înainte să ne fie observată lipsa, de vreme ce le spuseserăm că ieșirea noastră școlară la muzeul de artă avea probabil să dureze mai mult.

7

Într-o dimineață de iarnă, m-am trezit și am văzut că din cerul de culoarea chihlimbarului cădeau fulgi de zăpadă. În sala de clasă probabil că vântul sufla prin locurile unde pervazul ferestrei se îndoise, iar banca mea era chiar lângă fereastră, după cum am ales-o eu. De acolo puteam să văd cum măicuțele se duceau să se roage sau cum descuiau poarta cea mare ca să le aducă mâncare și medicamente celor săraci. Nu erau ele foarte interesante, dar era mai bine decât să fiu atentă la clasă. Dar în acea zi era mult prea rece ca să-mi apăs fruntea de geam. Și aș fi tremurat în timpul testului la verbele în limba franceză și al recitatului din Goethe. O zi în care era musai să mă prefac că mă simt rău.

La început doar m-am gândit să stau acasă, în pat. Nu era greu să o conving pe mama cu acest plan; credea că odihna la pat este bună pentru orice, începând de la dureri de cap, indigestie, până la erupții cutanate. Mi-a adus o sticlă mare, plină cu apă fierbinte și o băutură cu lămâie și miere, din care ieșeau aburi. Aproape că am sperat să rămână cu mine, să-mi citească ceva sau să ne jucăm cărți, dar trebuia să se ducă la piață. Restul deja plecaseră la muncă sau la școală. Dintr-odată, apartamentul era ciudat de liniștit. Până și zgomotele din stradă erau înăbușite de zăpadă.

De curând, Helene își cumpărase din banii primiți la ziua ei o revistă despre moda pariziană. Am luat-o și m-am rezemat de perne, intenționând să o citesc, dar franceza mea nu era suficient de bună ca să meargă lectura lejer, așa că m-am uitat doar la poze. Era o revistă despre colecțiile de iarnă. Erau pagini cu femei care se plimbau în costume, în jachete mici, strâmte, cu jabouri de dantelă la gât. Fustele erau plisate sau cu niște cute, umflate în spate sau cu volane. Pălăriile erau înalte, cu pene atașate. Rochiile de stradă erau dintr-un material diafan, îngropat sub funde, dantelă și panglici. Spuneau că albastrul era culoarea sezonului: albastru ca gheața, albastru ca cerul sau gri-porumbel. Rochiile de ocazie erau fantastice, creații din brocart, cu funde pe umeri și curele strânse pe talie. Coborau într-o crinolină imensă. Am apreciat rochiile de ocazie, dar păreau foarte incomode. Cel mai mult mi-au plăcut costumele de cicliști: pantaloni bufanți din catifea și o jachetă cu două rânduri de nasturi din același material. Fata din desen părea exuberantă și mândră.

Majoritatea desenelor nu erau foarte bine făcute: femei cu o privire galeșă, cu bustul atât de alungit, complet deformat, încât niciodată nu ar fi putut să stea așa în viața reală. La mai toate le-am modificat sânii cu creionul și imediat li s-a îmbunătățit ținuta. Le-am îngroșat talia și au zâmbit mulțumite. Pe margine mi-am desenat propriile modele; aveau capetele proporționale cu corpul, le-am slăbit corsetele cu câțiva centimetri și rochiile și-au mai pierdut din încrețituri. Asta m-a făcut să mă simt mai bine.

Aveam un roman cu picanterii ascuns de săptămâni întregi sub pat, care aștepta momentul potrivit, așa că m-am apucat să citesc din el. Citisem despre marchiza acuzată și izgonită pe nedrept, care naufragiase și se ascunsese în castelul misteriosului și morocănosului lord, până când mi-am dat seama că romanele picante erau amuzante doar dacă era și Helene cu mine, ca să râdem împreună. Din păcate, se ducea după școală la prietena ei, Amelie, și nu se întorcea mai devreme de ora șapte sau opt. După ceva timp m-am dat jos din pat și m-am uitat în jur, doar ca să mă asigur că lumea nu dispăruse.

Dincolo de fereastră, strada se vedea în ceață, agitată, pe măsură ce ninsoarea se întețea din ce în ce mai tare. Eram hipnotizată de formele care se tot modificau. În timp ce priveam, respirația mea a aburit geamul și l-am șters cu mâneca, dar asta nu l-a făcut decât să devină și mai neclar, așa că m-am întins spre cel din stânga. Puținii oameni de pe stradă aveau șalurile bine înfășurate și căciulile sucite din cauza vântului. Au deschis ușile magazinului și rafalele de aer le-au trântit în urma lor.

Ați putea crede că această priveliște mi-ar întări dorința de a rămâne înăuntru, însă, din contră, m-a făcut să mă simt singură și neliniștită. M-am îmbrăcat înainte să mă hotărăsc unde să mă duc, dar niciodată nu-mi pusesem cu adevărat o astfel de întrebare. Am deschis sertarul cu lenjerie intimă al lui Pauline, ca să pescuiesc niște bani, fapt care devenise deja un obicei. În lunile în care noi fuseserăm la atelier, nu-i numărase niciodată. Sau cel puțin nu spusese nimic. Speram să mai câștige și alții înainte ca noi să-i cheltuim pe toți. Mi-am pus a doua cea mai bună pereche de cizme, mi-am legat un fular și am ieșit pe ușa din spate a clădirii, în caz că se întâmpla ca vreun vecin din față să se uite chiar atunci pe geam.

Atelierul avea să fie chiar mai rece decât sala de clasă, dar tot ar fi fost luminos, plin de forfotă și zgomote. De glume și râsete. Puteam să merg și în mâini dacă aveam chef, deși la cincisprezece ani eram deja cam mare pentru gimnastică. Se știa că Gustav jongla cu portocalele când aștepta un răspuns la o problemă. Acolo aveau să fie dulciuri și mirosul de lut al pigmenților.

Am trecut pe lângă părculețul din josul străzii noastre. Câțiva copii mai îndrăzneți își convinseseră gurvernantele să-i scoată afară. Acestea pășeau pe sub zada care ținea adăpost. Erau tinere, de la țară, și în curând aveau să renunțe la acești copii obraznici pentru un post inferior de funcționar public și un bilet pentru balul organizat de Societatea de transport a Vienei. Dar acum, cu toate acestea, se jucau încălzindu-și nasurile una pe gâtul celeilalte și bârfind despre recenta logodnă a lui Thilde.

Un băiat îmbrăcat în palton roșu, cu nasturi strălucitori din alamă, s-a trântit în zăpadă și a început să dea din mâini, încercând să facă un îngeraș, dar a fost imediat repezit și ridicat de tutorele său robust, care apoi l-a tras deoparte. Două fetițe cu părul auriu și-au dat gluga jos și, cu mănușile lor verzi, asortate, au frământat și întărit cu grijă bulgări de zăpadă. Pe sub haine, pielea îmi era deja roz și mă mânca de la frig, făcându-mă să-mi doresc să mă arunc într-un morman de zăpadă ca să-mi calmez usturimea, dar noul meu palton gri îmi făcea ochii să pară foarte albaștri, iar rochia mea chiar avea dantelă valenciană la guler și la manșete și nu voiam ca niciuna dintre ele să se murdărească. Când am trecut, am fost lovită în spate de un bulgăre, dar era făcut din zăpadă afânată, așa că s-a sfărâmat la impact. M-am întors, dar fetițele continuau inocente să facă bulgări, iar băiatul săpa o peșteră cu spatele la mine.

Am făcut și eu un bulgăre și l-am aruncat. Am nimerit gardul din fier forjat al parcului și șrapnelul afânat a explodat în fața guvernantelor uimite. Am rupt-o la fugă, înghițind aerul înghețat și uitându-mă cu atenție la porțiunile alunecoase de pe trotuar. Mă durea într-o parte de la atâta râs și alergat, dar nu-mi păsa, eram amețită de libertatea de a fi afară singură.

În tramvaiul care ducea la Leopoldstadt am aruncat o privire peste umărul unei femei cu pielea ca de ceară, care citea un ziar despre teatru. Era acolo un desen cu interiorul Teatrului Curții Imperiale, pe care l-am recunoscut ca fiind al lui Gustav. Mi-l arătase cu câteva luni înainte. Voiam să-i spun femeii că cel care îl desenase era profesorul meu de desen, dar probabil avea să cheme vizitiul, crezându-mă nebună. În schimb, am încercat să citesc articolele și să absorb căldura emanată de haina din blană de iepure a femeii.

Eram conștientă că unele femei din tramvai se uitau la mine dezaprobator, așa că am încercat să pară că plecasem cu un scop important: să-i duc laudanum tatălui meu pe moarte sau beladonă fratelui meu care avea tuse convulsivă. Taxatorul a luat biletul din mâna mea și s-a uitat atent la el, de parcă aș fi putut să-l păcălesc cumva. Am așteptat cu sufletul la gură până ce l-a compostat și a trecut mai departe. Cercurile de confetti albe au zburat pe jos. Bărbații din tramvai citeau ziarul sau se uitau drept înainte. Păreau să nu vadă nimic din peisajul de dincolo de fereastră, pe lângă care treceam. Mă întrebam oare cum aveau să coboare în locul corect. Probabil numărau.

Eram în decembrie 1889. În doi ani aveam să termin școala. Pauline deja o terminase și acum făcea un curs de secretariat. Nu eram îndeajuns de bogați ca ea să intre în înalta societate, dar eram îndeajuns de înstăriți să încerce tot felul de slujbe. Cursul de secretariat suna oribil, dar ei părea să nu-i pese. Ne ajuta să plătim facturile și ținea mereu cu ea un registru de contabilitate și o foaie de indigo. În primăvară avea să termine și Helene, dar nu mi-o puteam imagina ca secretară. Probabil aveau s-o lase să studieze muzica. În cele din urmă, ar putea fi suficient de bună să cânte la operă.

Cât despre mine, eram o elevă distrată, dar, totodată, responsabilă. Nu mă interesau deloc știința sau medicina. În aceste vremuri, ca să urmeze o facultate, o femeie trebuia să aibă o minte sclipitoare și să fie extraordinar de motivată, iar eu nu eram nici una, nici alta. Nu aveam înclinații muzicale ca Helene. Mă simțeam mult mai plină de viață în atelier, dar habar nu aveam ce însemna asta.

Nici măcar părinții sau profesorii mei nu-și exprimaseră vreo bănuială cât de mică referitoare la ce m-aș putea pricepe să fac, ceea ce spunea destul de multe despre grija părinților sau inocența profesorilor mei și mai puține despre istețimea mea. Dacă Helene nu ar fi fost acolo, să se uite nerăbdătoare la ceas, aș fi întârziat mereu acasă și asta ar fi generat un șir de întrebări, dar ea era acolo, așa că n-am întârziat niciodată. Măicuțelor părea să nu le pese că era posibil să le mințim, așa că ne credeau poveștile pe care le spuneam pe nerăsuflate despre o boală care ne țintuia acasă. Iar acasă tata era ocupat cu afacerile, iar mama dormea sau compunea. Atâta timp cât nu slăbeam, nu tușeam fără oprire, nu picam examenele la școală sau nu eram exmatriculate, nimic nu părea să-i îngrijoreze.

Tramvaiul m-a lăsat la câteva străzi distanță de fabrica în care era atelierul și, când am ajuns, m-am uitat să văd dacă erau aprinse lămpile. Erau. Pe măsură ce urcam scările, mirosea a pâine de sabat. M-am împiedicat de un cui ieșit în afară și m-am sprijinit cu totul de balustradă. Mă așteptam ca Gustav să scoată capul și să arunce cu ceva în mine de undeva de sus. Îi făcuse asta o dată lui Ernst, cu ouă. Dar nu se auzea nimic. Când am ajuns la ușa atelierului, m-am oprit și am ascultat. Artiștii erau atât de gălăgioși, încât brutarul de vizavi deschidea mereu fereastra și urla la ei, fluturându-și făcălețul. Dar acum nu auzeam nimic. Probabil lăsase cineva lămpile aprinse, un pericol de incendiu și o pierdere inutilă de kerosen. Aveau să-mi mulțumească când vor afla că venisem și le stinsesem.

Am împins ușa deschisă. Podeaua era plină de nisip care scrâșnea sub cizmele mele ude. Din părul meu se scurgeau șuvițe de apă pe față și în gură. Uitasem să îmi pun o pălărie. Nu-i de mirare că femeile din tramvai se uitaseră așa la mine. Numai o femeie ușoară ieșea afară fără ceva pe cap. Fulgii de zăpadă care se topeau aveau gust sărat de săpun de zară. M-am uitat în liniște prin atelier, înghețată bocnă, ca o veveriță în calea unei trăsuri în viteză. Gustav era singur în atelier sau mai degrabă el era singurul artist din încăpere. Avea părul ciufulit și părea nervos și încordat ca arcul unui ceas. S-a încruntat parcă cu toată fața și, în lumina lămpii, ochii lui păreau de pisică. Nu-l mai văzusem niciodată arătând așa.

Lămpile erau agățate deasupra estradei, în mijlocul camerei. Era plină de pături moi ca o bezea. Păreau la fel de moi ca puful unui puișor de găină. Pe pături erau două femei pe care nu le mai văzusem niciodată. Se mişcau încontinuu, spre deosebire de modul în care erau de obicei modelele instruite să se comporte. Se zvârcoleau şi se frământau, iar păturile albe, pufoase se răsuceau în jurul trupului lor. Halatele lor din mătase, roşu chinezesc şi galben, zăceau mototolite pe podea, lângă platformă. Aceste două femei stăteau împletite ca nişte şerpi, un model celtic compus din coapse, coloane vertebrale, gâturi şi plete roşii şi negre. Corpurile lor se împleteau ca ţesătura rochiilor de mătase. Împreunate ca nişte fire care se îmbrăţişează. Amândouă râdeau când luau câte o pauză, la intervale mici, ca să-l lase pe Gustav să poată să deseneze. Se ciupeau şi se plesneau şi se lingeau. Râdeau. Umbrele corpurilor lor păleau în lumina galbenă. Le vedeam mişcându-se. Era frumos acest joc de umbre. Nu-mi amintesc cât am stat acolo. Destul cât să se oprească ninsoarea şi soarele să străpungă dureros norii şi să accentueze astfel umbrele şi să lumineze în nuanţe portocalii părul femeilor, ca la apus.

Femeia brunetă şi-a ridicat privirea şi m-a văzut. A zâmbit. Gustav era complet concentrat şi am încercat să mă retrag din cameră înainte ca el să mă observe, dar modelul l-a strigat pe nume şi a arătat cu umărul în direcţia mea. Şi-a scăpat creionul. Le-a spus modelelor să se oprească. Creaturile cu mai multe tentacule au încetat să se mai zbenguie şi cele două piese, separate acum, au devenit din nou două femei.

El era acum lângă mine, dându-mi un sărut pe obraz.

— Pari îngheţată, a spus. Credeam că am stabilit pentru marţi. Şi de ce nu eşti la şcoală?

— Bolnavă, am răspuns abia trăgând aer în piept.

— Vorbeşti groaznic. Să-ţi fac un ceai.

A fost drăguţ din partea lui să mă invite în cameră şi să-mi scoată paltonul. M-a aşezat pe păturile pufoase. Nu s-a răstit la mine fiindcă i-am întrerupt. Asta a fost de ajuns să-mi strângă stomacul şi să mă facă să ameţesc.

Modelele se strecuraseră deja în halatele lor şi se îndreptau acum spre cabina de probă. Le-a chemat înapoi. Cea cu părul roșcat era îmbujorată și avea pieptul pestriț. Era foarte slăbuță și am rămas șocată să văd că era însărcinată. Nu observasem asta mai devreme. Și-a aplecat umerii spre burtă ca și cum ar fi vrut s-o protejeze. Avea cercuri albastre sub ochi. Cea brunetă s-a uitat fix la mine; simțeam că râde pe seama mea.

— Emilie Flöge, a început el, ți le prezint pe Minna și Helga.

Cele două au dat din cap; nici măcar nu au îndrăznit să-mi întindă mâna. M-am dat câțiva pași mai în spate, aproape incapabilă să rostesc un salut. Mă înspăimântau, burta umflata a uneia, rânjetul celeilalte.

— Ele locuiesc la Hietzing, a adăugat el, absolut inutil.

Am reușit să dau din cap. Pentru câteva momente, niciuna n-a spus nimic. Apoi Helga i-a tras una peste fund lui Minna:

— Hai, mișcă-te, sfrijito!

S-au învârtit de colo până colo și, odată îmbrăcate, au plecat fără să-și ia la revedere; aparent, veneau în mod regulat, așa că știau când să se întoarcă și când aveau să-și ia banii.

Deși plecaseră, imaginile lor încă zăboveau, fluturând ca aripile liliecilor în colțul privirii mele. Când am închis ochii, blocurile de culoare care pluteau pe sub pleoapele mele erau acum roșietice și aurii. M-am învelit cu o pătură, dar nu era nici pe departe atât de pufoasă cum păruse de la distanță. Îmi provoca mâncărimi. Gustav stătea lângă aragaz și se uita cum fierbe apa. Bălmăjea ceva despre aritmetică, despre cum eram eu bună la fracții și puteam astfel să-l ajut cu proporțiile la unul dintre desenele sale. Ernst era acasă din cauza unei răceli, întotdeauna fusese mai plăpând, iar Gustav îl pusese să promită că va rămâne să se odihnească puțin. Biata Emilie, probabil a luat răceala de la el. Și Franz probabil ieșise pe undeva cu una dintre prietenele lui, a spus el, apoi s-a strâmbat. Vreau să spun, ia prânzul cu mama și surorile lui, niște persoane foarte binevoitoare, foarte corecte. Nu le place că este artist, sunt de părere că este ceva vulgar. S-a strâmbat iar. Mă durea să-l aud cum încearcă să cenzureze lucrurile de dragul meu.

E o rochie foarte frumoasă, a spus când mi-a întins cana ciobită cu ceai de cardamom. Aroma Indiei m-a izbit direct în față. Gustav s-a așezat turcește pe podea, în fața mea, cu bărbia în palme și s-a uitat la mine melancolic.

Nu voiam să mă uit la el. Nu voiam lingușeli ieftine. M-am ridicat brusc și tot sângele mi s-a urcat la cap și, o clipă, privirea mi s-a încețoșat. Când totul a devenit iar limpede, am lăsat ceaiul pe podea și m-am îndreptat spre șevalet ca să văd desenul la care lucrase. Aveam fața îmbujorată și transpirată, dar mă simțeam înghețată și lipicioasă. Iată-le pe hârtie, Minna și Helga. Niciodată nu văzusem un desen de-al lui Gustav făcut cu mai multă pasiune decât cel în care apăreau cele două trupuri contorsionate ale acestor femeilor. Fiecare linie trasată era categorică, fiecare unduire era sugestivă. Efectiv păreau vii pe hârtie.

Mi-am amintit de un autoportret pe care Gustav îl făcuse în glumă. Își desenase capul, barba ascuțită, fruntea lată, dar cu coarne, toate deasupra unui corp în formă de lacrimă și cu o despicătură adâncă pe mijloc. Și-a desenat și o coadă de capră și copite. Nu ar fi trebuit să-l văd, artiștii tot râseseră pe seama lui, așa că Gustav îl ascunsese într-o carte de-ale lui, dar îl șterpelisem când nu se uita nimeni și îl luasem apoi acasă. Eu și Helene rămăseserăm perplexe. Cu siguranță era ceva ilegal. Foaia mirosea a sex. Dar eram prea micuțe și prostuțe ca să ne dăm seama ce era și ce însemna.

Am luat o gură mare de aer.

— E al tău? am întrebat.

Nu aveam voie să discutăm despre sarcină și nașterea unui copil cu cineva de sex opus. Tot felul de eufemisme, de secrete. Dar trebuia să știu.

— Bineînțeles că nu, mi-a răspuns.

— Atunci, al cui este?

— Al unui cârciumar, mi-a explicat el. Mă duc acolo de obicei să iau cina. Face o friptură în sos marinat foarte bună.

— O s-o ajute?

Mă simțeam ușurată. Îmi povestea lucruri pe care n-ar fi trebuit să le aud, lucruri dure și grosolane pe care i le-ar spune doar unui egal, unui prieten. Am simțit o compasiune imediată pentru slăbuța Minna. În fond, nu era mai mare decât mine. Ar fi putut fi sora mea.

— De ce crezi că încă o chem? a spus el. În condițiile astea nu și-ar putea găsi nicio slujbă. Nici măcar ceilalți artiști nu vor să mai lucreze cu ea acum.

— Ce o să se întâmple cu ea?

— O să fie bine. Se descurcă singură de când a împlinit cincisprezece ani.

Într-o clipă m-am simțit la fel de deșteaptă și de banală ca o pisică de companie. Eram hrănită și îngrijită, dar pisicile care mâncau din tomberoane mă puteau înghiți cu totul. Nici măcar nu aveam gheare. Eram dezgustată de mine.

Gustav era în spatele meu, așa că nu-mi putea vedea lacrimile. Gândul că îi este milă de mine, că își făcea griji din cauză că o astfel de priveliște mi-ar putea afecta sensibilitatea fragilă, că își făcea griji despre ce aveam să le spun părinților, de parcă le-aș fi spus, m-a făcut să-mi vină să intru în pământ de jenă.

— Emilie, uită-te la mine! mi-a cerut el.

În schimb, m-am uitat de-a lungul camerei, la mormanul de scaune din colț, de lângă fereastră. Unele erau întoarse cu susul în jos, altele, trântite pe-o parte sau puse unele peste altele, cele din vârf atârnând destul de periculos. În lumina gri, nu aruncau nicio umbră. Arătau ca un morman de oase de la măcelărie. Am încercat să memorez liniile paralele, unghiurile drepte, triunghiurile și mulțimea de tonuri de lumini și umbre. Ușor-ușor, formele s-au ascuțit în obiecte distincte. Am început să văd fiecare scaun în parte. Era o colecție haotică, cerșită sau împrumutată de la prieteni sau rude: un scaun pictat în alb, un balansoar strâmbat, o canapea zdrențuită. Și am mai recunoscut ceva de la noi de acasă: cadrul gol al unui fotoliu vechi, acoperit cu o perdea mov, din catifea. Mă întrebam oare cum a ajuns acolo.

— Lucrez cu modele tot timpul, a continuat el. Trebuie să fac asta, ca să desenez mușchii exact așa cum sunt.

— Desigur, mușchii.

Știam că lacrimile pe care el nu mi le putea vedea se făceau auzite în vocea îngroșată, gâtuită, dar nu reușeam să le opresc.

— Mușchii sunt atât de importanți. Mai ales mișcarea lor.

Fundul Helgăi era la fel de apetisant ca o bucată dintr-un fruct. Iar brațele Minnei se unduiau ca ramurile unei sălcii.

— Cum se leagă pe oase și pe tendoane, a explicat el. La școală se studiază pe cadavre. Desprind pielea și grăsimea de parcă ar da jos o haină de iarnă. Trebuie să ai un stomac foarte zdravăn pentru asta.

M-am gândit că, dacă Minna ar fi fost jupuită, pielea i s-ar fi desprins ca pielița de pe o piersică. Era atât de subțire și nu părea să aibă mai deloc grăsime.

Mi-am strâns pumnii și m-am uitat la tendoanele de la încheietura mâinii. Erau ca niște trestii, legate într-un mănunchi de fire mov și albastre. Deci aveam să transformăm toata asta într-o lecție de anatomie.

— Și cum ar trebui să arate mușchii? am întrebat.

— Ca un ghem de sfoară. Sau un ghem de ață, înfășurat în jurul mâinilor tale. Roșii, împletiți, atât de frumoși. Doctorii sunt norocoși să aibă ca obiect de studiu corpul uman. Nu există nimic mai bine așezat pe lume. Evident, n-aș putea face niciodată asta. Mi se face rău când văd sânge. Și oamenii sunt mai buni atunci când sunt dezbrăcați și cu gura închisă.

Am început să tremur și să suspin în tăcere. Știam că mintea lui Gustav era departe acum, amintindu-și de marele dorsal sau de vreun nevoiaș mort de mult. Se uita absent la picturile sale, comparând fizionomia Minnei cu a celorlalte pe care le-a desenat. Cum avea ea încheietura cotului foarte flexibilă şi un trunchi atât de mic. Voiam să rămână acolo, departe de mine, dar apoi privirea lui s-a mutat de la Minna spre mine.

Mi-a prins umerii care tremurau şi m-a întors cu faţa spre el.

— De ce plângi? m-a întrebat.

Nu puteam să răspund. Acum plângeam pe bune şi nu puteam să mă opresc, în hohote, cu lacrimi mari, cu inima frântă, scoţând sunete îndurerate din gât, ca un căţeluş care a fost lăsat singur o zi întreagă.

— Nu fi copil! a spus el. Nu eşti rănită. Nu ţi-a făcut nimeni nimic.

Niciodată nu-mi mai vorbise atât de dur. M-a scuturat din tot plânsul meu. Nu era mult mai înalt decât mine, aşa că faţa lui era foarte aproape de a mea. Într-o zi înnorată, ochii lui erau verzi ca un iaz liniştit. Şi-a lăsat mâinile să-i cadă pe lângă corp.

— Iartă-mă, a rostit el. Eşti doar o fetiţă. Nu ar fi trebuit să te aduc aici.

— Am venit singură, i-am răspuns.

— Mă refeream la faptul că nu ar fi trebuit să te invit aici. Nu sunt o influenţă tocmai bună.

Neştiind ce să fac sau să spun, l-am sărutat. Nu ştiu ce m-a apucat; presupun că din cauza atmosferei din atelier, aşa apăsătoare cum era.

Nu mai sărutasem pe nimeni până atunci, în afară de cei din familie. Mă aşteptam ca Gustav să se tragă de lângă mine, dar nu a făcut-o. Barba lui era foarte moale, ceea ce m-a mirat. M-a gâdilat pe faţă. Mi-a deschis cu blândeţe buzele şi a băgat uşor limba înăuntrul gurii mele. Era ciudat, dar nu neplăcut. Avea gust de cafea şi mentă. Am deschis ochii şi m-am uitat la genele lui, care erau la fel de lungi ca ale unei fete. Braţele lui, încolăcite în jurul meu, erau solide ca marmura. Mă simţeam bizar de indiferentă în privinţa acestui eveniment. Nu ar fi trebuit să leşin? Nu ar fi trebuit să mă simt minunat?

Ne-am oprit. Şi-a deschis ochii. Pentru o clipă, mi-a fost frică.

— Nu te mai uita aşa la mine, a spus el, apoi şi-a plimbat degetul pe gura mea.

— Aşa cum?

— Ochii tăi sunt aproape azurii, a zis acuzator.

— Nu am ce să fac.

— Nu, nu ai.

Apoi m-a dat laoparte, cu grijă, dar laoparte.

— Unde te duci?

— Să-ţi aduc haina. O fată răcită ca tine ar trebui să fie acasă, în pat.

A întins haina desfăcută şi m-am strecurat înăuntru. A bâjbâit după nasturi, dar erau prea mici pentru degetele lui. M-a certat fiindcă nu aveam o pălărie, mi-a spus că avea să-mi cumpere el una, una drăguţă, chiar zilele trecute văzuse o pălărie de culoarea vinului, din caşmir, în vitrina unui magazin. Mi-a vorbit despre acea pălărie de parcă îmi spunea o poveste liniştitoare de adormit copiii.

Mă simţeam umilită. Pentru el nu eram nimic altceva decât o fetiţă. Asta m-a înfuriat. Am încercat să mă gândesc la o modalitate prin care să-l pedepsesc.

— Niciodată nu m-ai lăsat să desenez un model viu, i-am spus în timp ce coboram încet scările.

— Nu este... a început el. Nu poţi.

A încercat să se gândească la un motiv, dar nu a găsit niciunul care să nu sune burghez.

— Oare nu aş fi capabilă să desenez muşchii cum trebuie?

— Bine, atunci, data viitoare îmi poţi desena braţul.

— Sunt atât de norocoasă! am spus eu.

Ajunseserăm aproape în stradă şi am deschis uşile. Poate dacă aş fi avut mai mult timp, aş fi fost în stare să vin cu ceva mai sarcastic și mai tăios de atât, dar n-a fost să fie. Acolo, pe scări, gata să intre în clădire, erau Ernst și sora mea.

Sora mea, Helene, care trebuia să fie cu prietena ei, Amelie. Sora mea, Helene, care niciodată nu-mi ascunsese nimic.

Toți patru ne-am oprit. Helene a pălit și eu m-am înroșit. Privirea ei îngrozită probabil o oglindea pe a mea. Ernst se uita în pământ, ca și cum am fi dispărut dacă nu ne privea. M-am întors spre Gustav, care părea foarte distrat.

— Ați ieșit la o plimbare? a întrebat el blând.

— Da, m-am întâlnit cu Helene pe stradă și mi-a spus că și-a uitat manșonul de blană la atelier, așa că m-am oferit să o însoțesc ca să și-l ia, apoi s-o conduc acasă.

Ernst a turuit cuvintele de parcă ar fi fost un discurs învățat pe de rost.

— Ce s-a întâmplat cu Amelie? am întrebat eu.

— Ce s-a întâmplat cu răceala și statul acasă?

— De fapt, este chiar o coincidență, a intervenit Gustav. Emilie și-a uitat mănușile la atelier și a venit să și le ia. Chiar acum o conduc acasă.

— O familie de uituci, a comentat Ernst.

— Într-adevăr, asta demonstrează că părinții voștri nu prea au fost autoritari, așa-i? a spus Gustav, dar a sunat în așa fel încât cu toții era să izbucnim în râs. Să te așteptăm să-ți iei manșonul? Apoi putem să facem o plimbare.

— Este în regulă, a răspuns Helene, care părea îngrozită. Nu este nevoie să ne duceți acasă, acum că amândouă suntem aici. Voi lua manșonul altădată. Cu gerul ăsta, răceala ei s-ar putea transforma în pneumonie.

— Sigur este în regulă? a întrebat Ernst.

Am observat că degetele lui o trăgeau de mânecă. Abia s-a putut uita la el.

— Da, sigur, a răspuns grăbită. Să mergem, Emilie!

— Pe data viitoare, atunci! ne-a salutat Ernst plin de speranță.

— Pe marți, ne-a amintit Gustav. Asta dacă Emilie se va simți mai bine.

Mănușa din piele a lui Helene era înghețată bocnă în mâna mea goală și o strângea atât de tare, încât începuse să mă înțepe. Mi-am tras-o înapoi. Am mers repede, în tăcere, pierdute în gândurile noastre mânioase. Eram la străzi distanță când a început să vorbească:

— Ce făceai acolo singură, doar tu cu el? a șuierat ea.

Uram tonul ei acuzator, de soră mai mare.

— Nu ți-ai dat seama până acum?

— Să-mi dau seama de ce?

— Îi place să seducă fete tinere. Nu pot să cred că mama și tata l-au lăsat să-ți dea lecții.

— Dar nu m-a sedus, i-am răspuns eu.

Nu i-am povestit despre sărut, deși cu câteva minute în urmă mă gândisem oare cum să i-l descriu. Acum nu mai eram atât de sigură că puteam să am încredere în ea.

— Nu minți! mi-a retezat-o. Este prea important.

M-a apucat de mână și s-a întors cu fața spre mine. Aveam aceeași înălțime. Haina ei era la fel ca a mea, în afara faptului că era un verde-pădure, și nu albastru. Și ochii ei erau aproape azurii, m-am gândit atunci.

— Nu a făcut-o, am repetat.

Mi-a susținut privirea ca să vadă dacă cedez. Apoi umerii ei s-au prăbușit și a început să plângă. M-am speriat. Probabil ceea ce făcusem era mai rău decât îmi imaginasem.

— E în regulă, am spus, mângâindu-i umerii. Sunt bine.

— Nu e vorba de asta, a suspinat ea.

— Atunci, ce este? E vorba de Ernst?

Primul meu gând a fost că o rănise cumva. Ea nu plângea niciodată; dar atunci mi-am amintit, nici eu n-o făcusem până în după-amiaza aceea. A dat din cap și a mormăit ceva. Suna ca „Sunt îndrăgostită de el", dar nu puteam să cred una ca asta. Nici măcar nu se cunoșteau.

— Ești îndrăgostită de el?

Și atunci m-am uitat fix la ea.

Era trasă la față și avea cearcăne sub ochi. Cum de nu observasem până acum?

— Chiar așa?

A încuviințat cu privirea țintă spre ceva mult în spatele meu, jos, spre stânga.

Ne-am oprit la cea mai apropiată cafenea și am așezat-o undeva. Era un loc ieftin, cu mese din lemn, unsuroase și produse de patiserie uscate, care păreau vechi de zile întregi, dar sub nicio formă nu ne puteam întoarce acasă așa.

— De când?

— Din vară. Iulie.

Patru luni. Patru luni în care îmi ascunsese acest secret.

— De ce nu mi-ai spus?

— Nu voiam să intri în bucluc dacă ar fi aflat mama și tata.

Nu înțelegeam când găsise ea momentul potrivit să se îndrăgostească de el, de vreme ce eram mai mereu cu ea, dar s-a dovedit că totul se întâmplase fix sub nasul meu. A început cu câteva priviri pe furiș la atelier, mi-a explicat ea. Dar cu toate acele priviri pe care le schimbau, cum de își dăduse ea seama că erau speciale și adresate doar ei? La început îi tot schimba poziția când o făcea pe modelul. Apoi cadourile pe care i le-a adus: mere, pere și o păpușă de lemn flexibilă, pe care i-o cumpărase de la un păpușar ceh. Niciodată nu-l observasem dăruindu-i aceste lucruri, fiindcă ea le strecurase în buzunarul hainei când nimeni nu se uita. După aceea, au început bilețelele. În cele din urmă, s-au întâlnit în grădinile din Prater, un parc de distracții de la marginea orașului. Niciodată n-am să înțeleg cum de nu i-a văzut nimeni într-un loc atât de cunoscut. Sau cum de Helene cea grijulie a putut să fie atât de curajoasă, dar și necuviincioasă.

Trebuia să rămână secret față de părinții noștri, fiindcă Helene nu împlinise optsprezece ani, iar Ernst era prea sărac ca să reprezinte o partidă potrivită pentru ea. Fără îndoială, mama și tata nu ar fi fost de acord.

— Bineînțeles că nu le voi spune, am promis eu.

Voiam să-i dau un sărut, dar bărbatul de la cealaltă masă se uita la noi.

— Nu mă interesează dacă te duci la atelier, a spus ea. Doar că nu vreau să ai probleme.

Era o dovadă a faptului că timpul pe care îl petreceam cu frații Klimt ne schimbase, după cum spunea ea, și atunci am înțeles la ce se referă.

— Crede-mă, nu s-a întâmplat nimic, am spus eu.

— În regulă.

Era târziu. Știam că cineva din familie sigur observase până acum că lipseam.

— Dacă intrăm împreună, o s-o încasăm doar pe jumătate, am spus eu.

Deși nu simțeam că mi-e frig, dinții îmi clănțăneau atât de tare, că abia mai puteam să vorbesc.

— Nu, a zis Helene.

Am rămas uimită de cât de fermă era vocea ei și de cât de matură părea dintr-odată.

— Voi intra eu prin față. Tu așteaptă pe alee și când vei auzi țipetele, furișează-te prin spate. Să sperăm că avem noroc și că nimeni nu te-a verificat și pe tine încă.

Îi eram recunoscătoare, deși îmi era teamă pentru ea, să țină piept întregii furii de una singură. Și eu mă simțeam vinovată. Fusesem la fel de șireată ca ea.

S-a întâmplat exact cum a presupus Helene. Am pândit de după colțul clădirii până ce am auzit blestemele puternice ale tatălui meu și vaietele mamei. Nimeni nu m-a văzut când am trecut prin bucătărie. Nimeni nu m-a auzit când am alergat pe scări. Nimeni nu s-a gândit să mă cheme la cină sau să pună o mână pe fruntea mea sau să vadă dacă dorm. Nimeni nu m-a observat deloc.

8

— Nu este o prințesă persană, l-am auzit pe Gustav spunând. Nu poți s-o ții acolo sus pentru totdeauna.

Eu și Helene ascultam la ușa de la sufragerie, deși știam din capul locului că suntem ridicole, dar deznodământul acelei întâlniri era mult prea important ca să rămânem în camera noastră și să speculăm ce se discuta.

Helene fusese închisă în cameră de mai bine de două săptămâni, având voie doar să iasă să facă baie. Eu și Pauline îi aduceam mâncarea spartanilor și uneori îi strecuram acolo și o plăcintă cu mere sau *Decameronul*. Își petrecea timpul cântând melodii triste sau uitându-se pe fereastră. Niciunul dintre părinții noștri nu vorbea cu ea. De fapt, rareori vorbeau cu Pauline, iar cu mine mai deloc, doar stăteau la masă schimbând priviri întunecate, trântind platourile și vasele din sticlă. Eu și Pauline am încercat să devenim invizibile. În schimb, eram bucuroasă să încep din nou școala. Să reiau lecțiile cu Gustav sâmbăta, desigur.

La prima lecție după sărutul nostru aproape am leșinat în trăsură, în drum spre casa lui, deși casa era aceeași, bucătăria era aceeași, doamna Klimt stătea tot acolo, tricotând lângă un platou cu prăjiturele de ciocolată proaspăt coapte, de servit lângă ceai. Gustav era fix același. Și nu neapărat că se prefăcea că nu se întâmplase nimic; părea să fi uitat cu totul. Într-un fel mă simțeam ușurată. Dar și dezamăgită.

Ernst încercase să ia legătura cu părinții noștri săptămâni la rând, dar mama nu voia să-i răspundă la ușă. Stătea pe trepte, în ninsoare, sunând la sonerie iar şi iar. Într-un final, Pauline a trebuit să iasă şi să-l roage să plece.

Apoi a încercat cu scrisori, dar mama le-a ars în şemineu fără ca măcar să le citească. A plâns pe canapea toată ziua, făcând mici pauze din când în când ca să cânte la pian.

Într-un final, Gustav plecase la fabrica de pipe. Se oferise să fie un fel de intermediar, iar tata, un om rezonabil, a acceptat imediat. Mă îndoiesc că ar mai fi fost la fel de deschis dacă ar fi ştiut ce făcusem înainte ca Helene să fie prinsă.

— Facem ceea ce alegem să facem, a spus mama.

Nu o puteam vedea, dar ştiam că şi-a semeţit bărbia deasupra gulerului apretat, iar câteva suviţe de păr negru îi căzuseră în ochi. Fără să-şi dea seama, trăgea de rejansa mânecilor. Ştiam fiindcă mă învăţase acest truc ca să nu-mi mai rod unghiile. O mânecă poate suporta mai multe, poate fi reparată mai uşor. Nu înţelegeam de ce se comporta aşa. Deşi când eram mai mică nu-i testasem niciodată limitele atât de stricte în ceea ce priveşte educaţia noastră, întotdeauna crezusem că mama avea să fie de partea noastră, iar tata, cel care îşi va vărsa nervii asupra noastră. Probabil era invidioasă că una dintre fiicele ei încercase să scape din închisoarea în care era şi ea prizonieră.

— Ce rezolvi cu asta? a spus Gustav, foarte nerăbdător şi nepoliticos. Helene a minţit, a fost pedepsită, acum e timpul să uiţi incidentul ăsta.

— Doar că nu înţeleg, a răspuns papa. Helene a fost întotdeauna un copil bun.

Helene mi-a aruncat o privire vinovată, sfârşită. Abia dacă dormise în ultimele două săptămâni. Pe cât posibil, părea mai frumoasă ca niciodată, chiar şi cu umbrele albastre de sub ochi şi obrajii palizi, supţi, acea frumuseţe întunecată pe care o au uneori dependenţii de opiu. Şi-a împletit neglijent părul într-o coadă, firele aurii ieşindu-i din toate direcţiile.

— E îndrăgostită, a spus Gustav.

După cum a rostit această frază, am fi putut crede că zâmbea. Am simțit cum Helene roșește.

— Are doar șaptesprezece ani! s-a revoltat papa. Ce știe ea despre asta?

— Ernst vrea să se însoare cu Helene, a continuat Gustav.

S-a lăsat o liniște care a fost întreruptă doar de câteva fornăieli de-ale mamei. Din ce puteam să-mi dau seama, părea că nu se așteptaseră la una ca asta. Chiar și eu mă gândisem înainte, dar acum realizam ce însemna. Mă părăsea, și am urât-o pentru asta, dar cel mai mult l-am urât pe Ernst. Apoi, însă, m-am mai gândit, nu aveau să fie niciodată de acord, și m-am simțit mai bine.

— Și ce îi poate oferi el? a întrebat mama.

— Nu se poate mărita înainte să împlinească douăzeci de ani, a adăugat papa. Trebuie să-și termine școala.

— În regulă, a încuviințat Gustav. Se va însura cu ea când va împlini douăzeci de ani.

Helene s-a sprijinit de mine, tremurând.

Am așteptat ca tatăl meu să țipe, să spună nu, că Ernst nu este suficient de bun pentru Helene, că era ridicol doar să ia în calcul asta, dar nu a făcut-o. S-a lăsat o tăcere îndelungată.

— Este un artist talentat? a întrebat tata. Va fi în stare să o întrețină?

— Este mult mai bun decât mine, a zis Gustav.

— Foarte bine, a încuviințat tata.

Mama nu a spus nimic. Nu ea lua hotărârea asta, ci tata, iar el deja hotărâse.

Fusese mult mai ușor decât îmi imaginasem eu.

Apoi, afacerea a luat sfârșit, tranzacția s-a încheiat, au servit o tartă cu vișine și au băut cafea cu frișcă, după care au vorbit despre operă.

O săptămână mai târziu, tatăl meu mi-a spus că, decât să vină el să mă ia, mai bine să mă aducă Gustav acasă, înainte să se ducă la atelier. Discutaseră și ajunseseră la concluzia că era mult mai eficient așa. Tata hotărâse că acum viitorul meu cumnat era un însoțitor potrivit.

— A trebuit s-o fac, mi-a spus Gustav când stăteam împreună la Café Sperl.

Renunțasem la lecție ca să mâncăm tort și să discutăm despre drama de familie în plină desfășurare.

— Ernst făcea niște greșeli uriașe la contabilitate. Totul devenea prea costisitor. Și a izbucnit în lacrimi în fața contelui Esterházy.

Îmi cumpărase o felie de tort cu glazură de marțipan, preferatul meu. Sub supravegherea permisivă a lui Gustav, îmi uitam imediat manierele. Gustav a văzut cum mi-am bucățit tortul, cum am dat laoparte rozetele de zahăr roz și galbene, lăsându-le pe marginea farfuriei, cum am descojit glazura ca s-o mănânc prima, cum îmi plimbam lingurița de la cafea prin tort, cum am ales straturile crocante din cacao, până ce, într-un final, am adunat și ultimele câteva firimituri din farfurie.

— Mănânci ca o sălbatică, a spus el. Și ești plină de tort pe față.

S-a aplecat deasupra mesei și m-a șters la gură cu o batistă stropită de vopsea, înmuiată în apă rece, ca și cum aș fi fost un copil lăsat în grija unui unchi pretențios. Când a terminat, aveam colțurile gurii roșii. Privirea mea se îndrepta stânjenitor de des spre buzele lui Gustav, așa că m-am uitat la felia lui de tort. Era din ciocolată, cu mai multe straturi de gem de zmeură. De cum a desfăcut tortul, gemul s-a împrăștiat în farfurie de parcă ar fi fost sânge.

— Și ce a făcut contele? am întrebat eu, întorcându-mă la problema noastră.

— O, i-a dat o batistă și sticla lui de șnaps, cât se poate de calm. Apoi, cu toate astea, m-a întrebat dacă nu cumva ar fi mai bine ca Ernst să meargă la sanatoriu. Ar putea aranja el, dacă mă gândeam...

— Bietul Ernst, am spus eu.

— Bietul Ernst pe... naiba! Datorită mie are acum o logodnică frumoasă și o carieră salvată. E un tip norocos.

— Ăsta a fost singurul motiv, să-ți salvezi afacerea? nu m-am putut abține să nu-ntreb.

— Ei bine, nu. Pierderea celor mai de nădejde modele ale noastre a devenit o problemă.

Fusesem prea speriată ca să mă întorc la atelier de vreme ce acasă era atâta scandal, și mai ales singură.

— Te referi la modelele pe care nu le plătiți, am completat eu.

— Hm, da, a rânjit el, rămânând impasibil la tonul meu serios. Că tot ai menționat, a devenit foarte costisitor să te înlocuim. Asta pe lângă erorile din contabilitate. Toată afacerea de la atelier a însemnat salariul pe o lună.

— Ce mod romantic de a privi lucrurile! am comentat eu.

— Unii dintre noi nu sunt romantici, a ridicat el din umeri. Tu, de exemplu. Nu mi te pot imagina plângând printre perdele și cântând melodii de jale.

— Nu mi-a dat nimeni niciodată vreun motiv s-o fac.

— Și nici n-o va face. Lucrurile astea li se întâmplă oamenilor care chiar le caută, a explicat el. Ernst și Helene au fost sortiți să aibă o iubire blestemată.

Aveam să-mi amintesc conversația asta câțiva ani mai târziu, când Ernst era mort și sora mea se îneca într-o suferință adâncă. Dar atunci mi-era ciudă că ei îi ieșise totul perfect încă o dată.

Am rămas tăcuți o vreme, gândindu-ne la rudele noastre. Sau cel puțin eu mă gândeam la ei. Nu știam pe unde rătăceau gândurile lui Gustav, dar au apărut de unde nici nu mă așteptam.

— Pudoarea sexuală a claselor de mijloc! a izbucnit el. Nu mai am deloc răbdare cu asta.

— Ce?

Eram șocată să aud acel cuvânt rostit atât de tare, dar și să recunoc că probabil eram vinovată de singurul lucru despre care vorbea.

— Părinții tăi. E atât de interesant. Luminați și culturalizați în atâtea feluri. „Susțineți-i pe artiști!“ țipă ei. „Dar fără fetele noastre!“

— Se gândesc doar la viitorul ei, am spus eu, neînțelegând de ce le luam apărarea.

— De ce nu ar putea viitorul să fie diferit? De ce nu pot fi văzuți bărbații și femeile împreună fără ca asta să le distrugă reputația?

— De ce nu? i-am dat eu dreptate. Lucrurile se pot schimba.

— Lucrurile se vor schimba doar dacă unii ca noi le vor arăta calea.

Mă întrebam dacă nu cumva îmi cerea să fac ceva. Chiar nu aveam de gând să-mi pun în pericol libertatea prea curând.

A pictat o lume lipsită de ipocrizie, unde oamenii erau liberi să iubească pe oricine alegeau, indiferent de vârstă, clasă socială sau bună-cuviință, și până și atunci mă întrebam dacă el chiar era interesat să transforme societatea în favoarea tuturor sau dacă doar voia să facă el ce îi plăcea fără să fie criticat pentru asta. Amândoi ne prefăceam că purtăm o discuție academică.

9

Nunțile nu sunt subiectul meu preferat, nu am participat niciodată la una, deși am desenat o mulțime de modele de rochii pentru astfel de ocazii. Nunțile sunt incredibil de asemănătoare, chiar dacă mirele este măcelar sau fiu de aristocrat, chiar dacă mireasa este însărcinată deja sau încă virgină. Cumva, tocmai aceste asemănări îi liniștesc pe oameni. Florile vor fi crini albi; asta doar dacă nu cumva tatăl miresei este alergic și atunci vor fi bulgărași de călin alb; mirele va fi palid și tensionat și va scăpa inelul chiar în fața bisericii; mireasa va plânge și în fundal se va auzi o melodie de Händel. În lunga mea carieră am sperat ca măcar o singură mireasă să intre în salon și să ceară o rochie verde ca iarba, dar asta nu s-a întâmplat niciodată.

Au trecut doi ani de când Helene și Ernst s-au căsătorit. În tot acest timp, Ernst venea mereu la noi acasă. Uneori îl aducea și pe Gustav și fie cântam toți patru, fie jucam cărți. Deși se formase acest grup din obișnuință, exista un dram de romantism între mine și Gustav. După o vreme, aproape am uitat că avusese loc acel sărut sau, mai degrabă, îmi aminteam de el ca de ceva stupid, care se întâmplase cu mult timp înainte. Alte lucruri mă preocupau acum: îmi făcusem o nouă prietenă, a cărei mamă purta haine croite la Paris și pe care nu o deranja dacă îi scoteam lucrurile din dulap ca să le studiem; i-am descoperit pe Baudelaire și pe poeții francezi; și m-am îndrăgostit.

M-am îndrăgostit pe loc, ca orice școlăriță, de un băiat de la etajul doi din clădirea noastră. Tatăl lui Fritz avea o mercerie. L-am văzut pe stradă, cu familia lui, apoi parcă îmi apărea peste tot în cale; pe scări, în Grădina Poporului, în cofetăria mea preferată. A început să-mi lase cadouri într-una din urnele minunate de la intrarea în clădirea noastră: scrisori, buchete de violete, marțipan. Știam de la început că avea să plece în armată în câteva luni, dar asta a făcut ca totul să fie și mai romantic. Când a plecat, am început să plâng fără oprire și să-i scriu întruna. Am purtat corespondență câteva luni, apoi s-a terminat totul. Nu ne sărutaserăm niciodată, nici mâinile nu ni le atinseserăm, dar simțisem că această relație mă schimbase, că devenisem acum femeie.

După ceremonia de nuntă, am dat o petrecere la noi acasă, în cinstea lui Helene și a lui Ernst. Era datoria mea să trec dintr-o cameră într-alta, să duc câte o tavă cu pere coapte și cireșe fără sâmburi. Chiar nu conta; aveam ceva de făcut și puteam să mă văd sau să vorbesc cu oricine fără să mă trezesc pe cap cu vreuna dintre mătușile mele, care purtau pălării demodate și care erau de părere că ceremonia durase prea mult și că era o rușine că Helene devenise catolică. Cel puțin acum, cu toate astea, fiii lor puteau să-și ia niște slujbe la stat.

Eu și Pauline purtam rochii din organza de un albastru de peruzea și corsete foarte strânse, cu oase de balenă, care au costat o avere și care ne făceau să ne încingem și să ne irităm, dar nu exista o altă posibilitate pentru niciuna dintre noi ca să obținem măcar o talie de cincizeci și șase de centimetri. Ar fi trebuit să avem patruzeci și cinci centimetri, dar era absolut imposibil. Până și corsetele au o limită. Rochiile aveau mâneci-clopot, care se deschideau de la umărul strâns și îmi făceam griji că aveau să cadă și să se murdărească în platourile cu mâncare pe care trebuia să le duc. Pauline îmi arunca un zâmbet forțat de fiecare dată când trecea pe lângă mine și știam că și ea se gândește la același lucru.

Gustav încerca să le facă o fotografie lui Helene și Ernst în fața șemineului, iar oamenii se adunau în jurul lor să privească. Era o acțiune complicată, care implica un trepied, o pelerină neagră și repetate explozii de praf luminos. Gustav își juca rolul de parcă era un magician. Helene purta voalul din dantelă al mamei, făcut de niște măicuțe de la o mănăstire din Alpii italieni, o rochie dintr-o mătase chinezească și o fustă pe deasupra, din organza, făcută de o croitoreasă pe care o cunoștea Gustav. Arăta exact ca în portretul reginei, realizat de Winterhalter, în cel mai bun, dar și cel mai rău sens.

Mătușile nu au găsit nimic de criticat în legătură cu înfățișarea ei, ceea ce însemna că ținuta era somptuos de convențională. Când spectacolul de fotografie a luat sfârșit, toată lumea și-a umplut farfuriile cu friptură de porc și budincă cu ceapă, găluște cu cârnăciori și pateuri cu brânză iute. La masa din sufragerie stăteau douăzeci și patru de persoane, iar cei care nu și-au găsit locuri s-au rezemat de perete.

Eu și Pauline ne-am grăbit spre scări, unde ne puteam desface una alteia corsetul ca să mâncăm liniștite.

— Îți mai amintești când ne-am mutat prima oară aici? a întrebat Pauline, apăsându-și fruntea de balustrada din lemn lustruit. Îți încăpea capul între bare și ne jucam de-a Maria Antoaneta.

— O să-ți faci urme pe tâmple, am spus eu. O să pună lumea întrebări.

— Deja face asta.

— Îmi amintesc când am coborât scările toate trei, ca pentru o întâmpinare imaginară, purtând șalurile cu motive scoțiene ale mamei, am răspuns eu cu gura plină de spanac. Cât de mult a mai râs!

— Și acum, iată-ne, niște fete bătrâne care servesc la masă! a comentat Pauline.

— Ai doar douăzeci și trei de ani! am răspuns eu uimită. Nu ești fată bătrână.

— Sper doar să nu ajung dădacă, să fiu mânjită pe față în fiecare zi de napi pe jumătate mestecați.

— Nu o să se întâmple niciodată asta, am liniștit-o eu. O să te măriți cu vreun avocat distins. O să te prefaci că nu mă vezi când o să trec pe lângă tine pe stradă.

Cel puțin am făcut-o să zâmbească.

— Eu nu arăt ca Helene.

— Gândește-te la toate fetele de la tine din clasă, am continuat eu. Niciuna nu este la fel de frumoasă ca Helene, dar tot s-au măritat.

Chiar credeam că era mult prea dură cu ea.

— Nu folosi tonul ăla infatuat, a spus ea. Nici tu nu o să te măriți.

— Poftim? și m-am simțit de parcă primisem o lovitură în față.

— Va trebui să ai grijă de mama și de papa și să te apuci de croitorie.

Dintr-odată am început să tremur.

— Ești nebună! i-am spus.

— Niciunul dintre ei trei nu o să te lase să te întâlnești cu cineva.

Știam cine este a treia persoană la care se referă fără să trebuiască să întreb, dar m-am prefăcut că nu-mi dau seama.

— Lui Gustav îi place să te aibă în preajmă ca să mai flirteze. O să strice totul înainte să înceapă.

— Și Fritz? am spus în apărarea mea.

Avea un râs urât.

— Asta a fost o poveste parcă desprinsă dintr-un poem, departe de sentimentele tale reale. Tu ești îndrăgostită de Gustav.

— Ba nu sunt!

— Tu și Helene credeați că sunteți atât de istețe, chiar vă imaginați că eu nu mi-am dat seama unde v-ați tot dus lunile astea? Din banii mei ați plătit biletele de tren, ați uitat?

Bineînțeles că a știut în tot acest timp. Eu și Helene porniserăm într-o mare aventură și pe ea o lăsaserăm în urmă. O incluseserăm în categoria persoanelor în care nu puteam avea încredere. O mințiserăm așa cum i-am mințit și pe părinții noștri, de parcă ar fi fost o mătușă bătrână și necăsătorită. Nu-i dăduserăm șansa să ni se alăture, să păstreze secretul, să cunoască pe cineva. Și nu spusese nimic, nu ne trădase, iar noi puseserăm totul pe seama abilităților noastre de viclenie. Nu-i de mirare că mă ura.

— Îmi pare rău, am mormăit eu.

Cârnații din farfuria mea erau înecați în ulei și nu mai păreau la fel de apetisanți.

— Gustav e îndrăgostit de el însuși. Îi place să fie apreciat. Dar nu este interesat de nimic altceva.

A făcut un semn spre ghirlandele de narcise care împodobeau balustrada.

— Cine a spus că vreau să mă mărit?

— Nu vrei?

— Instituția căsătoriei încurajează subordonarea femeilor.

— Trezește-te, Emilie! Viața încurajează subordonarea femeilor. Așa merg lucrurile.

— Dar nu ar trebui să fie așa.

— Ce o să faci dacă nu o să te căsătorești? Cum o să trăiești?

— Fără să o fac pe dădaca cu mama și papa și fără să cârpesc ciorapii altor persoane, de asta sunt sigură.

— Bravo ție! Sper doar că ai un plan.

— Al tău care e, dacă tot vorbim despre asta?

— Contabilă, a spus ea. Poate pentru un farmacist. Sau un croitor. Un apartament micuț, câteva mușcate la fereastră, o pisică. Știu la ce să mă aștept și ce e greu de atins. Mă voi mulțumi cu atât.

M-am ridicat, lăsându-mi jos farfuria pe jumătate plină. Când am ajuns la mijlocul scărilor, mi-am amintit că aveam nevoie să mi se aranjeze corsetul la loc. Era umilitor să mă întorc, dar nu avea cine altcineva să mă ajute.

Stătea tot acolo, sprijinită de balustradă, uitându-se jos, în hol. Avea umerii căzuți, iar părul tern i se desprinsese din coc. O clipă mi-am imaginat-o ca pe o bătrână cu artrită, cu o pisică siameză și iederă de sufragerie. M-am simțit plină de remușcări.

— Putem să-ți pictăm ghivecele cu mușcate, i-am spus eu. Eu aș putea să fac șabloane pentru flori și frunze, să le pictez în roz și roșu, o să arate de parcă ar fi fost aduse de un țăran de la sat.

— Uită tot ce-am spus. Nunta asta cu siguranță m-a făcut să bat câmpii. Ce știu eu?

Biata Pauline, își putea vedea propriul viitor, dacă pe al meu nu. Dar cel puțin ținea contabilitatea unui salon, nu a unui magazin de pălării pentru bărbați, urâte și ponosite. Cel puțin avea o cameră la salon, nu la vreo pensiune murdară și răcoroasă. Cel puțin nu a fost niciodată săracă. Pisicile ei erau urmașele vărgatului lui Klimt. Era faimoasă pentru orhideele ei.

Când m-am întors la atribuțiile mele, Gustav îl așeza pe tatăl său șubred într-un scaun. Apoi întorcea paginile pentru un pianist care cânta Haydn. Le făcea complimente mătușilor cârcotașe, care râdeau și roșeau. Era oriunde, mai puțin unde eram eu.

Dintr-odată m-am simțit urâtă. Părul meu e prea cârlionțat, m-am gândit. Poate ar trebui să încerc să-l îndrept cu un fier de călcat. În ciuda măsurilor mele de precauție, îmi apăruseră câțiva pistrui pe nas, imposibil de înlăturat, indiferent de cât de mult suc de lămâie aș fi folosit. Aveam obrajii rotunzi, iar chipul meu cu siguranță nu era genul pe care Gustav să-l prefere. Aveam să mă transform într-o femeie dolofană, nu o rubensiană, dar cu siguranță nici una desprinsă din tablourile lui Klimt. M-am gândit la Minna și la

Helga și la trupurile lor împletite. Îmi era teamă de ele. Îmi era teamă să fiu ca ele.

Voiam să mă așez și să plâng, dar nu un plâns din acela inutil, ca al unei fete a cărei soră tocmai s-a măritat sau ca una al cărei cavaler a luat trenul spre Graz. În schimb am golit platourile până ce am auzit primele acorduri al unui vals de Strauss. Apoi m-am împins prin mulțime ca să o văd pe Helene dansând cu Ernst. Sora mea era la fel de palidă și de grațioasă ca o figurină de porțelan, în timp ce Ernst o răsucea iar și iar. El nu știa să danseze foarte bine, au observat dezaprobator mătușile. Tot ce părea în stare să facă era să se răsucească. Cine a mai auzit vreodată de un mire care să nu știe să danseze? Până și cei care sapă șanțurile merg la balurile lor modeste, unde dansează ca niște prinți.

Fusta lui Helene ținea ritmul asemenea aripilor unei lebede. Oamenii au început să aplaude.

I-am întâlnit privirea lui Gustav și mi-a făcut un semn scurt din cap. Voia să danseze cu mine.

— Sărută-mă, surioară, suntem o familie acum, mi-a șoptit el când ne-am întâlnit și mi-a atins părul cu buzele.

A fost un gest foarte îndrăzneț; toată lumea trebuie să-l fi văzut. Bineînțeles că nu am putut să-i dau un sărut, pe față sau oriunde în altă parte. Cu toate astea, simțeam toate punctele în care corpurile noastre se atingeau: mână cu mână, braț cu braț, umăr cu umăr. Mâna lui pe talia mea era fierbinte și m-am topit sub ea ca arama într-un mulaj. Din când în când, partea din față a rochiei mele îi atingea haina.

— Nu am știut până acum cât de mult îți place să dansezi, a spus el.

— Nu tuturor le place? am rostit eu.

Puteam să-l sărut acum, aici, în fața tuturor.

— Lui Ernst nu, a râs el. Am încercat să-l învăț săptămâna trecută, la atelier. Nu poate să numere în cap pașii. E o umilință pentru familia noastră.

— Ar trebui să-i întrerupem cât de curând, am spus eu, deși era ultimul lucru pe care mi-l doream. Helene pare destul de amețită.

— Poftim? Deja te-ai plictisit de mine?

Puteam să-i simt respirația pe obraz. Puteam să văd cum artera carotidă îi pulsa pe sub piele. Fumase cu tatăl meu mai devreme; haina lui mirosea a cuișoare și nucșoară. Buzele lui erau atât de aproape de obrazul meu, încât, pentru câteva clipe, nu am mai respirat deloc.

S-a tras câțiva milimetri mai în spate.

— Ai dreptate. Ori e o misiune îndrăzneață de salvare, ori doar săruri volatile și un scandal ușor.

Ne-am despărțit și i-am separat pe Helene și Ernst.

— Sunt uimită că a fost de acord să se mărite cu tine, i-am spus lui Ernst în timp ce mă învârtea prin cameră.

Era mai slab decât Gustav și abia îi simțeam mâna pe talie. Avea palma fierbinte într-a mea.

— Asta dacă nu ai obligat-o tu.

— O, am prevenit-o! a exclamat el uimit. Mi-a spus că n-o interesează.

— Probabil te iubește foarte mult, fiindcă tu chiar ești îngrozitor.

— Știu, mi-a răspuns el. Nu merit toate astea. Doar am fost norocos. Dar o să am mare grijă de ea, îți promit.

— Ai face bine să ai. Nu vreau s-o mai aud vreodată cu o cantată de Bach.

— Acum că suntem căsătoriți cu acte-n regulă, poate îți găsim și ție pe cineva.

Era foarte mândru de acel plural, probabil se gândise săptămâni la rând să-l rostească.

— E în regulă, l-am liniștit. Mă descurc și singură.

— Nu, nu! m-a oprit el, entuziasmat de idee. Lasă-mă să arunc un ochi în cameră.

Era ușor, de vreme ce făceam o întoarcere de trei sute șaizeci de grade o dată la câteva secunde. Speram doar ca alegerea lui să nu-mi afecteze opinia mea despre mine.

— Ce părere ai despre Josef Maier? Este un portretist cumsecade.

— Este cu cineva, și i-am arătat o fată cu părul arămiu, îmbrăcată cu o rochie de culoarea cireșelor.

— Ei bine, iată-l pe Georg. Dar probabil ar călca pe toate porțelanurile din China și, oricum, bea prea mult.

— Cu siguranță nu Georg, am fost eu de acord.

Apoi s-a oprit dintr-odată din dansat.

— Știu cine, a spus el. Așteaptă-mă aici, nu pleca, mă întorc imediat!

M-am tras într-o parte și m-am uitat de jur împrejur. Helene dansa cu papa. Pe Gustav nu-l vedeam nicăieri. M-am dus în bucătărie, dar deja fusese totul spălat și pus la loc. Pauline îi întorcea paginile mamei, care îl detronase pe pianist. Nimeni nu avea nevoie de mine.

Ernst se îndrepta spre mine cu un băiat deșirat, blond și îmbujorat de căldură ca mine. Franz, asociatul lor de la atelier. Ați putea crede că îl cunoșteam bine, dar el călătorea tot timpul. Îl văzusem doar de șase sau opt ori anul trecut.

— Credeam că ești în Grecia, i-am spus eu.

Franz îl picta pe Ahile într-un nou palat din Corfu.

— Regina s-a răzgândit iar, a explicat Franz. Trebuie să-mi refac toate schițele. M-am întors la atelier de aproape o săptămână.

— Dansați împreună, a intervenit Ernst dintr-odată. Trebuie să o găsesc pe Helene.

Franz nu era prea grațios, dar putea să țină ritmul și să vorbească în același timp.

— A pățit ceva Gustav? m-a întrebat el.

— De ce?

A făcut un semn scurt din cap spre colțul camerei.

— Pentru că stă acolo de bunăvoie. Nu este genul lui.

Când m-am întors, am privit în direcția în care îmi indicase. Desigur, acolo era Gustav, aplecat în față pe un scaun, cu bărbia în palme, holbându-se.

— Habar n-am, am spus eu.

— Probabil voia să fie el cel care se căsătorea astăzi, a comentat Franz ironic.

— Foarte amuzant! am adăugat eu, apoi: Chiar crezi că din cauza asta este atât de ursuz?

S-a tras puțin ca să poată să mă privească.

— Așa este mereu. Vine o doamnă frumoasă la atelier, căci soțul ei a comandat un portret pentru ea, să zicem. Cât ai zice pește, ea scapă batiste parfumate, iar el își petrece timpul la Hotel Imperial. Asta poate dura săptămâni, uneori luni. Apoi ea apare plângând, făcând o scenă, spunând că soțul ei a părăsit-o și oare nu ar vrea Gustav s-o țină la el? Aparent, a ajuns să creadă că Gustav voia să se căsătorească cu ea, dar fără să spună nici măcar un cuvințel care ar fi putut fi folosit drept probă în instanță. Din punctul ăsta de vedere, este foarte inteligent. Niciodată nu se lasă prins în capcană. Mă tem că într-o zi o să vină una dintre ele cu un pumnal și o să-l omoare.

— Cineva de la operă, poate?

Am încercat să mă prefac că nu sunt surprinsă. Știusem dintotdeauna că există și astfel de femei. Inima mea a început să bată din nou, cu durere. Aproape că mi-am spus: „Mă întreb de ce nu am văzut niciuna până acum."

— Este foarte atent cu programarea. Sau, cel puțin, de regulă era.

Mă întrebam dacă Gustav îi povestise despre cum intrasem peste modele.

— Deci nicio aventură amoroasă nu a rezistat?

— Uneori rezistă, dacă doamna este ca el. Dar n-ar trebui să-ți vorbesc despre asta. Gustav m-ar omorî.

— Pentru că eu sunt un fel de soră mai mică.

Nu a prins ironia deloc.

— Surorile nu ar trebui să afle astfel de lucruri. Să nu-i spui niciodată ce ţi-am povestit.

Acum că toată lumea se ameţise, cineva a comandat un dans de ţară. Eu şi Franz ne-am despărţit când am schimbat partenerii într-un dans complicat în cerc, pe care familia mamei obişnuia să-l danseze în Moravia.

— Trebuie să spun că pari foarte stăpână pe tine, a spus el când ne-am întâlnit din nou. Credeam că toate domnişoarele plâng când se mărită surorile lor.

— Şi de ce ar trebui să plâng?

— Patul gol, să laşi locul altcuiva, să strângi zornăitoarele şi păturica de bebeluş.

— Zici că reciţi poeme pe bani.

— Am încercat doar.

— Păi, opreşte-te, altfel chiar o să plâng.

— Sora ta o să fie bine. Ernst este cel mai bun artist dintre noi toţi.

Asta nu mi-a picat bine.

— Gustav a primit medalia Imperiului, am spus eu.

— Nu mă înţelege greşit. Gustav este foarte talentat. Este cel mai bun desenator de la atelier. Dar să fii artist presupune mai mult decât talent.Trebuie să-i faci fericiţi pe patroni. Trebuie să spui lucruri potrivite. Gustav nu este aşa. El este prea dintr-o bucată, prea hotărât să facă doar ce vrea el. Oamenii nu sunt tocmai fericiţi în preajma lui. Am pierdut câteva oferte din cauza lui.

— Şi nu asta trebuie să facă un artist, să mulţumească pe toată lumea cu preţul frumuseţii şi al gustului?

— Ceea ce voiam să spun este că poate să încerce să fie puţin mai politicos cu oamenii importanţi. Să-i binedispună.

Încetinisem, aşa că abia dacă ne mai mişcam.

— Poate reuşeşti tu să-i bagi minţile în cap.

Nu am spus nimic. Măgulită cum eram de aluzia cum că aş putea să-l influenţez pe Gustav, m-am enervat la gândul că cineva ar încerca să-i compromită idealurile. De parcă aş fi vrut asta vreodată!

— Îţi este prea cald? m-a întrebat Franz, interpretând greşit roşeaţa din obrajii mei. Aş putea să-ţi aduc ceva de băut?

Apoi m-a aşezat într-un fotoliu comod din colţul camerei şi a dispărut în mulţime.

M-am îndreptat spre colţul unde era Gustav.

— Ei? a făcut el. Te-ai logodit deja?

— Nu fi ridicol! Doar dansam.

— Dansaţi. Aşa spun toţi. Doar vorbeam. Doar dansam. Doar flirtam. Apoi mă pomenesc că ţin un toast la nunta ta.

— Şi de ce îţi pasă? l-am tachinat eu.

— Franz este un prost.

— Credeam că este prietenul tău.

— Singurul lucru de care îi pasă este comisionul lui. Nu are nicio ambiţie. Nu este deloc interesat de ceea ce se întâmplă în restul Europei. Îi este teamă de eşec, teamă să nu fie pe placul tuturor acelor fosile de la Casa Artiştilor.

Una dintre vergelele metalice ale corsetului ieşise din vata de bumbac şi mi se înfipsese mai jos de coaste.

— Ce are asta a face cu ce fel de dansator este el, sau ce fel de prieten, sau ce fel de...

Am căutat cel mai potrivit cuvânt, dar nu am găsit niciunul.

— Contează, a spus el, ştii că asta contează mai mult decât orice.

Ştiam, dar nu voiam să recunosc în faţa lui.

— Tot ceea ce-mi doresc eu este să fac artă de calitate, artă care să nu fie uitată, a explicat el, şi rareori vorbea atât de sincer. Ar putea să şocheze sau să dezguste, dar doar aşa oamenii o să înţeleagă ce este în capul meu. Dacă ai putea face orice Emilie, orice pe lumea asta, ce-ai face?

Puteam să spun cu voce tare un singur lucru.

— Vreau să fac lucruri frumoase. Nu am nicio dilemă filozofică de rezolvat, îmi doresc doar să existe mai multă frumusețe pe lume. Asta-i tot.

M-am uitat la una dintre surori, care-și freca spatele în timp ce le ducea câte o ceașcă de ceai mătușilor. M-am uitat la cealaltă, care plutea în norul ei de organza.

— Poate haine, am spus eu. Ca Worth.

Gustav se holba la mine de parcă nu mă mai văzuse niciodată. Avea o strălucire în ochi, de parcă abia rezolvase o problemă extrem de supărătoare de perspectivă.

— Bineînțeles, a încuviințat el. Și o să reușești.

— Nu văd cum aș putea. E doar un vis, ca și cel în care sunt actriță. Nici măcar nu știu să cos.

— O să știi, m-a asigurat Gustav.

10

Kammer am Attersee
15 decembrie 1944

Căsuța noastră este făcută din cărămizi, cu o tencuială aspră și miroase a mare. Dacă atingi fațada, îți zgârii mâna. Cândva era de un alb strălucitor, dar timpul și neglijența au transformat-o în griul murdar al lăturilor. Are un acoperiș de țiglă roșie, abrupt, care lucește atunci când plouă. Unele bucăți de țiglă sunt sparte acum și printre crăpături crește mușchi. Obișnuiam să avem flori pe lângă casă și mușcate în jardiniere, dar acum nu am rămas decât cu mușchi. Mușchi, licheni și ciuperci.

O verandă acoperită dă spre lac. Obișnuiam să luăm micul-dejun acolo. Cei mai apropiați vecini ai noștri erau prea departe ca să ne audă, dar tot îi puteam vedea de pe verandă. Bărbații fluturau din mâini în timp ce-și dezlegau bărcile dimineața.

La subsol se află doar o bucătărie micuță și o sufragerie mare, ceea ce era suficient de vreme ce majoritatea timpului ni-l petreceam în aer liber. Mama le împodobise cu muselină indiană, creton și mobilă japoneză. Chiar și acum mai sunt pe șemineu farfuriile din Meissen și figurinele de Steuben. Pianul încă se află în colț, cu partitura *Liebesträume* deschisă pe suport.

Sus, pe scările înclinate și înguste, dormitoarele au tavanul jos și forme ciudate, dar sunt șase la număr, unul după altul, înşirate pe coridorul lung. Presupun că bietul pescar, al cărui fiu ne-a vândut casa, probabil avusese mai mulţi copii. Aveam nevoie de fiecare în parte, de vreme ce primeam mereu musafiri. Dormitoarele sunt goale acum, văruite ca nişte chilii mici, cu saltele de pe paturile de alamă roase de şoareci.

Lângă grădină se află câţiva mesteceni pe care i-a plantat tata ca să protejeze casa de vânt. A fost cald în acea vară, chiar şi aici, sus, iar chipul tatei era vineţiu şi transpira pe sub pălărie în timp ce săpa gropile. Câţiva puieţi au fost arşi de soare şi au murit chiar dacă îi udasem din belşug, iar unul a fost lovit de un fulger acum câţiva ani şi a trebuit să-l tăiem, dar vreo doisprezece tot mai sunt aici, subţirei şi goi în această perioadă a anului, cu scoarţa descojită ca pielea bolnavilor de psoriazis, tremurând şi vuind de parcă ar fi fost nişte căruţe de ţigani.

Abia de pot să-mi amintesc o perioadă în care nu am fost aici. Până când am împlinit treisprezece ani, am închiriat casa de la doamna Thyssen, o văduvă din oraş al cărei soţ dispăruse pe lac şi se presupunea că se înecase. După moartea ei, am cumpărat-o de la fiul său, care locuia în Salzburg şi ura acel loc. Când eram mici, eu şi sora mea Helene obişnuiam să ne plimbăm de-a lungul ţărmului, căutându-l pe acest pescar pierdut. Ne gândeam că poate oasele lui erau aduse la mal sau, în cel mai fericit caz, că fantoma lui avea să se înalţe din apă într-o zi ceţoasă. Era ca un sfânt protector; ne era puţin teamă de el, dar totodată era şi prietenul nostru. Îi scriam mesaje sau poezii pe bucăţi de scoarţă. Le lansam de parcă ar fi fost nişte corăbii micuţe şi priveam cum pluteau, apoi cum se scufundau, imaginându-ne cum coboară stânjen după stânjen, până ce îl întâlnesc. Nu am povestit nimănui despre asta. Papa ar fi fost de părere că era ceva morbid şi frivol şi ne-ar fi pus la muncă, să lustruim obiectele de tâmplărie.

Întotdeauna era plăcut să vii și să plângi printre fâșiile de scoarță de mesteacăn; mușchiul de sub ele este dens și moale, iar vântul suflă întotdeauna melancolic.

Lacul este lung și gri ca mercurul care curge dintr-un termometru spart. Este plin de ghețari și incredibil de rece, chiar și vara. Nu sunt ieșite multe bărci în larg astăzi, doar câțiva bărbați care pescuiesc crapi cu plasele. Norișorii cirus se mișcă repede, spre Viena. Norii cumulus întunecați din urma lor se mișcă aproape la fel de repede în direcția opusă. Pe partea cealaltă a lacului, în satul Unterach, casele pastelate sunt împăștiate pe dealuri, ca bomboanele pe turta dulce. Un sunet plutește spre mine, sunetul unui deget pe marginea paharului: tălăngile vacilor.

Când mă ridic, încălțările mele se afundă în argilă grasă, umedă. Ar fi trebuit să vin direct dinspre casă, în loc să rătăcesc prin grădină; din acea direcție este făcută o cărare din plăci sparte. O să mi se murdărească ciorapii. Chiar dacă îi spăl eu însămi, Helene tot o să clatine din cap, dându-mi de înțeles că în timpul irosit murdărindu-mi ciorapii aș fi putut face cinci lucruri într-adevăr utile. Este o zi ciudată când fetița care la botez ți-a purtat propria creație începe să o facă pe șefa cu tine.

Altitudinea de la care privesc mă face să cred că lacul cu multele lui pontoane arată ca un glob cu o grămadă de scări care conduc spre centru, ca o pictură a iadului, realizată de Hieronymus Bosch. Toate pontoanele arată la fel: soioase, din lemn și ponosite. Iar pontonul nostru nu este diferit. Singurul lucru care demonstrează că e al nostru e că acolo încă se găsește o bucățică de material roșu, legat de unul dintre stâlpi. E una dintre batistele lui Gustav, decolorată și murdară, dar, cumva, încă acolo.

Cu toate astea, debarcaderele sunt toate diferite. Turiștii, oamenii de teatru și de operă și-au făcut cabine de probă și chiar bucătării. Au câteva foișoare micuțe lângă apă și pergole acoperite de curpen. Localnicii au mici șoproane legate împreună, din lemn plutitor. Niciodată nu ne-am considerat nişte turişti; debarcaderul nostru este la fel de şubred ca al oricărui alt localnic, vopsit bleumarin. Înăuntru ţinem barca şi vâslele, o canoe şi flotoarele. A trecut ceva timp de când n-am mai intrat acolo, aşa că nu sunt sigură de ce o să găsesc.

Trag barca de la pupă. Vopseaua albă este încreţită şi lipicioasă ca algele. Este o zgârietură la babord pe care pot s-o văd chiar și prin nisip. Nu pot să-mi amintesc dacă s-a întâmplat acum mult timp și nimeni nu s-a deranjat s-o repare sau dacă cineva a scos-o cât fuseserăm noi plecați și a distrus-o, dar nu mai contează.

Adun nişte lemne şi le fac morman pe porţiunea cu cel mai uscat nisip pe care o găsesc. Lemnul este ud și scoate fum când îi dau foc, dar în cele din urmă se aprinde. Vântul îmi suflă fumul de culoarea ciupercilor drept în față. Trebuie să adun nisipul ca nu cumva vântul să-mi stingă mica flacără. În debarcader se află o găletuşă cu smoală întărită. Am aşezat-o deasupra focului, sperând că smoala se va topi în ceva mai folositor. Barca este răsturnată pe nisip, la fel de ciudată și neajutorată ca și crabul-potcoavă de deasupra ei.

Obişnuiam să facem focuri de tabără şi cârnaţi fripţi în vârf de băţ.

Helene apare în spatele meu, înfășurată într-un șal gri și cu un pulover gros, de un albastru marin, care parcă o înghite cu totul. Cu pielea ștearsă, palidă, pare o schiță în creion sau ruptă dintr-un film. Își dă seama că o studiez atent și își înfășoară șalul mai strâns.

— Lemnul ăsta este prea umed ca să ardă bine, spune Helene tremurând. Aşteaptă până se linişteşte vremea ca să reparăm barca.

— S-a aprins acum, îi răspund, aruncând peste flacăra fumegândă o creangă și încercând să nu tușesc.

— Oricum este prea frig ca să ieși pe lac.

— Durează puţin până se usucă smoala. Poate până atunci se opreşte şi vântul.

— Îl vom chema pe Heitzmann săptămâna viitoare să facă asta.

Rosteşte fiecare cuvânt fără milă, ca de fiecare dată când este nervoasă. Iar asta mă face să mă ambiţionez şi mai mult.

— Nu văd de ce ar conta pentru tine dacă pierd toată după-amiaza, spun, deja ştiind ce va răspunde.

— Avem o grămadă de lucruri de făcut înăuntru şi în grădină.

— Am tot timpul din lume. Dacă nu curăţăm iarba azi, putem s-o facem mâine. Dacă nu curăţăm cu înălbitor podeaua azi, putem s-o facem mâine. Sau poimâine. Sau săptămâna viitoare. Ce contează?

— Ești infantilă, rostește ea dezgustată, apoi mă lasă cu focul meu care arde înăbuşit.

Desigur că smoala refuză să se topească în ceva mai lichid. Cârpeala mea este plină de cocoloașe și denivelări, iar Heitzmann va trebui să o dea jos și să o refacă, dar nu-mi pasă. Până și mirosul de smoală încinsă este mult mai plăcut decât sentimentul de a fi blocat în casă. Mă aşez pe fuzelajul bărcii și privesc focul.

La ora două și jumătate se întoarce iar cu un sendviș cu brânză.

— Ai uitat să mănânci de prânz, îmi spune ea.

Îmi este surprinzător de foame. Probabil din cauza vântului.

— A venit un pachet.

Nu spun nimic pentru că am gura plină și, orice ar fi, se poate descurca și singură.

— Cred că ar trebui să vii în casă și să-l deschizi, insistă ea.

Îi tremură mâinile. Mă sperie puțin. E ceva în neregulă?

— De la cine este? o întreb eu.

Încerc să ațâț focul, dar este dus cu totul.

— Vino! mă cheamă ea.

Mergem una în spatele celeilalte pe cărarea spre casă, cu Helene în frunte. Lichenii de pe pietre sunt alunecoși, de un portocaliu surprinzător de strălucitor. Șofran, mă gândesc eu. La primăvară vom avea nevoie de șofran. Mă întreb dacă soția lui Heitzmann nu are cumva niște bulbi.

Helene se împiedică și cade, sprijinindu-se în mâna stângă.

— Lasă-mă să văd! îi cer eu.

Îmi arată zgârietura, pe care o sărut.

— Bine că am adus bandajele de tifon, îi spun eu.

Aveam acum pe buze sângele ei.

— Poate că, atunci când va veni data viitoare, Heitzmann va pune un fel de balustradă pe cărarea asta, zice Helene.

— De ce nu îl angajezi să ne ducă de colo până colo? comentez, nervoasă pe ea, chiar dacă și eu mă gândisem la toate lucrurile pe care aveam nevoie să le facă el. Nu are și omul destui copii?

S-a dovedit că nu era un singur pachet, ci mai multe strânse pe podeaua sufrageriei. Helene mă așază într-un scaun și mi le aduce unul câte unul, ca și cum ar fi ziua mea. Apoi se așază pe taburetul din fața mea, nerăbdătoare. Dezleg sfoara și rup hârtia maro cu care este împachetat. Înăuntru se află o fustă chinezească din colecția mea de țesături. Broderia fosforescentă lucește în camera înzorzonată ca o pasăre exotică.

— Credeam că Herta are de gând să le vândă, am spus eu. Avem nevoie de bani.

— Cine mai are acum nevoie de o fustă învechită? comentează Helene. Ar trebui s-o aruncăm.

— Va putrezi din cauza umezelii, adaug eu, netezindu-i pliurile.

Apoi mi-o imaginez pe Helene în sufragerie, în acele vremuri teribile când toate lucrurile trebuiau date jos pentru mine și ascunse până ce aveam nevoie de ele. Și lacrimile au început să curgă, masca s-a spart, ca o piesă de ceramică încălzită prea mult. Încerc să nu mă fac auzită, iar Helene mă ajută, uitându-se pe fereastră, înspre lac.

— Aproape că mi s-a frânt inima, a început ea, să te văd în tren cu un singur băgăjel. Așa că am pus-o pe Herta să le trimită.

Herta a fost croitoreasa noastră de bază. Apoi, fiindcă nu am suportat să ne despărțim de ea, a devenit menajera noastră. Acum are grijă de aprtament cât suntem noi plecate.

— Mulțumesc, am spus, încercând să zâmbesc. Ești drăguță.

Mai sunt câteva cutii și le deschidem pe rând. Două cutii argintii, pline cu inele și coliere; o oglinjoară împodobită cu diamante; patru păpuși de lemn ciudate, cu niște umbrele din plasă; potirul din argint, făcut de Josef Hoffmann; o cutie din lemn plină cu pachetele etichetelor de la rochiile de mătase. Și tocmai aceste etichete îi frâng inima lui Helene; pe ele scrie *Surorile Flöge.*

— Știu că e prea delicat și egoist ca să mai conteze acum, dar mi-a plăcut atât de mult salonul, suspină ea. Era atât de frumos.

Încerc să-mi reprim amintirea covoarelor gri din fetru și a dulapurilor lucrate la Atelierele Vieneze.

— Poate ar trebui să le purtăm la rever ca și cum ar fi ecusoane, propun eu.

Pe fundul celei de-a doua cutii se află o scrisoare de la Herta. Scrie că niște soldați au venit cu un camion și au luat toate picturile. Carll Moll era cu ei. I-a spus că le ia ca să le ducă într-un depozit secret pentru siguranța lor. Că apartamentul nostru ar putea fi bombardat, iar acestea erau mult prea prețioase ca să se piardă. Reprezentau o comoară națională, patrimoniul nostru.

— Probabil le agață în apartamentul lui chiar acum, comentează Helene.

— Dacă pierdem, o să fie făcute praf. Locuiește vizavi de Hofburg.

În acea noapte purtăm bonete ca niște copii care se joacă de-a costumatul: lenjerie roșie, albă și aurie, brodată cu lalele și trandafiri. Ne acoperim oglinzile cu eșarfe transparente. Deasupra șemineului punem două perechi de pantofi din brocart, care îi aparținuseră unei regine din China. Este greu de imaginat cum o femeie în toată firea poate ieși la plimbare încălțată cu ei. Probabil era cărată de colo până colo. Încerc să mi-o imaginez: micuță, grațioasă, cu părul negru, într-o rochie din satin și mătase, brodată cu lotuși și fluturi, cu picioarele deformate, ostentativ expuse, cea mai frumoasă parte dintre toate.

— Poate o să vină Sfântul Nicolae să le umple, spune Helene.

Mă gândesc la Gustav din nou. Vâslește cu rapiditate în mijlocul lacului, brațele sale puternice aruncând găleți de apă cu fiecare smucitură. Eu unde sunt? Înot alături. Fluieră în timp ce vâslește, așa cum obișnuia să facă, dar, fără să înțeleg de ce, sunt îngrijorată. Apoi lasă barca să plutească la întâmplare.

— Am ajuns, spune el.

Apoi se ridică și plonjează într-o parte. Îl aștept să iasă la suprafață. Pe la mijloc, lacul are o sută de metri adâncime. Mă gândesc la bietul Thyssen. Mă scufund după el, dar nu este nicăieri. Cuprinsă de panică, mă scufund iar și iar, până ce mă trezesc, cu respirația tăiată, lipicioasă de transpirație.

FEMEIE ÎNSĂRCINATĂ, NUD, 1890

Părul alizarin[1]*, încurcat al Minnei îi cade până la talie. Culoarea lui îi invadează visele lui Gustav; nu a mai văzut niciodată ceva atât de frumos. Când pictează, folosește o combinație de suc de rădăcini de culoare mov-roșiatică, amestecată cu siena sau ocru. Chiar și pe stradă, prins la spate într-o fundă și ascuns sub o pălărie modestă, el strălucește ca un far călăuzitor. Nu-l poate ascunde, indiferent de cât de mult ar vrea. Ce păcat că, atunci când o persoană moare, părul ei nu poate fi salvat, căci rupt de viață, el își pierde inevitabil strălucirea. Sute de șuvițe încolăcite, ajunse de culoarea șoarecelui, în sute de medalioane sunt dovada suficientă a acestui lucru.*

Gustav este fascinat în egală măsură și de forma ei scheletică, cu oase care-i împung pielea. Tendoanele care-i unesc șoldurile sunt la vedere. Pomeții ei sunt ca un vârf de sabie de-ale vreunui strămoș din Alpi. Pare că are mai mult de douăzeci de ani. Acum că este însărcinată este mai palidă decât de obicei și cearcănele de sub ochi sunt albastre. Burta este deja mare, proeminentă, ca ceva care aparține altui corp. Pare prea slabă ca să o poată duce. Gustav o găsește mai frumoasă ca oricând, cu toate trăsăturile ei exagerate: paloarea ei, uterul ei

[1] Pigment de culoare roșie folosit la vopsitul pânzelor.

crescut, fragilitatea ei. Din punct de vedere fizic, este aproape un dezastru. Uneori are sângerări. Ar trebui ținută într-un pat călduros, cu o infirmieră care să-i aducă supă și medicamente, dar nici vorbă de așa ceva. Părinții au gonit-o de acasă și acum nu are niciun venit în afară de banii primiți de la el. Este o dilemă pentru el, să lucreze cu ea ca să o poată plăti, de vreme ce știe că această muncă îi face rău. Dar din milă nu o să ia, a spus ea.

Nu este el tatăl. Așa i-a spus ea, iar ea nu minte. O altă femeie ar fi făcut-o, ar fi înmulțit cifrele în capul ei și ar fi zâmbit. Ei se înțeleg unul pe celălalt, realitățile dure de unde au venit. Amândoi înțeleg că el își lasă în urmă trecutul și că ea nu va face asta niciodată. Totuși, nu-l învinovățește. Așa a fost să fie, de ce să facă atâta caz din asta? El îi dă de lucru. Sunt prieteni.

Minna urcă pe platforma din mijlocul camerei și își lăsă mantia albastră să cadă pe podea. Gustav a pus un scaun acolo, iar ea se așază. Își desface picioarele, le apropie. Le pune pe amândouă pe șezutul scaunului și se face ghem, ca o minge. Pune un picior sub ea. Pozează, apoi schimbă. Știe ce mișcări îi plac lui, ce fel de intimitate. Alți artiști preferă lucrurile drăguțe și simetrice, dar lui îi plac cele bizare, chiar urâte. Cele bizare și urâte sunt ușoare atunci când ești însărcinată în șapte luni.

— Cum te simți? întreabă el după câteva minute.

Atelierul nu este nici pe departe călduros. Din când în când tremură. I se ridică părul de pe mâini și se vede în lumină. Nu vrea ca ea să leșine pe platformă, să nască copilul pe niște scânduri din lemn, în convulsii. Nu se gândește la posibilitatea că ea ar putea muri.

— Sunt bine, răspunde ea.

Pozează, apoi schimbă.

— Ai mâncat ceva astăzi?

— Nu am putut să mănânc nimic fără să vomit.

— Unde dormi?

Ea rânjește.

— Unde crezi?

— Cum este prietenul nostru, domnul Bachman?

— Foarte nemulțumit. Crede că, din cauza condiției mele, voi răspândi zvonul și asta o să-l împiedice să-și găsească o nevastă potrivită.

Gustav îi spune să facă o pauză, să bea niște ceai, să mănânce o chiflă. Dacă el nu-i spune să se odihnească, ea ar putea continua așa ore întregi. Cât timp ea este în bucătărie, el se concentrează să refacă schițele, să le întunece, să accentueze umbrele, să le șteargă.

— Pot să plec dacă vrei, spune ea când se întoarce, cu o chiflă în mână și una în gură. Aș înțelege.

În mod normal, respingi modelele însărcinate, fie să nu stârnești un scandal, fie din simplul fapt că nu mai sunt de folos. Corpurile lor nu pot apărea în picturi.

— Nu fi proastă! Am nevoie de tine. Vezi pe altcineva pe aici?

Își ține bărbia în pământ, apoi ridică scurt privirea spre el, după care o coboară iar, semănând pentru o clipă cu un copil timid.

— Arăt ca o femeie grasă de la circ, continuă ea.

— Află că tocmai am hotărât să-ți fac un portret. Un fel de alegorie a speranței.

Minna se uită la el cu neîncredere. Unele idei de-ale lui o depășesc.

— Nu poți să-mi faci mie un portret. Ai înnebunit?

Speranță?! Cum poate să reprezinte ea speranța, când există atât de puțină în viața ei? Va avea copilul ăsta. Va supraviețui nașterii dacă va avea noroc. Domnul Bachman nu se va căsători cu ea. Părinții ei nu o vor primi înapoi. Înfățișarea ei va căpăta o notă prematură, o victimă a vieții atât de dure. Apoi ce? O slujbă într-o fabrică? Prostituție? Și ce se va întâmpla cu copilul? Se roagă în tăcere să fie băiat.

— O să trebuiască să fac mai multe ședințe doar cu tine, singură. O să devină din ce în ce mai mare, nu crezi?

— Mai mare? Da, o să fiu mai mare, iar vocea ei e plină de amărăciune și neîncredere. În curând o să fiu mai mare și decât atelierul.

Gustav îi mângâie brațul.

— Și încă ceva. Poți să stai aici o vreme dacă ai nevoie.

— Ți-am spus deja unde stau.

Și nu se gândește neapărat la sex, cât la faptul că i se face o favoare.

— Dacă se întâmplă ceva, începe el.

Îi dă jos mantia de pe umeri. Are sânii umflați.

— Ei bine, o să pozez pentru tine dacă într-adevăr vrei asta. Dar nu este nevoie să stau aici.

Gustav îi scrie o telegramă mamei lui în care o anunță că o să muncească toată noaptea. Devine neliniștită dacă el nu vine acasă.

Când se întoarce, o găsește pe Minna deja tolănită, cu o plapumă din puf de gâscă întinsă pe scânduri, alta peste ea. Nu este sigur dacă e o invitație sau nu. Când se întinde lângă ea, geme și se întoarce cu spatele. Când este deasupra, îi apasă pe burtă fără pic de blândețe și grijă. Capsula groasă, protectoare de sub pielea ei apără fătul de greutatea lui. Asta îl excită și îl face să împingă mai tare. Minna tresare.

— O să-l omori, spune ea, apoi face o pauză și, după câteva respirații greoaie, continuă: Dar poate nu ar fi totuși un lucru atât de rău.

După aceea își apasă urechea pe buricul ei ca să audă bolboroselile și gângurelile.

— Este în regulă, o asigură Gustav. I-a plăcut jocul ăsta.

— Păcat! rostește Minna, întorcându-se pe partea ei.

În curând, Gustav aude cum i se schimbă ritmul respirației; a adormit. Bagă mai multe lemne în sobă și pleacă spre casă.

11

Anul următor, Gustav, Ernst și Franz au fost propuși de Comisie să picteze Sala mare a Universității. Temele erau Filozofia, Medicina și Jurisprudența. S-au mutat într-un nou atelier, în Josefstadt, unde aveau o grădină și mai multe camere de lucru. Au început să facă schițe de prezentare pentru Comisia de Arte a Ministerului Educației. Era o ofertă importantă și toți trei și-o doreau cu disperare. Ernst, îndeosebi, a dus-o mai greu. Helene abia ce născuse un copil, o fetiță căreia i-au pus numele tot Helene, iar el a simțit mai acut această nouă responsabilitate.

Apoi s-a îmbolnăvit. A continuat să muncească atât cât a mai putut, dar după câteva săptămâni a încetat de tot să se mai ducă la atelier. Vedeam cum devenea mai slab decât fusese vreodată. Când mai jucam cărți cu Helene noaptea, tusea sufocantă care se auzea din dormitorul de la etaj era tulburătoare. Eu și Helene tresăream la fiecare izbucnire. Nu o lăsa pe sora mea să cheme doctorul, deși fetița, care nu avea nici șase luni, fusese adusă să stea la noi în apartament, ca să fie în siguranță.

Spunea că nu este îngrijorat. Dacă s-ar fi îmbolnăvit copilul, atunci ar fi avut motiv să se neliniștească. Dar el se îmbolnăvise de multe ori; în copilărie avusese pneumonie de trei ori și tuse convulsivă de două ori. Întotdeauna se făcea bine, ne asigura el.

Când într-un sfârșit a venit doctorul, a spus că Ernst avea scarlatină. Se temea că o va îmbolnăvi și pe Helene, dar ea a refuzat să-l părăsească. Până la urmă, a părăsit-o el pe ea.

Era o zi de decembrie întunecată, după-amiaza la ora trei. Groparii foloseau târnăcoape ca să sape pământul din cimitir. Gustav stătea între mama lui și Helene, dar nu puteam să-mi dau seama cine pe cine susținea. Eu eram lângă Helene, iar ea stătea dreaptă, cu copilul îl brațe, fără niciun pic de ajutor din partea mea. Nici măcar nu se uita la mine și niciuna nu a scos un cuvânt.

Cele două stafii numai piele și os de lângă mine erau, știam asta, măcinate de vina a ceva ce ar fi putut să facă. Gustav nu venise să-l vadă pe Ernst în ultima lui zi; se simțise parcă ceva mai bine. Helene credea că dacă ar fi chemat doctorul mai repede, acesta ar fi reușit cumva să îl salveze. Sub nicio formă nu le puteai spune niciunuia dintre ei că făcuseră deja tot ce se putea. Voiau să se învinovățească, ceea ce era mai ușor decât să-l învinovățească pe Dumnezeu.

Preotul era tânăr și se afla pentru prima oară la o înmormântare. Sutana lui se vălătucea în jurul picioarelor subțiri și nu-și ridica privirea din cartea de rugăciuni, unde pusese o bucățică de foaie volantă, umplută cu un scris mărunt. A încercat să ne consoleze, spunând că a existat un motiv pentru moartea lui Ernst, că Dumnezeu cu siguranță îl dorise pentru El însuși, dar nici măcar el nu părea să creadă ce spune. Apoi ne-a cerut să fim încrezători, îngăduitori, conștienți de bunătatea Domnului. După ce a spus toate astea, Gustav a scuipat în pământ, iar bietul preot a făcut un salt în spate, de parcă fusese atacat. Gustav a venit în față pentru a rosti câteva cuvinte. Avea în mână o bucată de hârtie mototolită, dar nu se uita niciodată pe ea sau la vreuna dintre persoanele îndoliate. În schimb, se uita în zare, de parcă acolo ar fi fost o piatră prețioasă pe care o studia să nu cumva să aibă vreun defect.

— Fratele meu, a început el, a fost un nebun. Un idealist, un optimist, un nebun cu un zâmbet fericit.

Atunci Helene s-a întors spre mine cu o privire terifiată, iar ceilalți în doliu s-au mișcat de pe un picior pe altul de parcă pantofii deveniseră dintr-odată prea strâmți, dar niciunul dintre noi nu a făcut vreo mișcare ca să-l oprească.

— A crescut în sărăcie, a continuat Gustav, dar asta nu l-a făcut niciodată să devină crud. Adesea se îmbolnăvea, dar rareori stătea bosumflat. La școala de arte și-a făcut mai mulți prieteni și nu a devenit niciodată competitiv, calomniator sau bârfitor. De fapt, în timpul lui liber, i-a ajutat pe ceilalți să lucreze, deși știa că, ridicându-le nivelul, asta o să lucreze împotriva sa. Împărțea cu ceilalți proviziile lui, chiar dacă nici măcar pentru el nu-și permitea să cumpere. Era același om și în atelierul pe care îl împărțeam, și la Casa Artiștilor. A fost un desenator excepțional, mai bun decât mine. Clienții îl plăceau și el știa cum să le vorbească. Știa să le spună ceea ce voiau să audă. Știa să-i asculte și să repete ceea ce ei îi spuseserăm dar într-un jargon al artiștilor, care îl făcea să pară foarte inteligent. Și cu o supunere înduioșătoare, el le oferea ceea ce ei își doreau, chiar dacă ei, de fapt, voiau ceva stângaci, de prost gust sau ridicol. Nici vorbă că munca lui a fost proastă, deloc. Era conservator, dar era bun. Nu putea să deseneze o linie urâtă, nu amesteca o culoare nepotrivită. Avea un dar pentru chipuri și o atenție la detalii soră cu obsesia. Ca om, a fost onest, cinstit și blând. În timp ce restul artiștilor se încurcau cu actrițe și dansatoare, el s-a însurat cu o fată drăguță, cu care a făcut un copil.

Atunci mi-am ridicat privirea din punctul fix de pe pământ și m-am uitat în jur, la grupul de artiști din stânga mea. Franz mi-a surprins privirea și mi-a zâmbit slab.

— A făcut totul bine, a spus Gustav, și uitați unde l-a adus asta.

Se lăsase o tăcere chinuitoare în timp ce-l așteptam să continue, sperând din tot sufletul să nu o mai facă, chiar dacă discursul se terminase într-o notă cam nihilistă. Tânărul preot s-a grăbit în fața lui Gustav imediat cum s-a înțeles clar că acesta fusese sfârșitul cuvântării și a citit un pasaj din *Epistola Întâi către Corinteni* cu o voce răgușită.

Când s-a terminat totul, Helene a aruncat o cutie de creioane în coșciug. Gustav nu suporta să privească cum se aruncă lopeți de pământ deasupra lui. S-a îndepărtat. L-am urmărit cum se pierde în zare, întrebându-mă unde se duce, dacă nu se simte bine, dar nu m-am dus după el. Poate, m-am gândit, se va plimba pe acolo, prin zăpada spulberată de parcă ar fi fost înțepată cu mii de ace.

Reuniunea de după era o oglindire tristă a ceea ce fusese nunta cu mai puțin de doi ani în urmă. Mama mea legăna bebelușul și îi cânta. Pauline încerca să o convingă pe Helene să mănânce un ștrudel cu mere. Tatăl meu asculta cu atenție tânguirile doamnei Klimt. Gustav nu se întorsese încă.

Artiștii se învârteau în jurul scărilor, arătând ciudat în cele mai bune costume ale lor, încercând să nu vorbească despre ultimele lor oferte sau despre dificultățile legate de spațiu sau perspectivă. M-am îndreptat spre ei, vrând să-i întreb dacă îl văzuseră vreunul pe Gustav, dar când m-a zărit Franz că mă apropii, s-a desprins de ei și a venit el spre mine. Fusese plecat din Viena de ceva vreme. Era chiar plinuț și părea odihnit, dar asta fiindcă toți din jurul meu avea ochii înfundați în orbite de la atâtea griji și nopți nedormite. Mi-a aruncat un alt zâmbet timid, cel mai larg pe care i-l permiteau circumstanțele. Starea lui de sănătate atât de bună m-a făcut pe loc să-l disprețuiesc.

— Eram în Budapesta când am aflat veștile, a spus el.

Nu îndrăznise să-l întrebe nimic pe Gustav, dar voia totuși să știe: Cât timp fusese Ernst bolnav? Pierduse sânge? Ce medicamente îi dăduseră? Delirase, spusese ceva? Am încercat să ascult și să-i răspund la întrebări, dar în timp ce vorbea eu cercetam camera. Când m-am uitat din nou la el, aștepta un răspuns la ceva care-mi scăpase cu totul.

— Gustav a plecat, am spus eu.

— Probabil are nevoie să fie singur, mi-a explicat Franz, apoi mi-a atins mâna. De fapt, așa este cel mai bine pentru el. Dar tu, tu ai nevoie de o băutură caldă, întăritoare. Până și oasele tale sunt reci.

— Sunt bine, i-am răspuns eu, repezindu-l. Îmi fac griji pentru Gustav.

— Acel discurs a fost puțin cam... instabil. Dar o să fie bine.

L-am lăsat pe Franz să-mi aducă o ceașcă de cidru fierbinte, dar în timp ce am băut-o m-am gândit la Gustav. Știam unde este, bineînțeles. Era adevărat; oare era mai bine să fie singur? Instinctul îmi spunea că nu, dar nu eram sigură că eram persoana potrivită care să se ducă după el. Dar cine altcineva era? Mi-am luat haina și m-am strecurat afară, pe ușă. Erau câteva trăsuri care așteptau în față și m-am urcat într-una. A fost un drum lung. Am tremurat în căptușeala de mătase ieftină a trăsurii, dorindu-mi să-mi fi amintit de mănuși.

Poarta atelierului era deschisă, iar pisicile stăteau ghemuite pe trepte. Le-am ridicat pe amândouă și le-am dus în brațe ca pe niște franzele.

Holul de la intrarea principală era sumbru și întunecat. Umbrele erau pronunțate și nicio lampă nu era aprinsă. Le-am dat drumul pisicilor și au luat-o la fugă. În atelier nu era focul aprins și aproape că era la fel de frig ca afară. Gustav stătea aplecat peste un scaun, uitându-se fix la șevalet. Își aruncase costumul și-și pusese halatul de pictat. Șosete, ghete, guler, toate azvârlite pe jos de parcă avea loc o aventură pasională, dar el era singur. Dacă nu l-aș fi văzut în halat în fiecare zi, aș fi putut crede că scăpase de la sanatoriu. Halatul era din bumbac aspru și sub nicio formă nu-i putea ține de cald. Își scosese până și pantofii. În pictură era înfățișat portretul lui Helene, îmbrăcată într-o rochie albă, pe o canapea de un albastru mediteranean.

— O pictură prea bună ca să rămână neterminată, a rostit Gustav, fără să se uite.

Nu am făcut niciun pas.

— Ai putea s-o termini tu, am spus eu.

— Asta ar însemna să fac dragoste cu iubita altcuiva, a răspuns el, și am văzut cum ținea în mână o spatulă. Ca și cum ai face dragoste cu iubita în ziua înmormântării.

— De ce nu îți pui hainele la loc și te întorci acasă? am spus încet, cu grijă, ca și cum aș fi vorbit cu un copil.

— Taci! Ascult pictura.

— Vrei să plec? am întrebat.

— Nu-mi pasă, a vorbit el, fără să-și ia privirea de la pânză.

Am luat răspunsul lui ca pe un semn pozitiv. Am pornit spre el și m-am așezat alături, să mă uit la pictura lui Ernst. Helene părea foarte blândă și liniștită. Se uita drept înainte. Stătea întinsă pe canapea, într-o postură à la Madame Récamier, iar totul în jur era puțin în ceață, ca la lumina lumânării. În spatele ei era un paravan chinezesc în negru și gri.

— Nu știam că-i plăcea Whistler, am spus eu.

— Ura Whistler. Era pentru dementa de maică-ta. Uită-te câtă speranță dezgustătoare degajă nenorocitul ăsta de tablou!

— Nu avea de unde să știe că o să moară.

— Cu toții murim. Ce drept are fiecare dintre noi ca să fie încrezător? Ce drept a avut el ca să picteze asta?

— Trebuia să picteze ceva.

— Nu, nu trebuia. Putea să se ducă să muncească într-o bancă și să ducă o viață lungă și sănătoasă.

— La fel de ușor ar fi putut să moară de tânăr într-o bancă. Nu arta l-a omorât.

— Eu sunt de vină. A dat la Academie fiindcă dădusem și eu.

— A rămas fiindcă a vrut. Și cum l-a îmbolnăvit Academia de scarlatină?

— Ore întregi petrecute în acele camere neîncălzite. Nu avea constituție pentru așa ceva.

— Mama ta a întrebat de tine. Nu am știut ce să-i spun.

Eram nerăbdătoare să duc conversația într-o direcție mult mai rezonabilă, dar m-am întrebat oare de ce. De ce ar trebui să-și cenzureze el gândurile doar ca să mă menajeze pe mine? Și ce era atât de îngrozitor la durerea lui încât să-mi doresc să și-o înăbușe?

— Îmi doresc să fi murit ea, târfa! a spus el. De la ea a moștenit imunitatea asta slabă. De la ea și din cauza faptului că de mic a trăit într-o dărăpănătură plină de șobolani. Și niciodată nu a avut mâncare îndeajuns.

Și-a coborât fața în palme.

În tăcere, mi-am întins brațele cu blândețe ca să-i ating umerii. Mi-am apăsat mâinile ușor, ca și cum ar fi fost o sculptură foarte prețioasă. Prin această atingere, am încercat să-i transmit toată iubirea și înțelegerea mea, dar probabil nu mi-a ieșit foarte bine, fiindcă mi-a îndepărtat mâinile, și-a tras brațul și printr-o mișcare furioasă și sigură a tăiat pânza pe diagonală, de la stânga la dreapta.

Camera parcă se golise brusc de aer. Mă chinuiam să respir. Dacă Gustav ar distruge o operă de artă, orice operă de artă, mai ales una de-ale lui Ernst, atunci ar fi în stare de orice. S-ar putea omorî, m-ar putea omorî pe mine sau pe oricine altcineva. Mi s-a făcut rău numai gândindu-mă la asta. Bolnavă, slăbită, prea slăbită ca să pot lupta cu el. Dar a trebuit s-o fac.

L-am apucat de braț și i-am smuls cuțitul din mâini. Dacă ar fi opus rezistență, nu aș fi reușit niciodată și am fi ajuns amândoi spintecați, ca niște pepeni, dar el nu mi s-a împotrivit. Când i l-am luat, l-am aruncat cât de departe am putut. A aterizat lângă șemineu.

Fața lui Helene era sfâșiată. Aproape că mă așteptam să văd sângele curgând. Porțiunea nepictată de pe pânză se unduia ușor, abandonată, dar cealaltă parte se încrețise strâns, ridicându-se în sus într-un mod sfidător. Am stat și ne-am uitat la pictura mutilată.

— Probabil putem s-o reparăm, am spus după o vreme.

— Ia-o de aici! mi-a cerut el. Nu pot s-o mai privesc.

Când am luat-o de pe șevalet, m-am uitat rapid la chipul lui, schimonosit de durere, dar uscat de lacrimi. Am rezemat pânza distrusă de perete, cu fața spre interior, ca un copil care tocmai fusese pedepsit.

Apoi m-am întors la Gustav.

— S-o arzi! Într-o zi când nu voi fi prin preajmă.

Acum nu mai avea la ce să se uite, în afară de mine, iar eu nu mai aveam la ce să mă uit, în afară de el. Îmi era teamă să mă apropii mai mult, din diverse motive. Eram deplin conștientă că nu purta nimic pe sub halat.

— Măcar pune-ți pantofii, i-am spus eu.

S-a repezit spre mine și m-a apucat de talie. Din instinct, m-am tras înapoi. Apoi a căzut în genunchi și a început să suspine cu capul în rochia mea. Nu mă mai temeam deloc. Era ca și cum încercam să liniștesc un copil sau pe sora mea; avea nevoie de aceleași mângâieri, de aceleași sunete blânde.

— E în regulă, i-am spus. E în regulă.

Avea câțiva pistrui în creștetul capului, unde i se rărise părul. L-am mângâiat pe ceafă.

— De ce nu am făcut eu scarlatină? a suspinat el, iar vocea îi era îngroșată, răgușită. De ce nu am murit eu?

Ce puteam să spun? Să fi luat tonul unui preot și să-i spun că mila Domnului este mare, dar de nepătruns? Sau pe cel al unui intelectual și să-i spun ca Dumnezeu este mort?

— Nu știu, am răspuns, dar slavă cerului că nu ai făcut-o. Ar fi trebuit să vin după tine.

Nu aș fi putut să rostesc asta cu aceeași pasiune cu care am simțit-o, așa că am spus-o în joacă, ca și cum aș fi făcut o glumă.

Avea ochii ca ai unui sfânt dintr-o icoană, larg deschiși și opaci. Nu se citea în ei nici urmă de răutate sau entuziasm sau curiozitate.

— Ai fi venit după mine?

— Ca Orfeu care a coborât în Hades ca s-o salveze pe Euridice.

— Hades, a repetat el cu tristețe. Probabil aici voi ajunge și eu, dacă într-adevăr există Dumnezeu. Și dacă nu există, mă voi duce spre același etern nimic spre care ne îndreptăm cu toții, care nu este cu nimic mai bun.

— Nu te duci nicăieri. Am nevoie de tine.

S-a ridicat în picioare. Nu eram sigură dacă avea de gând să mă lovească sau să mă muște de obraz, s-ar fi putut întâmpla orice în acea zi, dar el m-a sărutat, puțin stângaci, apăsându-și buzele închise peste ale mele, ca și cum ar fi fost o bucată prea coaptă dintr-un fruct despre care nu știam sigur dacă era sau nu putred. Nu știam ce să fac, ce voia de la mine. L-am sărutat înapoi, dar cu blândețe, ca și cum aș fi sărutat-o pe nepoata mea sau o pisicuță pe care aș fi găsit-o pe drum. Avea fața sărată.

— Nu, m-a oprit el, nu așa.

Părea furios din cauza greșelii mele și m-a apucat de umeri. Mă durea locul în care degetele lui îmi intrau în carnea brațelor. Aveam să rămân cu vânătăi, niște urme întunecate ca prunele. Când m-a sărutat, mi-a insuflat întreaga lui disperare și deznădejde.

— Gustav! am început eu, încercând să-l împing. Tu nu vrei să faci asta.

— Întotdeauna am vrut să fac asta. Și ce m-a oprit? Decența? Respectul, cumpătarea, onoarea? E doar o fetiță, mi-am spus, îi cunosc părinții, nu pot să le trădez încrederea. Apoi, când n-ai mai fost doar o fetiță, mi-am spus mie, nu este de nasul tău, ea ar trebui să se mărite cu altcineva și nu pot să-i ruinez viitorul. Dar ce importanță au toate astea pentru mine acum? Ce importanță au pentru tine?

Nu eram sigură ce anume avea importanță pentru mine. Uneori mă mai gândeam că voi avea o căsnicie frumoasă, că voi avea copii, că voi face tot ceea ce e normal să fac. Dar casa, familia, căsătoria, toate acestea au dispărut din mintea mea când m-a atins.

Nu mai era nimic de spus. M-a împins spre platforma unde pozau modelele, mi-a smuls haina și pălăria și le-a aruncat pe jos. M-am gândit fugitiv la praf și la așchiile de la creioane, apoi am uitat de ele, fiindcă el deja îmi desfăcea nasturii și-mi trăgea bluza.

Mă gândisem la acest moment de sute de ori. Se întâmplase în vechiul atelier, în casa mamei sale, în casa mea, într-o gondolă din Veneția și pe spatele unui elefant în Congo. În imaginația mea, toate întrevederile noastre amoroase se caracterizau printr-o coregrafie rafinată și cuvinte blânde, bine cântărite. Un fel de sculptură de Bernini, pe care o văzusem la Muzeul de Istorie a Artei: netedă și rece ca marmura, delicată, cu membrele perfect așezate. Nu-mi imaginasem că avea să fie atât de urât, de încâlcit, că degetele mele vor fi strivite de coatele lui și că părul mi se va prinde în copcile corsetului; că va fi mai mult ca o boală, întunecată și de nestăpânit, decât ca o sculptură sau o piesă de teatru.

M-am gândit că va fi dezamăgit când mă va vedea. Se uitase la trupurile atâtor femei care, din punct de vedere profesional, aveau meseria clară de a fi frumoase. Eram mai grasă și mai pufoasă decât Minna, mai plină de pistrui decât Helga. Aveam o vânătaie galbenă pe coapsă de când mă lovisem de masă și o aluniță pe sfârcul stâng. Dacă ar fi fost altcineva, nu le-ar fi observat, nu ar fi remarcat fiecare imperfecțiune, dar bineînțeles că el a făcut-o, chiar și la lumina aceea slabă. Nu ar fi ratat nimic, așa că mi-am închis ochii în timp ce mă privea, nedorindu-mi să-i văd expresia.

Se mișca repede, mângâindu-mă de parcă ar fi netezit patul. Mâinile lui erau când pe obrajii mei, când în jurul gâtului, când apăsându-mi sânii. Am crezut că o să mi se oprească respirația, dar el a rămas așa doar o clipă înainte să alunece spre talia, apoi spre burta mea. După care un deget era înăuntrul meu și am țipat când s-a oprit, dar m-a rostogolit cu fața în jos și mi-a studiat spatele, plimbându-și degetele pe șira spinării. Deodată, mâinile lui au dispărut și am auzit cum și-a scos halatul peste cap.

Apoi a început, eu nu vedeam nimic, doar simțeam, pielea lui fierbinte, greutatea lui, o durere adâncă și o ruptură, după care o bătaie ritmică a frunții mele de podea. Am dus o mână ca să amortizez loviturile, dar el mi-a luat-o și a împins-o sub mine.

— Atinge-te! mi-a cerut el. Unde te-am atins eu. O să îți placă.

Bineînțeles, să te atingi tu este un păcat îngrozitor, dar nicidecum mai îngrozitor decât ceea ce făceam deja, așa că era inutil să refuz. Avea dreptate. Imediat m-am simțit de parcă partea de jos a corpului îmi paralizase. Totul era amorțit, dar în același timp exista și o încărcătură electrică, ca și cum tocmai fusesem lovită de un fulger. Și apoi, cu un ultim efort, care credeam că avea să-mi rupă măruntaiele, tot corpul i s-a strâns, s-a cutremurat, apoi s-a prăbușit deasupra mea.

Am simțit că ar trebui să plâng, așa se întâmpla în toate romanele, dar ochii mei erau uscați ca un os. Mă simțeam scobită, spintecată ca un păstrăv. Îmi ardea pielea pe unde i se frecase barba. M-am uitat spre pânza distrusă. Una dintre fâșiile rupte zăcea cu fața în sus pe podea, iar unul dintre ochii ca de cobalt ai surorii mele se uita prin cameră, la mine. Gustav s-a retras și s-a rostogolit pe spate.

Trebuie să fi adormit, fiindcă atunci când am deschis ochii, aveam o pătură peste mine, iar Gustav stătea alături, cu picioarele încrucișate, mângâindu-mi brațul.

— Ești bine? m-a întrebat el.

— Nu sunt bolnavă, i-am răspuns, deși începeam să fiu. Gravitatea faptelor începea să mă apese.

— Știi ce ai de făcut?

Știam la ce se referă și i-am întors spatele, rușinată.

— Ca să previi o sarcină, a continuat el.

Avea de gând să mă învețe secretul pe care-l știau doar târfele.

— Este foarte important. Când ajungi acasă, trebuie să umpli o sticlă cu oțet și să îți cureți vaginul cu el. La fel și mâine. Ai înțeles?

Mi-am mișcat capul în sus și-n jos, și el m-a bătut pe spate, prin pătură, de parcă am fi vorbit despre o telegramă pe care trebuia să i-o trimit neapărat lui Franz sau despre un tort pe care îl comandasem de la cofetărie.

— Voi aprinde focul ca să mai putem sta puțin înainte să ne îmbrăcăm.

S-a ridicat și s-a îndreptat gol spre șemineu. Nu m-am putut abține să nu-l privesc; la urma urmei, el mă studiase pe mine, iar eu nu făcusem decât să trag cu ochiul. Începea să se rotunjească pe la mijloc, dar nu era gras sau diform, ci solid, ca un șef de trib căruia îi reveaneau cele mai alese bucăți din vânat. Pe piept avea fire gri, amestecate cu fire negre. Penisul îi atârna între coapse, acum mic și tandru, roz și inocent ca un cățeluș nou-născut.

S-a întors pe platformă și s-a așezat cu spatele la mine. Îmi era teamă să-l ating.

— Îmi pare rău, a spus el. Ceea ce am făcut a fost o nebunie. Te rog să mă ierți.

— Din cauza doliului, a durerii. Dar să nu-ți pară rău.

— Asta nu schimbă nimic.

Nu-mi dădeam seama dacă era o consolare sau un avertisment.

— Nu, am zis eu.

12

Cum puteam să continuăm cu lecțiile de desen după toate acestea, ca și cum nimic nu s-ar fi întâmplat? Nu puteam. Terminasem școala, iar Gustav era incredibil de ocupat. Înaintasem suficient în pregătirea mea, încât puteam să fac schițe de una singură. Dar era absolut de neconceput să nu ne mai vedem și am găsit împreună o soluție: să luăm amândoi lecții de franceză.

Gustav era îngrijorat că din cauza francezei o să-i fie greu în munca lui, corespondența cu artiștii francezi o să devină incomodă, că o să-și compromită munca în Belgia. Franceza mea era rezonabilă, dar nu eram mulțumită de pronunție. Așa că am mers săptămânal la Madame Czerny, pe Kärntnerstrasse. După aceea, întotdeauna ne opream într-o cafenea câteva ore, timp în care Gustav îmi povestea despre munca lui.

Se prefăcea că nu se întâmplase nimic, revenind la vechile obiceiuri: frate pentru sora mea, unchi pentru nepoata mea, profesor pentru elevă și am încercat să mă prefac că și eu îmi doream tot asta. Ca și cum durerea era un opiaceu și, fiindcă îi trecuse puțin efectul, voia să cred că pe drog trebuia să dau vina, nu pe el.

Aveam de gând să spun că a fost ușor, fără niciun efort, dar bineînțeles că era o minciună. Că am uitat cum îmi apărea în vise, noapte de noapte, real ca însăși viața: halat roșu, degete butucănoase, o pată alb de titan, imposibil de explicat, pe ceafa lui. Noapte de noapte, el venea. Picta în atelier cu spatele la mine. Îi vorbeam, dar nu răspundea. Continua să picteze. Sau stăteam la fereastra apartamentului, așteptându-l. Întârzia. Nerăbdătoare, am aruncat o privire spre strada de mai jos. Am plănuit să-i trimit o telegramă. Nu-i stătea în fire să nu mă anunțe dacă își schimba planurile. Apoi l-am văzut, defilând în urma menajeriei circului, înconjurat de modele, prostituate și spălătorese. Acestea erau îmbrăcate în costume de toate culorile și stilurile posibile, cu volănașe, cu încrețituri, cu trenă, mâneci tip pulpă de oaie, mâneci tip aripi de liliac, fuste, tot felul de împopoțonări posibile și risipă de material. Îl apucau de mână, îl trăgeau de haină, atârnau de umărul lui. Râdeau cu buzele rujate. Am strigat jos, la el. O clipă, a ridicat privirea și m-a văzut. Mi-a făcut cu mâna. Apoi a pornit mai departe. Îl visam iar și iar respingându-mă, într-o sută de moduri diferite. De fiecare dată mă trezeam îngrozită, cu lacrimile, pe care refuzam să le vărs când eram trează, prelinse în somn pe pernă.

Chiar ar fi trebuit să-mi apăr buna-cuviință, cu și mai multă grijă după cele întâmplate, dar toată această ipocrizie mă epuiza. Dacă oamenii șușoteau, nu făceau decât să spună adevărul, așa că de ce să mă prefac?

După moartea lui Ernst, Gustav a devenit și mai tranșant cu principiile care l-ar fi transformat într-un pictor de succes și plictisit de ceea ce se aștepta de la el. Părea aproape neglijent, igorându-i pe clienții convenționali, printre care și Ministerul Educației. Pe de altă parte, nu scăpase de dorința de a fi plăcut, lăudat și apreciat. Se temea că ministerul alesese o comisie care avea să-i disprețuiască schițele. Rolul meu obișnuit era să-l ascult și să-l liniștesc.

— Ei te-au ales, nu-i așa? am spus într-o zi, pe când stăteam la Café Spearl.

Am luat o bucată de marțipan pe limbă și am lăsat-o să se topească.

— Jodl a amintit de Școala din Atena ca model, a gemut Gustav. El o să fie cel mai cel.

A scris numele membrilor comisiei pe un șervețel de hârtie umed. Aveam de gând să facem un clasament, de la cei mai îngăduitori la cei mai neînduplecați, când deodată ușa cafenelei s-a deschis și o rafală de aer rece a adus înăuntru un bărbat subțire, cu o mustață țeapănă, ascuțită. A aruncat o privire și, când l-a zărit pe Gustav, a făcut o mică reverență și s-a îndreptat spre masa noastră.

— Iată-te, domnule Klimt! a salutat bărbatul și a fluturat *Neue Freie Presse* spre noi de parcă nu ar mai fi rămas nimic de zis.

— Domnule Hoffmann, Emilie Flöge, o prietenă de familie. Emilie, permite-mi să ți-l prezint pe domnul Hoffmann, arhitect, a spus Gustav. Lucrează cu Otto Wagner.

— Marele Otto Wagner, l-a corectat Hoffmann, iar eu doar lucrez pentru el, deși într-o zi sper să pot spune că lucrez cu el. Regret să vă mărturisesc că acea zi nu se arată a fi prea iminentă. Pot să iau un loc?

Fără să aștepte vreun răspuns, a alunecat într-un scaun din fier și a chemat un ospătar.

— O cafea! a cerut el. Cu trei pliculețe de zahăr și extra frișcă. Și o felie din același tort pe care-l are și domnișoara. Am metabolismul unei păsări colibri, ne-a explicat el. Trebuie să mănânc încontinuu ca să-mi mențin carnea pe oase. Acum. Ce voiam eu să discut. Legat de ultima întâlnire pe care am avut-o, când ofițerii au respins ideea de a aduce operele celor din grupul Nabis[1] aici.

Apoi a făcut o pauză ca să respire.

— Ce părere ai despre asta? a întrebat el.

— Cred că a fost chiar mai rău decât faptul că au refuzat să sponsorizeze o demonstrație a unor artiști și mai tineri, a

---

[1] *Les Nabis* – grup de tineri artiști avangardiști din Paris, de factură postimpresionistă, din anii 1890, care au avut o influență semnificativă asupra „artelor frumoase" și artelor grafice în Franța la începutul secolului XX.

spus Gustav. Viena este deja în urmă, iar acum și-a căpătat reputația cum că ar avea o atitudine ostilă față de artiști.

— Exact! a întărit Hoffmann. Ultimul lucru pe care ni-l dorim; tot talentul pe care-l risipim se duce la Paris sau la Berlin. Casa Artiștilor este absolut pe moarte, și de ce nu? Timp de cincizeci de ani a fost condusă de aceiași bărbați cu păr alb! Ultima pictură franceză la care s-au uitat a fost a lui Bouguereau. Ei încă se cred niște artiști tineri!

După ce i s-au adus cafeaua și tortul, a început să înfulece cu înghițituri mari, pe care le stingea cu sorbituri lungi.

De ceva timp, Gustav începuse să mă trateze ca pe o intelectuală, așa că nu-mi era teamă să spun ce gândesc.

— Atunci, de ce nu-i înlături pe toți acești bărbați? am întrebat eu.

— Nu este atât de simplu, a răspuns Hoffmann, uitându-se mirat la Gustav. Au fost aleși pentru funcțiile lor. Următoarele alegeri vor avea loc peste doi ani.

— Cu suficienți susținători ai putea pune la cale chiar și o lovitură de stat, am comentat eu.

Amândoi s-au uitat la mine cu amuzament și, oare, cu admirație?

— De ce nu? am continuat.

— Nu mi-ai spus că tânăra ta prietenă este o revoluționară, a râs Hoffmann. Ăsta-i spiritul!

— Unii dintre noi ne-am întâlnit separat, a intervenit Gustav. Eu, Moll și încă vreo câțiva. Ar trebui să ni te alături.

— Ești cu un pas înaintea mea. Aveam de gând să te întreb dacă nu ai vrea să ne strângem câțiva. Aș fi fericit să mă alătur ție și îi spun și lui Olbrich să facă același lucru. Cred că o să vină cu niște idei bune.

Cu farfuria la fel de goală ca a mea, a sorbit ultima gură de cafea și s-a ridicat.

— Trebuie să mă întâlnesc cu o echipă de muncitori ca să discutăm despre o clădire de apartamente de pe lângă

Naschmarkt. O plictiseală, mereu îmi spun că tot ce vreau eu nu se poate face.

A fluturat din mână și a plecat. Am stat o clipă ca să ne recăpătăm suflul.

— Foarte bine, Emilie! a spus Gustav. Nu l-am mai văzut niciodată pe Hoffmann atât de năucit. Ai devenit destul de instigatoare.

L-am întrebat dacă pot să vin și eu la întâlnire, dar Gustav mi-a spus că îi este frică să mă ia, ca nu cumva să ajung să conduc grupul până la finalul serii. Era o glumă plină de afecțiune, așa că am zâmbit. Dar de fapt voia să spună că eu eram doar o fată, nu un artist, nu un artist adevărat. Eram o amatoare care făcea niște schițe bunicele. În concluzie, nu eram invitată.

Mi-au trebuit o săptămână și două felii de tort cu caramel ca să-l iert pe Gustav. Mi-e rușine și acum de cât de ieftin m-a cumpărat. Gustav știa că privirea smerită, o îndurerată *mea culpa* și o glazură măiastră de cacao și zahăr nu vor da greș și-mi vor topi inima. Apoi a plecat într-o călătorie în Italia. A stat acolo câteva luni, dar mi-a scris cărți poștale constant, uneori chiar cinci sau șase pe zi. În Italia, vremea era îngrozitoare: infernal de cald și de uscat. Îi irita plămânii. Pâinea era excelentă, dar dulciurile lăsau mult de dorit. Nu i-a plăcut brânza ricotta. Arta era bună, dar abia aștepta să se întoarcă la Viena, spunea el.

A doua zi după ce s-a întors trebuia să mergem la Operă. Avea locuri foarte bune și, pe deasupra, era *La Traviata*, una dintre preferatele mele, dar în acea după-amiază am primit o scrisoare de la atelier în care spunea că totul mergea bine și că trebuia să rămână acolo. Era tipic lui și, deși eram dezamăgită, nu eram uimită. În schimb, am mers cu Pauline și două prietenele de-ale ei.

Deși nu interpretam și nu cântam extraordinar de bine, eram o vieneză obișnuită: pasionată de operă. Casa Operei era nouă-nouță și strălucea în auriu. Sculpturile erau atât de complexe, încât de fiecare dată când veneam îmi alegeam o coloană sau un tavan pe care să-l studiez la pauză. Mersul la Operă era un eveniment în sine și mă bucuram de fiecare aspect în parte: să-mi plimb mâna pe marmura galbenă, rece a scărilor principale; să deschid ușa din catifea roșie a lojei noastre și să-mi agăț mantia în antreu; să mă uit peste mulțime la fețele familiare din ziare; să privesc orașul de la balcon și înăuntru, la toți acei oameni, prin binoclul de operă din sidef, un cadou din partea părinților de ziua mea.

Odată așezată în scaun, am studiat programul plină de entuziasm, ca să văd cine juca. Apoi Katharina, aflată în stânga mea, mi-a șoptit la ureche:

— Cel de acolo nu este Klimt? a șușotit ea.

Mi-am întors binoclul în direcția în care arătase. Gustav era într-o lojă alături de o tânără cu o pălărie din tul, mare, verde și foarte urâtă. Și-a ridicat bărbia și a râs la ceva ce a spus Gustav. Lumina care se reflecta în părul ei strălucitor o făcea să lumineze ca un ornament din pomul de Crăciun. Rochia din dantelă era foarte strânsă pe corp. Și-a ridicat privirea și s-a oprit, ca și cum m-ar fi recunoscut. Pentru moment, am fost orbită de o rază pătrunzătoare de răutate.

— Cu cine este? m-a întrebat cineva. E uluitoare!

— Nu știu, am răspuns eu, neauzindu-mă ce spun.

— Este Alma Schindler, a observat Katharina.

— O știi?

— Nu personal, dar despre ea vorbește tot orașul zilele astea.

— Dar ce a făcut? a întrebat Pauline, știind că eu nu pot să întreb.

— De fapt, ce a făcut Klimt. Nu știi nimic despre asta? De vreme ce sunteți așa prieteni, mă gândeam că ești la curent.

— Poate îi este rușine să ne spună, a intervenit iar Pauline. Pare a fi ceva scandalos.

— Aş putea spune că da, a aprobat Katharina, bucurându-se în mod evident de rolul ei de povestitor. A urmat-o în Italia împotriva voinţei familiei ei şi i-a declarat dragostea pe scările unei biserici şi ar fi fugit cu ea dacă tatăl ei vitreg nu ar fi pus punct acestei aventuri. Le este interzis să se vadă. Nu-i aşa că e romantic?

Mahler intrase şi toată lumea aplauda. Am simţit cum sora mea mă ia de mână.

— Am auzit că sunt logodiţi, a spus fata din dreapta mea. Poate o să se căsătorească pe ascuns. Sau poate scandalul o să-i facă să părăsească Viena şi să locuiască în străinătate.

Cu greu au auzit muzica pe toată durata primului act. Am adunat aproape toate aţele de pe mâneca dreaptă a rochiei, până ce am făcut în poală un ghem de mătase albastră. Mi-am spus că Gustav era liber să se îndrăgostească de oricine voia el. Ce se întâmplase între noi fusese o greşeală, o aberaţie, un vis. Opera era ca un caleidoscop, cu frânturi neclare de culori. Privirea mi se întorcea iar şi iar spre loja de pe partea cealaltă a sălii de teatru. Alma Schindler. M-am apucat de cealaltă mânecă.

La pauză, am scos-o pe Pauline afară din lojă ca să iau o gură de aer proaspăt. M-aş fi dus să mă uit la una dintre frescele din salon, dar acum nu mai puteam. Nu puteam nici să respir cum trebuie. Pe deasupra bulevardului Ring vedeam luminile din cartierul nostru. M-am uitat în direcţia casei noastre, încercând să-mi dau seama care era. Mai mult decât orice, îmi doream să sar de la balcon şi să zbor până acolo. Pauline probabil că-şi dăduse seama la ce mă gândeam, fiindcă îmi strângea încheietura mâinii atât de tare, încât simţeam înţepături în piele.

Pe scări, am dat peste Gustav. Îi lua ceva de băut însoţitoarei lui, care îl aştepta în lojă.

— Domnişoara Schindler lucrează la o piesă bazată pe scrierile lui Nietzsche, a spus, zâmbind tensionat. Vrea ca eu să realizez decorul şi costumele.

— Deci asta este o cercetare, a punctat Pauline.

— Da, a confirmat el neutru.

— Atunci, nu te vom reține.

Pauline a făcut o mică reverență, apoi m-a condus afară, pe terasă.

— Ce vrei să faci? m-a întrebat ea. Vrei să pleci?

Nu am putut decât să dau din cap. M-a lăsat acolo, apoi s-a întors în lojă să ia hainele. Le-a spus prietenelor că îmi este rău și, dacă cumva au schimbat între ele priviri complice, asta nu mi-a mai spus. Am așteptat pe terasă până ce au coborât reflectoarele, după care ne-am strecurat prin foaierul gol și, apoi, afară. În trăsura care ne ducea spre casă, priveam absentă pe geam, pierdută în gânduri.

Așadar, Pauline avusese dreptate până la urmă. Eram îndrăgostită de el. Nu am vrut asta; îmi doream să fiu îndrăgostită de cineva de vârsta mea, cineva timid și sincer, care să-mi aducă flori sau care să încerce să-i intre în grații tatălui meu, nu cineva mai mare decât mine și desfrânat, cineva care nu m-ar lua niciodată de soție, cineva care m-ar condamna la o viață de celibatară, fără copii. Nu spusese Gustav că eram prea sensibilă pentru asta?

Pauline, draga de ea, nu s-a bucurat, ci m-a condus sus, pe scări, și m-a băgat în pat. M-a mângâiat pe spate până am adormit și s-a trezit de dimineață să-mi facă un chec cu scorțișoară. Mi-a cumpărat reviste, cireșe în ciocolată și un buchet de iriși, de parcă eram invalidă.

13

L-am evitat pe Gustav o vreme. A trebuit s-o fac; mă durea prea mult să fiu în preajma lui. Dar el nu avea să accepte. Mi-a scris scrisori pline de rugăminți, în care-și cerea iertare că mă mințise. Se umilea. Când îl vedeam, avea de fiecare dată un cadou pentru mine, o păpușă din Moravia, îmbrăcată în costum popular, o cutie de trufe, o brățară de argint. Cu cât păream mai scârbită, cu atât se străduia mai tare.

Cu toate astea, nu și-a cerut niciodată scuze în legătură cu Alma.

Ușor, ușor, inima mea s-a dezghețat. Nu părea să mă ajute la nimic atitudinea mea. Am regăsit glumele lui fermecătoare, adorabilul zâmbet stăruitor. Și, fără el, zilele mele erau un du-te-vino plictisitor și gol între a face cumpărături și a șterge praful. După-amiaza învățam franceza sau îmi desenam părinții în timp ce ei citeau. Să-l iert pe el însemna întoarcerea în cafenele, petreceri, discuții cu artiști și plimbări lungi în Grădina Poporului. Mai era de mirare că am cedat?

Primăvara următoare, Gustav i-a anunțat pe cei de la Casa Artiștilor că și-a format un nou grup de artiști, hotărâți să ridice nivelul artei din Austria. Cei mai în vârstă membri nu au primit cu prea multă bunăvoință aceste vești. După o întâlnire în contradictoriu, Gustav a ieșit și susținătorii lui l-au urmat. După câteva zile, s-a retras cu totul de la Casa Artiștilor. A numit noul grup Secesiunea și a fost ales președinte. Au urmat celelalte mișcări artistice de rebeliune, cum ar fi Prerafaeliții. Au decis că vor publica o revistă, numită *Ver Sacrum*[1], și că vor organiza o expoziție unde să-și arate propria artă și, de asemenea, unde vor găzdui lucrări din străinătate. Gustav a început să facă schițe pentru clădirea Secesiunii.

Berta Zuckerkandl a dat o petrecere pentru a sărbători fondarea noului grup, Secesiunea, și m-a invitat să vin cu el. Deși muream de nerăbdare să mă duc, a fost mai enervant decât dacă aș fi fost prezentată la Curtea Imperială.

În rândul cântăreților, al scriitorilor și, mai ales, al artiștilor din Viena, reuniunile de duminică ale Bertei Zuckerkandl erau faimoase. Dacă ești tânăr și chinuit, o invitație reprezintă adesea primul mare comision, asta dacă vorbești bine și nu pari prea ponosit. Apartamentul era suficient de impunător încât să o impresioneze chiar și pe fiica unui proprietar de fabrică. Aici putea să uite că existau acele lucruri sordide cum ar fi facturile și cumpărăturile. Pereții din salon erau plini de lucrări; un portret de Whistler, două picturi, una întunecată, cealaltă strălucitoare, cu flori olandeze, o caricatură de Rubens, desene de Ingres și Delacroix. Mai târziu am aflat că asta era doar o mică parte din ce deținea ea; salonul ei era o expoziție rotativă, care se schimba în funcție de starea ei de spirit. În colț erau aranjate scaune din brocart și canapele. Podeaua cu model sofisticat cobora uluitor în spirală de sub enormul candelabru. Când perdelele grele erau legate la spate, peste Ring puteai să vezi Rathaus, Primăria din Viena, care strălucea de parcă ar fi fost fosforescentă. Luminile din casele oamenilor erau împrăștiate ca licuricii.

Berta Zuckerkandl era o femeie masivă, ajunsă la o vârstă de mijloc incertă, cu niște oase puternice, cu o gură aspră și

---

[1] *Primăvara Sacră* – revistă publicată în cadrul Secesiunii, o societate artistică înființată în 1897, unde Gustav Klimt, alături de susținătorii săi, cere libertatea artei și a artiștilor și ruperea de convențiile tradiționale din pictură.

o înfățișare regală. De fapt, în noaptea în care am cunoscut-o purta o rochie de catifea de culoarea prunei și o cantitate enormă de diamante. I-a dat un sărut lui Gustav, apoi și-a fixat privirea asupra mea.

— Cine este această fetiță?

Nu mi-a plăcut felul în care s-a uitat la mine, de parcă aș fi fost mult prea insignifiantă ca să-și risipească privirea-i prețioasă cu mine. Pentru ea, o femeie era lipsită de valoare până nu demonstra contrariul.

— Emilie Flöge, o prietenă.

Berta Zuckerkandl părea surprinsă.

— Nu știam că ai timp de prietenii, Gustav. Credeam că ești extrem de ocupat să revoluționezi arta.

— Nu pot să muncesc chiar tot timpul, știi doar, a rânjit el la ea.

— Bineînțeles că nu, apoi a făcut semn spre mine. Ești un bărbat foarte secretos, nu-i așa? și i-a strâns mâna. Vorbim noi mai târziu.

Imediat apoi, ne-am tras amândoi departe de ea, înotând prin mulțime.

Carl Moll a aterizat lângă noi înainte să apucăm să ne îndepărtăm prea mult. Voia să discute despre întâlnirea cu un artist pe care îl chemaseră săptămâna următoare. Am reușit cu greu să-i ascult; eram prea ocupată să mă uit de jur împrejur. Erau flori peste tot, orbitor de albe: cupele elegante ale calelor la fiecare fereastră, o ghirlandă groasă de bujori și micsandre deasupra fiecărui șemineu. Lumina făcea să strălucească fiecare cristal din candelabru și fiecare bijuterie din părul doamnelor. Îi cunoșteam pe câțiva de aici, printre care l-am zărit și pe Josef Hoffmann din cafenea. Mahler era acolo, cu brațul înfășurat în draperia de catifea, uitându-se peste oraș. Câteva persoane veneau să vorbească cu el, dar el le făcea semn din mână să-l lase în pace.

Apoi ochii mei i-au întâlnit pe cei ai unei femei din capătul celălalt al încăperii. Stătea singură, uitându-se impasibilă în mulțime, un punct fix printre fustele care foșneau și ospătarii în trecere. Înalt, sfrijit și ciudat, corpul ei era atât de contorsionat, de parcă deținătorul lui încerca să devină invizibil. În contrast cu femeile incredibil de împopoțonate din jurul ei, aceasta purta o rochie din mătase subțire și simplă. Își ținea mâinile împreunate în față, o poziție despre care aveam să aflu că îi era caracteristică. Capul îi era susținut de un gât extraordinar de lung, care părea întărit și de un colier foarte bogat în perle și diamante. Avea umbre întunecate sub pleoapele grele și sprâncene groase deasupra. Nu era frumoasă, dar, cu toate astea, era fermecătoare. Am privit-o o bună bucată de vreme. Nu s-a dus nimeni să vorbească cu ea; m-am întrebat dacă venise singură.

A observat-o și Gustav; a întrerupt conversația cu Moll și ne-am uitat în tăcere cum și-a croit drum spre femeia în rochia albă, din mătase. Când l-a văzut, ea a zâmbit timid și și-a desfăcut mâinile ca să-i ofere lui una, pe care i-a sărutat-o.

— Trebuie s-o cunoști pe fiica mea vitregă, a spus Moll, în vreme ce încercam să mă uit la el și nu la Gustav și la femeia ciudată. Este pe aici. Cred că o să-ți placă de ea, sunteți chiar de-o seamă.

— Sunt sigură că o să-mi placă, am răspuns politicos.

Hoffmann a apărut cu firimituri în mustață și cu câte o băutură în fiecare mână.

— Nu știu cum de s-a întâmplat asta, a spus el. Uite, ia una.

Am primit-o plină de recunoștință; acum aveam ce să fac cu mâinile.

— Te rog să mă scuzi, dar o s-o răpesc puțin, a intervenit Moll.

Privirea mi s-a întors spre Gustav și femeia în alb. Nu-l mai văzusem cu o femeie din acea noapte, de la operă, și niciodată nu-l văzusem cu cineva ca ea. Aceasta s-a sprijinit de umărul lui. El a apucat-o de încheietura mâinii și i-a ridicat brățara în lumină. Amândoi au pufnit în râs.

— Cine este fata aceea? l-am întrebat pe Hoffmann când a plecat Moll.

— Adele Bloch-Bauer. Soţia unui magnat al zahărului. Extrem de bogată, extrem de nefericită, a spus şi m-a privit cu atenţie. Tiparul obişnuit de vieneză. Schnitzler ar putea scrie un roman despre ea. De fapt, cred că a şi făcut asta.

— Cum de ea şi Gustav se cunosc? am întrebat iar, deşi ar fi fost mai bine să tac.

— Cred că soţul ei i-a cerut lui Gustav să-i facă portretul.

— Dar el unde este?

— O, el nu vine niciodată la petreceri. Consideră că este o pierdere de timp. Deşi Adele le adoră, iar el nu o poate împiedica să vină.

— Pare că au o căsnicie groaznică.

— O, într-adevăr. Dar aşa vrea ea.

Moll s-a întors.

— Fiica mea vitregă, a prezentat-o el, Alma Schindler.

Alma avea un păr bogat, castaniu, ridicat în vârful capului, o coafură ultimul răcnet, şi nişte ochi mari, verzi. Era mică şi voluptuoasă. Purta o rochie la fel de decoltată precum cea pe care o avusese la operă, iar smaraldele ei erau ostentative. Nu era drăguţă, dar a reuşit să convingă mai multe persoane că era o mare frumuseţe doar prin forţa voinţei. M-am uitat după Gustav, implorându-l din priviri să vină să mă salveze, dar el nu m-a văzut. De ce nu-mi spusese că Alma era fiica vitregă a lui Moll? De ce nu mă avertizase că ea o să fie aici? În timp ce Moll îi înşira toate realizările ca la trucurile de circ, Alma a observat că nu zâmbesc. Apoi Moll şi Hoffmann ne-au lăsat singure să ne împrietenim.

— Te-am mai văzut înainte, a început ea. La operă.

— Da.

— Câţi ani ai?

— Douăzeci şi doi.

— Atunci, nu suntem de aceeași vârstă, eu am optsprezece. Gustav mi-a spus că desenezi. Care sunt artiștii tăi preferați?

Întotdeauna am urât întrebarea asta, căci apreciam diverse calități la diverși oameni, dar aveam câțiva pe care îi iubeam necondiționat. Totuși, i-am numit pe Manet și Ingres, marele maestru francez la desen tehnic.

— Un răspuns ca la Școala de Arte! a râs ea. Tot Parisul vorbește acum de Cézanne. Și încă cineva numit Braque. Ce părere ai despre el?

A trebuit să recunosc că nu-i văzusem nicio lucrare.

— Ei bine, stând aici, nu o să vezi niciodată nimic. Trebuie să călătorești. Tocmai am fost în Italia. Ai fost vreodată acolo?

Nu am fost. Știam italiană, greacă, latină sau engleză? Nu, nu știam.

— Ce monoton! a răbufnit ea. Nu avem absolut nimic în comun.

— Poate. Domnul Moll a crezut că avem același interes față de artă, am spus eu, dar ea nu s-a prins de aluzie.

— Nu ești altceva decât o diletantă, în timp ce eu sunt pe cale să devin faimoasă.

Eram atât de șocată, încât n-am putut să spun nimic. A așteptat o clipă, apoi a schimbat subiectul.

— Îl cunoști pe Gustav de ceva vreme, nu-i așa?

— De când eram copil. Familiile noastre...

— Da, știu, a răspuns fără să aibă răbdare. Mi-a povestit totul despre tine.

M-am gândit că asta însemna că ea știa totul despre mine, iar eu, nimic.

— Deci e firesc să aibă o slăbiciune pentru tine și să te țină prin preajma lui ca să faci tot felul de chestii ciudate, să te ia la petreceri ca pe un invitat special, dar ar fi o rușine să te gândești că ar putea fi mai mult de atât, a spus, apoi m-a măsurat de la despicătura rochiei până broderia șalului. Cu toate acestea, trebuie să recunosc că nu ești iremediabil de urâtă. Și rochia ta e chiar drăguță. Așa că, la revedere!

Am rămas singură în mulțime în vreme ce ea se îndepărta, atunci dându-mi pentru prima oară seama că un ansamblu artistic interpreta Schubert. Fustele grele se ștergeau de a mea, penele pălăriilor îmi atingeau obrajii, iar râsetele cuplurilor se amestecau cu fragmentele de conversație. „Schimbările de nuanță reprezintă fazele orbirii", „Ea chiar are o aventură cu arhiducele?" Imediat mi-am dat seama că femeia în alb simțise că o priveam. L-am văzut pe Gustav venind spre mine cu două pahare. Iar femeia numită Adele a zburat ca o molie care se învârte în jurul unei lămpi.

În timpul cinei, am stat între Josef Hoffmann și un alt arhitect, Koloman Moser. Gustav se afla în fața mea, lângă Alma, unde îi puteam urmări în voie. Se juca cu colierul de smarald, atrăgându-i astfel privirea spre sânii ei. Râdea răgușit și se întindea foarte aproape de el ca să-i șoptească ceva la ureche.

Îmi doream să-mi pot acoperi ochii cu ceva, ca un cal care era condus de lângă un grajd în flăcări. În schimb, îmi concentram atenția asupra însoțitorilor mei de la masă. Îmi plăcea Hoffmann, slăbuț și năsos, plin de o energie fără margini, cu ochii aprinși de idei. Moser era mai liniștit, oarecum preocupat cu băutura, dar când m-a văzut că mă uitam la el timid, a scos o bucată de hârtie din buzunar și a desfăcut-o în farfurie.

— Este proiectul final pentru clădirea Secesiunii, mi-a explicat el, apoi și-a împins farfuria spre mine, ca să o pot studia.

— Seamănă cu un templu din Grecia, am spus eu.

— Desigur. Avem nevoie de un antidot împotriva tuturor acelor clădiri pompoase de pe Ring, nu crezi?

Hoffmann a înșfăcat foaia și și-a apropiat-o de față.

— Îmi place, a spus el. Mult mai bună decât a lui Gustav, cea cu fațada triunghiulară. Totuși, ești absolut sigur în privința cupolei cu lauri aurii? Este atât de... rotundă.

— Toată lumea a auzit de fetișul tău pentru pătrate, Hoffmann, a intervenit Gustav. S-ar putea să te șocheze să afli că unii sunt de părere că cercul este cea mai desăvârșită dintre forme. Alfa și Omega.

Hoffmann i-a aruncat schița înapoi lui Moser.

— Formele curbe îmi fac greață. Și știi foarte bine că sunt ateu.

— O s-o construiești în ciuda cupolei blasfematoare? a întrebat Moser.

— Bineînțeles, a aprobat Hoffmann. Tot o să fie cea mai frumoasă clădire din Viena, chiar și cu un cap mare de varză aurie deasupra.

Mâncam brânză Camembert și smochine când Alma mi s-a adresat:

— Plănuiești să te implici în Secesiune, domnișoară Flöge? Ca secretară, probabil? Ai putea lipi timbre pe plicuri.

Sunetul făcut de oamenii care și-au ridicat ochelarii, apoi și i-au lăsat iar jos a devenit dintr-odată cel mai puternic din cameră. Nimeni nu-mi vorbise vreodată așa, în fața atâtor persoane. I-am aruncat o privire lui Gustav și m-am simțit amețită și furioasă; nu avea de gând să vină în ajutorul meu?

— Sunt sigur că am fi onorați să avem ajutorul domnișoarei Flöge în orice își dorește ea, a intervenit Hoffmann blând.

— Mulțumesc mult, am spus eu, dar lucrez la ceva pe cont propriu.

— Lucrezi? a chicotit Alma. La ce ai putea să lucrezi?

La masă s-a lăsat tăcerea în așteptarea răspunsului meu.

— Plănuiesc să deschid o casă de modă.

Îmi venise brusc ideea, în toiul fricii mele aproape paralizante, dar de cum am spus am știut că era adevărat.

— Foarte feminin din partea ta, a zis Alma. E evident că ești un etalon al modei.

— Crearea hainelor nu este mai puțin importantă decât arhitectura, a comentat Hoffmann. De fapt, este un fel de arhitectură pentru corp. Ce m-aș face fără costumele mele la comandă?

— Și ce s-ar face Alma fără corsete? a intervenit și Berta, făcându-mi cu ochiul.

Îi eram recunoscătoare și totodată mândră de mine; câștigasem în fața ei.

Alma a mijit ochii spre Berta. Era de admirat îndrăzneala ei.

— Gustav, asta a fost ideea ta? a întrebat ea.

Am văzut-o cum îl strângea de braț sus, pe biceps.

— Este prima oară când aud de așa ceva, a mărturisit el.

Probabil a sperat că asta o va convinge că eram independentă, dar, din punctul meu de vedere, m-a făcut să par o dilentantă, exact cum spusese și Alma.

Cineva a schimbat subiectul la data primei expoziții. Și eu, și Alma stăteam bosumflate.

— Nu am vorbit serios, i-am recunoscut lui Gustav a doua zi, în cafenea. A trebuit să spun ceva ca să nu fiu complet umilită.

Încă eram furioasă pe el fiindcă a zâmbit anost când Alma m-a atacat. Și eram îngrozită. O casă de modă: la ce mă gândisem?

Atmosfera ca de seră din casa Bertei cu siguranță mă intoxicase.

— Nu o lăsa pe Alma să te necăjească, m-a sfătuit el. Este inofensivă.

I-am spus că mă îndoiesc, dar a pufnit în râs.

— Poți să-i faci față Almei. Și sunt de părere că o casă de modă este o idee minunată, a continuat, apoi s-a întins peste masă și mi-a apucat ambele mâini. Trebuie s-o faci.

Și, deși eram convinsă că era imposibil, am început să investighez cum se procedează ca să deschid o casă de modă. Eu și Gustav am stabilit întrevederi la câteva dintre cele mai bune saloane din Viena, pretinzând, doar de distracție, că suntem un cuplu căsătorit, foarte bogat. Mi-a cumpărat câteva rochii extrem de scumpe ca să pot fi măsurată și ca să mă pot duce la probe. La sfârșit, când am avut rochiile, le-am desfăcut ca să vedem cum au fost construite.

Când i-am spus tatei la ce mă gândeam, le-a telefonat mai multor asociați de-ai săi și a stabilit întâlniri pentru mine, ca să-i vizitez pe cei mai buni furnizori. Uneori, lipsea zile întregi de la fabrică doar ca să mă însoțească în niște colțuri îndepărtate ale orașului, să mă uit eu la cine știe ce fel de brocart. Poate din cauză că nu a avut un fiu se simțea bucuros să facă toate astea pentru mine. Sau poate se mândrea în secret că aveam să intru în afaceri, la fel ca el.

Nu văzusem niciodată nimic mai frumos decât acele rânduri întregi de materiale, puse unele peste altele câte cinci sau șase sau șapte, aranjate pe culori, doar pentru a mă plimba de la alb la crem, prin gri și maro, galben și auriu și portocaliu, roz și roșu și roșu-putred și violet și albastru și negru. Apoi erau texturile: muselină simplă, organza apretată, bumbac tare, lână aspră și fină, mătăsuri alunecoase, țesături Jacquard[1] groase și grele. Aveau modele florale mai mari sau mai mici, cu dungi, din stofă ecosez și din pânză, cu model paisley sau forme geometrice. Erau spații întregi pline cu materiale din plasă și tul. Erau coșuri întregi cu pasmanterie. Existau bărbați care făceau mărgele și butoni, trese și panglici, erau de asemenea și ateliere unde fetele își

[1] Numit astfel după inventatorul războiului de țesut, Joseph Marie Jacquard. Războiul de țesut este prevăzut cu un dispozitiv special, folosit pentru obținerea țesăturilor cu legătură complicată, prin manipularea individuală a fiecărui fir de urzeală în operațiunea de formare a rostului.

distrugeau ochii cu broderii delicate, făcute cu migală, fabrici de ață și fabrici care o vopseau.

Probabil tatăl meu se bucura să aibă un subiect despre care să vorbească cu mine. Trăind printre atâtea femei, nu era niciodată capabil să discute despre lucrurile care îl interesau pe el. Sau, mai degrabă, el vorbea, iar noi ne prefăceam că-l ascultăm în timp ce mințile noastre erau departe, cu gândul la programul de teatru, la lista de cumpărături sau la polipticul lui Van Dyck. În timp ce făceam turul angrosiștilor, am vorbit despre costul pe bucată și marjele de profit și taxele de livrare.

Nu eram sigură ce părere avea despre planul meu. Nu își spunea în niciun fel opinia, nici dacă era rezonabil sau pragmatic sau strigător la cer sau prea puțin feminin sau că-mi va ruina șansele de căsătorie, dar el ne-a obținut și prima comandă, înainte de deschiderea salonului, și anume să facem șorțuri pentru o școală de bucătari. Cineva din guvern pe care îl știa el cunoștea pe altcineva, care avea această școală. Credea, poate, că dacă lor le plăcea ceea ce făceam, aveam să fim angajați în cadrul guvernului să facem uniforme pentru asistente sau costume pentru angajații de la calea ferată.

Spre marea mea tristețe, el nu a apucat să vadă niciodată cum doamnele de la Operă coborau minunatele scări în rochiile făcute de mine. Nu a apucat să vadă niciodată ce succes a cunoscut salonul.

14

A durat un an întreg de muncă înainte ca Secesiunea să poată deschide prima expoziție. În primul rând, fusese dificil de găsit un spațiu care să o găzduiască. Artiștilor le era interzis să folosească Casa Artiștilor, iar alte spații erau prea scumpe, prea întunecate, prea nepotrivite sau prea urâte. Într-un final, s-au decis la Societatea de Horticultură. Aceasta avea o seră puternic luminată, chiar și în martie, precum și un consiliu indulgent, condus de unchiul Bertei Zuckerkandl. Și cel mai important dintre toate, au acceptat să fie plătiți în lucrări de artă.

Picturile au ajuns de pe vapoare, în cutii, livrate personal chiar de artiști sau, într-un singur caz, înfășurate în hârtie și strânse bine pe spatele unui măgar. Erau diverse metode prin care să fie aduse și aveau astfel loc deplasări dese la biroul vamal din port. Existau curieri, adesea tineri artiști care aveau nevoie să fie plătiți, hrăniți și găzduiți până ce expoziția se încheia și luau picturile acasă. Totul – picturi, programe, invitații, facturi, oficiali guvernamentali, artiști – era adunat în atelierul lui Gustav, până ce devenea dificil de găsit spațiu de mișcare și, cu atât mai puțin, de pictat. Gustav a jurat că, dacă în ziua în care expoziția se încheia mai era cineva care stăruia pe acolo, acesta avea să fie împușcat.

Nu că ar fi avut prea mult timp. Trebuia să se asigure că ajung toate lucrările, apoi să aranjeze expoziția. El a venit cu ideea să agațe singur picturile la nivelul ochilor, și nu unele peste altele până în tavan. Acum este ceva obișnuit, dar atunci a fost considerat un act extremist. Avea să rămână atât de mult spațiu liber, acesta era raționamentul, iar oamenii aveau să se plângă că expoziția nu-și merita banii. Gustav a combătut această idee, spunând că precis se va aduna o mulțime de oameni, pentru că era ceva neobișnuit și scandalos.

În afară de Gustav, existau și alții care aveau niște griji mai practice. Taxele de intrare reprezentau o parte majoră din bugetul Secesiunii din anul următor. Dacă oamenii stăteau deoparte, era posibil ca Secesiunea să nu câștige suficienți bani ca să poată continua.

Într-un final, totul a fost așezat la locul lui. Fiecare statuie a fost poziționată, fiecare floare a fost aranjată, fiecare ego a fost liniștit. Nu mai rămăsese nimic, în afară de faptul că trebuia să se îmbrace, să apară la inaugurare și să vadă ce părere aveau oamenii.

În ziua expoziției, Gustav a ajuns la Societatea de Horticultură dimineața devreme și în orele de dinaintea deschiderii a mutat picturile, s-a învârtit de colo până colo și a numărat sticlele de șampanie. Am rămas deoparte, știind că nu aveam ce să fac, conștientă că doar pierdeam vremea.

Cu toate astea, eram îngrijorată pentru el. Mai mulți ziariști aveau să fie acolo, de exemplu Adolf Loos, care în general era foarte veninos cu oricine, dar părea, în mod special, că nu-l place deloc pe Gustav. Avea să scrie ceva usturător, de care Gustav va râde, fiindcă, fie că-i place sau nu, el se oferise personal să fie purtătorul de cuvânt și reprezentantul grupului. Nimeni altcineva nu avea să resimtă asta ca Gustav. De asemenea, era posibil ca poliția să oprească expoziția dacă aveau să găsească în mod special ceva vulgar sau se puteau preface că au făcut-o. Și, în cel mai rău caz, dacă nu venea nimeni?

Am purtat o rochie din jerseu subțire, fără mâneci, de un albastru-marin, cu un decolteu care semăna cu un chiton grecesc, și un lanț lung din argint, împodobit cu peridote. Aurul chiar arăta mai bine pe mine, dar argintul, după cum a declarat Hoffmann, era materialul ideal pentru un meșteșugar, așa că argint a rămas. Îmbrăcată în haina cu care mă duceam la Operă, din satin, de un albastru pal, am simțit că îl puteam apăra pe Gustav și de un măcel, prin forța minunatei ținute.

Eu și Helene am ajuns devreme, braț la braț, așa cum o făcusem și pentru o altă expoziție de-ale lui Gustav cu ani în urmă. De data asta, ușile grele din alamă nu ne-au mai intimidat și le-am deschis cu autoritate. Aerul rece a suflat cu putere în spatele nostru, apoi am intrat.

În Viena este foarte frig iarna, iar apartamentele vieneze obișnuite erau expuse curentului și prost încălzite. De aceea toată lumea mergea în cafenele, ca să se încălzească îndeajuns încât să gândească, să vorbească, să lucreze. Până și cafenelele erau calde în comparație cu apartamentele. Vara, în schimb, Viena era incredibil de călduroasă, dar evident că toți o părăseau.

Asta ca să explic de ce eram atât de nepregătită pentru aerul tropical din seră. Ajunseseră doar câțiva vizitatori care plătiseră și deja transpirau plimbându-se prin cameră, cu batistele scoase. În contrast cu oamenii, palmierii și orhideele păreau în culmea fericirii. Nici nu voiam să-mi imaginez cât de sufocant va fi când locul se va umple. Nu observase nimeni asta până acum?

Eu și Helene ne-am dat paltoanele jos cât de repede am putut și i le-am înmânat unui tânăr care părea deznădăjduit să rămână blocat în holul principal cu blănuri de nurci și samur. Helene, și mai înțelegătoare, i-a oferit un bacșiș mare și i-a spus să meargă să-și cumpere roșu cadmiu. Apoi s-a întors spre mine cu o privire îngrijorată.

— Să-l lași pe Gustav să uite de ceva atât de banal precum confortul fizic! De ce nu i-ai spus celui care încasează biletele să mai țină ușile deschise măcar puțin?

— Trebuie să facem ceva, am fost eu de acord, dar mai întâi ar trebui să-l întreb pe Gustav.

Nu voiam să-mi însuşesc o autoritate pe care nu o aveam. M-am uitat atent în cameră după el.

Reporterii ajunseseră şi ei mai devreme, ca să se îmbete. Erau strânşi în jurul barului, sperând să se işte un scandal sau o încăierare, orice, numai să nu fie o expoziţie de artă obişnuită. Artiştii erau puşi pe treabă, la fructe şi brânză, pe care le adunau ca nişte veveriţe. Ospătarii care împărţeau aperitivele de hering şi cod încercau să stea departe de ei, dar din când în când era prins câte unul şi-şi pierdea cu totul platoul.

În mijlocul camerei era spaţiu gol, cu excepţia unui bărbat bine făcut şi o femeie înaltă, firavă, care stăteau îngrămădiţi lângă o bucată pătrată dintr-o sculptură.

Adele purta o rochie de aceeaşi culoare cu feţele îmbujorate ale reporterilor. Ei nu erau emoţionaţi, nici măcar nu se uitau unul la celălalt; Gustav îi vorbea despre sculptură, de ce era atât de importantă, ceva despre mişcare, despre asprime, de parcă sculptura ţâşnise efectiv din piatră. Nimeni nu mai făcuse asta de la Michelangelo. La fel de bine ar fi putut să predea un curs la muzeu. Încă îmi era teamă să mă apropii. Mai degrabă simţeam decât vedeam ce era între ei doi.

Adele m-a văzut că mă apropiam, dar nu a schiţat nimic. I-am atins braţul lui Gustav, iar el a sărit de parcă îl electrocutasem.

Nu ni se făcuse niciodată cunoştinţă, mie şi lui Adele. Din noaptea petrecută la Berta Zuckerkandl auzisem doar vorbe despre ea, de mai multe ori, cum ar fi că este „frumoasă şi fermecătoare“ şi „ crudă şi nebună“. Plutise pe lângă mine la mai multe petreceri, dar Gustav nu pomenise de ea niciodată. De aceea am simţit-o ca pe o ameninţare.

Îmi imaginasem că are o anume personalitate, ţinând cont de aceste scurte ocheade şi bârfe. Credeam că va avea o atitudine de snoabă când îşi va coborî nasul la mine, fiica unui proprietar de fabrică. Şi că va spune făţiş ceva nepoliticos. Dar nu, ea avea să fie extrem de politicoasă, tăcută și, din câte se părea, puțin timidă. Cu toate astea, din când în când, avea să mă împungă cu pumnalul. Spre deosebire de Alma, care prefera o bâtă. Mi-am dat seama că era destul de inteligentă într-un mod diabolic, vicios. Trebuia să fiu foarte atentă cu ea. Una peste alta, ar fi o lovitură grozavă dacă aș reuși, în cele din urmă, să-mi devină o clientă fidelă. Dacă asta nu ar ofensa-o.

Gustav mi-a prezentat-o ca fiind protectoarea lui. Eu eram doar domnișoara Flöge. I-aș fi strâns mâna, dar ea și le-a păstrat ferm la spate, un gest destul de copilăresc, deloc potrivit pentru o seară formală. Oare mă ignora? Avea fața albă, pleoapele grele fluturând peste ochii mari, verzi, care-i mascau gândurile. Era de vârsta mea, dar părea cu mult mai mare, deja plictisită de această lume. Avea umerii coborâți, de parcă se aflau sub greutatea unei poveri invizibile.

— Am venit să te întreb dacă n-ar fi bine să ținem ușile din față deschise. Oamenii se sufocă.

— Ți-e cald? a întrebat-o el pe Adele.

— Nu-mi este niciodată, a spus ea, și chiar nu părea să-i fie.

Era la fel de palidă ca marmura din fața ei. Probabil am ridicat din sprânceană, de aceea a continuat.

— Soțul meu se plânge mereu de cât de mult îl costă să mențină casa suficient de caldă pentru mine. Bineînțeles că păstrez sufrageria pe cât de caldă suport eu să fie. Suferă teribil.

M-am întrebat dacă înțelesesem eu greșit.

— Unde este soțul tău? am întrebat. Mi-ar plăcea să-l cunosc.

— Nu, nu ți-ar plăcea, a răspuns ea categoric. Disprețuiește arta. Nu-i pasă decât de bani. Dacă ar exista artă făcută din bani, atunci i-ar plăcea. Gustav, dragă, ar trebui să faci o pictură din bani. O natură moartă. Sau o sculptură, din *papier-mâché*[1]. Nu ar fi grozav? Apoi aş putea s-o cumpăr şi s-o aşez deasupra şemineului.

Mă simţeam prea jenată ca să mai spun ceva. M-am întors spre Gustav.

— Deci, ce crezi?

— Despre ce?

— Dacă să deschidem uşile.

A ridicat din umeri, de parcă răspunsul lui Adele rezolvase problema. Lui Adele nu-i era cald, prin urmare nu era nicio problemă. Am scrâşnit din dinţi.

Apoi ea s-a uitat la rochia mea.

— Cine a făcut-o? a întrebat ea.

I-am povestit despre compania Jaeger[2] şi mişcarea de reformare a rochiilor. Fusese făcută folosind un model de-al lor.

— Nu am văzut niciodată un aşa material. Pot să-l ating?

Am încuviinţat din cap şi s-a întins să-mi atingă umărul cu degetele în mănuşă. Am văzut acum de ce le ţinuse ascunse la spate. Erau strâmbe şi ţepene, de parcă fusese lovită de o artrită în timp ce interpreta un pasaj dificil la vioară.

— Din ce este făcută?

— Bumbac, am răspuns eu. Croşetat, nu ţesut.

— Interesant! Este comodă?

— Foarte comodă, am spus eu. Se întinde când te mişti.

— Ei bine, asta ar fi o uşurare. Dar nu te simţi puţin ca şi cum ai purta o cămaşă de noapte în public?

---

[1] *Papier-mâché* – material de construcţie constând din mai multe straturi de hârtie poroasă, preferabil de ziar, la care se adaugă uneori şi fâşii de material textil, pentru a le mări rezistenţa, asamblate prin lipire cu un adeziv umed, de tipul celui folosit la tapet. După uscarea adezivului, obiectul astfel construit se întăreşte şi îşi păstrează forma.

[2] Jaeger este o casă de modă din Marea Britanie, înfiinţată în anul 1884 de Lewis Tomalin. În acest moment, Jaeger deţine nu mai puţin de 90 de magazine peste tot în lume.

— Toată avangarda femeilor din Berlin poartă modele similare, i-am explicat eu. Să nu mai spun de Paris.

— M-ai convins acum, domnișoară Flöge. Și soțul, și mama mea urăsc avangarda. Este singurul lucru dintre cele două în privința cărora amândoi sunt de acord, celălalt fiind că sunt absolut nebună de legat. Cu toate acestea, poți să-i condamni? Albastrul acela nu mi se potrivește deloc. Vine și pe alte culori?

— Am văzut un material roșu-sângeriu în catalog care ți-ar sta grozav.

— O, urăsc roșu! Este atât de evident. Ani întregi, mama m-a obligat să port o pălărie roșie. În fiecare an, în octombrie, primeam una nouă. Când eram mică, aveam o bonetă scoțiană din fetru. Obișnuiam să o pierd intenționat în parc, dar întotdeauna era înlocuită de o alta. Nu mai târziu de anul trecut, de ziua mea, mi-a oferit o pălărie-clopot roșie. Aveam de gând să i-o dau menajerei mele care mă ajuta cu îmbrăcămintea, dar nu voiam să o întâlnesc vreodată pe stradă purtând-o, mi s-ar fi făcut rău. Așa că am ars-o.

În ciuda voinței mele, începeam să o plac, sălbăticia ei, simțul umorului. Dacă glumea.

— Deci roșu nu, am spus eu.

— Roșu nu. Îmi plac culorile pale.

— Domnișoara Flöge are de gând să-și deschidă o casă de modă, să știi, a intervenit Gustav. Așa că o să poată să-ți facă orice haină îți dorești.

— Într-o zi, am roșit eu.

— Atunci, trece-mă pe lista ta! a exclamat Adele entuziasmată.

Îi plăcea de croitoreasa ei destul de mult, avea o mulțime de lucruri, dar pe de altă parte, o rochie din jerseu de bumbac ar fi fost ceva inedit, iar ea voia să-i placă lui Gustav și să-i displacă soțului său. Și nu era ca și cum avea de ce să-și facă griji în privința banilor.

Odată lămurit acest subiect, m-am întors la problema căldurii. M-am dus să vorbesc cu Moll. Da, a fost el de acord, este mult prea cald. Da, ar trebui să deschidem ușile, asta făcuseră și ei în săptămânile de pregătire, dar cineva se temea că avea să se facă prea mult curent. Ar fi făcut-o el însuși, dar tocmai spionase câțiva clienți foarte importanți și trebuia să vorbească cu ei chiar în clipa aceea. Oare puteam s-o fac?

Da, puteam. Ușile erau grele; standurile din alamă pentru umbrele nu le-ar fi putut susține, dar câțiva saci cu pământ de flori, pe care i-am găsit în camera din spate, și-au făcut treaba. La urma urmei, era Societatea de Horticultură. Am primit câteva priviri ciudate în timp ce făceam ture ca să car sacii din pânză grei, dar a funcționat.

Am mers la toaletă ca să-mi spăl mizeria de pe mâini. Cum am deschis ușa, am văzut-o pe Alma, într-un roșu-aprins, așezată pe un scaun.

— Ai căzut într-un ghiveci de ferigă sau este noul răcnet în materie de modă cu care debutezi în seara asta?

Nu am răspuns. M-am dus spre chiuvetă și m-am spălat cât de bine am putut. Când m-am așezat pe scaunul de lângă ea, comparația era descurajatoare. Deși scăpată de mizerie, aveam fața îmbujorată și lucioasă din cauza transpirației. Umezeala din seră îmi încrețise părul de parcă ar fi fost o aureolă cârlionțată. Aveam o pată pe corsetul rochiei pe care nu am putut s-o șterg. Am încercat să-mi pieptăn părul cu degetele, dar nu am făcut decât să arate mai rău. Lângă mine, Alma era impecabilă și liniștită. Avea părul prins într-un coc complicat la ceafă, care era perfect aranjat.

— Pomadă? a spus ea întinzându-mi-o, în așa fel încât toate diamantele i-au strălucit în lumină. Chiar poți s-o folosești.

Am luat cutiuța cu cât de multă recunoștință am putut să adun și m-am masat între degete cu crema frumos mirositoare.

— Mă bucur într-adevăr că ai venit, a continuat Alma, urmărindu-mă cum încercam să redevin prezentabilă, pentru că vreau să-ți spun ceva.

Am așteptat.

— Mi-a cerut să mă căsătoresc cu el. M-am gândit că ar trebui să știi.

Nu-mi venea să cred. Am încercat să-mi păstrez calmul, să-mi forțez inima să bată în ritmul obișnuit. Îmi netezeam părul cu gesturi mecanice.

— Și ai acceptat? am întrebat eu.

— Teoretic, da. E puțin complicat, fiindcă mama nu a acceptat în totalitate. El este mult mai mare decât mine și are și ceva reputație. Dar tu știi totul despre asta. Așa că pentru moment este o logodnă secretă.

Mintea mea era incredibil de liniștită. Mi-am spus că, dacă într-adevăr era logodit cu Alma, nu ar sta acum în galerie cu Adele. Probabil logodna era un mod prin care să o liniștească, să-i domolească gelozia.

— Atunci, felicitări!

Părea dezamăgită de reacția mea atât de indiferentă.

— O să te invit la nuntă, bineînțeles. Poate o să faci chiar tu rochia. Gustav spune că te pregătești să devii creator de modă.

Trebuia să ies de aici. Am închis cu zgomot cutia de pomadă.

— Chiar ar trebui să încerci să te măriți și tu, a continuat ea. Aș putea să găsesc pe cineva pentru tine. Cunosc o mulțime de oameni.

— Nu am nevoie de ajutorul tău, i-am răspuns, ridicându-mă și aruncând o ultimă privire în oglindă.

Am încercat să nu mă uit la micul zâmbet infatuat de pe buzele înroșite ale Almei.

M-am întors iar la expoziție. Temperatura din hol scăzuse cu câteva grade. Camerele erau acum pline până la refuz. Uitându-mă prin mulțime, am văzut-o pe sora mea și mi-am croit drum spre ea.

A doua zi am luat toate ziarele ca să citesc cronicile. Revista *Times* afirma că expoziția a fost o adunătură ingenioasă de urâțenie, de degenerare și de pură prostie. *Neue Freie Presse* a spus că a fost o manifestare de întâmpinare a talentului artistic contemporan și îi ura Secesiunii mult succes.

Galeria a fost plină de oameni timp de două luni, atât cât a durat expoziția. Până și regele a aranjat să aibă parte de o vizionare privată. Lucrările de artă s-au vândut bine. Adele a cumpărat un Puvis de Chavannes. Mama Almei a cumpărat două Meuniers.

15

Apoi, brusc, tatăl meu a murit din cauza unui atac de cord. Era la fabrică, ca de obicei, examinând un echipament, când dintr-odată s-a prăbușit. Nu se mai putea face nimic pentru el; a murit înainte să ajungă doctorul. Deși părul și barba lui se albiseră complet de ani întregi, niciodată nu m-am gândit la el ca la o persoană bătrână; mai exact, avea doar cincizeci și nouă de ani. Depinsesem de simțul afacerilor și de experiența lui, care m-au ghidat în deschiderea casei de modă. Îmi imaginasem o petrecere de inaugurare fastuoasă, unde el avea să fie maestru de ceremonii. Fața lui rumenă avea să strălucească de mândrie în timp ce închina un pahar în cinstea fiicei lui talentate. Acum, toate acestea nu mai erau posibile.

Plănuiserăm să mergem la Attersee în acea vară, cum făceam de obicei, dar nu avea să mai fie la fel. Cine să-mi mai arate șoimii ascunși în copacii din jurul casei? Cine să ne mai ducă la biserica din sat, cine să se mai îngrijească de grădina de legume, cine să mai doarmă în scaunul de pe verandă imediat ce terminam de luat prânzul?

L-am invitat pe Gustav să vină cu noi. Fusese chemat ani la rând, dar întotdeauna existase ceva care îl ținuse pe loc: deplasările, prea multă muncă, o femeie sau alta. Întotdeauna se plângea că Viena era mult prea călduroasă, incomodă și plictisitoare. Toți ceilalți erau plecați. De fiecare dată îmi scria și mă implora să vin acasă. Cu toate astea, anul acesta i-am spus clar că nu puteam să mai plec fără el. Știind cât de fragilă, cât de îndurerată eram, s-a detașat de toate obligațiile și astfel am petrecut două luni împreună.

Nu împreună, bineînțeles. Mama mea era acolo, surorile mele, nepoata mea. Dormitorul lui Gustav era la celălalt capăt al holului, dar ajungea rar să doarmă acolo; prefera patul pliant pe care și-l instalase în seră, folosită pe post de atelier. Spunea că se trezea atât de devreme, încât ne-ar fi deranjat să-l auzim tropăind de colo până colo, mai ales că avea obiceiul să-și uite pantofii și să întoarcă totul cu susul în jos ca să-i găsească.

Dimineața dădea câteva ture înviorătoare de înot în timp ce noi încă dormeam și ni se alătura doar la micul-dejun, pe care îl serveam pe verandă, chiar când soarele limpezea vârful munților. În majoritatea zilelor, eu și Gustav vâsleam pe lac; sau, mai degrabă, Gustav vâslea, cu câte o ramă în fiecare mână, cu furie, ca să-și antreneze mușchii în timp ce eu stăteam în spate, bucurându-mă de briză. Când ajungeam în mijloc, după ce ancoram, Gustav plonja, zbătându-se în apa rece ca gheața, și se îndrepta spre digul de pe malul opus. Pe drumul de întoarcere, se răsucea pe spate și scuipa apa în aer, ca o balenă. Cățărându-se iar în barcă, unde eu stăteam întinsă, absorbind soarele, mă împingea și pe mine, după care născocea un joc minuțios de a mă salva, deși eu eram o înotătoare bună. Purtam o pălărie ca să-mi protejez scalpul și ca să previn o durere de cap, fiindcă citeam într-o căldură sufocantă, dar el deja era bronzat și cu pielea tăbăcită din cauza soarelui, a vântului și a apei.

Adesea își aducea șevaletul în barcă și picta munții sau orașul Unterach, case îngrămădite una peste alta de parcă ar fi fost desenate de copii sau un pâlc de mesteceni pe mal. Rolul meu era să țin barca nemișcată și să vâslesc atât cât era nevoie ca să nu ne lăsăm purtați de curent. Sau se plimba pe dealuri și picta în aer liber câmpurile și florile sălbatice din zona de munte.

Când eram cu totul epuizați, ne întorceam acasă, mâncam sendvișuri și ne întindeam la soare. Gustav își ducea lucrările în sera devenită atelier și le retușa. Jurase să uite de comenzile de tablouri și de picturile pentru Universitatea din Viena pe toată durata verii.

Sera arăta mult mai diferită atunci, cu toate panourile laterale deschise în zilele călduroase, cu podeaua atent măturată și toate lucrurile la locul lor. Era acolo și un scaun vechi, pe care pusesem stăpânire și, în timp ce Gustav lucra după-amiezile, mie îmi plăcea să studiez revistele de modă franceze sau revistele de Arte și Meserii și să fac schițe.

Într-o zi, când eram cu totul concentrată să desenez o copie după umbrela japoneză, care speram să poată fi creată, Gustav mi-a cerut să mă uit la noua schiță pentru *Medicina,* prima dintre lucrările pentru Sala mare a Universității. Hotărârea lui de a uita durase doar o săptămână.

Rareori mă întreba care era părerea mea în acea fază, dar la începutul anului comisia deja îi criticase schițele și-i ceruse să facă modificări. Considerase că mai bine demisionează, dar, în cele din urmă, Franz l-a convins să se răzgândească și au semnat contractul chiar înainte ca el să ajungă în Attersee. Acum trebuia să găsească o metodă prin care să includă modificările cerute în așa fel încât să le poată accepta și el.

Știam că era vorba de obiecții generale, referitoare la presupusele indecențe ale schițelor sale. Știam că ei erau de părere că fata care reprezenta suferința omenirii era obscenă și preferau un tânăr în locul ei, dar, nevăzând niciodată schițele, nu eram sigură la ce se refereau. Am presupus doar că membrii comisiei nu erau decât o adunătură de idioți oprimați, care nu știau nimic despre artă. Nu eram pregătită pentru ce avea să-mi arate Gustav.

Zece sau douăsprezece coli mari de hârtie erau adunate împreună pe perete, astfel încât formau o frescă imensă. Trebuia să fie mari, bineînțeles, pentru că urma să fie fixate pe tavanul din Sala mare, și altfel nimeni nu le-ar fi putut vedea. Mărimea frescei îți tăia răsuflarea, iar ăsta era cel mai mic lucru din câte avea de oferit.

Nu știu cum îmi imaginasem că avea să fie realizată lucrarea *Medicina*: Hipocrate sub un măslin, predând unui grup de tineri pasionați, îmbrăcați în chiton sau niște bărbați în haine moderne, aplecați asupra paturilor cu bolnavi dintr-o infirmerie impecabilă.

În alegoria lui Gustav despre medicină, Hygieia, zeița sănătății, era în prim-plan, arătând ca un înger răzbunător, întunecat, misterios. Nu puteam să nu mă gândesc că era un fel de Adele Bloch-Bauer. Oare el se gândise la ea? Cu șarpele și cupa în mâini, Hygieia nu părea să aibă nicidecum o privire plină de compasiune. Nu puteai fi sigur dacă venea să te salveze sau să te omoare.

Singură, în partea din stânga, era o femeie goală, cu brațele larg deschise, care plutea în spațiu, ținută sus de o substanță apoasă, ca lichidul amniotic. Iat-o pe fata obscenă! Pelvisul său era scos în afară într-un mod foarte sugestiv. Celelalte personaje păreau să fie suspendate în același lichid vâscos. Erau îngrămădite în partea dreaptă a picturii, ca un morman de cadavre. Unele erau efectiv niște schelete, învăluite în părul lung al celorlalte. Femei însărcinate, bărbați bătrâni; toată umanitatea era acolo, chinuită, suferind, murind.

Era o pictură de coșmar.

— Pare... foarte personală, am spus eu.

M-am urât pentru faptul că vorbele mele au sunat ca ale unui client tacticos, dezaprobator.

— Deloc, a negat el, deja în defensivă. Este o lucrare filozofică. De ce ai crede că este ceva personal?

Rareori pronunța numele lui Ernst. Lună de lună îi dădea lui Helene o sumă generoasă de bani și, față de nepoata lui, era un naș foarte conștiincios. Dar niciodată nu vorbea despre el. A doua zi după înmormântare a golit atelierul de lucrurile lui Ernst și a dus totul la groapa de gunoi. Singurul lucru pe care l-a păstrat a fost un pulover de lână jerpelit, pe care Ernst îl purta în atelier când era frig. Gustav nu-l purta; doar îl ținea agățat pe scaun. Când s-a mutat în alt atelier, a luat și puloverul cu el. Părea că Ernst plecase la o plimbare și că avea să se întoarcă.

— Când o privesc, nu pot să nu mă gândesc la papa. Singurul lucru pe care doctorul l-a făcut pentru el a fost să-i închidă ochii. Și la Ernst, o demență, un tânăr de douăzeci și opt de ani mort de pneumonie, ca o complicație a scarlatinei, cu cei mai buni doctori din Viena ascultându-i bătăile inimii, spunându-ne să-i frecăm pieptul cu camfor, niciunul nu a fost de ajutor, ci l-au privit cum a fost înghițit de moarte.

— Poate la asta te gândești tu, nu pot să-ți controlez eu gândurile. Îmi pare rău de tatăl tău, dar el ar fi fost ultimul la care m-aș fi gândit.

— Și Ernst?

— Nu mă gândesc la el, a spus Gustav. La ce bun?

— Nu te cred.

— Nu pot să mai ascult, m-a oprit el. Ce încerci să-mi faci? Părea, de data asta, că suferința lui era de natură fizică.

— În opt ani ai vorbit vreodată despre el? am continuat eu.

— Vorbesc despre el, mi-a răspuns, arătând spre pictură. Nu asta ai spus și tu? Trebuie să plâng, să-mi smulg părul, să-mi pun un ciliciu și cenușă în cap? Asta te-ar mulțumi? Să mă comport ca nevasta vreunui păstor beduin?

Am încercat să-l opresc, dar el continua cu furie.

— Nu-i vorba de Ernst, e vorba despre ce s-a întâmplat după înmormântarea lui. Vrei să vorbesc despre asta, nu-i așa? Probabil vrei să-ți spun că te iubesc, că am fost până acum într-o ceață de durere, dar că acum sunt gata să vin și să mă căsătoresc cu tine. Asta vrei?

A fost nemilos și nedrept, și tot ce am putut să fac a fost să stau în fața lui, cu lacrimile alunecându-mi pe obraji. Niciodată nu adusesem în discuție asta, niciodată nu i-o aruncasem în față. Îndurasem în tăcere luni de tortură în legătură cu Alma, așteptându-l pe el să-mi spună că erau logodiți. Și acum...

Am părăsit atelierul fără să-i răspund și m-am îndreptat spre un câmp cu maci cam la o milă de locul unde stăteam. M-am întins în florile roșii și portocalii, care fremătau ca o hârtie în bătaia vântului. Era un soare arzător.

Eu și Gustav ne certam rar, așa că niciunul dintre noi nu știa cum să facă să ne împăcăm. Când m-am întors în atelier, l-am găsit stând în fața picturii. S-a uitat la mine spășit.

— Ceva nu e în regulă cu coroana Hygieiei, am spus eu. Și este prea în ceață. Arată mai mult ca una dintre ultimele tale umbre.

A încuviințat.

Am arătat spre un personaj din partea dreaptă.

— Dezechilibrează toată pictura. Cred că mai bine ar trebui mutat cu doi, trei centimetri mai spre centru.

— Ai dreptate, a spus și s-a apucat de pictat.

Restul jucau șarade în acea după-amiază, dar niciunul dintre noi nu avea chef. Am decis să stăm în grădină și să ascultăm greierii.

Am mers pe cărarea pietruită, departe de seră, spre capătul opus al grădinii. Destinația era banca de piatră de la marginea proprietății noastre. Nu aveam cum să auzim niciun râset din casă sau să vedem luminile aprinse din sufragerie. Când s-a făcut îndeajuns de întuneric, nu am mai văzut nici casa.

Grădina noastră era în stil englezesc, cu multă iarbă și dezordonată. Trandafirii cățărători și liliacul și glicina creșteau pe un rând de spaliere. Banca de piatră era rece sub palma mea. Trandafirii erau gata să înflorească; am numărat vreo doisprezece muguri verde-închis pe fiecare tufă.

Mi-a luat brațul și, ridicându-mi mâneca până la umăr, a desenat pe pielea mea cu un creion cu mină de cărbune, pe care l-a scos din buzunar.

Confuză, m-am tras înapoi.

— Îmi venise o idee, a explicat el, și nu aveam nicio hârtie la îndemână.

— Și eu să fiu pânza ta?

— De ce nu? Se poate spăla.

Era vorba despre o nouă coafură pentru Hygieia. Coroana din frunze aranjate în jurul capului a fost înlocuită de un model de cercuri și hașurări, care semănau mai mult cu un chipiu decât cu o coroană. Asta desena el pe mine.

M-am cutremurat brusc când a modificat intensitatea de la gâdilitura blândă la zgârieturile apăsate în carne, astfel încât desenul să fie mai hotărât, mai întunecat. Nu mai era lumină aproape deloc, totul era neclar, ca într-o fotografie, și mă întrebam cum de vedea el să deseneze.

— Nu ai desenat destul astăzi? l-am întrebat.

Cărbunele se sfărâma, iar el își apăsa palmele pe fața mea, acoperind-o de umbre.

— Arăți ca o fetiță căreia obișnuiam să-i dau lecții, a spus el.

— Sau o văduvă, am răspuns, apoi m-am strâmbat, dându-mi seama de greșeala pe care am făcut-o.

— Îți mai amintești când ne-am întâlnit prima oară? Te-am urât în ziua aia. Cu cămașa ta scumpă și mâinile tale mici și moi, cu rânjetul tău superior. L-am urât pe tatăl tău, cu tutunul lui scump, și pe mama ta, cu pieptenii ei franțuzești, de prost gust. Îmi venea să te sfâșii în bucățele și să-ți arunc rămășițele într-un șanț.

— Și ce te-a oprit? l-am întrebat eu.

— Nu numai că te uram. Te și voiam. Voiam să te posed, dar totodată voiam să fii tu, în deplina ta sănătate puternică, cu stomacul plin, cu inocența ta confortabilă. Voiam să te corup și voiam să te protejez.

— Nu ai făcut nici una, nici alta, am comentat.

Și pentru mine: Deci m-a dorit dintotdeauna.

— Vezi, nimic nu-mi reușește niciodată.

Mi-am apăsat buzele de umărul lui.

— La atelier... a continuat el, iar eu am aşteptat. Nu era vorba doar despre Ernst, să ştii.

— Este în regulă, am spus eu.

— Tu ştii asta, a repetat, apoi a făcut o pauză.

Ne apropiam foarte mult de ceva, iar eu mă simţeam în aceeaşi imponderabilitate ca femeia din *Medicina*. Din momentul ăsta aş fi putut pluti sau m-aş fi putut contopi cu banca, aşa cum ceva lipsit de viaţă intră în pământ.

— Ce este?

— Vreau să-ţi fac un portret.

— Nu te-ai săturat de portrete?

— Ţie nu ţi-am făcut niciodată. Ce ruşine! Ar trebui să creezi o rochie şi o să te pictez în ea.

Am luat creionul.

— Întinde mâna.

I-am ţinut mâna în poală şi i-am scris în palmă, aşa cum ar face un profesor pentru o persoană oarbă. Mi-am scris numele pe pielea lui. Apoi am frecat-o până ce scrisul a devenit ilizibil.

— Ce ai scris? a întrebat el.

— Nimic. Întoarce-ţi mâna.

Pe partea cealaltă, pielea era mai uscată, iar creionul aluneca mai uşor. Am început să desenez un banc de peşti, care înotau în sus, spre cot. Se scutura, râzând uşor, la gâdiliturile creionului, apoi şi-a tras-o şi a început să-mi schiţeze oasele mâinii.

— Mâna ta seamănă cu o aripă de pasăre. Cred că oasele tale sunt goale.

Acea clipă a rămas plutind în aer, învăluită în ceaţă, iar barba lui se simţea moale pe faţa mea, gâdilându-mi obrajii. Te iubesc, m-am gândit eu, dar n-am mai spus-o.

— Draga mea Emilie, a spus el, apoi m-a sărutat.

Mă simţeam de parcă m-aş fi scufundat în mare de pe un promontoriu de granit: am închis ochii, mi-am lăsat deoparte fricile și am făcut saltul. Pentru o clipă, nu am văzut nimic, doar am gustat, am atins, am mirosit.

S-a oprit.

— Ce este? am întrebat.

S-a ridicat.

— Sunt obosit. Ziua asta a scos untul din mine.

Și a luat-o spre seră. L-am urmat.

— Vrei să vin și eu?

— Dacă vrei. Trebuie să mă trezesc devreme.

Am dormit în seră, pe jos, îmbățișați inocent, ca niște retrieveri extenuați după o zi de vânătoare. Când eram pe punctul de a adormi, mi-am dat seama că nu spusesem „Te iubesc" cu voce tare.

Dimineața, o rază de soare rătăcită a străpuns un nor și m-a trezit. Lângă mine, Gustav a scos un sunet de parcă ar fi închis un fermoar. L-am acoperit cu partea mea de pătură și m-am strecurat înapoi în camera mea.

Aparent, toți ceilalți dormeau. Am alunecat sub plapumă, ca să fac patul să arate ca și cum cineva dormise acolo și să-mi încălzesc încheieturile amorțite. Deși patul era moale, iar eu eram obosită după o noapte de răsuceli spasmodice pe podeaua tare din seră, tot nu puteam să-mi limpezesc gândurile ca să adorm.

Mi-am amintit timpul petrecut în cafenea, când încă eram doar un copil și el mi-a frecat fața cu o batistă înmuiată în apă rece. Apa mi-a înțepat obrajii crăpați, înroșindu-i și mai tare, iar el a comentat ceva despre ei, cum că ar fi potriviți într-un Watteau. L-am întrebat ce este un Watteau, iar el a achitat nota și m-a dus direct la muzeu, unde se găsea o pictură semnată de Watteau, cu figurile ca de păpușă ale unei fete și ale unui băiat la un picnic. Nu mi-au plăcut, desenați fără haz și prețios, și i-am spus asta. Gustav a fost de acord, dar apoi mi-a arătat mișcările pensulei, delicate, aproape invizibile, și variațiile infinitezimale de culoare în niște zone în care credeam că a folosit doar roz sau doar albastru. Puteam să învăț mai multe din lucrurile care nu-mi plăceau decât din cele care îmi plăceau, mi-a spus el. Voia să știe ce cred despre ceilalți, despre Brueghel sau Bosch și un bărbat ciudat, în ale cărui picturi se regăseau anotimpurile, conturate după legume. A râs copios de unele lucruri pe care le-am spus și a dezbătut cu mine altele, dar întotdeauna lua în serios tot ce ziceam. Aveam o minte interesantă, așa spunea. Dar acum nu mai eram deloc o fetiță.

În toamnă, Gustav și-a mutat atelierul la Hietzing. El și Franz Matsch împărțiseră un atelier, dar numai pentru câțiva ani. Parteneriatul lor era încheiat, deși încă lucrau împreună pentru Universitatea din Viena.

Atelierul se afla chiar dincolo de peretele din sud al Palatului Schönbrunn. De la gară și până acolo era un drum scurt, care trecea și pe lângă atelierul pietrarului. Casele din apropiere, inclusiv a lui Gustav, erau vopsite într-un galben lăptos, vesel, ca în interiorul unei ciocolate cu cremă de unt, care contrasta în mod plăcut cu acoperișul roșu din țiglă și cu obloanele negre sau verde-închis. Bungalow-ul lui Gustav era departe de strada principală, ascuns în spatele unui zid de piatră și a unui crâng des de tei, arini și peri. O poartă din fier se deschidea spre o cărare pietruită, care ducea spre casă. În spatele casei, în grădina neîngrijită de flori, cu sporul casei și iederă, erau de obicei câteva pisici care vânau păsări și care se cățărau pe zid și hoinăreau pe poteci. Dincolo de grădină se găseau câmpuri cu lucernă, de o bogăție artificială, care se întindeau pe mai multe hectare. Ușa din față a atelierului dădea spre camera unde dormea Gustav când rămânea acolo. Un hol îngust trecea pe lângă bucătăria micuță și ducea până în camera mare, cu ferestre care se deschideau în partea din spate a grădinii.

Aici lucra Gustav când a apărut controversa cu privire la *Filosofia*, una dintre picturile pentru Universitatea din Viena.

Aceasta era, în orice caz, mult mai tulburătoare decât *Medicina*. Aproape de centru se găsea un chip amorf, care ieșea parcă din eter: era Dumnezeu? Era înțelepciunea? Într-o parte, o coloană de personaje goale, vârtoase, care se îmbrățișau sau își strângeau capul în mâini, în semn de disperare sau agonie. Și sub ei, aproape tăiată în marginea de jos a pânzei, o femeie sinistră, cu o privire clară, se uita direct la privitor. Cine era ea? Ce reprezenta ea?

Profesorii universității erau îngroziți. S-a făcut o întâlnire. Optzeci și șapte dintre ei semnaseră o petiție prin care cereau ca *Filosofia* să nu fie expusă în Sala mare. O considerau un afront la rațiune și la învățare. Hârtiile conțineau toate motivele scandalului, cu diferite interpretări în funcție de politicile lor intrinseci. Toate criticile cântăreau semnificativ, unele dintre ele fiind chiar foarte crude.

Când am ajuns la atelier, l-am găsit răvășit și furios.

— Știam că asta urma să se întâmple, a spus el. Academicienii! Ei cred că arta este ca știința sau că așa ar trebui să fie. Ei vor o ecuație simplă, *x* plus *y* egal *z*. Dar este imposibil. Și chiar dacă ar fi posibil, nu ar mai fi artă.

— Știu, am fost eu de acord.

Singurul lucru pe care îl puteam face într-o astfel de situație era să ascult cu înțelegere până ce tirada avea să se termine. Apoi, ajunși la sfârșit, să îi insulți pe critici funcționează întotdeauna.

— Jodl a spus că picturile mele sunt urâte. Urâte! Poți să crezi? Din toate felurile în care puteau fi numite, nu m-am gândit vreodată că le-ar putea considera cineva urâte.

— Nu am văzut niciodată ceva mai încântător, am spus eu. Tulburătoare și înfiorătoare și înspăimântătoare, dar încântătoare.

— Păi, chiar ar trebui să fii tulburată și înspăimântată. Cine nu simte așa înseamnă că neagă ce este viața.

— Știu, am încuviințat eu.

— Kraus a spus că picturile mele arată că nu știu nimic despre filozofie și că oamenilor proști ca mine nu ar trebui să li se dea voie să folosească pensule și vopsea.

— Știi că nu este adevărat. Până și oamenilor proști ar trebui să li se dea voie să folosească pensule și vopsea.

Gustav a zâmbit, dar doar puțin.

— Și tu știi că nu ești prost, evident. Kraus a spus asta pentru că are un talent deosebit să răsucească cuțitul chiar în locul potrivit.

— Deși este genial, a completat Gustav.

— Nu și când vine vorba de artă.

— După ce Jodl a spus că picturile mele sunt urâte, el a adăugat că simbolismul meu este întunecat și obscur și de neînțeles.

— Și? Dacă există câțiva care le înțeleg, asta anulează presupunerea? Ți s-a cerut să faci picturi de care să se bucure publicul larg? Trebuie expuse în universitate, nu în gară.

— E adevărat, m-a aprobat Gustav.

— Cineva trebuie să fi spus ceva de bine.

— Wickhoff. A spus că a fost un act curajos și original. Dar asta nu înseamnă că i-au plăcut.

— Ce ai de gând să faci?

— Am muncit prea mult ca să mă dau bătut acum. Voi termina *Medicina* și *Jurisprudența* și să sperăm că cei din comisie o să se răzgândească sau că altcineva o să iasă la înaintare. Sunt prea mari pentru o casă privată, asta e problema. O să trebuiască să le păstrez. Și asta o să mă coste. Alții s-ar putea să renunțe, de asemenea, din cauza publicității negative.

— Nu-ți face griji, l-am liniștit eu. Poate ai uitat că o să conduc o casă de modă foarte profitabilă. O să am eu grijă de tine.

— O să ajuți un biet artist falit ajuns la bătrânețe? a spus el și mi-a strâns mâna.

În acea noapte am rămas trează mult timp, corpul tânjindu-mi după el. Am vrut să mă îmbrac și să mă duc în atelier, unde fără îndoială l-aș fi găsit treaz, muncind sau stând jos și privindu-și picturile. Îmi era teamă că aveam să o găsesc acolo pe Alma, Adele sau, mai rău, pe altcineva. L-am revăzut cu ochii minții și mi-am oferit singură plăcere, atât cât am putut.

Când lucrurile s-au mai limpezit puțin, m-am dus să pozez pentru Gustav, să facem schițele pentru portretul meu. Ne-a luat mult timp să găsim un model de rochie, iar mie, s-o creez. Am decis să fac o rochie în genul celei pe care am purtat-o la prima expoziție a Secesiunii. Am preluat ideile din ce văzusem la Jaeger – lipsa corsetului, materiale din jerseu, model simplu – și am mai adăugat niște ornamente de capul meu.

Pentru a crea haine vorbim în primul rând de dimensiuni, de raportul dintre gât și talie, talie și gleznă, de lungimea unei mâneci, de înălțimea unui guler sau de adâncimea unui decolteu. Dintotdeauna urâsem matematica, fiind în schimb atrasă de lucrurile strălucitoare și sclipitoare, dar am dat ce-am avut mai bun. Am cumpărat materiale frumoase, din care ar fi fost imposibil să iasă niște haine urâte. Dar, bineînțeles, m-am înșelat. În teorie, mi-am dat seama, toate modelele arătau foarte bine, dar pe un corp uman ele erau complet transformate. Prototipul schițelor mele m-a învățat mai multe decât ar fi făcut-o orice școală. Erau toate oribile și m-am chinuit să înțeleg de ce. Nici măcar Gustav nu reușea să mă ajute cu adevărat. Își dădea seama când ceva nu arăta bine și, dacă ar fi fost un desen, ar fi știut cum să-l repare, dar nu știa ce să facă cu un ac și ață, cu încheieturile și locul mânecilor.

Încetul cu încetul am învățat să echilibrez partea de sus cu cea de jos, cea din față cu cea din spate. Am internalizat ecuațiile matematice care indicau când ceva era bine. Am creat în minte fiecare piesă, pe propriul corp, luminată din spate astfel încât să nu-mi văd decât silueta. Sau am luat o bucată de material și un manechin de croitorie și am început să prind și să desfac și să prind din nou. Podeaua camerei mele era plină de bolduri, iar Pauline avea să uite și să i se înfigă în talpă. Manechinul macabru, fără cap și cusut pe față și pe spate de parcă ar fi fost un soldat rănit, ne speria în repetate în rânduri de fiecare dată când intram noaptea în cameră.

După o mulțime de încercări eșuate, rochia era în sfârșit gata. Era din jerseu de culoare vinetei, dreaptă, fluidă, și se îngusta cu cât cobora pe corp. Am adăugat o jachetă tip bolero cu mâneci bufante, care să se potrivească. Având rochia gata, Gustav a trebuit să facă loc în program pentru un portret care nu era pentru un client bogat. Când în sfârșit s-a eliberat, am luat trenul spre Hietzing, oprindu-mă pe la magazin ca să iau lapte pentru pisici și ciocolată pentru mine.

În timp ce lucra, am vorbit despre atelierul pe care el și prietenii lui îl pregăteau împreună. Totul începuse fiindcă Berta Zuckerkandl i se plânsese lui Gustav într-o seară, pe când luau cina, că masa ei nu se potrivea deloc cu obiectele de artă de pe pereți, și nici nu era pe gustul ei. Toate tacâmurile de argint erau franțuzeți, ostentative și decorate cu trandafiri și viță-de-vie. A jurat că dacă unul dintre prietenii ei artiști putea să-i facă un serviciu de argint foarte simplu, îl plătea regește și-și arunca și toată argintăria franțuzească. Hoffmann i-a răspuns că, dacă tot au ajuns la subiectul acesta, ar trebui să-și ia și niște porțelanuri chinezești bine făcute, ca să poată să scape de farfuriile din Sevres de prost gust. De aici, ajutați de carafe de Riesling sec, i-au desființat sticlăria, masa și scaunele, bufetul, tapetul, covorul, bijuteriile și îmbrăcămintea. Așa au luat naștere Atelierele Vieneze, făcute după modelul Școlii de Artă din Glasgow, al cărei proiect a fost realizat de arhitectul scoțian Charles Rennie Mackintosh. Și-au imaginat un atelier de ceramică, unul de sticlărie, de metalurgie, un atelier de tâmplărie și un departament de textile. Gustav a spus că, de vreme ce eram cu mult înaintea lor în ceea ce privește departamentul de modă, ar trebui să lucrez cu artiștii responsabili de el. Poate că salonul putea să le asigure modelele.

Gustav credea, mai mult decât mine, că voi avea un salon. Una era să mă uit la materiale cu tatăl meu și să-mi fac eu o rochie, două, și alta să închiriez un spațiu, să angajez lucrători și să găsesc și bani pentru asta. A spus că avea să fie totul ușor și procurase contracte de închiriere de la mai multe companii de mașini de cusut, ca să le compare. Sunasem împreună la trei fabrici de in, care ne-au dat ofertele lor. Adevărul este că ar fi fost extrem de dificil să fac asta fără el. Oamenii se purtau întotdeauna mai drăguț când era alături de mine, chiar dacă nu îl recunoșteau. Credeau că el era cel cu banii din spatele afacerii, ceea ce presupun că așa era. Se oferise să-mi dea un împrumut fără dobândă ca să pot să încep. Aveam de gând să folosim materiale din partea locului și muncitori, la fel, pe cât de mult posibil. Asta însemna fără mătase franțuzească, dar calitatea trebuia să fie cel puțin egală, altfel clienții noștri aveau să creadă că hainele erau de o calitate inferioară și ne-ar fi întors spatele. Încercam să ne stabilim o clientelă avangardistă, deci era bine, chiar preferabil să ne îndepărtăm de clienții convenționali. Dar nu într-atât încât să nu obținem un profit.

Am luat prânzul în grădină. Pisicile au mâncat din farfuriile noastre și am făcut cu rândul să scăpăm de ele. De pisici, bineînțeles, nu de farfurii.

— Astăzi folosim primele modele ale lui Hoffmann, a spus el. Ce părere ai?

Cafeaua era într-un recipient bătut cu argint, care părea să fie mai degrabă îndoit decât bătut. Recipientele din cositor, unde erau untul, smântâna și zahărul arătau mai bine; fuseseră făcute pe mulaj. Am rearanjat cu grijă pâinea și pateurile într-un pătrat pe o tavă lăcuită, cu model de tablă de șah.

— E mai bine așa, am spus eu. Când o să începem să concepem alimente în formă pătrată? Ar putea fructele și legumele să crească pătrate?

— Ștrengărițo! a exclamat el, apoi mi-a întins o ceașcă și o farfurie din porțelan negru, cu pătrate roșii. Hoffmann nu a dormit de două săptămâni, pictând de mână acest porțelan.

— Un model grec. Grecesc. Grecal.

— Parcă ai conjuga verbele în franceză. Îți place?

— Este perfect.

— Spune-i lui asta și nu o să te creadă, dar s-ar putea să fie de acord să-ți facă proiectul salonului.

La ora două ne-am întors la lucru. Pozasem timp de aproximativ jumătate de oră, visând cu ochii deschiși la o altă rochie pe care aveam de gând să mi-o fac, dintr-un superb satin verde à la Bianchini. Îl văzusem într-un depozit și imediat am început să râvnesc la el. Era foarte scump, dar m-am gândit că poate Gustav ar putea cumpăra materialul de ziua mea.

— Berta chiar a spus că o să mă lase să-i fac eu o rochie? am întrebat eu, știind că ea nu dă doi bani pe haine.

— Nu fără insistențe. A spus că dacă o să desenez eu imprimeurile, iar tu o s-o faci să arate cu douăzeci de kilograme mai slabă, o să poarte rochia la Operă.

Nu știam încă să cos atât de bine încât să fac pe cineva să arate cu douăzeci de kilograme mai slab, dar eram sigură că se putea face. Existau mii de trucuri de drapaje și tăieturi.

Rochia mea va fi dreaptă, ceea ce nu va fi dificil de făcut. Va avea două bucăți de mătase de aceeași culoare, brodate cu un model de viță-de-vie, și cristale de culoarea spumei de mare și albastru-marin în forma viței-de-vie. Poate cineva de la Atelierele Vieneze, din departamentul de modă, îmi va putea face o pereche de pantofi potriviți.

Chiar atunci s-a auzit o bătaie hotărâtă în ușa din față. Gustav s-a încruntat enervat.

— Nu-i băga în seamă, a spus el. Naumann, fermierul, și-a pierdut iar câinele, a treia oară săptămâna asta. Marți am pierdut două ore și mi-am scrântit și glezna căutându-l.

Bătăile au continuat câteva minute, apoi s-au oprit.

— Pointerul roșu? E doar un cățeluș.

— Poate a fost lovit de o trăsură.

— Gustav, cum poți să spui asta?

Știam că nu vorbește serios.

— Data viitoare o să-l trimit pe Tristan după el. Pisica asta ar putea să facă bucățele orice câine.

Apoi s-a auzit ca și cum cineva forța ușa să intre.

— Ce naiba?! a exclamat Gustav.

Am renunțat la poziție și m-am întors cu fața spre hol, așteptând să văd pe oricine s-ar fi arătat: poliția, fermierul cu cățelul pierdut, un model, un hoț. Dar nu era niciunul dintre aceștia. Era Alma.

— Presupun că te-ai gândit că o să plec de tot de vreme ce te-ai ascuns aici, a spus ea.

Nu o văzusem niciodată cu părul dezlegat și arăta mult mai tânără așa, ca un copil. A fluturat din mantie, cu căptușeala ei din mătase roșie, ca un matador.

— Presupun că te-ai gândit că dacă nu-mi răspunzi la scrisori eu o să dispar pur și simplu.

S-a întors spre platforma unde eu rămăsesem în picioare, ridicolă, de parcă aș fi putut fi invizibilă.

— Și presupun că tu ai de-a face cu asta, mi s-a adresat ea, deși nu pot să-mi imaginez ce ai fi putut să faci sau să spui ca el să se întoarcă la tine.

— Alma, a intervenit Gustav, pe un ton pe care el îl considera liniștitor, las-o pe Emilie în pace!

I-a spus că ar trebui să iasă și să discute în grădină, că ar trebui să inspire adânc de câteva ori.

— Tu crezi că pot să respir în rochia asta? Am purtat-o special pentru tine!

— Alma! a reluat Gustav, apoi s-a oprit.

Se pregătea de un act de violență melodramatic, dar nu aş fi putut să spun dacă avea să se repeadă la Gustav sau dacă avea să-şi rupă în bucăţi rochia preferată în faţa lui. Într-un final, şi-a scos mănuşa şi a măturat cu ea obiectele de pe biroul lui Gustav, dându-le pe jos. Toţi trei am ascultat zgomotul de sticlă spartă și recipientele metalice rostogolindu-se şi scoţând un sunet ca de titirezi rotiți, până ce s-au oprit şi s-a făcut din nou linişte.

— Emilie, fă un ceai pentu Alma! mi-a cerut Gustav.

Hotărâse că era nevoie de ceva mai puternic decât o simplă împăciuire. A apucat-o pe Alma de umeri și a împins-o spre platformă. Aceasta s-a prăbușit pe ea.

Eram bucuroasă să-i las singuri. Îmi era teamă că putea să arunce cu ceva în mine. Am găsit pe aragaz apă deja fierbinte. Am clătit una dintre ceştile noi ale lui Josef și i-am turnat Almei ceai. Emailul părea să se dizolve în lichid, transformându-se într-un roșu-ruginiu. Când m-am întors în atelier cu ceaşca, Gustav era în genunchi lângă ea, mângâindu-i mâna. I-am întins ceaiul, iar ea l-a luat fără să se uite la mine.

— Te joci cu sentimentele oamenilor, să ştii, i-a spus ea lui Gustav. Tu crezi că trăiești în picturi sau în operă, unde nu există consecinţe. Te-ai gândit vreodată la altcineva în afară de tine?

Îmi dădeam seama că se distra de minune. Să leşin pe canapeaua iubitului meu, se gândea ea în sinea ei. Iubirea noastră este impetuoasă şi pasională. El o să vadă cum lacrimile îmi sclipesc în colţul ochilor ca diamantele şi nu o să-mi poată rezista. Ştiam că atunci când va ajunge acasă îşi va scrie totul în jurnal. Respirația ei era sacadată. Rochia preferată, de un verde-mușchi, arăta mult din decolteul ei, bineînțeles.

Nu eram sigură de ce avea să facă Gustav. Fusese totuși un spectacol emoţionant. Îmi va spune să plec? Nu aş suporta să fiu alungată, nu în fața Almei. Am luat mătura și făraşul şi am început să strâng cioburile de sticlă. Am încercat să pară că nu ascult.

— Mahler vrea să se căsătorească cu mine, a spus ea.

— Bineînțeles că vrea. Cine n-ar vrea?

— Tu nu vrei.

— Sunt un prost. Un pictoraş falit, de mâna a doua. Sunt bătrân și urât. Nu te merit.

— Nu-mi pasă.

— Dar mie da. Mă gândesc la tine, Alma. Cât timp crezi că o să fii fericită lângă cineva ca mine? Căsătorită cu mine, nu o să ai cum să fii regina societății. Eu stau acasă și muncesc. Nu ies, nu mă încadrez deloc în societatea asta. O să-ți fie ruşine cu mine. O să fii nefericită și o să ai tot felul de aventuri, ca Adele Bloch-Bauer.

— Tu nu te gândeşti la mine, te gândești că probabil Carl o să te împuşte.

— Chiar crezi că Moll m-ar împuşca? Nu-mi este teamă de el.

— Te iubesc, a spus ea.

— Ai douăzeci și trei de ani. Ai multe iubiri în față. O să te uiți înapoi într-o zi și o să râzi că te-ai gândit vreodată la mine.

— Eşti îndrăgostit de ea, a zis Alma acuzator.

Și-a ridicat privirea spre mine, care încă măturam fără nicio direcție, și a ridicat vocea. Nu am auzit ce i-a spus el, așa că m-am uitat la fața ei. Nu a pălit, nu a părut șocată sau mulțumită și nici nu a afișat vreo expresie batjocoritoare. S-a înmuiat puțin, dar totodată zâmbind.

Apoi a îmbrăcat-o înapoi în mantie și a condus-o la trăsură. L-am văzut cum a urcat cu ea și duși au fost. De vreme ce nu a mai rămas nimic de făcut, am încuiat atelierul și am plecat acasă. Nu am plâns, ar fi fost un semn de slăbiciune. A trebuit să-mi recunosc mie însămi cât de uşurată mă simțisem să nu o văd sau să nu aud nimic de Alma, cât de îngrozită fusesem să o revăd, cât de devastată fusesem să-l urmăresc pe Gustav plecând cu ea, fără vreo privire în urmă. Lacrimile reprimate cu brutalitate sunt cele mai dureroase: foarte fierbinți și sufocante, de parcă cineva ți-ar acoperi capul cu o față de pernă. După care, o durere de cap ticăloasă și un chip roșu-aprins, schimonosit. Mai bine să le las să curgă, mi-am dat seama mulți ani mai târziu. Sunt răcoritoare și au un efect liniștitor. Apoi poți să gândești.

***

A doua zi m-am întors la atelier ca să pozez și să văd ce avea de spus, dar nu am putut să-l întreb ce se întâmplase cu Alma. Nu am putut să-l întreb ce îi spusese despre mine. Părea neobișnuit de fericit, chiar cântând răgușit, cu o voce de tenor, dar fals, în timp ce se pregătea de ziua de muncă. Arăta de parcă ar fi putut izbucni în râs în orice moment.

— Te amuză ceva anume? nu m-am putut eu abține să nu-l întreb.

— Totul. Totul este amuzant.

Nu știam dacă era un semn bun pentru mine sau nu.

În câteva săptămâni a fost pregătit să se apuce de pictat. Rutina noastră s-a schimbat, devenind astfel mult mai serioasă. Lui Gustav nu-i plăcea să piardă timpul și nu mai avea nici răbdare să greșească.

Îmi descrisese adesea ritualul său zilnic: ajungea devreme și trăgea toate jaluzelele, aprindea focul și punea apă în ibric. Apoi rătăcea prin atelier, adunând lucrurile și punându-le la locul lor. Nu se uita la picturile la care lucra, nu încă. Uneori analiza fundalul din spatele platformei pentru modele sau studia hainele îngrijitoarei atârnate în cuierul din hol.

Își lua un timp pentru pregătirea materialelor. Nimeni nu era atât de cuviincios ca el. Oamenii care nu-l cunoșteau și-l imaginau ca pe o persoană neglijentă, cu un atelier dezordonat, dar se înșelau. Acum că lucra singur, totul era curat și precis. Uleiul din semințe de in era atât de limpede, că l-ai fi putut folosi la gătit. Îi plăcea să se frece cu el pe mâini, care mai tot timpul erau crăpate. Își curăța pensulele cu niște cârpe zdrențuite și săpun lichid. Apoi le aranja. Cele aspre erau trimise la spălătorie. Îi plăcea să respire mirosul de terebentină și spunea în glumă că asta trebuie să-l fi adus la nebunie.

Când am ajuns, în atelier era deja cald. După ce Gustav a intrat în camera rece, uleiul care fusese la fel de dens ca siropul de porumb avea acum consistența oțetului. Era timpul să amestece vopselele. A pus pe paletă pigmenții de culoarea chihlimbarului, a sienei, a ocrului și a amarantului. Miroseau a var, a mizerie, a praf de calcar. Cu o spatulă a așezat straturi de ulei peste pudră. Hârtia cerată s-a îmbibat până a devenit gri.

Gustav și-a înmuiat spatula într-o baltă de ulei și pigmenți. A atins totul de pe masă, de parcă ar fi îndeplinit un ritual. Și-a șters fiecare pensulă de tivul halatului. A amestecat terebentina maro, de culoarea noroiului, pe jumătate îndoită cu sediment, ca Dunărea primăvara. A scos din bagaje cuțitele și bureții. Într-un final, pentru cel puțin zece minute, a rămas în fața picturii și a studiat-o ca să vadă care avea să fie planul pentru acea zi.

În timp ce așteptam să se uite la mine, m-am apucat să fac genoflexiuni, să-mi ating degetele de la picioare și să alerg pe loc. Era singura metodă prin care puteam să nu obosesc să stau nemișcată atât de mult timp și să nu am spasme. Lui Gustav i-a plăcut culoarea care i-a ieșit pentru pielea mea. Când mi-am dat seama că era pregătit, mi-am luat poziția, știind că tot va veni și o va ajusta. Îi plăcea să îmi ceară lucruri imposibile, ca de exemplu să-mi duc piciorul după ureche. I-aș cere să-mi arate, iar el și-ar petrece câteva minute în contorsionări dureroase înainte să spună: Suficient!

Am încercat să-mi relaxez chipul într-o expresie plăcută și să îmi poziționez corpul așa cum fusese data trecută. Dacă ațipeam pentru o fracțiune de secundă, observa și-mi atrăgea atenția. Nu puteam să văd pictura în timp ce pozam, iar Gustav o acoperea cu un cearşaf în timpul pauzelor.

Mă înnebunea faptul că nu aveam voie să-mi văd portretul pe care mi-l făcea. Nu am putut să-l întreb nimic despre Alma, dar m-am gândit că pictura ar putea să-mi spună mai mult decât ar face-o el. Am încercat să-l întreb la modul general cum mergea lucrarea, dar se ferea să zică ceva; refuza să-mi spună un cuvânt. Doar scutura pensula spre mine şi spunea: „Nicio întrebare până ce nu-i gata!“ Cât stăteam în atelier, nu mă lăsa niciodată singură; ştia că aş putea cădea pradă tentației, că aş putea fugi să dau jos cearşaful când el pleca la bucătărie sau să semneze pentru o telegramă.

Trebuia să fac ceva. Aş fi putut veni noaptea la atelier sau când credeam eu că Gustav era plecat, dar el venea la nişte ore atât de ciudate, încât mi-era frică să nu fiu prinsă. Aşa că m-am dus la sora mea.

După moartea lui Ernst, Helene și-a adus fiica să locuiască din nou cu noi. Împărțeau o cameră care trebuia să fie a cameristei, dar nu părea să-i pese. Ea se ocupa aproape de toată curățenia și niciodată nu se plângea de turnura tristă pe care o luase viața ei. Încă era cea mai frumoasă văduvă din Viena. În acea zi purta o eșarfă dintr-o mătase roz, legată în jurul capului, şi nişte cercei mici cu turmaline. Arăta ca o fată din picturile olandeze. Helene, acum în vârstă de nouă ani, stătea întinsă pe covor şi citea o carte ilustrată de Hans Christian Andersen când eu i-am spus surorii mele ce voiam ca ea să facă.

— Trage cearşaful odată şi uită-te, a spus ea. Ce tot atâta mister?

— Nu vrea să mă lase să-l văd până nu-l termină.

— Nici pe mine nu o să mă lase. Te porți de parcă ai avea opt ani. De fapt, retrag ce am spus. La opt ani ai fi smuls cearşaful ăla chiar în fața lui.

— O să te duci diseară? am întebat-o și i-am dat cheile mele de la atelier. Eu și Gustav mergem la operă, dar probabil că el o să se întoarcă la atelier imediat după.

— Și la ce anume ar trebui să mă uit? Să fac o analiză psihologică? Să caut ceva în legătură cu sentimentele lui?

A sunat stupid când a spus-o cu voce tare.

— Cam așa ceva.

Nu-mi mai aduc aminte ce am văzut în acea noapte, eram prea nerăbdătoare. Credeam că putea să vadă prin mine și să-mi ghicească intențiile, dar trebuie să se fi gândit că ceea ce se întâmplase cu Alma și teama de a o vedea în public îmi dădeau o stare de neliniște. Ca să se revanșeze, sărea pe lângă mine ca un cățeluș, mă implora cu ochi inocenți și încerca să mă farmece cu o veselie copilărească.

L-am ținut până mai târziu după aceea, pretinzând că-mi era foame. Apoi am mers acasă.

Când am văzut-o pe Helene în după-amiaza următoare, ea nu a adus imediat vorba despre pictură. Fusese rugată să găsească un spațiu pentru salon și vizitase mai multe clădiri din Mariahilf, unde locuiam noi. Voia să-mi vorbească despre suprafață și despre termenii nenumăratelor contracte de închiriere, despre avantajele și dezavantajele fiecărui spațiu, dar era ultimul lucru la care îmi stătea capul acum.

— Deci? am spus când nu am mai putut să aștept, iar ea și-a dat seama la ce făceam referire.

— E aproape gata. Încă o săptămână sau două, mă gândesc.

— Cum arată?

— Foarte bine, a răspuns ea, fără să-mi fie de vreun ajutor.

Nu se uita la mine și încerca să se ascundă, prefăcându-se că o ajută pe Helene cu bucățica de broderie la care lucra. Poate s-a gândit că tabloul era atât de drăguț, încât asta îmi va distrage atenția.

— Adică e un portret bun?

Imprecizia ei mă enerva.

— Unii oameni asta ar crede.

— Dar tu nu?

— În pictură ești... și a încercat să găsească cuvântul potrivit, sinuoasă. Șerpuitoare. Ca un spirit al apelor. Ceea ce e foarte bine, doar că nu ești tu, e nefiresc cât seamănă, și totodată parcă nu.

— Cum adică seamănă?

— E greu de explicat. Chiar ar trebui să vezi.

Îmi venea să țip la ea de frustrare.

— Helene, trebuie să-mi spui mai multe.

— E cu albastru, mov, auriu și argintiu.

— Mulțumesc, îmi e de mare ajutor.

— Încerc, Emilie, chiar încerc.

— Crezi că mă iubește?

— Din ce am văzut în pictură sau altceva?

— Din orice.

— Știi că nu pot să-ți răspund la asta.

— Dar ce crezi?

— Poate. Nu știu.

— Când te-ai uitat la pictură, te-ai gândit: „Este îndrăgostit de această femeie"?

— M-am gândit: „El vrea ca ea să fie altcineva."

Când pictura a fost gata, Gustav mi-a cerut în sfârșit să mă uit la ea împreună cu el. Eram bucuroasă că examinarea clandestină a lui Helene mă pregătise deja. Am rămas în tăcere în fața ei câteva minute, apoi el a bătut într-un colț cu buretele, atingând câteva puncte cu picățele de alb de titan. Întotdeauna era greu să-l faci să admită că nu mai era nimic de făcut.

Pe pânză, rochia pe care o făcusem eu părea de nerecunoscut. Era de un violet regal, care curgea spre podea ca un râu; un pește albastru-acvamarin, cu ochi aurii înota alene în jos în timp ce gândacii argintii de pe haină se adunau strâns. De jur împrejurul gâtului languros, figura diluată dinăuntrul rochiei era înfășurată strâns într-un material. Avea decolteul dezgolit, iar degetele subțiri îi învăluiau șoldul scos în relief. Rochia ei se îngusta spre capătul picturii, lăsând-o fără picioare și margine. Era fața mea, dar în ceață, neclară, iar norul de păr era ca de obicei, într-o zi ploioasă.

Helene era frumoasă. Toți știau asta. În cazul meu era mai complicat. În unele zile și din anumite unghiuri credeam că sunt și eu drăguță, dar, cu o schimbare de lumină sau de perspectivă, eram chiar urâțică. În cei șaisprezece ani de când Gustav mă desenase în culori pastelate, tot nu mă împăcasem cu maxilarul meu proeminent, dar acum îmi purtam părul într-o manieră care îi mai reducea din severitate. Îmi stătea bine cu pălării. Unghiul meu cel mai bun era din profil. Din față, chipul meu părea prea lat. Aveam fruntea puțin cam jos, iar gâtul, cam scurt. Din când în când, eram obligată să recunosc că tenul meu arăta bine sau că aveam ochii într-o nuanță minunată de albastru, dar cel mai adesea, când mă uitam într-o oglindă, vedeam doar imperfecțiuni fundamentale.

Femeia din portretul nou era uimitoare și – am roșit la acest gând – atrăgătoare. Avea niște ochi provocatori. Avea o expresie puțin sinistră și care inspira putere, vorbind astfel despre o viață interioară cu totul diferită de cea pe care credeam că o aveam. Era măcar puțin din mine în ea? Mă cunoșteam pe mine însămi?

Potrivit lui Helene, care mă cunoștea mai bine decât oricine, părerea mea despre mine era exactă și Gustav era cel care nu mă cunoștea. Dar m-am întrebat dacă nu cumva se uitase prea mult timp la mine, ca să mă mai vadă acum clar. Poate semănam mai mult decât puteam să accept cu femeia din portret.

— Ce părere ai? a întrebat el.

Stătuse treaz toată noaptea ca să picteze; a dansat în fața ei cu energia sălbatică a unui om epuizat. Am ezitat. Era o întrebare nedreaptă, ca și cum ai încerca să-ți evaluezi propria inteligență. Era o capodoperă, splendidă, amețitoare, dar, fiindcă mă reprezenta tocmai pe mine, îmi era imposibil să fiu obiectivă.

— Tu chiar asta vezi când te uiți la mine? a spus fetița absorbită de imaginea ei în timp ce artistul a rămas tăcut.

Gustav a oftat, dar părea mai mult amuzat decât ofensat.

— Odată ai zis că într-un desen te-am făcut să pari prea copil. Acum crezi că te-am făcut să pari – cum? Prea femeie? Trebuie să recunoști că ești inconstantă și greu de mulțumit.

— De ce sunt așa de alungită?

— Am crezut că o să te plângi dacă te făceam să arăți ca Berta, a spus el.

— Mă întreb doar dacă tu chiar mă vezi așa, am continuat eu, parafrazând-o pe Helene, sau dacă ai creat persoana care ai vrea să fiu.

— Sunt un portretist, nu anatomist. Bineînțeles că perspectiva mea este subiectivă.

— Cred că sunt... nu mă puteam gândi decât la adjectivele pe care le-a spus Helene. Șerpuitoare.

— Te sperie?

Era serios acum. Nu ne-am uitat deloc unul la celălalt, ci doar la pictură. Mă simțeam expusă, dezbrăcată.

— Da, am încuviințat.

A rămas tăcut mai multe minute, timp în care i-am ascultat gândurile care treceau prin aer ca norii.

— Și pe mine mă sperie, a rostit el într-un final. De aceea a trebuit să te pictez așa. Pictându-te în orice alt fel ar fi fost calea cea mai ușoară. Nu este nimic mai condamnabil decât un pictor laș.

Idea că Gustav putea fi înspăimântat de mine, de unele aspecte ale mele, era ridicolă. Eu puteam să mă tem de mine, dar asta era cu totul altceva.

— E ca *Filosofia*, a continuat el. Ar fi ușor de reprezentat dintr-o perspectivă rațională și normală, ca la Școala din Atena, dar nu ar fi cinstit. E absolut îngrozitor să scoţi în evidenţă haosul existenţei umane, să accepţi obscuritatea minţii umane, dar, odată ce o faci, poţi să vezi că există şi lumină.

— Lumina străluceşte în întuneric, iar întunericul nu o poate învinge, am spus eu.

— Da. Dacă vrei să interpretezi aşa.

— Îţi doreşti să fiu mai mult ca ea?

— Dar tu eşti. Doar că nu îţi dai seama.

Femeia din tablou ar fi purtat în acea zi ceva erotic, cum ar fi smaraldul pe care Alma şi-l cuibărise mereu între sâni. Şi-ar fi pus căneală pe gene şi fard în obraji şi s-ar fi atins uşor în faţa lui Gustav, în timp ce el vorbea, aruncându-i priviri languroase. Dar eu m-aş fi simţit ridicol.

Te iubesc, nu am spus eu. În schimb i-am propus să luăm prânzul. Adusesem macrou afumat şi pâine de secară.

Gustav i-a dăruit portretul mamei mele, dar ei nu i-a plăcut. A ţinut taboul într-un dulap şi a refuzat să-l expună oriunde în casă, chiar şi atunci când vizitatorii cereau să-l vadă. După câţiva ani, Gustav i l-a cerut înapoi şi l-a vândut Muzeului de Istorie al oraşului Viena, în 1908. Turiştii veneau şi se zgâiau la mine, îşi verificau broşura turistică, apoi se mai holbau puţin. Păream atât de reală, încât ei credeau că-mi pot simţi mirosul.

16

Kammer am Attersee
8 ianuarie 1945

Ne-am petrecut ziua cosând draperii prin care să nu treacă lumina. Printre pachetele pe care le-a trimis Herta, printre țesăturile vechi și bijuteriile strălucitoare, era și un colet moale, împachetat într-o hârtie maro: treizeci de metri de bumbac negru, tern, rigid și ceruit. Singura trăsătură salvatoare era faptul că, țesătura fiind extrem de densă, devenea complet opacă. Dacă ai cădea din cer lângă casă, în mijlocul nopții, nu ai putea să spui că se afla ceva dincolo. Dacă ai zbura pe deasupra, te-ai gândi că ești peste ape, și nu peste o pătură de ferme, orașe și castele. Te-ai simți dezorientat, crezând că nu ai instrumentele potrivite. Sau poate te-ai prăbuși în munți și ai muri în foc și gheață. Asta, ne-au spus ei, este ideea.

Imediat după ce am ajuns, magistratul local ne trimisese o înștiințare: toate casele trebuiau să se conformeze reglementărilor în termen de treizeci de zile. Apoi a urmat, într-o manieră tipic austriacă, o descriere precisă a materialelor care erau sau nu admise, măsuri detaliate și instrucțiuni pentru a face draperiile, intervalul în care trebuiau să fie puse și penalitățile impuse celor care nu reușeau să respecte regulile. Urma să aibă loc și o inspecție-surpriză.

Alți oameni știuseră de săptămâni întregi că asta se va întâmpla. Singurele magazine care încă aveau materialele potrivite în stoc cereau de cinci ori mai mult. Aș fi putut să plătesc adaosul strigător la cer, dar m-ar fi distrus. În schimb, am mers să-l văd pe Heitzmann, dar nu avea deloc în plus. Cu un ultim efort înainte să accept înfrângerea și să le dau profitorilor răsplata, i-am scris Hertei în Viena, fără prea mari speranțe că ar putea găsi materialele sau că ni le-ar putea trimite la timp. Dar ea și serviciul de curierat au fost mai eficiente ca niciodată.

Am degetele înțepenite și cu greu pot să văd ce fac; mă înțep la fiecare câteva minute. Materialul este urât și nici că ai putea să-ți dorești vreodată să croiești haine din el. Încerc să-mi imaginez un costum, să spunem pentru Adele Bloch-Bauer, și doar ideea mă înfioară. Ar putea merge pentru un palton cu un guler mic, rotund, cu nasturi din plastic, strălucitori, ceva de purtat pe ploaie, în provincie. Ceva pe care să-l porți la bătrânețe, când nimănui nu-i pasă cum arăți și, cu atât mai puțin, ție.

Deși cusutul este ciudat de mulțumitor. Nu am mai cusut de mult timp. Am prins cu ace, am drapat, am măsurat, am desenat, dar altcineva a cusut, femei cu părul grizonant, prins ca să le dezvelească gâturile îndoite, încordate și țipând de durere. Le-am spus ce să facă și s-au folosit de mașinile de cusut. Asta dacă nu aveau de făcut bordurile cu mărgele sau finisajele, situație în care lucrul devenea și mai dificil. O fată nu rezistă foarte mulți ani să coasă ornamente din mărgele.

Când ridic materialul și îl țin în lumină, remarc cu satisfacție că toate cusăturile sunt mici, precise și drepte. Tivul este la fel de drept ca marginea mesei, iar ața strălucește în materialul monoton ca argintul pătat. Aceste cusături ar fi potrivite și pentru o rochie de ocazie.

Când am primit prima ofertă, eu, Helene și Pauline am cusut două sute cincizeci de șorțuri la mână, în sufragerie, de vreme ce nu aveam nici croitoreasă, nici mașină de cusut, nu încă. Erau dintr-un bumbac aspru, nealbit, de culoarea făinii de ovăz. Erau simple, fără căptușeală, mărime universală. Modelul ne-a fost dat ca să-l copiem. Nu trebuia decât să decupezi o formă, să-i coși tivul și să-i adaugi panglici la gât și la talie. Părea că nu există niciun mod prin care să-mi pun amprenta. Atunci, pentru mine, care îmi doream să mă joc cu mătasea galbenă și plasa de mărgele, erau cumplit de plictisitoare, dar, într-un final, a fost un exercițiu bun. M-a învățat că materialele scumpe și finisajele de prost gust reprezintă doar ornamentele, nu tortul în sine.

Cumva, pe parcurs, m-am gândit să adaug buzunare în partea din față a șortului. M-am gândit că un bucătar ar putea vrea să pună un termometru acolo, un tel sau o foarfecă. Proprietarul școlii de gătit a fost fermecat de ele, de aceste buzunare. M-a făcut să-mi dau seama cât de puțin, și cât de mult, îți ia să-i bucuri pe oameni. Tot ce trebuie să faci este să le dai exact ce au cerut cu un mic plus despre care nici nu știau că au nevoie până să le arăți tu.

Nici lui Helene, nici lui Pauline nu părea să le pese că efectiv le recrutasem. Amândouă aveau nevoie să facă ceva care să le țină mintea departe de gândul că erau singure. Așa și eu.

Era un început. Am fost plătite.

I-am povestit lui Helene despre acele vremuri în timp ce stăteam pe scaunele din creton, de un roz asortat, în sufrageria din casa de lângă lac, cosând îmbrăcăminte pentru văduve. A mai auzit aceste povești de mii de ori înainte, dar niciodată nu mă oprea din vorbit. Materialul mohorât din mâinile noastre arăta ciudat în camera atât de colorată, ca o floare ofilită într-un aranjament frumos. Apa de la ploaie curgea ca o cascadă din burlane, iar șemineul fumega, făcându-ne să mirosim ca niște cârnați. Îmi doream să pot ieși la o plimbare, dar era stare de asediu acum. Și nici nu pot spune că ploaia rece era prea atrăgătoare. Dacă aș avea o haină neagră, impermeabilă, ceva care să mă facă invizibilă în noapte, atunci aș putea.

— Când am început prima oară, îmi era mereu teamă să nu greșesc, a spus Helene, să nu tai ceva prost și să risipesc un material bun sau să cos strâmb un buzunar. Îmi era teamă că o să fii dezamăgită de mine. Acum pot să cos aiurea, nimeni nu o să bage de seamă.

— Poate inspectorii, da. Poate sunt niște maniaci în ceea ce privește cusăturile bune.

A spus că se îndoia de asta, văzând mai ales hainele pe care le purtau femeile din sat, și a trebuit să îi dau dreptate.

Atunci o slujbă umilă părea o șansă la un milion, câțiva șilingi păreau o avere. Noi am avut totul înaintea noastră: bogăție, faimă, succes.

Helene îmi amintește ce greu i-a fost mamei ei pe atunci. Tu aveai totul la picioare. Ea era o văduvă de douăzeci și trei de ani cu un copil de doi ani. Tot ce avea ea în față erau suferința și munca ingrată, dependența și singurătatea.

Crezi că era atât de cumplit? Voiam să știu. Era nefericită?

Nu, a spus ea. Nu cred. Dar n-aș fi vrut să ajung unde era ea.

Momentul devenea prea dureros pentru amândouă și, cu ușurare, ne-am întors la o discuție despre avioane, o temă convenabilă fiindcă niciuna dintre noi nu știa mai nimic despre asta. Am încercat să ne imaginăm cum se orientau, ce fel de dispozitive trebuie să fi avut, ce fel de motoare. Oare folosesc același tip de combustibil ca micul meu roadster galben, de mult confiscat?

— Nu cred că putem să-i oprim, a spus Helene, putem doar să îngreunăm situația. Noi de fapt protejăm Viena, să știi. Aici nimănui nu-i pasă de noi.

— Și nici nu ar trebui, am adăugat eu. Suntem un nimic. Ei ar trebui să protejeze Secesiunea și Muzeul de Istorie a Artei.

Am încercat să mi-l imaginez pe Poiret, slab și elegant, poate cu o pălărie bombardieră special făcută și o pereche de ochelari de aviator, trăgând asupra mea. Imaginea era ridicolă, dar cumva liniștitoare, ca atunci când i-ai băga degetele în ochi unui fotograf care surprinde un amant infidel.

Era deja asfinţitul la ora patru, când am agăţat perdelele, nouă seturi, în bucătărie, în sufragerie, în cele şase dormitoare şi în baie. Casa s-a redus la jumătate de la dimensiunea iniţială. Uitasem că ferestrele îţi lasă impresia de spaţiu, chiar şi într-o noapte fără lună sau într-una înnorată, fără stele. M-am simţit claustrofobă, aria lumii mele reducându-se la această cutiuţă lipsită de protecţie. Dacă ceva ar veni spre tine, n-ai putea să vezi până ce n-ar fi prea târziu.

Tai mugurii de pe cartofi şi îi pun într-o pungă de hârtie. Îi vom planta mai târziu. Fierţi în apă sărată, mâncaţi cu verdeţuri înăbuşite din grădina lui Heitzmann şi şuncă proaspătă, nu au fost deloc o masă dezagreabilă. După asta, nu ne-a mai rămas nimic de făcut decât să ne ducem la culcare.

STUDIU DESPRE ADELE BLOCH-BAUER, 1903

Este un lucru bine știut printre anumiți oameni că Adele Bloch-Bauer are amanți. În public, mulți nu sunt de acord ca o femeie măritată să se comporte așa. În cel mai rău caz, ar putea fi mai discretă în legătură cu asta. În privat, în special printre femei, atitudinea este cumva diferită. Soțul ei, se spune, când a aflat că ea nu poate avea copii, a bătut-o până și-a pierdut cunoștința. El ține o altă familie undeva, în provincie. Biata Adele, se aud lamentări. Este atât de nefericită, atât de singură. Lăsați-o să găsească și ea consolare pe unde poate. Femeile se simt protectoare față de Adele, căci fragilitatea ei fizică și imprudența ei autodistructivă le ating inimile. E puțin probabil că va trăi mult, se gândesc ele, prinsă între un soț abuziv, melancolia ei și sănătatea fragilă. O răceală ar putea-o pune la pământ, dar la fel s-ar întâmpla și dacă ar lua o sticluță cu medicamente. Doar familia ei e de părere că Gustav ar trebui să-și facă griji, nu Adele.

Umblă zvonul că acum amantul ei este Gustav Klimt, pictorul. Bineînțeles că el neagă asta. Doamna Bloch-Bauer este o femeie minunată, spune el de fiecare dată. Este o plăcere să o pictezi. Substratul este clar pentru toți: nu ar îndrăzni să aibă o aventură cu o clientă, o femeie înstărită din societate. Este fermecător în refuzurile lui, mult exersate și blânde. Bineînțeles că nimeni nu se lasă păcălit nicio clipă, și nici el nu așteaptă asta.

În ceea ce o privește, Adele are multe cunoștințe, dar puțini prieteni, poate chiar niciunul, așa că nimeni nu știe exact ce se întâmplă cu ea. Se plimbă singură pe la petreceri, aparent fiind peste tot, dar după aceea nimeni nu-și amintește să fi vorbit cu ea. Și când soțul ei se află în oraș, Adele dă petreceri la care fluturii sunt lăsați liberi în seră, iar sculptura de gheață din salon tronează deasupra invitaților. Se bucură de spectacolul de dinaintea ei, de regie și de decor. Invită oameni despre care se știe că sunt dușmani declarați și îi așază unul lângă celălalt la cină. Chiar și așa, aceștia continuă să vină, datorită soțului ei. Și fiindcă într-o săptămână aduce maimuțe-păianjen din Madagascar, iar în următoarea, draperii din catifea roșie și dansatori de la Teatrul Bolshoi.

Nu se ajunsese niciodată la un consens în ceea ce privește frumusețea Adelei. Este genul de femeie frumoasă, admirată în mare parte doar de bărbați, lăsându-le pe femeile din grupul ei ușor nedumerite, dar nu amenințate. Bărbații se lasă fermecați, femeile hotărăsc împreună. Le este milă de ea, bineînțeles, dar sunt de o sinceritate crudă atunci când discută despre înfățișarea ei, ca atunci când discută una cu alta după ce persoana în cauză se îndepărtează. Fața Adelei este lungă și osoasă, trupul, numai piele și os, părul este prea închis, sprâncenele prea groase, ca ale unei țigănci, cu trăsături mai degrabă uscățive. Are ochii minunați, este adevărat, verzi, într-o anumită lumină, și gri în alta, dar pleoapele ei par grele, ca de reptilă. Are dinții prea proeminenți. Adele este uimitoare în felul ei, dar asta nu este același lucru cu frumusețea. La cină, femeile se mai ceartă cu soții lor. Ele nu văd niciodată ce fac bărbații, abandonul ascuns sub exteriorul tăcut, energia sexuală, capacitatea de a fi violenți. După o noapte de dragoste cu Adele Bloch-Bauer, îndrăgostitul ar trebui să fie avertizat să nu adoarmă. În cele din urmă, bărbații sunt bătuți groaznic. Poate soțiile lor au dreptate, se spune. Poate nu este doar frumusețe. Dar fiecare se întreabă când o va termina Adele cu Klimt și dacă s-ar lăsa convinsă să vadă lucrurile în felul lui.

Adele și soțul ei dau o petrecere de logodnă în cinstea lui Gustav Mahler și Alma Schindler. Este un eveniment rar; Mahler urăște petrecerile, în special pe cele în cinstea lui, și a fost de acord cu asta doar fiindcă Alma a început să plângă și să arunce cu lucruri. Mahler și Alma stau pe parchet, pe holul de la intrare, el mohorât și stânjenit, cu un picior spre ușă, de parcă ar fi putut fugi de acolo, ea luminată ca bulevardul Ringstrasse noaptea.

Gustav Klimt intră în salon, felicitând mirele și sărutând mireasa, care a reținut sărutul ceva mai mult decât permiteau bunele maniere; oare l-a iertat? se întreabă el. Nu și-au mai vorbit aproape deloc, din acea zi, de la atelier, când a fost?, cam acum doi ani. De atunci a primit de la ea mai multe scrisori pline de furie, la care însă nu a răspuns. Să-i răspundă ar fi însemnat să admită că într-adevăr era ceva între ei, dar el preferă să creadă că aceste tânguieli ale Almei nu sunt decât niște amăgeli.

Gustav disprețuiește petrecerile la fel de mult ca Mahler – pălăvrăgeala fără rost, orele târzii, distragerea de la muncă, prilejul nefericit să întâlnești un fost iubit sau un dușman ideologic, să ai o scăpare în ceea ce privește bunele maniere sau să te dai de gol că nu știi anumite lucruri pe care douăzeci de ani de șlefuire nu au reușit să le acopere –, dar, cu toate astea, Gustav vine la fiecare petrecere la care știe că va fi și Adele. Și nu pentru că își dorește cu disperare să o vadă, ci fiincă se bucură privind-o din capătul celălalt al camerei, gândindu-se totodată cu vioiciune la ce se află sub rochia ei. Fiorul șaradei. Va merge prea departe? Îl va da ea de gol? Amenințarea de a fi demascat, pericolul pierderii controlului îl ațâță în clipa în care o vede.

— Arăți minunat! îi spune el, desprinzându-se din îmbrățișarea strânsă a Almei și atingându-i în treacăt mâna Adelei cu buzele.

Se gândește la degetele ei schilodite de sub mănuși și la ce sunt ele capabile să facă. La buzele ei date cu ruj și la locul unde ar vrea ca ele să fie.

— Ce frumos din partea ta! îi mulțumește ea, privind peste umărul lui într-un punct oarecare.

Este un șiretlic de-al ei pe care nu poate să-l sufere. O plictisește? Măcar se gândește la el? Este de nesuportat și, ca să dreagă situația, pleacă să salute alți prieteni. Simte că ochii ei îl urmăresc. Nu se va întoarce la ea tot restul serii, își jură. Să vadă cum va răspunde. Să vadă care va fi următoarea ei mișcare. Deși, nu peste mult timp, așteptarea devine insuportabilă și se simte obligat să-i forțeze mâna Adelei. Când vede că și ea îl urmărește, se strecoară în bibliotecă, prefăcându-se că studiază o pictură în ulei, foarte proastă de altfel. În bibliotecă mai este un bărbat, care citește titlurile cărților, dar când îl vede pe Gustav pare jenat de stângăcia lui și dispare. Gustav este singur în bibliotecă. În curând îi simte respirația pe gât.

— Mereu mă ignori, spune ea.

— Dimpotrivă, este chiar invers. Sunt mult mai conştient de prezenţa ta când nu suntem împreună.

Are un râs ascuţit, ca un lătrat, cu o tentă, se gândeşte el, de isterie. Scoate sunetele cu câteva secunde mai lungi decât este normal. Unele s-ar putea îndrăgosti de replicile tale superficiale, parcă spune râsul ei, dar ţi-ai găsit un partener pe măsură. Nu mai am nicio iluzie de distrus. În mod ironic, ce tocmai a spus este adevărat. Când ea este lângă el, devine femeie. Este obişnuit cu bucăţi din ea, cu membrele ei, cu toată această maşinărie sexuală. Este expert în a spune lucruri care să o facă pe o femeie să vrea să-şi petreacă noaptea cu el. Ştie ce o va face să se uite la el cu pasiune, cu afecţiune şi, când va veni momentul, cu durere sau enervare sau furie. Doar atunci când stă în capătul celălalt al camerei, când ea vorbeşte cu altcineva, prefăcându-se că nu se uită la el, dar urmărindu-i totodată mişcările cu coada ochiului; doar de la această distanţă o poate cunoaşte pe deplin. Nu are niciun sens să insiste. În schimb, îi pune mâna pe talie. Degetul lui mare îi apasă pe coaste. Uneori se gândeşte că ceva din interiorul ei se va frânge.

— Am văzut-o pe mica ta prietenă jos, spune Adele. Mă tem să nu fi făcut o greşeală. Mi-e foarte greu să nu fiu sinceră, vezi doar.

Furia bruscă a lui Gustav îl ia prin surprindere. Simte că momentul este ridicol de melodramatic, ca un fragment dintr-un roman; se gândeşte că ar putea s-o lovească pe Adele, care s-a îndepărtat de el de parcă ar fi anticipat asta şi care acum stă cu spatele la tablou, cu ochii ascunşi sub pleoapele lăsate.

— Nu va afla niciodată, ripostează el. Dacă îi spui, te omor.

— Soţul meu mă ameninţă mereu că mă omoară şi, dacă el nu o face, n-o s-o faci nici tu.

— Nu glumesc, Adele. Ea nu trebuie să afle niciodată.

— E uimitor cum o protejezi. Aproape părintește. Și totuși, nu este mai degrabă jignitor așa? Este foarte inteligentă. Nu crezi că deja știe?

Nu are niciun răspuns. Nu sunt un subiect despre care el să vorbească vreodată, nici cu Hoffmann, nici cu mama lui, cu nimeni. Fac parte din viața lui, dar el nu vrea să știe de ce sau în calitate de ce. Îl dezgustă faptul că femeia care se află în fața lui vorbește despre mine de parcă aș fi vreo invitată la petrecere despre care se aud niște zvonuri absolut fascinante. Uite-o, biata de ea! Nu știe. Poate una dintre noi ar trebui să-i spună. Am auzit că știe. După ce a salutat-o pe Adele, am văzut-o când a luat un pahar de șampanie și l-a băut dintr-o înghițitură. Te-am văzut și pe tine făcând același lucru, dar asta nu înseamnă nimic. Dar cred totuși că ea știe. Uită-te la conturul gurii ei. La vârsta ei, nu există prea multe femei cu o astfel de gură.

— Ea nu trebuie să știe, nu trebuie să sufere, este tot ce poate spune Gustav.

Știe că marțea se va întoarce în casa lui Adele și pentru poză ea va purta ceva făcut de mine; deși va mai dura luni bune până ce salonul se va deschide, am acceptat să fac câte ceva pentru anumiți oameni, de dragul reclamei. Făcusem câteva eșarfe și șaluri și Adele insistase că trebuie să aibă și ea câte una din fiecare. O va desena în această ținută în timp ce tensiunea va crește insuportabil. Nu vor vorbi, așteptând să vadă care va rupe primul tăcerea. Într-un final, el va trebui să pună creionul jos, măcar cât să se ridice și să-și relaxeze umerii. Când îl vede că se mișcă, Adele va ieși din cameră fără să spună vreun cuvânt. Nu va merge în dormitorul ei de alături, ci într-o cameră de oaspeți, din capătul holului. Când el ajunge acolo, ea va fi deja întinsă fără vlagă în pat, neputincioasă și palidă. Nu va arăta pic de emoție sau bucurie în timp ce Gustav o dezbracă; ea vrea ca el să creadă că nu-l dorește. După ce a trecut de ultimele haine, după ce i-a aruncat corsetul, jupa și furoul, ea îi va spune că vrea să poarte eșarfa sau șalul în timp ce fac dragoste, iar el își va apăsa trupul peste cel al lui Adele, cu această bucată pătrată de material împletită printre ei.

17

Am mers împreună cu Gustav la petrecerea dată de Adele pentru Alma și Mahler. Eram lângă el când a sărutat-o pe Alma. Și eu i-am dat un sărut; obrazul ei era cald și mirosea a pudră. Îmi era milă de Mahler, arăta de parcă costumul lui era cu două numere mai mici. Am sărutat-o pe Adele; mirosea a iasomie. Florile albe erau preferatele ei.

— Mă bucur că ai putut să vii, a spus ea. Nu mi-ai văzut niciodată casa. Când am un moment liber, o să-ți fac un tur. Îmi va lua câteva ore, slavă Domnului. Abia aştept să scap de toți aceşti oameni.

— Când are Klimt de gând să termine afurisita aia de pictură? s-a răstit soțul ei când mi-a fost prezentat. Îl plătesc cât pentru cinci sau șase tablouri. Vezi spațiul ăla de deasupra scărilor? Acolo va sta când va fi gata.

Scările erau din marmură fină și parcă se revărsau, precum cele din Biblioteca Laurenziana, proiectate de Michelangelo. Candelabrul, care se afla la zece metri deasupra capetelor noastre, strălucea prin sute de cristale. „Opt sute douăsprezece", m-a lămurit domnul Bloch-Bauer când l-am lăudat. Cântărea patru sute de kilograme, a spus el, și a fost adus pe bucăți din Praga. Mi-am imaginat cum cade peste el.

Apartamentul era mult mai țipător decât al Bertei Zuckerkandl. Fiecare cameră era în roșu, alb și auriu, ca la palatul imperial. Am înțeles acum de ce ura Adele roșul și de ce spunea Gustav că ea mereu amenința că-l va dărâma din temelii și-l va construi apoi de la capăt.

Gustav a dispărut imediat după ce am ajuns. De data asta mă puteam descurca foarte bine și fără el. M-am așezat pe o canapea din mătase galbenă, lângă Berta, și am băut. Deja deveniserăm prietene și nici nu mă mai înspăimânta. Mă ajutase să găsesc investitori pentru salonul meu și, în ciuda scepticismului ei înnăscut în ceea ce privește moda, îmi promisese că va veni să i se ia măsuri și, apoi, că va fi extrem de elegantă și excentrică în următorii ani.

La petreceri ca astea, Berta nu prea socializa; se așeza într-un colț și aștepta ca oamenii să-și arate respectul, apoi îi bârfea după ce plecau. Era un mod amuzant de a trece timpul. Ospătarii continuau să vină cu platouri, iar eu continuam să pun cupele de șampanie goale și să iau altele pline. Adele trebuie să fi avut mii de astfel de pahare. Mă întrebam oare cine le spăla.

Într-un moment de liniște, Berta m-a întrebat cum merge cu pregătirile pentru salon. Moll și Moser, Hoffmann și Mahler, toți veniseră și plecaseră. Voia să știe dacă Adele era pe lista celor cărora li se vor acorda primele programări când vom începe să luăm măsuri și să facem șabloane personalizate pentru clienții de top. I-am spus că Adele nu ceruse asta, deși deja cumpărase câteva lucruri mărunte, și că nu am avut curajul să o întreb.

— Te va întreba ea, a zis Berta. Vrea ca tu să o placi, mă gândesc. În particular, adică.

Nu m-am prefăcut că nu știu despre ce vorbește, pentru că nu te puteai preface în fața Bertei. Știa tot ce se întâmplă. Și pe lângă faptul că era prietenă cu Gustav, știam că era de partea mea, așa că puteam să am încredere în ea.

— Va fi dezamăgită, atunci, am spus eu. Nu sunt cine știe ce adversar.

Bertei îi venea să mă zgâlțâie; de fapt, a pus jos paharul și m-a luat de braț:

— Mă îndoiesc că ea e de aceeași părere. Dacă ar fi fost...

Știam ce avea de gând să spună. Dacă m-ar fi considerat inofensivă, nu ar fi dispărut cu Gustav. Nu ar fi simțit că e necesar. Ar fi fost de ajuns să se așeze undeva pe scaun.

— Nu este ca în cazul Almei, am explicat eu. Îmi place Adele, în ciuda tuturor lucrurilor. Aș suporta să-i știu împreună. Dar dacă el s-ar fi căsătorit cu Alma, m-aș fi aruncat de pe pod.

— Ești nebună, Emilie! a comentat Berta.

Vocea ei era dură, furioasă, ca a tatălui meu când uitam să fac ceva.

— Știu, am răspuns eu posomorâtă. Toată lumea spune asta: surorile mele, Alma...

— Nu mă înțelegi. Ești nebună dacă tu crezi că Alma sau Adele sunt mai puternice decât tine.

— Și nu sunt?

— Ai putea să-l ai pe Gustav, chiar să-l ai doar pentru tine dacă într-adevăr asta îți dorești. Dar trebuie să te hotărăști dacă asta e ceea ce vrei cu adevărat.

M-am gândit că e ea nebună și i-am și spus. Dar ea doar a zâmbit, apoi i-a făcut semn unui ospătar.

Bloch-Bauer a apărut dintr-odată lângă mine. „Unde e Adele?" a șuierat el. Berta i-a spus că stătusem în același loc în ultima oră și că n-o văzusem.

— A dispărut! La petrecerea ei, fir-ar a naibii!

Când am spus că mă voi uita după ea, Berta a oftat teatral și s-a ridicat să plece. Acum te voi lăsa cu martirajul tău, transmitea expresia ei.

— Să te uiți și după Klimt dacă tot faci asta, m-a îndemnat Bloch-Bauer. Dar asigură-te că faci destul zgomot ca să le lași timp suficient să se îmbrace.

Am făcut turul casei, pe care Adele mi-l promisese, rătăcind prin camere în căutarea lor. Nu erau în sala de dans, nici în camerele de zi de primprejur, acolo unde invitații obosiți de atâta dans se puteau odihni. Nu erau nici în camera de jocuri, nici în sala de biliard, nici în bibliotecă. Nici afară, în grădină.

În cele din urmă, l-am găsit pe Gustav pe terasa interioară, o cameră mică, cu o formă ciudată, cu pereți tapetați cu mătase galbenă și niște scaune din mahon, pline de urme de gheare. Era singur. Stătea pe scăunelul de la pian, cu coatele pe claviatură. Cum am intrat, s-a ridicat cu un zăngănit de note și a început să întoarcă paginile partiturii de pe stativ.

— Unde este Adele? am spus.

S-a străduit să pară surprins de întrebare.

— Nu am mai văzut-o de când am ajuns aici.

— Și ce ai făcut în tot acest timp? am continuat, încercând să am un ton cât mai curios, nu acuzator.

— Am stat aici. Nu prea am chef de petrecere.

— Am fi putut să plecăm.

— Ar fi fost nepoliticos.

— Domnul Bloch-Bauer m-a trimis s-o caut pe Adele. Vrea ca ea să se întoarcă la petrecere.

Într-un final a recunoscut că el și Adele au avut o ceartă „despre tablou". Nu l-am provocat, ci doar l-am întrebat unde credea că ar fi putut fi ea. A spus că o lăsase în bibliotecă.

I-am zis că acum nu mai era acolo. S-a gândit că ar putea fi în dormitorul de la etaj. L-am rugat să mă conducă acolo, din moment ce, fără îndoială, știa casa foarte bine. Aveam un sentiment ciudat legat de asta, dar el m-a dus pe scările din spate, trecând pe lângă dormitoarele menajerelor, printr-un hol cu o sufragerie feminină, o garderobă și, apoi, în cele din urmă, am ajuns în dormitor. Nu a intrat cu mine înăuntru.

Ea stătea pe un scaun lângă fereastră, înconjurată de perne de catifea de culoare vinului, cu eșarfa de pe rochie fluturându-i din cauza geamului deschis. Deasupra capului era o coroană de fum și un miros de seu. Când m-am apropiat, am văzut că avea o lumânare în mână, a cărei flacără o ținea în curbura antebrațului. Când și-a dat seama că eram acolo, a pus lumânarea pe pervaz, dar a rămas cu spatele la mine. Îi puteam vedea pielea prin rochia subțire. Tremura. Am închis fereastra și am stins lumânarea cu degetele.

— Nu te simți bine? am întrebat eu.

— Tu te simți? mi-a răspuns Adele, dar am ignorat-o.

— Te caută soțul tău. Invitații se întreabă pe unde ești.

— Nu le pasă deloc, și nici lui nu-i pasă, doar că îl pune într-o postură proastă. Atâta timp cât au mâncare și muzică și lucruri frumoase la care să se uite, altceva nici nu contează, a spus, apoi s-a întors și s-a uitat la mine. Nu înțeleg de ce ai venit să mă cauți. Credeam că o să fii fericită că am dispărut.

— Bineînțeles că nu, am negat eu, apoi i-am luat mâna și i-am întors-o ca să mă uit la ea.

A râs și am putut să-i văd roșeața și șiragul de perle din umflăturile care se întindeau de la încheietură până la cot.

— Presupun că o vreme va trebui să port mâneci lungi, a spus ea, dar tu poți rezolva asta, nu-i așa? Pentru moment cred că șalul le poate acoperi, dacă îl țin cum trebuie.

— Cred că ar trebui să te dăm cu ceva, să chemăm menajera să aducă niște unguent.

— Nu-ți bate capul. Îmi place când pulsează, mă face să mă simt vie. Ce mi-ar plăcea cu adevărat ar fi să am un moment singură cu Gustav. Ai putea să-l chemi pe el?

S-a lăsat tăcerea. Se uita la mine cu ochii ca de cenușă; negri la suprafață, luminați dinăuntru de un fel de foc.

— Sigur. O să-l chem.

Când am ieșit din cameră, am auzit-o cum se ridică și deschide din nou geamul.

— Este înăuntru, își dă foc cu o lumânare, am rostit eu.

— Și eu ce să-i fac? a ridicat el din umeri. Nu ar trebui să-l aducem pe Bloch-Bauer?

— Pe tine este ea supărată, tu trebuie s-o împaci, am spus, apoi l-am împins spre ușă. O să te aștept aici.

— S-ar putea să dureze puțin. Adele este atât de agitată și irascibilă.

Răspunsul lui era mai degrabă o formă de eufemism, dar m-am abținut să nu fac niciun comentariu sarcastic.

— O să te aștept aici, am repetat eu.

Ușile erau grele, din lemn de stejar, așa că nu puteam să văd sau să aud dincolo de ele. Deși, la fel de bine, îmi puteam imagina rugămințile, glumele, atingerile lui și dezghețul ei ușor. Recompuneam cu degetul modelele complicate sculptate pe ușă. Sau admiram peisajele strălucitoare pictate pe plafon și m-am distrat cu ele pentru câteva minute. Am numărat plăcile de pe podea.

— Adele are nevoie de aer, a spus el când a ieșit. Este foarte bolnavă. Ne-am gândit să luăm trăsura și să facem un tur de jur împrejurul Ringului.

— Dar nu a luat destul aer cât a stat în vânt, Dumnezeu știe de când? Nu ar fi mai bine să o duci în pat?

— Știi doar că nu poți să-i spui nimic lui Adele. Ea vrea să meargă. O să am eu grijă de ea. Spune-i lui Bloch-Bauer că totul este în regulă.

— Dacă te vede cineva...

— O să mă întorc cât ai clipi.

Am coborât ca să-l găsesc pe Bloch-Bauer, să inventez o poveste ca să-l liniștesc înainte să meargă el s-o caute pe Adele. Și iată-l în salon, lângă șemineu, spunând glume obscene cu alți doi oameni de afaceri. Râdea în hohote, fără să se mai gândească deloc la Adele, dar, bineînțeles, când m-a văzut, furia lui a revenit. I-am spus că menajera lui Adele o dusese să ia aer curat, dar el știa la ce mă refeream și fața i s-a umflat ca un balon. Și-a apropiat chipul atât de tare de mine, încât puteam simți mirosul de coniac. Aroma aceea îmi amintea mereu de bunici, care beau câte un sfert de litru ca pe apă tonică.

— Spune-mi ce pun la cale. Știi, știu că știi.

Am ezitat.

— Atunci, ești cumva vreo codoașă, de tot aranjezi întâlnirile astea?

M-am simțit atât de insultată, încât n-am putut să răspund, dar el a continuat fără să aștepte nimic.

— Cu siguranță nu. Cu siguranță ești îndrăgostită de el. Nu vrei să-l vezi cu Adele mai mult decât vreau eu. Spune-mi ce știi și aș putea să-i prind și să pun capăt la toate astea.

Tot ce știam, i-am spus, era că Adele se simțea rău și ieșise să ia o gură de aer curat.

Atunci unde era Gustav, a vrut el să știe. Plecase deja acasă, l-am mințit. Câteodată îl lovește câte o idee și pleacă imediat la atelier.

— Asta ți-a spus el? Nu cunosc multe despre artiști, dar îi cunosc foarte bine pe bărbați. Te-aș sfătui să te îndepărtezi de el înainte să te rănească cu adevărat.

— Nu am nevoie de niciun sfat, i-am răspuns eu.

— Dacă aș avea șansa să o iau de la capăt, aș lăsa-o pe Adele să putrezească. M-am căsătorit cu ea doar fiindcă tatăl ei mi-a oferit niște avantaje dacă îi ceream mâna, dar nu a meritat. Am câștigat banii ăia, chiar de mai multe ori. Adele se preface că este fragilă, dar în realitate este la fel de dură ca o piele de urs. Ei bine, poate să facă tot ce vrea, dar nu să-și bată joc de mine. Asta nu pot să permit.

M-am gândit să-l întreb cum avea de gând s-o oprească, dar nu voiam să știu.

— Adele se simte singură, i-am mărturisit. Tânjește după o prietenie. Te-ar surprinde dacă ți-aș spune că, fiindcă nu a reușit să găsească asta în dumneata, și-a îndreptat atenția spre un artist mai înțelegător?

Pentru o clipă m-am gândit că m-ar putea lovi, dar el a pufnit în râs.

— Ești o fată minunată! Ești loială convingerilor tale. Ar fi trebuit să mă căsătoresc cu o fată ca tine.

— Poate nu sunt atât de drăguță pe cât crezi.

Am plecat de la petrecere şi m-am dus acasă. În loc să mă pun în pat, am intrat în camera de croitorie. Aici ne depozitam toate materialele până ce găseam un spaţiu de închiriat. Aici ţineam şi rochia frumoasă, verde pe care o făcusem. Am aprins o lampă şi iat-o. Nu ştiusem până în acel moment că o făcusem ca pe o rochie de mireasă. Să o văd acolo, mototolită şi deplorabilă, era ca şi cum ai trage cu ochiul la un actor din culise, în timp ce piesa se joacă. Tot era nevoie să îi fac un tiv şi să îi trag toate firele care atârnau. Îi lipseau câţiva nasturi îmbrăcaţi în satin. Începusem să-i brodez fusta, dar nu mânecile, aşa că toate cristalele încă se aflau în cutiile lor. La urma urmei, nu aş fi fost în stare să le folosesc, mi-ar fi luat luni întregi să le cos de mână. Am alunecat din hainele mele şi am îmbrăcat pe cap rochia. Era dificil să te strecori în ea fără ca nimeni să te ajute, dar, în cele din urmă, am reuşit şi am ţinut corsetul strâns cu mâna.

Bineînţeles că se potrivea ca un strat de lac pe o masă; nu puteai strecura o foaie de hârtie între talie şi corset. M-am întors cu faţa la oglindă, observând cum culoarea pastelată îmi făcea părul să pară mai roşu şi cum silueta mea alungită era acum măgulitoare, dar numai pentru o clipă, fiindcă aveam multă treabă de făcut. Era norocoasă, m-am gândit, Adele fiind mai subţire decât mine, pentru că era mult mai uşor intri în ea decât să ieşi. Mi-am dat rochia jos şi am agăţat-o din nou în dulap până ce am şters bine masa. După ce aruncasem pe mine un halat cu modele colorate (se întâmpla să fie unul făcut special pentru Berta, dar nu avea să afle că nu fusese prima care îl purtase), am întins rochia şi am început să o sfâşii.

Mult mai satisfăcător decât să uneşti bucăţile de material era să le desparţi. Este un sunet nemaipomenit, atunci când pocnesc firele de aţă. A trebuit să ghicesc măsurile Adelei, dar m-am gândit că aş putea fi pe aproape. Era mult mai îngustă în umeri şi avea braţele ca nişte crengi, aşa că mânecile trebuiau să fie scoase din corset, şi corsetul, din fustă.

Știam ce culoare avea s-o facă să arate mai palidă, chiar bolnăvicioasă, dar doar aceea părea să se potrivească. Fericită, m-am lăsat pradă poftei de a distruge. Materialele scoteau de obicei un sunet frumos când erau rupte, un sunet metalic, dar acesta era greu și nici nu se rupea ușor; a trebuit să-l tai cu foarfeca înainte ca să pot începe și, chiar și atunci, mâinile mă dureau de la efort. Reușisem să despic fusta de la tiv până la talie înainte să-mi amintesc că trebuia să modific rochia, nu s-o distrug. Fusta trebuia să fie refăcută. Corsetul trebuia să fie lungit și întărit. Am lucrat toată noaptea, adormind într-un final cu capul pe masă. Când Helene m-a găsit acolo, nu a spus nimic, doar s-a oferit să-mi facă micul-dejun. După-amiază am terminat de brodat manual fusta. Am așezat-o într-o cutie de rochii, împachetată cu grijă în hârtie de mătase, și am pus să-i fie trimisă Adelei.

18

Aveam aproape treizeci de ani şi, cu excepţia unui flirt scurt din adolescenţă, nu mă gândisem niciodată la cineva în afară de Gustav. Dar începusem să realizez că întotdeauna avea să existe o altă Alma, o altă Adele. Dacă s-ar căsători, s-ar muta la Paris sau ar muri, nu ar fi nicio diferenţă. Trebuia să iau o decizie. Puteam continua cu Gustav aşa, ştiind că nu s-ar căsători niciodată cu mine, sau îmi puteam căuta pe cineva.

Mi-am spus că era destul de uşor să treci peste o decepţie în dragoste sau să găseşti pe altcineva; nu asta fac oamenii mereu? Am mers la petrecerile Secesiunii şi am încercat să flirtez. Dar ceea ce spusese Pauline acum câţiva ani se dovedise a fi adevărat: toată lumea ştia de legătura mea cu Gustav, aşa că nimeni nu îndrăznea să-l ofenseze apropriindu-se de mine, mai ales când era atât de clar că inima mea nici nu-şi dorea asta. Părea că eram înconjurată de un zid de netrecut. Aşa că am hotărât să-mi concentrez atenţia într-o altă direcţie: salonul. Am hotărât că, după ani întregi de pregătiri, era timpul ca să ia fiinţă Surorile Flöge.

Eu şi surorile mele am închiriat două etaje în Casa Piccola de pe strada Mariahilferstrasse, nu departe de Muzeul de Istorie a Artei. Bineînţeles că ar fi fost mult mai de bun gust dacă am fi putut să ne situăm pe bulevardul Ring decât în afara lui, dar nu ne puteam permite. Mama noastră, confruntându-se cu ideea de a trăi singură în apartamentul unde crescuserăm noi, a decis să îl vândă şi să se mute cu noi. Tot ce voia, a spus ea, era să aibă propriile camere cu intrare separată și o bucătărie, astfel încât să poată fi complet independentă. I-am ales pe Josef Hoffmann și pe Koloman Moser să proiecteze apartamentul și salonul. Au lucrat repede și eficient și în curând am făcut pregătirile să ne mutăm de pe o parte a străzii Mariahilf pe cealaltă. În timp ce înfășuram lămpile în hârtie și împachetam cutiile pline de bluze și pături, îmi făceam griji pentru salon și pentru riscurile pe care mi le asumam. Ani de planificări se duseseră doar pentru asta, luni de construcții, ore de calculat impozite, pentru statul la coadă în instituțiile guvernamentale și completarea documentelor. Zile întregi de neliniște, când ne-am gândit că nu vom avea suficienți bani să terminăm sau că o bucată de material putea să ajungă udă și distrusă. Acum totul era în ordine. Croitoresele stăteau la mașini, deja preluând comenzile pentru Berta și celelalte. Mesele de tăiat erau pline deja de petice de materiale, cu ace împrăștiate pe ele. Pe Pauline o durea deja capul de la cât mijise ochii la coloanele înguste de cifre, iar Helene era deja agitată, tot așteptând în sală să sosească vreun client și ea să trebuiască să fie drăguță și plăcută cu el.

Fiecare detaliu al camerelor arăta pe cât de bine putuse Hoffman să-l facă, ceea ce spunea multe. Salonul era liniștit și spațios. Pereții erau albi, mobila, neagră, iar covoarele, gri. De pe canapeaua din camera de recepție mă puteam uita pe fereastra mare, care dădea spre vest, către Muzeul de Istorie a Artei. Geamurile erau printre cele mai mari făcute vreodată, iar Hoffmann insistase ca nicio draperie împopoțonată să nu umbrească priveliștea sau orașul de dincolo de ele. La început, a spus Helene, era ca și cum mergea la operă și vedea soprana dezbrăcată pe scenă, dar în curând s-a obișnuit. Pentru Pauline, camera era un fel de celulă pentru criminalii nebuni, goală, ca o clinică, și nimic din ce spuneam nu-i putea schimba părerea.

Da, totul era perfect, dar eram extrem de îngrijorată. Dacă hainele pe care le-am făcut se destrămau după o purtare? Dacă erau considerate de prost gust, vulgare sau urâte? Dacă nu le cumpăra nimeni? Dacă le cumpără toată lumea și nu le puteam răspunde cererilor? Dacă nu ne puteam plăti croitoresele? Dacă au râs toți de mine, de eforturile mele de amator ca să pornesc o afacere? Păreau să existe nenumărate moduri de a eșua. Posibilitatea succesului, pe de altă parte, părea extrem de improbabilă. Oare cum se puteau armoniza lucrurile?

În acea zi de septembrie, când am descuiat ușile, am simțit că fiecare femeie care trecea pe lângă clădire se uita la mine cu o privire critică, studiindu-mi ținuta, semnul de pe ușă și judecându-le ca fiind lipsite de valoare. Altfel de ce s-ar plimba pe acolo fără să se oprească? Nu conta că niciuna dintre ele nu avea o întâlnire stabilită și că doamna care avea, Margaret Stonborough-Wittgenstein, se holba pe fereastră, învârtindu-se nerăbdătoare în cercuri mici în fața ușii. I-am luat paltonul și i l-am ținut la piept cât am urcat scările. Nu voiam să vadă cum tremuram.

Margaret voia o rochie albă, din catifea, cu o fustă brodată. Gustav îi spusese ce să ceară, a spus ea. Avea de gând să o picteze îmbrăcată în ea. Minunat, i-am răspuns eu. Era o reclamă bună pentru salon, hainele noastre într-un portret realizat de un artist faimos. Ea voia un Poiret, a continuat, dar Gustav a convins-o să nu. Avea părul negru și gâtul lung; convingătoare și timidă. Era foarte tânără. Am vorbit despre tablou și despre Gustav și, după o oră, a hotărât să comande de asemenea și un palton și o bluză. Îi plăceau modelele mele, spunea ea. Și că eram atât de norocoasă să-l am pe Klimt, care se ocupa de partea artistică. Și de plătitul facturilor. Voiam să-i spun că eu desenasem toate modelele, că Gustav ținea un angajament de plată cu semnătura mea pentru întreaga sumă pe care o investise, dar știam că nu ar fi fost de niciun folos. Tot ceea ce puteam să fac în privința bârfelor era să le ignor.

Deși trebuie să recunosc că m-am mișcat cu încetinitorul când i-am făcut paltonul lui Margaret și că i-am umflat nota de plată doar un pic.

Telegramele deschideau și închideau ușa toată ziua. De fiecare dată când auzeam soneria, inima mea începea să bată mai tare. Avea să intre cineva fără o întâlnire stabilită? Avea să ajungă cineva mai devreme? Și, mai presus de toate, avea să vină Gustav pe parcursul zilei să vadă cum merg lucrurile? De cum lua sfârșit fiecare întâlnire, făceam ordine în cabinele de probă, apoi sosea altă clientă, la un interval de o oră, și asta toată ziua, doar că se strângeau în sala de așteptare și se uitau agresiv una la cealaltă când Berta stătea prea mult la întrevedere, incapabilă să se oprească din povestit despre petrecerile la care fusese cu o noapte înainte. Opt ore, șapte întâlniri. Era greu să-mi dau seama dacă era un succes sau nu. O casă instituționalizată ar putea avea cu zecile. După fiecare clientă care pleca, Pauline înregistra repede taxa pentru comandă, scădea costurile estimate pentru manoperă și materiale și adăuga acel număr în coloana din ziua respectivă, dar nu voiam să știu toate astea. Totalul actualizat mă neliniștea prea mult. În schimb, supravegheam evoluția croitoreselor când nu eram cu vreo clientă. La sfârșitul zilei, Pauline mi-a arătat cifra finală. Erau suficienți bani cât să plătim salariile pe o lună. Pusesem hainelor prețul corect. Erau destul de scumpe ca să compenseze cantitatea mică, dar nimeni nu pălise la vederea notei de plată. Cel puțin pentru o zi era un succes. Dar Gustav nu venise.

În ziua următoare, eram pline de programări, dar miercuri am avut câteva ore libere. Așa că am fost uimită când s-a auzit soneria în mijlocul dimineții. Nu era genul de spațiu care să primească clienți fără programare în prealabil. Am ieșit din camera de croitorie și am coborât traversând holul ca să deschid ușile de alamă ale salonului.

Adele urca scările în urma a doi bărbați care lucrau la un birou de contabilitate de la etajul patru. În lumina atât de puternică a zilei arăta mai fragilă ca niciodată. Când a ajuns la ultima treaptă unde stăteam, era cu respirația tăiată. Căutând să spună ceva amabil, a admirat onduleurile scării de marmură, lăudându-le de parcă le-aş fi sculptat chiar eu. Era de părere că numele Surorile Flöge, ştanţat pe uşă cu un corp de literă pe care îl propusese Moser, era o idee minunată şi că toate acele culori în acuarelă, absolut fantastice, pe care le folosise în hol erau fermecătoare. Mă întrebam dacă asta era cea mai înfiorătoare şi mai crudă femeie pe care o ştiam. M-am oferit să-i iau haina, întrerupând-o astfel înainte să înceapă să vorbească despre culoarea pereţilor sau, Doamne fereşte, despre mine. Ultimul lucru pe care mi-l doream din partea ei era o laudă personală, indiferent dacă într-adevăr vorbea sincer sau nu. A alunecat din blana de nurcă voluminoasă şi mi-a întins-o. Aproape că m-am îndoit sub greutatea ei şi m-am întrebat fără vreun scop anume oare cât de mult costase.

— Soţul meu mi-a spus să mă comport cât pot de frumos, mi-a mărturisit ea în timp ce ne îndreptam spre camera de zi. A spus că nu vrea să mai aibă loc vreo scenă ca aceea din seara petrecerii.

Avea un ton destul de ameninţător.

— Nu-ţi face griji. Poţi fi tu însăţi.

— Slavă Domnului! Deja am obosit cât am lăudat scara aia ridicolă, care nu se potriveşte într-un punct de lucru, şi cât am încercat să mă gândesc la ceva drăguţ să spun despre tine, fără să-mi vină vreo idee.

Sala de aşteptare era elegantă, în alb şi negru, ca tot restul salonului. Dulapurile încorporate aveau motive florale stilizate şi erau atât de discrete, încât majoritatea persoanelor credeau că sunt simple panele pe pereţi. Ici şi colo, de sus până jos, oglinzile făceau ca întreaga cameră să pară mai spaţioasă decât era. Mobila lui Hoffmann, o canapea simplă, o pereche de scaune din abanos, câteva măsuţe pentru platouri şi o vitrină, reuşea să fie deopotrivă delicată şi substanţială. Eram mândră de cum arăta camera, aşa cum eram şi de celelalte. Nu exista nimic care să nu fie esenţial. Ştiam că ar fi putut să pară ciudat pentru cineva care era obişnuit cu mult mai multă opulenţă şi paradă. Aproape că am sperat să fie șocată sau îngrozită. În schimb, ea părea încântată. Și aproape că zâmbea.

— Mi-aș dori să mă lași să reproduc această cameră la mine acasă, a spus ea în timp ce aluneca pe divanul alb, întinzându-se ca și cum avea de gând să tragă un pui de somn. Abia așteptam să găsesc o scuză ca să arunc toată mobila. Este atât de greoaie și toate fotoliile sculptate cu labele alea oribile de leu mă fac să vreau să urlu. Mă rog, le-ai văzut, știi despre ce vorbesc. Soțul meu o adoră, bineînțeles, la fel cum adoră și toate capetele atârnate din bibliotecă. Îi place să împuște. Tocmai de aceea nu intru niciodată acolo, parcă toate mă fixează cu priviri pline de reproș, pentru că-l las să le ucidă. Dar bineînțeles că nu pot să-l opresc. Mă gândesc că, dacă mă pun între el și o capră de munte când vrea să tragă, mai degrabă ar trage în mine, ca să mă curețe din calea lui.

— Aici sunt cataloagele, am spus.

Și fiindcă nu a făcut nicio mișcare ca să le deschidă, m-am așezat lângă și am întors paginile pentru ea. Nu puteam să mă hotărăsc dacă obișnuia să se lase așteptată, dacă voia să mă umilească sau dacă se simțea jenată să-și arate mâinile.

— El îmi face portretul, știi doar, a spus ea.

— Da.

— Nu-mi plac schițele. Mă fac să arăt prea drăguță. Cred că am nevoie de ceva nou să port.

Așteptam să spună ceva despre rochia pe care i-o trimisesem, dar părea că are de gând să se prefacă că nimic nu se întâmplase.

— Ceva care să te facă să arăți urâtă? aproape am pufnit în râs. Mă bucur atât de mult că te-ai gândit la mine.

— Ceva care să mă facă să arăt interesant. Ceva nou, ceva diferit.

În timp ce întorceam paginile pentru ea, am marcat modelele care i-au plăcut cu niște bucăți de hârtie. După ceva timp, și-a adus mâinile în poală, deși și-a ținut vârfurile degetelor strânse înăuntru. Brățările din coral, sculptate în așa fel încât să semene cu niște șerpi, i se încolăceau în sus, pe ambele brațe.

— M-ar ajuta dacă mi-ai spune ceva despre tine, ce cauți, ce ai nevoie.

— Nu am nicio nevoie, a rostit fără niciun fel de expresie, doar niște dorințe neîmplinite.

Și-a întors privirea spre fereastră în timp ce eu încercam să găsesc un mod de a vorbi cu ea. Era diferită de toți cei pe care îi întâlnisem vreodată, iar eu eram doar o începătoare în a le vinde lucruri oamenilor. Nu bănuisem cât de complicat putea fi.

Bâțâiam agitată din picioare, ceea ce i-a întrerupt într-un final concentrarea și s-a întors spre mine, răstindu-se acum.

— Ce altceva aș putea să-ți spun în afară de ce ai citit deja prin vreo rubrică de bârfe sau de ce ți-a fost povestit de vreun partener mai vorbăreț cu care ai luat cina? Soțul meu este patronul unei fabrici de zahăr. După cum se spune, este plecat cu afaceri mai tot timpul. Starea mea de sănătate este șubredă și nu pot să fac copii. Rareori particip la activități în aer liber. I-am citit mult pe Heine și pe Goethe, mă distrez și, pe cât e posibil, fac pe toată lumea din jurul meu să se simtă absolut mizer. Asta este informația potrivită de care ai nevoie?

— Ei bine, pentru început, nu o să-ți iau măsurile pentru un costum de călărie.

— Bineînțeles, a spus ea mai domol. Bineînțeles că ai nevoie să știi genul ăsta de lucruri.

În decursul după-amiezii, am aflat că Hoffmann acceptase să-i redecoreze casa, nu semnaseră încă hârtiile, dar totul era stabilit. Îl cunoscuse pe Gustav cu opt ani în urmă. În seara în care l-a întâlnit, el îi spusese că arată ca o eroină biblică. Îi ceruse să pozeze pentru el ca Iudita care îi ține capul lui Olofern. Fusese intrigată și flatată de comparație și acceptase. În timp ce ea îmi povestea toate astea, eu îi luam măsurile. Stătea acolo, în corsetul ei, stânjenită și neajutorată ca un melc scos din cochilie, și am simțit o plăcere perversă pentru disconfortul ei. A tresărit când i-am atins pielea cu fâșiile de măsurat. Părea incapabilă să stea dreaptă. Am rezistat tentației de a o înțepa cu acele.

La sfârșitul primei săptămâni am dat o mică petrecere la salon, pentru a sărbători deschiderea. Moser a conceput invitațiile, bineînțeles, o gravură a unei tinere femei în fața unei oglinzi, imprimate pe o hârtie fabricată manual la Atelierele Vieneze. Au fost trimise tuturor din Secesiune și de la Atelierele Vieneze și încă câțiva. Moser a ajuns devreme, aducând un cadou, un vas de bronz făcut de el. Îl căra de jur împrejurul camerei, căutând locul perfect unde să-l așeze. Se ciocnea adesea de Hoffmann, care se purta ca un scenograf, acoperind aplicele de perete cu hârtie cerată albastră până ce salonul arăta ca o Atlantidă scufundată. Nu era nicio floare la vedere; nu ar lăsa una nici în ușă. În schimb, pe masă erau cutii lăcuite și vase goale. Erau atât de mândri de acest loc, de parcă ar fi fost copilul lor.

Când a ajuns Hoffmann, mi-a înmânat un obiect greu, înfășurat în hârtie pelur; era un potir de argint căruia îi făcuse mulajul și pe care îl decorase cu spirale de viță-de-vie și frunze. Îți tăia respirația și comentariile mele sincere l-au stânjenit. Spre deosebire de Moser, nu voia să-și dea cu părerea unde să îl pună. Ceilalți m-au ajutat să iau o hotărâre. Pe șemineu, a propus Moser, ca să se poată bucura toată lumea de el. În dormitor, a spus și Helene, era prea frumos ca să fie împărțit cu ceilalți. Dar când Hoffmann a spus că fiecare obiect făcut de el era folositor, nu doar decorativ, mi-am dat seama la ce se referă. L-am pus pe masa de croit, ca să-mi țin acolo acele. Clientele nu l-ar fi văzut, dar croitoresele da, eu la fel; va servi unui scop. Și a făcut-o bine; a rămas în același loc timp de treizeci de ani.

Era și mama aici, având grijă de micuța Helene și criticând înfățișările boemilor care umpleau camerele ciudate. Berta a venit și și-a adus cu ea și bucătăreasa, ca să facă niște costițe afumate, paste spaetzle, salată de sfeclă și tort cu cremă de portocale. Odată ce camera fusese aranjată, vaza pusă în locul potrivit și bucătăreasa la treabă, noi șase, eu, Hoffmann, Moser, Berta, Helene și Pauline am început să ne îmbătăm foarte tare, încă de pe lumină, cu vin spumant.

Adele mi-a adus o calā pe care Hoffmann a exilat-o imediat pe scări. I-am promis că, după ce pleacă el, o aduc înapoi. Soția lui Moll mi-a dăruit trandafiri și mi-a explicat că Alma era de departe mult prea ocupată să vină, acum că se căsătorise cu Mahler. Ce păcat, am spus, când am pus florile de la ea lângă cele de la Adele, pe scară. Se adunau din ce în ce mai mulți oameni, fiecare cu câte o mică atenția sau o vorbă bună. În timp ce discutam cu fiecare dintre ei și le mulțumeam și le arătam în ce direcție erau vinul și mâncarea, îl așteptam pe Gustav. Încă nu venise.

În săptămânile dinainte să se deschidă salonul, Gustav fusese bizar de absent. Helene și Pauline lucraseră din greu, la fel ca mine, cu ajutorul neprețuit al lui Hoffmann și al lui Moser, dar când venea vorba de o criză sau de o decizie rapid de luat, nu aveam cui să cer un sfat. Greutatea acestei afaceri atât de riscante atârna pe umerii mei. Și Gustav unde era? Am bănuit că nu voia să abată atenția îndreptată spre mine, nu voia ca ceilalți oameni să creadă că era un proiect frivol, pe care îl finanțase el. Nu-mi păsa. Gustav ar fi trebuit să fie aici, în fața camerei, lângă mine, să accepte felicitări alături de mine. El era singurul care mă putea face să râd și să mă scape de toată neliniștea pe care o simțeam. Știa exact ce trebuia să-mi spună. Până și Helene, care mă cunoștea de cel mai mult timp și care știa cât de emoționată eram, îmi transmisese deja o stare de panică prin simplul fapt că îi spusese fiicei marelui pictor Rudolf Von Alt că nu știam atât de multe despre cusut.

Moll închina un pahar, spunând ceva despre o alianță creativă și de sprijinul reciproc, când Gustav s-a strecurat înăuntru. Se auzeau o mulțime de urale; Moll era un bun vorbitor, iar vinul cursese nestingherit. Dar mă oprisem din ascultat când l-am văzut pe Gustav.

M-am urât pentru asta, dar primul lucru pe care l-am observat a fost că venise cu mâinile goale. Dacă până și mama Almei a putut să aducă ceva, el de ce nu a făcut-o? Următorul lucru pe care l-am observat a fost faptul că arăta atât de obosit. O mulțime de oameni s-au întors să-l felicite, dar el a rămas în prag în loc să înainteze până în mijlocul camerei, unde eram eu. Mi-a surprins privirea și am fost uimită să găsesc în ochii lui atâta melancolie și durere.

După ce Moll a terminat de vorbit s-a lăsat liniștea, toți așteptând ca Gustav să țină un toast. S-a prefăcut că nu-și dă seama și, după câteva clipe, altcineva s-a ridicat să spună ceva. Apoi, când a terminat, toată lumea s-a uitat din nou la Gustav, dar el doar a zâmbit și a clătinat din cap. Nici măcar împunsăturile celor din Secesiune nu l-au putut stârni. După ce vorbiseră cu toții și oamenii au început plece, am reușit într-un final să ajung la Gustav.

— E minunat, Emilie! a zis el.

N-aș fi putut să spun dacă se referea la petrecere, la proiectul camerei sau la afacere în sine, ori poate la o combinație între cele trei. Replica lui a sunat imprecis și distant, de parcă ar fi fost înconjurat de sticlă. Ar fi putut la fel de bine să vorbească cu un demnitar venit în vizită din Spania.

— Mulțumesc, am răspuns formal, apoi: Este și al tău, știi doar. Îți poți asuma meritele pentru succesul salonului.

A clătinat din cap.

— Este al tău, a spus el, străduindu-se parcă să se trezească din acea stare. Ieri, Hermine Gallia m-a întrebat dacă aș putea s-o ajut să obțină o întrevedere cu tine. De obicei oamenii îi întreabă pe alți oameni dacă îi pot ajuta să obțină o întrevedere cu mine.

Toți invitații plecaseră, iar Helene și Pauline adunau paharele și le puneau pe o tavă. Luminile de pe Ring erau la fel de strălucitoare cum se vedeau și de la Berta Zuckerkandl.

***

Salonul a avut un succes imediat. Cu câteva luni înainte să-l deschidem, eu și prietenii mei reușiserăm să stârnim un val de entuziasm printre cercurile restrânse de oameni bogați și avangardă. Surorile Flöge a devenit imediat salonul lor preferat. Hainele noastre erau foarte scumpe; o fustă putea să valoreze cât salariul unei croitorese pe un an. Nimănui nu părea să-i pese. Curând am descoperit că, prin ignorarea completă a Parisului, se putea ajunge imediat la faliment. Nu puteam supraviețui reformei vestimentare de unele singure. Așa că am făcut compromisuri. Treptat am început să facem astfel de haine pentru cei care le cereau și unele mai convenționale, mai elegante pentru restul persoanelor.

Gisele Koehler și mama ei, care mi-au făcut o vizită în luna următoare după ce am deschis, erau două persoane obișnuite. Gisele era o blondă imensă, iar mama ei era o femeie cu o față rotundă, care stătea în spatele meu și critica fiecare mișcare pe care o făceam. Nu mai bine puneam camelia din mătase la sân? Arăta ciudat pe umărul stâng, dezechilibrat. Și Gisele era disproporționată. Avea umărul drept mai ridicat decât cel stâng. De regulă nu se observa, dar să pui camelia pe oricare dintre ei însemna să atragi atenția. Ultimul lucru de care o fată dotată ca Gisele avea nevoie era și mai mult volum pe decolteu, dar nu am mai spus nimic. Biata Gisele deja roșise din cauza defectelor ei, aduse inutil în discuție de mama ei. În câțiva ani, părul ei blond va da într-un cenușiu și va semăna cu un elefant. Am sperat că se va mărita până atunci. Am jurat să renunț de tot la camelie. Deja rochia arăta ca un coșmar roz și strălucitor. Acesta era dezavantajul când încercam să câștig bani. Uneori trebuie să-ți sacrifici cu totul rafinamentul.

— Am o rochie minunată, neagră, din mătase, cu un model de camelie brodată, am spus eu. De ce nu o încercăm pe aceasta în locul celeilalte?

— Neagră? Pentru o fată atât de tânără? Ai înnebunit? mi-a răspuns mama fetei. Nu a murit nimeni. Şi Gisele arată deosebit în roz.

Am oftat.

— Gustav e aici, m-a anunţat Helene în şoaptă, din prag.

— Klimt e aici? a repetat doamna Koehler. Trebuie neapărat să vorbesc cu el. Vreau să-i facă un portret lui Gisele.

Helene mi-a aruncat o privire de parcă ar fi spus: „Ce noroc pe Gustav!"

— Este în sala de aşteptare, i s-a adresat ea doamnei Koehler. Veniţi jos şi vă voi aduce eu o cafea.

Doamna Koehler şi-a mutat privirea de la Gisele la mine, apoi invers, ezitând parcă să-şi lase singură cu mine preţioasa fiică. Auzise atâtea poveşti. A mijit ochii spre mine, apoi a spus:

— În regulă, dar voi lipsi doar un minut.

După ce doamna Koehler a plecat, am continuat serioasă să însăilez. Serioasă, fiindcă era singurul mod prin care puteam să le prind, altfel boldurile mi-ar fi căzut din gură. Îmi strecuram mâna în potirul de argint de parcă scoteam un crap dintr-un lac. Boldurile se prindeau pentru scurt timp de mâna mea, apoi cădeau pe podea.

— Rochia asta este un dezastru, nu-i aşa? m-a întrebat Gisele de pe estradă.

Vocea ei era surprinzător de plăcută şi melodioasă. Mă întrebam dacă nu cumva cântă.

— O să arate bine.

— Tu ştii că este un dezastru. Mama vrea satinul ăsta roz şi e total nepotrivit pentru mine. Vrea mâneci strânse şi talie înaltă, dar nici acestea nu mi se potrivesc deloc.

M-am oprit din însăilat şi m-am uitat la ea.

— Ce ţi-ar plăcea? am întrebat-o eu.

— Am văzut în catalog o rochie care mi-a plăcut, a spus ea timid.

M-am îndreptat spre masă şi l-am luat de acolo.

— Arată-mi! am îndemnat-o eu.

Modelul care i-a plăcut avea un stil mai modern, mai lejer și mult mai ușor.

— Rochia asta este pentru tine. Uit-o pe cealaltă. Îi voi spune mamei tale că am pierdut-o sau ceva de genul ăsta.

Răspunsul meu a făcut-o să râdă.

— Ne va omorî pe amândouă. Dar probabil mă va lăsa să păstrez rochia, doar ca să spună că a luat-o de aici.

— Ce-ai zice să te uiți în catalogul de țesături ca să-ți alegi un material? Dacă vrei, aș putea să tai o bucată dintr-un sul din spate și să ți-o aduc să o vezi.

Gisele nu voia să se uite în catalog. Voia să vină cu mine, să vadă camera cu materiale. Nu am dus niciodată clienți acolo, dar ceva din modul în care i se adunaseră lacrimile în colțul ochilor m-a înmuiat. Era la fel de inocentă și de neajutorată ca un pui de focă.

— Vino! i-am spus eu.

I-am dat să poarte un halat și niște papuci.

Înainte, în camera cu materiale se ținuseră ateliere de făcut jucării de lemn. Nu existau ferestre, ceea ce era un lucru bun pentru materiale. Era întunecoasă și rece. Era cel mai apropiat lucru de paradisul unei creatoare de modă. Sul după sul, satin, catifea, brocart, dantelă, organza, șifon și lână. Erau aranjate după culoare, tot albul împreună, coborând ușor spre crem, galben, culoarea piersicii, portocaliu, stacojiu, violet, indigo și verde. Puteam să rătăcesc pe culoare ore întregi.

— Ce spui de un albastru-închis?

În drum spre albastru am trecut pe lângă un sul de satin mătuit, verde și, fără să mă gândesc, m-am întins și am trecut o mână peste el.

— Este foarte frumos, a spus Gisele.

— Da, știu. Odată mi-am făcut mie o rochie din el. Dar apoi am dat-o altcuiva.

Nu înțelegeam de ce îi spuneam ei toate acestea, în afară de faptul că avea o privire înțelegătoare.

— O culoare atât de frumoasă, a continuat ea politicos, neînțelegând nimic. Atât de strălucitoare.

— Poate o să-l folosim într-o zi ca să-ți facem o rochie. Poate pentru petrecerea de logodnă.

Înaintăm.

— Asta dacă mama o să mă scape vreodată din ochi îndeajuns cât să-mi găsesc un iubit. Și dacă pe el nu-l deranjează că sunt atât de plinuță.

— Ce părere ai despre ăsta? am întrebat-o, scoțând o mătase mai moale și mai puțin apretată decât satinul mătuit, de un albastru-intens, ca de ocean.

— Drăguț.

— Putem să punem un strat de șifon pe deasupra dacă îți place, poate un albastru mai deschis, sau din tul. Cred că avem niște broderii în tul care o să arate incredibil de bine.

Am scos sulul de la locul lui și l-am adus în zona cu restul tulurilor. Am găsit un albastru-peruzea, brodat cu crizanteme argintii. După ce notasem materialele în formularul ei de comandă, m-am întors cu Gisele în cabina de probă și i-am luat măsurile pe un model de muselină. Noua rochie avea un stil ușor de însăilat și a durat doar câteva minute. Eram mulțumită, fiindcă, deși îmi era simpatică, mă plictisisem de Gisele. Ea era plinuță și mama, un tiran. Avea nouăsprezece ani, se va mărita și va avea niște copii grași și urâți și va fi la fel de nefericită ca restul lumii. Nu era nicio tragedie.

După ce am terminat, am așteptat-o pe Gisele să se îmbrace și am condus-o jos, în sala de așteptare. Gustav stătea lângă fereastră, uitându-se la clienții restaurantului Casa Piccolo în timp de doamna Koehler îi vorbea tare de pe canapeaua albă.

— Îmi cer scuze, a spus doamna Koehler, am pierdut noțiunea timpului. Aceasta este fiica mea, domnule Klimt. Va ieși un portret minunat, nu-i așa?

Am așteptat să văd ce avea de gând să răspundă. Dar el măgulise persoane ca doamna Koehler ani la rând, așa că în vocea lui nu s-a simțit niciun pic de ezitare sau falsitate când i-a spus cum rubensiana Gisele era atât de fermecătoare, atât de frumoasă. În naivitatea ei, l-a crezut orbește.

— Sper că e totul stabilit cu rochia, da? s-a întors spre mine, adresându-mi-se cu ceva mai multă răceală.

Acum era rândul meu și îmi venea greu să-mi păstrez o mină serioasă în timp ce Gustav se uita la mine cu o solemnitate prefăcută.

— Cred că veți fi foarte mulțumită.

— Ce ați hotărât în legătură cu acea camelie? Pentru că într-adevăr cred...

— Gisele vrea să vă surprindă. Dar aveți încredere în mine, o să vă placă la nebunie.

— Ei bine, nu prea îmi place să plătesc orbește pentru niște lucruri, dar am venit aici la sfatul doamnei Moll, o știți, primul ei soț a fost văr primar cu soțul meu, și întotdeauna am avut încredere în gusturile ei.

— Va trebui să o văd pe Gisele în două săptămâni. Helene vă poate face o programare în cabinetul ei.

Gustav le-a promis că va veni la ele în apartament marțea următoare și, cumva, amândoi am reușit să le scoatem afară din cameră și să închidem ușa.

M-am așezat unde stătuse mai înainte doamna Koehler și am luat o prăjitură de pe platoul pe care i-l adusese Helene. Am așezat-o pe o farfurioară, dar după prima mușcătură mi-am dat seama că nu îmi este foame, așa că am început să o fărâm în bucățele mai mici în loc să o mănânc.

— Uită-te la tine! a exclamat Gustav. Fiica lui Hermann Koehler.

Și-a sucit scaunul invers spre perete, de parcă ar fi fost un școlar.

— Hoffmann te-ar omorî dacă te-ar vedea, i-am spus eu.

— Koehler este în relații strânse cu împăratul, a continuat el balansându-se, astfel încât scaunul rămânea spânzurat între perete și podea înainte să se trântească brusc, sunet care mă făcea de fiecare dată să tresar.

— Oricum crede că sunt o târfă, am spus eu, ridicând din umeri. Vine aici doar ca să caute tot felul de bârfe scandaloase.

— Și ce dacă oamenii vorbesc? Și despre mine au vorbit pe puțin cincisprezece ani și nici gând să înceteze.

— Eu nu pot să fac ce faci tu. M-ar omorî cu pietre.

— Ești extrem de populară, a continuat el, ignorându-mi tonul înverșunat. Am citit un articol despre tine în *Times*. Și Helene mi-a spus că ai fost menționată în *Mode*.

— Nu o să țină o veșnicie, m-am plâns eu, nesimțindu-mă în stare să mă bucur. Cum mai merg lucrurile la atelier? Cum este doamnișoara Wittgenstein?

— Este încântătoare, a mărturisit el. Nu înțeleg o iotă din ce spune, dar este o bucurie să o privești.

— Ai început să pictezi sau ești încă la schiță?

— Cred că în sfârșit am prins poziția potrivită azi. Este interesantă, deci nu o să fie greu. Cea mai grea parte, știi doar, este întotdeauna să creezi un personaj pentru o față care lipsește. Cu ea nu am problema asta. Iar să pictez rochia o să fie de vis.

— Cu plăcere. M-am gândit eu că o să-ți placă.

— Fac prea multe portrete, s-a plâns el. Sunt plin de programări până în aprilie. Abia aștept să vină vara și să nu mă mai deranjeze nimeni. Cred că anul ăsta o să pictez câmpurile cu maci sau poate o livadă. Sau putem să facem o excursie pe jos până la castel.

— Mai este destul timp. Se pot schimba multe până atunci.

— Ce, n-ai de gând să mă inviți? a rânjit el.

Nu-mi trecuse niciodată asta prin cap.

— O să vedem, am spus eu.

Nu m-a auzit. Îi venise o idee. A băgat mâna în buzunar de parcă ar fi căutat un creion și a scos o cutiuță. S-a uitat surprins la ea, ca și cum uitase că era acolo.

— Am ceva pentru tine, mi-a zis el. Un cadou.

— Ziua mea a fost acum câteva luni. Și deja mi-ai adus ceva, cartea lui Charles Rennie Mackintosh.

— Este un cadou întârziat în cinstea deschiderii salonului.

Mi-a întins o cutie marmorată, din carton, legată cu o grogrenă neagră. Aş fi putut să jur că o făcuse Hoffmann; era o operă de artă în sine. Am scuturat-o pentru că m-am gândit că lui Gustav îi va plăcea suspansul. A zdrăngănit tare şi ceva a alunecat dintr-un capăt al cutiei în celălalt. Era ceva mult prea mare pentru un inel și prea mic pentru o carte. Asta dacă mărimea cutiei nu era cumva înşelătoare. Gustav ar face ceva de genul ăsta. Am analizat îndelung cutia, până ce Gustav şi-a pierdut răbdarea şi a început să şuiere. Am desfăcut panglica.

Pe fundul cutiei, învelit în hârtie de ambalaj, era un pandantiv de argint enorm, în formă de cap de pisică, prins pe un lanţ scurt. Pe pandantiv se putea observa un model în zigzag din lapislazuli şi carneol.

— Hoffmann l-a făcut, mi-a spus el. Îţi place?

Am bâjbâit după încuietoare, sperând să nu vadă cum îmi tremurau degetele.

— E minunat! A fost ideea ta?

— Bineînţeles. Crezi că aş fi avut încredere în Hoffmann cu așa ceva? Întoarce-te, lasă-mă să ţi-l prind.

I-am dat pandantivul şi mi-am ridicat părul.

— Iartă-mă, a spus el, apoi a făcut o pauză.

Nu-i puteam vedea faţa, dar părea foarte serios. Am aşteptat.

— Trebuia să fie gata pentru marea deschidere, dar pietrele preţioase au fost oprite la Antwerp sau ceva de genul ăsta. De-asta au întârziat.

— Din moment ce habar nu aveam că o să-l primesc, pentru mine nu este târziu, am zis, uitându-mă pe fereastră, de unde puteam să văd mulţimea de oameni cum se plimba prin Grădina Poporului.

— Poţi să îi pui un lanţ mai lung dacă vrei. Sigur îţi place?

Am vrut să mă întorc şi să-l sărut, dar nu am făcut-o.

— Bineînţeles că-mi place, l-am asigurat eu. Aş bea o cafea. Vrei şi tu?

Am intrat în bucătărie să o prepar, ca să nu mă vadă plângând.

Când a fost gata, am adus totul pe o tavă pe care am pus-o pe masă. Când m-am așezat să-mi torn, am observat câteva schițe împrăștiate pe podea.

— M-am plictisit stând aici, așteptându-te să vii, mi-a explicat el când a văzut că observasem desenele. Doamna Koehler vorbea și tot vorbea, a fost îngrozitor. Nu voiam să mă uit la ea, cu alunița aia păroasă din stânga bărbiei, și a insistat să stea întoarsă așa cât am discutat.

— Mare scofală! am exclamat. Și bineînțeles că eu o să fiu cea care o s-o vadă dezbrăcată.

Am luat o ceașcă și i-am turnat cafea, aproape revărsându-se în farfurioară de la frișcă. Așa îi plăcea s-o bea.

— Mai bine ai spera să renunțe la tine. Sau ca soțului ei, colonelul, să i se întoarcă norocul.

A deschis fereastra și s-a uitat în jos, la oamenii care stăteau pe terasa restaurantului Casa Piccola.

— Bieții de ei! Servesc o cafea oribilă acolo.

— Și sendvișuri și mai rele, am completat eu. Nu au deloc carne.

M-am apropiat și eu de fereastră și m-am uitat. În ciuda cafelelor și a sendvișurilor, mesele din stradă erau pline. Un bărbat cu o pană mare, verde prinsă în pălărie se uita în ceașca lui și se tot agita, în vreme ce partenera lui și-a dat chifla laoparte, privind acum strada. La o altă masă, un tânăr subțire s-a ridicat brusc și a răsturnat un scaun din fier. Gustav a venit și a rămas lângă mine, ținând în mână una dintre schițele pe care le făcuse mai devreme, îndoită acum în așa fel încât semăna cu un cocor. I l-am luat din mână și l-am aruncat pe fereastră. Pentru câteva clipe, a plutit în aer, apoi a coborât alene, aterizând pe masa bărbatului cu pană verde la pălărie. Acesta s-a întins după hârtie, a desfăcut-o și și-a ridicat privirea nedumerit. M-am tras imediat înapoi.

— Desenul meu iubit! a țipat Gustav cu o durere prefăcută. Cum ai putut?

— Ai atâtea, am spus, arătând spre covor. Dacă rămânem fără, poți să faci altele.

— Atât de puțin îmi respecți munca. Alții sunt grijulii cu desenele mele, le apucă de colțuri, le dau cu fixativ, le pun sub sticlă, până și pe cele mai neînsemnate mâzgălituri. Cred că dintre toți tu ești singura care și-a dat seama cât de lipsite de valoare sunt.

— Bineînțeles că nu cred că sunt lipsite de valoare, am spus, simțindu-mă vinovată acum.

— Te tachinez, bleguțo. Nici măcar nu-mi pasă. Să le arunci pe fereastră, să le dai foc, să te ștergi la fund cu ele, îmi este indiferent. Gândesc cu voce tare. Nu mă lua în seamă. Dacă ar fi fost un tablou pe care l-ai fi aruncat unor bieți oameni inocenți, ar fi fost cu totul diferit, dar...

Nu mi-am putut ascunde zâmbetul.

— Continuă! m-a îndemnat el. Aruncă-l și pe următorul.

A aterizat pe o umbrelă, dar un student care văzuse ce i se întâmplase bărbatului cu pana verde s-a urcat pe un scaun și l-a luat. Acum, mai mulți oameni se uitau în sus, spre fereastra noastră, și fluturau din mâini. Câțiva ospătari se încruntau. Ploua cu desene spre clienții cafenelei, adunați ca niște flori de cireș primăvara, dar nu a durat mult până să ne epuizăm rezervele.

— Ultimul, a spus Gustav, întinzându-mi un desen împăturit în formă de frunză, care, odată desfăcut, s-a dovedit a fi o schiță cu propriul meu chip.

Am rupt-o în bucăți, pe care le-am aruncat de la pervazul ferestrei. Au aterizat pe pălăria din tul a unei doamne care stătea singură. Și-a mișcat capul, apoi le-a scuturat cu mâna înmănușată. Avea niște ochi mari, negri și mi-a aruncat o privire tristă, dorindu-și parcă să afle de ce ceilalți fuseseră mai norocoși decât ea. Am închis geamul.

19

Kammer am Attersse
27 martie 1945

Am şase desene cu Adele, toate foarte asemănătoare. Poartă o rochie voluminoasă, în dungi. Faldurile fustei cad în josul paginii, scurgându-se parcă din ea. Desenele în creion conţin numai umbre de gri, dar eu ştiu că rochia pe care o purta era roz, de culoarea vinului rosé sau a pielii inflamate. În majoritatea nu are ochii desenaţi, numai conturul slab al nasului şi al gurii, dar mâinile ei răsucite şi arcul gurii pronunţat o dau de gol. Deşi mai este unul în care i-a desenat ochii şi care mă fixează într-un mod şocant de real. Când mă uit la desen, pot să simt mirosul parfumului cu iasomie şi al pateurilor cu cireşe, preferatele ei. Pe acela îl ţin pe fundul grămezii. Este tulburător.

În acea seară, după ce Helene se dusese să doarmă, am scos desenul din portofoliu. Apoi am încuiat uşa dormitorului, deşi ştiam că este ridicol, ca o femeie în toată firea care ascunde bomboane sub pat. De cine încercam să mă ascund? De Gustav? De Adele?

În camera mea era un aer sufocant şi miroasea a benzina pentru care plătisem de urgenţă o mică avere în sat şi pe care mi-am vărsat-o pe haine în drum spre casă. Draperiile opace lăsau impresia că întreaga cameră seamănă cu o peşteră. Am stins lampa, apoi am legat draperiile şi am deschis fereastra. Să ne găsească ruşii! Oricum au de gând să facă asta, indiferent ce-am face noi. Răcoarea nopții întunecate mi-a uscat lacrimile de pe față.

Eu am făcut acea rochie, cea pe care o poartă în toate desenele și pe care am urât-o, am urât rozul ăla bolnăvicios, mătasea subțire și moale, dungile atât de aranjate. După modul în care mi-a zâmbit când a ales materialul am știut că și ea îl urăște. Se întâmplase ceva de când o văzusem ultima oară ca să o fac să se răzgândească complet. Încercasem să o conving în legătură cu stilul pe care îl alesese, era din catalogul unui alt creator de modă, o piesă dintr-un anotimp trecut, cu o talie foarte strânsă, o fustă imensă și corset din oase de balenă. I-am amintit că își dorise ceva revoluționar. Nimic din ce aș fi putut spune nu ar fi convins-o. O comandase special ca să se întoarcă la Gustav, să-și etaleze decența în fața lui, să-l tortureze, să se ascundă de ea însăși. El a desenat-o iar și iar, dar chipul ei nu părea să aparțină deloc trupului ei, așa că atunci când a venit timpul să-i facă portretul, doar a trasat un contur, pe care l-a umplut cu ceva care i se potrivea mai bine.

Am lăsat desenele pe masa de lângă fereastră, dedesubtul lămpii ca să nu zboare, și m-am împleticit spre șemineu ca să iau cutia de chibrituri. Mă gândisem la ce aveam să fac pentru o vreme. Am rămas acolo, lângă fereastră, gândindu-mă la ei, apoi am aprins un chibrit. Flacăra lui era singura lumină pe o rază de zeci de kilometri. Pentru o clipă, am stat și am privit flacăra albastră, inhalând mirosul de sulf. Am lăsat primul chibrit să ardă până la degete. Apoi am scormonit teancul și am scos desenul de jos, cel cu ochii. Am dat foc următorului băț și l-am apropiat de el. S-a aprins atât de repede și a dispărut, împrăștiindu-se pe fereastră într-o ploaie de cenușă, înainte să-mi dau seama ce tocmai făcusem. I-am dat foc și următorului, un desen mai mare. Hârtia grea a ars mai încet, bucățile erau mari și străluceau în nuanțe de roșu în timp ce cădeau. Foi mici de cenușă pluteau, rătăceau în aer, după care, în cele din urmă, aterizau pe pervaz.

Apoi, unul după altul, până ce au dispărut toate, pierdute pentru totdeauna.

Îi făcuse două portrete lui Adele. Pozase pentru primul în rochia roz, dar când a fost gata, nu mai exista nimic din aceea rochie în el. În schimb, purta o rochie de aur, un model bizantin în toată complexitatea sa, ornat cu triunghiuri, ochi și cozi de păun. Mai sus de acest mozaic elegant, chipul său era desăvârșit, real ca o fotografie. Unii critici au spus că nu i-a păsat de modelele lui, ci că era interesat doar de încâlceala de forme pe care a le crea în jurul lor, dar asta nu era adevărat. Portretul transmitea tot ce era important de spus despre Adele.

Spunea multe lucruri și despre el; că era îndrăgostit de ea când a pictat-o, de asta eram sigură.

Al doilea portret, realizat la câțiva ani după aceea, este făcut în cretă, în culori pastelate. Trecea printr-o altă fază, în care adoptase un stil diferit. Și aventura lor luase sfârșit. Se juca cu un model chinezesc în fundal, plin de războinici călare. Adele stătea sub norul negru al unei pălării, cu același colier de perle pe care îl purtase și în primul portret, la vârsta a doua acum, nemaifiind tocmai aceeași ființă sexuală misterioasă de altădată.

Uneori mă gândesc să distrug picturile. Dacă le dau foc, pânzele vor arde mocnit înainte să se aprindă cu totul. Vor scoate un miros de păr ars și benzină. Pigmenții vor face ca flacăra să lumineze în mai multe culori. Scânteile vor zbura de pe tablouri, iar eu va trebui să le urmăresc pe jos și să le sting. Picturile vor lupta împotriva propriei dispariții, trosnind cu mici explozii. Îmi voi arde mâinile. Fața lui Adele se va topi ca ceara și va dispărea și ea. Mâinile ei vor fi ultimul lucru care va pieri, ofilindu-se în norul de fum înțepător.

Acum Moll are toate aceste picturi; probabil le-a ars deja. Gândul mă trezește din amorțeală și mă simt măcinată de vinovăție. Ce fel de curator ar distruge munca pe care trebuie să o protejeze? Cum aș putea s-o fac?

Nu pot să rămân în camera mea plină de dovezi, așa că mă îmbrac și plec spre lac. Poate mă voi împiedica și mă voi lovi la cap, să scap de toate aceste gânduri chinuitoare.

Dar bineînțeles că nu s-a întâmplat asta. Toată viața am făcut drumeții, așa că încă am pasul sigur. Din când în când, luna iese din nori și astfel mă pot orienta. Până să se facă dimineață, am ajuns în Unterach, pe partea cealaltă a lacului. În răsăritul cenușiu, stau în biserică până la o oră potrivită la care să pot apărea la ușa prietenilor pe care îi avem acolo. Aceștia îmi servesc micul-dejun și îmi usucă încălțările, apoi traversăm lacul vâslind.

NUD DE FEMEIE, 1907

Suntem abia în iunie, dar deja este insuportabil de cald în apartamentul de pe Josefstadt. Este un mister cum pot locui trei oameni într-o cameră atât de mică, chiar dacă doi dintre ei sunt copii. Camera se află la etajul cinci, fără scară de urgență. Dacă ar izbucni un incendiu, ar pieri cu toții. Se întâmplă adesea în Viena. Ferestrele sunt curate pe dinăuntru, dar atât de acoperite de funingine pe exterior, încât prea puțină lumină poate pătrunde. Camera miroase ca o oală de noapte. Când vine în vizită, Gustav se plânge că nu este normal ca niște oameni să locuiască aici, și are dreptate. Se întreabă cu voce tare ce mizerie scârboasă puteau să gătească vecinii de jos de duhnea atât de tare. Sunt din București, a spus Mizzi încet. El se îndreaptă spre fereastra deja deschisă pe cât de mult posibil și se apleacă peste pervaz. De ce tot vin aici, se tânguiește el cu capul afară. Mizzi îl lovește tare pe spate, apoi amândoi aruncă o privire spre băiețel.

Băiatul are ochi căpui, atenți și un nas ca o șa. Stă cu picioarele încrucișate pe podea, ignorându-i pe amândoi, absorbit de titirezul pe care i l-a adus Gustav. Îl învârtește iar și iar. Sunetul a început deja să o enerveze pe Mizzi. Du-te afară cu ăla, își iese ea din fire. Ascultător, băiatul iese din apartament fără să arunce o privire în urmă. Pentru el, „afară" înseamnă holul soios. Apartamentul închiriat în care locuiesc se află pe o stradă plină de astfel de clădiri. Nu există niciun loc de joacă.

Trebuie să pleci de aici, îi spune Gustav. Cu ce bani, e gata să-i răspundă Mizzi, dar nu o face. Ar trebui să vii aici în august, îi zice ea în schimb. Bineînțeles că Gustav nu este aici în august. Este într-o casă pe malul lacului, cu iubita lui înstărită, plină de succes. Și dacă voi fi aici, tot nu se va răcori, spune Gustav, ignorând cu egoism faptul că din cauza lui ei se află acum acolo. De ce nu îi ușurează viața, dacă, evident, își poate permite? În continuare, el vine să o viziteze cel puțin o dată pe lună, uneori de mai multe ori, și îi aduce tot felul de lucruri băiatului, portocale, creioane și vederi. Mizzi vrea să-i spună să nu se mai obosească cu toate acele nimicuri. Îi va da oare bani la iarnă pentru niște încălțări bune și o tocăniță copioasă, plină de carne? Va plăti pentru o școală cum se cuvine? Îi trimite scrisori lungi, stăruitoare, iar el îi răspunde că toate astea îl întristează și că ea ar trebui să fie mai binedispusă. În timp ce citește, urlă de furie, iar vecinii îi bat în perete ca să se oprească.

Lasă-mă să te desenez, îi cere el. O împinge blând spre salteaua din celălalt capăt al camerei.

Pentru cincisprezece șilingi, spune ea, prefăcându-se că glumește. Este mai mult decât leafa zilnică a unei croitorese.

Zece.

Cum vrei să stau, îl întreabă resemnată. Se dezbracă de fusta soioasă, apoi de bluză. Acum are pieptul mult mai osos decât înainte. Ultimul născut, cel din pătuțul din colțul camerei, i-a supt și i-a zbârcit complet sânii și, continuând așa, ca băiatul să se hrănească suficient, aceștia și-au pierdut cu totul frumusețea.

Lasă-ți cizmele, a spus el. A așezat-o cu fața în jos, pe pat. Fundul ei arată cel mai bine. Îi spunea adesea că era mai frumos și mai nobil decât multe fețe. Aranjează așternuturile în jurul ei într-o dezordine totală, ca și cum tocmai se întâmplase ceva ilicit. Cu toate astea, nici nu se va întâmpla. Este plictisit de ea. Frumusețea ei a dispărut; pentru el nu este decât o scorpie care se văicărește și care-l amenință că-l dă de gol în fața familiei. E singura putere care i-a mai rămas.

Mizzi adoarme în timp ce el lucrează. Întotdeauna o plictisea să pozeze, dar avea prea mare nevoie de bani ca să refuze. Când era mai tânără, visa cu ochii deschiși la rochiile pe care avea să și le cumpere, odată măritată cu Gustav, la casa în care avea să locuiască, la oamenii pe care avea să-i cunoască. Era o proastă fata aia, cea din tinerețe. A avut din plin toată aroganța și frumusețea tinereții. Acum, gândurile ei sunt dureroase, tocmai de aceea le stinge cu coniac ori de câte ori este posibil.

În hol, băiatul s-a plictisit de titirez. Vrea să se întoarcă în apartament, să mănânce o bucată din tortul pe care știe că l-a adus papa. Cu toate astea, ușa nu se deschide. E o situație cu care s-a obișnuit. În schimb, lovește titirezul nou cu piciorul, de parcă ar fi o minge. Îl doare puțin când îl aruncă și acesta scoate un zăngănit infernal când sare pe lângă uși. Doamna Koppelmann este gata să iasă și să-l pocnească cu o mătură, ca atunci când i-a azvârlit portocalele mari, grele, unele după altele, în ușă până ce s-au desfăcut și sucul lor lipicios s-a împrăștiat peste tot. Încă simte durerea, chiar și prin pantofi, în timp ce fuge. Ia titirezul și se ascunde în casa scării.

20

În 1905, Gustav a acceptat înfrângerea și a renunțat la panelurile de pe tavanul Universității din Viena. Controversele continue – nesfârșitele editoriale din gazetele importante, întâlnirile litigioase cu membrii comisiei – îi amenințau starea de sănătate și-i afectau munca la celelalte lucrări. A returnat banii și a informat comisia că, de vreme ce dăduse banii înapoi, picturile îi aparțineau lui acum. Însă ei nu erau de aceeași părere, așa că au trimis niște bărbați la el, la atelier, să recupereze tablourile. Gustav le ținea într-o firidă, alături de o pușcă, un incident care nu a făcut decât să-i accentueze reputația de trădător. Într-un final, au rezolvat situația. Picturile trebuie să rămână la Gustav, care, în cele din urmă, le vinde.

În același an, a renunțat și la Secesiune. Unii dintre ceilalți membri au fost de părere că asocierea lui Carl Moll cu Galeria Miethke încălca principiile Secesiunii, că o transformau în ceva mult prea comercial. Gustav i-a luat apărarea, dar după ce au supus la vot, Moll și prietenii lui au pierdut. Moll trebuia ori să rupă legăturile cu Galeria Miethke, ori să părăsească Secesiunea. Așa că el și prietenii lui au plecat.

Salonul avea un succes nebun. Îmbrăcam pe toată lumea: Fritza Riedler, Mäda Primavesi, Elisabeth Bachofen-Echt, Berta Zuckerkandl și pe fiica ei, Johanna Staude. Eu le îmbrăcam și Gustav le picta. La operă, oamenii se înghionteau unii pe alții când treceam, dar nu pentru că eram o concubină faimoasă. Munceam din greu. Devenisem bogată, nu bogată ca Adele Bloch-Bauer, dar suficient cât să-i înapoiez banii lui Gustav și să-mi ajut mama, surorile și nepoata. Am putut să angajez o bucătăreasă, apoi o cameristă și un vizitiu.

Attersee a devenit mai mult un refugiu, acum că eram atât de ocupată și aveam o mulțime de responsabilități. Luna petrecută acolo a fost binecuvântat de lipsită de facturi de vânzare, de probe și de cliente exigente. Gustav mă găsea acolo în fiecare an, indiferent la ce lucra sau pe unde călătorea. Se întâmpla o singură dată pe an să nu stăm despărțiți, să nu locuim în case separate, să nu muncim ore întregi, să nu călătorim în locuri diferite. Când m-am trezit și am coborât scările, am știut că o să-l găsesc pe terasă, așteptându-mă. Știam că o să-și petreacă după-amiaza făcând drumeții sau înotând, iar seara, ocupat cu diverse jocuri. Știam că nu o să fie nimeni în atelierul lui, fără doamne de societate, fără prieteni. Îl aveam doar pentru mine.

Luam micul-dejun, în august 1905. Corespondența fusese livrată și Gustav primise două scrisori. Când i le-am întins, am observat că sunt din Tigergasse, districtul Josefstadt. Helene a ridicat o sprânceană la mine, dar m-am prefăcut că nu văd.

— Cine e corespondentul ăsta așa insistent, Gustav? a întrebat Helene, nu foarte subtil.

— Ce băgăcioasă ești! i-a răspuns el și a pus scrisoarea sub farfurie, făcându-i cu ochiul.

— Bineînțeles. La ce să te aștepți?

Dar singurul lucru pe care a putut să-l scoată de la el a fost că scrisorile erau de la „o prietenă".

Norii dinspre Mondsee arătau înfricoșător, așa că eu și Gustav am hotărât să înotăm dimineață, și nu după-amiază, cum făceam de obicei. Mama le-a luat pe Helene, Pauline și micuța Helene la cumpărături, în sat. Trebuiau să ia prânzul la un restaurant și aveau să stea plecate mare parte din zi.

Când Gustav ne-a împins de la țărm cu o vâslă, am plutit printre nuferi pe o ploaie cețoasă și plăcută. Ne îndreptam spre un punct la câteva sute de metri distanță de locul de unde am plecat și Gustav și-a fixat șevaletul și a început să mâzgălească pe pânză mica, încercând să surprindă adierile ceții care plutea spre mal, înainte să ne înghită iar. Mai vâsleam din când în când, încercând să mă gândesc la o cale prin care să aflu de la cine erau acele scrisori, fără să par o scorpie. Josefstadt era un cartier sărăcăcios, dar era posibil și ca un artist tânăr să-i scrie de acolo, ori un jurnalist aspirant. M-am gândit la Minna și Helga și am detestat ideea otrăvită care mi-a venit.

— Ai o admiratoare secretă? l-am întrebat eu într-un sfârșit, încercând să adopt un ton cât mai glumeț.

I-am vorbit din spatele lui de vreme ce amândoi stăteam cu fața spre mal.

La început nu a răspuns.

— Nu am niciun secret, a spus în cele din urmă, iar mâinile lui continuau să se miște, umplând pânza cu cenușiul unei mierle. Întotdeauna îți spun adevărul, trebuie doar să mă întrebi direct, în loc să încerci să scoți chestii de la mine.

— Atunci, de la cine erau scrisorile?

— De la Adele.

— Din Josefstadt? am întrebat eu sceptică.

— Are un apartament acolo.

Acum mi-am dat seama unde au fost în noaptea petrecerii de logodnă. M-a umplut de furie că îl apărasem atunci. Acum voiam să știu totul, înainte să-mi pierd curajul și să mă întorc din nou la o stare de negare plină de neliniște și speranță.

— Mai există și altceva despre care ar trebui să știu? De vreme ce avem un moment de sinceritate?

Nu mi-a răspuns. A trebuit să îi pun întrebări la care se putea răspunde cu da și nu, de parcă am fi fost într-un proces.

— Ești căsătorit în secret?

— Nu.

— Ai copii?

A încuviințat din cap și asta mi-a tăiat respirația. De fiecare dată când credeam că știu tot ce-i de știut, el reușea să mă surprindă.

— Câți? am întrebat eu.

— Nu sunt sigur. Trei, din câte știu.

Îmi venea să sar din barcă și să înot până la mal. Iar el continua să picteze.

— Cine este mama? am continuat eu.

— Mame, la plural, m-a corectat el. Mizzi Zimmerman și Maria Ucicky.

— Sunt modele?

— Nu. Mă rog, Mizzi obișnuia să fie.

— Prostituate?

— Acum Mizzi este croitoreasă. Maria este spălătoreasă.

Mi-am lăsat mâinile să atârne în apă și, fără ca eu să îi țin echilibrul, barca a început să plutească în derivă și să se răsucească. Într-un final, Gustav a trebuit să se oprească din pictat. A smuls vâslele inerte, s-a întors să mă privească și a vâslit până în mijlocul lacului. Probabil și-a dat seama că aveam de gând să abandonez barca.

— Stop! Vreau să mă întorc.

Am așteptat o mină rugătoare, lingușelile, rânjetul lui de puști, toate astea de care se folosea într-un mod atât de eficient când dădea de probleme, dar ochii lui ca aluna erau grei și întunecați.

— Nu, a spus el. Trebuie să înțelegi, Emilie, nu este... apoi s-a chinuit să-și găsească cuvintele ca să explice. Nu e vorba... aceste lucruri, ele se întâmplă, știi doar... ei nu sunt... eu nu.

Cuvintele nu erau punctul lui forte. Ezitările îmi făceau greață, așa că i-am retezat-o.

— Și copiii?

— Trei băieți. Zece, șapte și trei ani.

— Încă te vezi cu ele?

— Pe Maria nu am mai văzut-o de ceva ani. Pauză. Pe Mizzi... câteodată.

Eram departe de geamandură, aproape de punctul unde adâncimea lacului scădea brusc de la trei la 30 de metri, iar ceața subțire care se lăsase dintr-odată s-a transformat într-o ploaie torențială în toată regulă. Gustav a început să acopere picturile și restul bunurilor cu o pătură, ca să le ferească de furia ploii. Furtuna era aproape deasupra noastră și tunetele se auzeau ca niște camioane mari care traversau un pod șubred, deși noi nu puteam să vedem fulgerele, numai norii care se aprindeau și se stingeau ca niște becuri.

— Nu mai bine ai vâsli? l-am întrebat eu.

— Sunt frânt. Putem să ne uităm la furtună de aici.

M-am întins să iau vâslele, dar le-a tras de lângă mine.

— Dă-mi vâslele! Prefer să nu mor aici, cu tine.

A zâmbit și le-a lăsat să-i alunece din mâini în apă, unde au fost înghițite de curent. Pentru câteva clipe, am urmărit totul șocată. Fără vâsle, aveam să plutim pe lac până venea cineva să ne salveze. Eram total neputincioși.

— Isuse! atât am avut timp să spun înainte să mă arunc după ele.

Apa era rece ca gheața. O clipă nu am putut să respir. Părea că plămânii mi s-au contractat, că s-au retras ca niște moluște în cochilie. Rochia de bumbac pe care o purtam fiindcă era foarte legejeră atârna acum grea ca oțelul, trăgându-mă la fund. Am reușit să mă dezbrac de ea. Acum eram doar în furou și puteam să mă mișc mult mai ușor. Am ieșit la suprafață. Picăturile mici, usturătoare încălzeau apa la suprafață, cel puțin în comparație cu adâncurile. Nu puteam să ating fundul, așa că am călcat apa, uitându-mă după vâsle. Într-un minut, le-am zărit la câțiva metri de barcă, mânerele lor cu dungi roșii ca cireșele plutind în valurile înspumate. Erau destul de grele și era dificil să înoți cu ele. Am rezistat să le aduc până marginea bărcii și le-am aruncat înăuntru pe rând. Eram gata să sar în barcă când, deodată, mânia s-a dezlănțuit. El stătea acolo, în barcă, privindu-mă.

M-am scufundat sub barcă și am răsturnat-o.

Pânzele, vopselele lui Gustav, Gustav însuşi, din nou vâslele, totul s-a prăbuşit în apă. Barca plutea cu susul în jos ca o carapace de ţestoasă. M-am întins după ea şi am întors-o. Gustav nu era pe nicăieri. Pentru câteva clipe, nu mi-a păsat; mi-am găsit rochia şi am aruncat-o în barcă, am găsit iar vâselele şi le-am azvârlit şi pe ele.

Gustav încă nu apăruse. Am văzut câteva tuburi de vopsea plutind în apă şi le-am înşfăcat. Acum începeam să mă îngrijorez. Nu aveam idee cât timp trecuse de când răsturnasem barca. Două minute? Trei? Era prea mult să-ţi ţii respiraţia atât. În loc să mă sui în barca acum întoarsă, am hotărât să înot primprejur ca să-l caut. L-am strigat, dar nu se auzea decât vântul. M-am scufundat şi am dat câteva ronduri în apă; din cauza ploii era mult prea învolburată ca să vezi clar. Panica îşi croia drum. Dacă l-am omorât?

Atunci, din spatele meu, ceva m-a apucat de talie şi m-a ridicat sus, în aer, după care m-a tras iar în apă. Când am ieşit, el râdea. Fulgerele pocneau ca un bici când au trăsnit un copac de dincolo de lac. L-am urmărit cum a luat foc.

— Credeai că m-am înecat, a spus Gustav cu bucurie. O luaseşi razna!

Şi-a făcut mâinile căuş şi m-a stropit cu apă pe faţă.

Aveam picioarele moi de uşurare, dar nu voiam ca el să ştie asta, aşa că am plutit pe spate, uitându-mă la nori.

— Eram îngrijorată pentru pânze. O să le distrugă apa.

— Cui îi pasă? Nici măcar nu începusem.

Ne-am scufudat ca să recuperăm cutia cu vopsele şi pensulele lui peferate, care pluteau la suprafaţă ca belonidele. Am găsit până şi picturile, deşi erau distruse de nămol. Am aruncat totul în barcă şi ne-am tras amândoi peste margine. Pe drumul de întoarcere, am luat fiecare câte o vâslă şi am vâslit în bătaia vântului, drept spre ceaţa care acum înghiţise complet tot ţărmul. Nu puteam să vedem încotro ne îndreptam, dar auzeam clopoţeii de vânt de pe veranda din faţă şi am cârmit spre ei. Gustav fluiera în timp ce vâslea și, din când în când, mai rânjea la mine.

Când am putut să văd uscatul, care se afla la vreo douăzeci de metri depărtare, am lăsat vâslele să se odihnească în apă și barca să plutească la întâmplare, cât să-mi trag puțin sufletul. Alunecând prin spațiul de lângă doc ca o mână în mănușă. Gustav a făcut în grabă un nod ca să o lege, iar eu i-am întins toate lucrurile din barcă.

Gustav avea crengi în păr și noroi pe față, iar cămașa era ruptă și mânjită de sânge, de când se prinsese de marginea bărcii când a căzut. În jurul lui, pe doc, s-au format bălți de noroi.

Am alergat spre mal și m-am prăbușit acolo. Picăturile de ploaie îmi cădeau în ochi și în gură. Cerul avea culoarea unei cămăși de noapte, vechi și soioase. Nu puteam să respir bine și îmi venea să plâng, apoi m-am surprins râzând ușor, devastată, acolo, pe mal, în noroi. Totul părea atât de ridicol. Gustav trebuie să se fi gândit că aveam o criză de epilepsie. A venit și s-a așezat lângă mine, deși malul era pietros și rece. Ne-am uitat la frunzele care cădeau din copaci.

S-a răsucit peste mine, fără să mă sărute, doar mă privi, culegându-mi frunzele din păr, răsucindu-mi cârlionții și uitându-se cum apa de ploaie îmi cădea pe hainele ude. Îi simțeam corpul cald și am început să tremur incontrolabil.

Apoi, de parcă cineva scosese un fluierat, ne-am ridicat și am alergat spre casă. Hainele noastre ude scoteau un sunet ca de sugar în timp ce le dădeam jos. Am lăsat tot ce salvaserăm atât de grijuliu să cadă din nou în lac. Până și rochia pe care o brodasem manual cu modele pe care le găsisem într-un catalog ceh cu schițe din secolul al XVIII-lea.

Ne-am scos restul hainelor ude în fața focului, chicotind încă, de parcă am fi fost niște copii. Când am rămas goi, mai mult sau mai puțin uscați, nu mai era nimic altceva de făcut decât să alergăm sus, pe scări și să sărim în pat, sub cuvertura groasă. Gustav nu a putut să se întoarcă pur și simplu în sera umedă și răcoroasă.

Mă simțeam ca la înmormântarea lui Ernst, în sensul că o emoție se transforma imediat într-o alta. De data asta, furia devenise pasiune. Aveam pielea caldă, umedă, roz, de culoarea cireșelor. Mâinile și picioarele mele erau adormite de căldură și odihnă. M-am simțit puțin îmbătată când am ajuns între picioarele lui. Deși, de data asta, nu mai eram virgină și inocentă. Eu eram cea care îl seduceam. Eu eram cea care îl făcea să strige.

El a dormit, dar eu n-am putut. Mi-am sprijinit capul în mână și l-am privit.

Dacă eu și el am sta împreună, și m-a trecut un fior când mi-am dat seama de asta, fiecare zi ar fi la fel. Mi-aș purta bănuielile în inimă ca pe o tumoare, iar ele ar crește și ar crește, până m-ar devora pe dinăuntru. Mi-aș face griji, întrebându-mă dacă mai e cu altcineva, de câte ori se vede cu ea sau dacă e îndrăgostit de ea. Aș începe să-i citesc corespondența și să-i deschid jurnalul în lipsa lui. Aș plânge în fiecare zi. Cât de curând, aș avea crize de isterie ca Alma și probabil mi-aș cresta pielea cu un cuțit de bucătărie. Aș fi mai nebună decât Alma și Adele la un loc, iar Gustav ar ajunge să mă urască. Într-o zi, poate, aș întoarce barca și nu m-aș mai uita înapoi, să văd dacă Gustav e bine. Într-o zi, poate, m-aș urca singură în barcă și aș vâsli departe. Poate aș înota până la mijlocul lacului și m-aș îneca și niciunul dintre corpurile noastre nu s-ar mai găsi vreodată.

M-am gândit la ce spusese Berta, că aș putea să-l am doar pentru mine dacă asta e într-adevăr ceea ce-mi doresc. Dar în ce condiții? Cu ce preț pentru el, cu ce preț pentru mine?

Eu și Gustav puteam fi membrii unei conspirații, fiindcă aveam minți asemănătoare, dar nu puteam să fim iubiți. Faptul că ajunsesem de una singură la această concluzie nu mă consola în niciun fel.

21

Ne-am întors împreună în Viena câteva săptămâni mai târziu, dar aproape imediat mi-am făcut planuri să plec din nou, la o prezentare a sezonului de toamnă de la Paris. Mă gândisem să rămân acolo câțiva ani, dar niciodată nu mă simțisem în stare să stau departe de salon pentru o perioadă atât de mare de timp. Acum salonul mergea foarte bine. Pauline se ocupa de registrele contabile, făcea necesarul și plătea facturile. Helene ținea agenda de programări, primea clientele și avea grijă ca acestea să se simtă bine. Eu eram responsabilă de creație. Camerele de croit și de cusut erau în grija mea. Cu toate astea, fiecare dintre noi îi putea ține locul celeilalte, cel puțin pentru o scurtă vreme. Puteam să plec departe și să am încredere că la întoarcere salonul va fi tot acolo. Că nu vor exista rochii făcute de mântuială, care să se destrame, nici vreo încurcătură cu comenzile sau o factură greșită. Nu ar apărea nicio catastrofă care să-mi ruineze reputația. Și simțeam nevoia să plec.

Era prima mea călătorie la Paris, pentru prima dată în afara țării, și eram singură. Mă așteptam să fiu tristă, dar nici vorbă. Am stat într-un hotel mic în cartierul modei. Camera mea era și ea micuță, dar pereții erau acoperiți de mătase de Damasc de culoarea vinului, care se potrivea cu draperiile patului. Restaurantul de la parter servea calcan delicios în sos de unt, lămâie și pătrunjel. Hotelul era plin de creatoare ca mine, din Berlin, Londra, Praga și imediat mi-am făcut prieteni. Zilele noastre erau ocupate cu tururi la casele producătoare, Rodier, Lesure și Bianchini. Luam trenul și mergeam la fabricile lor din afara Parisului și învățam cum se făceau materialele. Ni s-au prezentat inovațiile la care lucrau: o mătase mai puternică, materiale sintetice, tricotaje. Am comandat tot felul de lucruri. Am asistat la prezentări de modă, puse în scenă de casele de modă Worth și Poiret. După aceea, mi-am stabilit o întâlnire la fiecare dintre cele două și am cumpărat câteva tipare create pentru sezonul de primăvară.

Așa câștigam o mare parte din venituri, croind rochii după modelele pariziene, modificându-le ulterior astfel încât să li se potrivească clientelor noastre. După cum se spunea, femeile din Paris aveau o configurație diferită față de cele din Viena. Majoritatea clientelor noastre erau plinuțe. Până și o vieneză zveltă avea o structură mai dezvoltată, oase mai solide și un piept vizibil mai generos decât o pariziană de statură medie. Când am adus tiparele acasă, m-am apucat să le ajustez. Este mult mai greu decât pare. Nu poți să faci chiar totul puțin mai mare. E ca și cum ai construi un castel de nisip: dacă schimbi ceva, câtuși de puțin, restul se prăbușește și trebuie reconstruit. Unii oameni au un talent deosebit pentru asta, să o facă instinctiv, iar eu mă număr printre ei. Dovada era popularitatea salonului, și nu doar când era o noutate, ci an după an.

Mă durea puțin faptul că nu puteam să ieșim pe profit cu rochiile revoluționare, dar piața era limitată. Încă făceam ținute în acel stil, iar câteva cliente le cumpărau, dar nu așa cum cumpărau ultimele modele de la Paris.

Gustav îmi trimitea o carte poștală în fiecare zi, uneori și de mai multe ori pe zi, dar nu-i răspundeam. Încercam să mi-l scot din minte.

Când nu lucram, mă duceam la Luvru și mă plimbam pe străzile din apropierea hotelului meu. Seara, eu și celelalte croitorese fie mergeam să luăm cina, fie la teatru sau la operă. Am fost la târguri în aer liber, unde am găsit bijuterii antice și pături din Maroc. Într-o zi am închiriat un omnibuz și am vizitat palatul Versailles.

Cărțile poștale de la Gustav au devenit din ce în ce mai rugătoare, mai disperate. Unde eram? Ce făceam? Mă distram atât de mult, încât nu aveam timp să-i răspund? Era totul atât de anost, încât nu puteam să-i scriu? Era vreme urâtă? Eram bolnavă? Uneori i-aș fi scris și eu o carte poștală, una enervant de scurtă, cum ar fi: „E frig și burnițează“ sau „Am fost la atelierul lui Rodin azi.“ Și aș primi înapoi o misivă înnebunită, neliniștit că trebuie să mă îmbrac călduros și să-mi iau umbrela, sau una plină de întrebări legate de Rodin, la care nu i-aș răspunde niciodată. Trebuie să recunosc că mă bucura chinul lui atât de limpede.

Am stat plecată șase săptămâni. M-am întors într-o vineri și Gustav m-a pus să promit că o să vin sâmbătă la atelier. Mi-am petrecut dimineața la salon, încercând să recuperez ce pierdusem. Pauline a verificat noile comenzi cu mine, iar croitoresele mi-au arătat la ce lucrau. Nepoata mea Helene crea prima ei bluză și i-am dat câteva sfaturi despre tehnica de însăilare. I-am însăilat o rochie Amaliei, fiica Bertei Zuckerkandl. Eram foarte fericită să mă aflu iar în atelierul meu, să-mi cufund mâna în potirul de argint și să scot de acolo un pumn de bolduri drepte. Am savurat senzația pe care mi-o dădea covorul de sub picioarele mele, huruitul mașinilor de cusut și hodorogeala camionetelor de la curățătorie. I-am arătat lui Helene cataloagele pe care le adusesem înapoi și le răsfoiam, încercând să ghicim care vor fi cele mai bine vândute haine. Jos, la Café Piccola, coceau torturi, iar Helene făcuse biscuiți cu alune și ciocolată caldă special pentru mine. Avea o mulțime de povești și de bârfe din săptămânile în care lipsisem. Uram să plec, dar îi promisesem, așa că la ora unu am luat trenul spre Heitzing.

Când am ajuns la atelier, în fața casei era un băiat întins în iarbă. Cu cerul acoperit de nori și vântul rece, dimineața înghețată încă nu se topise. M-am gândit că băiatul trebuie să fi fost mort, de vreme ce stătea pe pământul înghețat. Zăcea nemișcat, cu fața în jos. Nu m-a auzit până ce, efectiv, nu am pășit peste el. Portofoliul de lângă el, din iarbă, mi-a dat de înțeles că era unul dintre mulții studenți care îl acostau pe Gustav, implorându-i ajutorul. Restul, mai buni, îi scriau o scrisoare și-i cereau o întâlnire. Ajungeau bine îngrijiți și la timp, iar Gustav, invariabil, era blând cu ei, chiar dacă majoritatea erau foarte nepricepuți. Pantalonii băiatului erau cu trei numere mai mari, susținuți de o pereche de bretele croșetate manual. Avea manșetele descheiate, iar mânecile murdare îi cădeau în jurul încheieturilor. Era cel mai prost îmbrăcat artist pe care îl văzusem din ziua în care l-am cunoscut pe Gustav.

Mi-a auzit pașii și s-a răsucit să mă privească. Am dat peste o față obișnuită, cu un nas cârn, păr ciufulit și niște urechi absurd de mari. Era foarte tânăr.

— Nu este acasă, a spus el. Am sunat acum jumătate de oră.

Era foarte ciudat pentru Gustav, ale cărui obiceiuri erau extrem de precise și care niciodată nu lua prânzul. M-am întrebat dacă nu cumva era bolnav. Sau poate că nu răspundea la ușă în încercarea de a-l evita pe băiat, care se uita la mine de parcă ar fi așteptat să mă așez în iarbă lângă el.

— Am o cheie, i-am răspuns eu.

— Sunteți soția lui? m-a întrebat, iar eu am tresărit.

— Nu.

S-a rostogolit pe cealaltă parte și și-a sprijinit capul în mână.

— Sunteți iubita lui?

— Ce întrebare!

— Bănuiesc că e un da, a spus și a ridicat din umeri.

— Cum te cheamă?

M-am gândit că ar fi mai bine să mă debarasez de el. Gustav nu ar răni niciodată pe nimeni intenționat, mai ales un artist începător, dar eu nu aveam atâtea scrupule.

— Egon Schiele.

— Astea sunt desenele tale? Te deranjează dacă mă uit?

— Dați-i drumul, m-a îndemnat el. Dar chiar dacă nu vă plac, eu nu plec până nu vine Klimt.

Am ridicat portofoliul din iarbă şi m-am dus cu el pe scările din față. Egon Schiele m-a urmat și s-a așezat lângă mine. Am deschis portofoliul.

Am putut să-mi dau seama imediat că era un desenator excepțional. Nu se vedea nicio linie nelalocul ei. Le lipseau doar o scânteie de interes sau de viață care să le ridice la rangul de artă.

— Ești la Academia de Arte Frumoase? l-am întrebat, iar el a încuviințat din cap.

— Ne pun să facem exercițiile astea ridicole. Știți despre ce vorbesc, profil orientat spre stânga, profil orientat spre dreapta, bustul lui Voltaire. Dar mai spre final sunt câteva făcute după gustul meu.

Desenele făcute după gustul lui înfățișau o fetiță și erau cum nu mai văzusem vreodată. Ea era goală, într-un fel care se deosebea complet de nudurile lui Gustav. Tânărul nu a urmat nicio metodă obişnuită, cum făceau ceilalți, să atenueze unghiurile, să scoată oasele în evidență sau să accentueze ciudat de mult grupele de mușchi. În primul desen își ținea mâinile împreunate în față, lăsându-și toată greutatea pe un singur șold. În următorul își ține mâinile în șolduri. Avea o privire prozaică.

— Sora mea, Gertie.

Unele desene erau colorate în cretă. Mă cutremuram când le priveam. Erau hidoase, dezgustătoare. Sora lui părea bolnavă și malformată. Oare o ura de o desenase așa? Mai mult ca oricând îmi doream să plece, dar petrecusem suficient timp în preajma artiștilor ca să recunosc un geniu, iar acest băiat deșirat îl avea. Am oftat.

— Nu-ți este foame?

L-am lăsat să intre și i-am pregătit un sendviș cu șuncă. L-a mâncat cu o poftă de lup. Mi-a spus că se născuse în Tulln, că tatăl lui murise cu doi ani în urmă, că nu-i plăcea de unchiul care acum îi era turore și că nu avea de gând să se însoare niciodată, că voia să locuiască cu sora lui până murea. După ce a mâncat, a umblat ușor prin atelier de parcă ar fi fost un altar. Sculpturi africane, măști din teatrul Nō, armuri japoneze - Gustav strânsese tot felul de obiecte de artă, pe care le împrăștiase prin atelier. Schiele studia totul cu mare atenție. A atins pânzele pe jumătate terminate, care se aflau în mijlocul camerei de parcă ar fi fost piciorul Fecioarei.

Când s-a întors, Gustav a explicat că i se făcuse poftă de cârnăciori cu muștar, așa că a trebuit să și-o satisfacă. În locul unei regăsiri sentimentale după atâtea săptămâni, am discutat despre cârnați și i l-am prezentat pe băiat. Gustav a părut ușor enervat de prezența neașteptată, dar a luat portofoliul oferit și s-a așezat pe canapea. L-am urmărit cum a răsfoit desenele și, cunoscându-l prea bine, am zărit surpriza și bucuria descoperirii pe fața lui. Băiatul, fără să știe prea multe, s-a foit, prefăcându-se că studiază o carte cu desene japoneze, gravate în lemn. La fiecare câteva secunde, arunca pe furiș o privire la expresia lui Gustav.

Dar Gustav încă nu spunea nimic. Doar continua să se uite. Se uita la ultimul desen cu Gertie și părea că refuză să se desprindă de el. Băiatului îi dispăruse cu totul aerul nepăsător și relaxat. Acum își rodea degetul mare.

— Scutește-l de chin, Gustav, i-am spus într-un final. E în agonie, nu vezi...

— Credeți că am talent? a întrebat băiatul.

Lui Gustav i-a luat ceva să răspundă, era cu mintea departe, într-o conversație amplă cu desenul băiatului. A urmat o pauză sufocantă. Apoi a izbucnit în hohote.

— Da! a țipat el. Cu duiumul!

Îngrijorarea a părăsit chipul băiatului și aproape că a zâmbit. Gustav l-a bătut pe spate și mai că nu l-a dărâmat. Apoi au discutat despre artă. Gustav l-a întrebat despre cursuri, ce exerciții făceau, ce profesori avea. Când și-a dat seama cât de sărac era, i-a cumpărat două desene și l-a invitat la cină seara următoare.

Într-un final, a plecat, iar eu și Gustav am rămas singuri.

— Vezi că a venit iarna cât ai fost plecată, a spus Gustav.

— Ar fi venit oricum.

Nu mă simțeam deloc emoționată. M-am învârtit prin cameră, uitându-mă la pânzele la care lucra, la fel cum făcuse și băiatul. Arătau cam la fel când am plecat.

— Lucrez la ceva nou. Îmi mănâncă o grămadă de timp să fac schițele pregătitoare.

Mi-a arătat un desen cu doi îndrăgostiți îmbrățișați.

Tema nu era una nouă; se regăsea și în *Friza Beethoven*, pe care o făcuse pentru o expoziție a Secesiunii din 1902. Se numea *Here's a Kiss to the Whole World!* Făcuse o schiță asemănătoare pentru friza în mozaic de la Casa Stoclet, pe care o numise *Împlinire*. Dar nu-și pusese niciodată ideea în aplicare într-o pictură în ulei. Nu dezvăluise niciodată această imagine singular, ci doar într-o serie cu mai multe.

— Cred că ideea o să meargă de la sine, nu? E atât de simplă și, totuși, atât de încărcată de simboluri și emoție.

— Ca o icoană bizantină, am spus eu.

Folosea din plin frunze aurii și tot soiul de tipare. Și toate se îngemănau perfect.

La nivel de compoziție, exista o problemă destul de delicată. În *Friza Beethoven* personajele fuseseră lăsate nud, trupul bărbatului acoperindu-l și eclipsându-l complet pe cel al femeii. Asta nu ar fi mers, însă, și în pictură. Măcar fața femeii ar trebui să se vadă. Poate ar fi mai bine să-i picteze din profil. Niciunul dintre desenele lui de până acum nu ar fi mers cu adevărat. Mi le-a arătat, dar le-am respins rând pe rând. Și-a scos caietul de schițe și ne-am aplecat amândoi deasupra paginii în timp ce își mâzgălea ideile. Am încercat câteva poziții posibile, ca niște actori care se blochează pe scenă.

— Suzanne este un model bun, dar nu înțelege ce vreau eu să fac. Și tipul ei de corp este total nepotrivit pentru asta. Am nevoie de altcineva.

— Ce spui de Lise?

— Ai face-o tu?

Credeam că glumea. Nu mai pozasem de când îmi făcuse portretul. Și deja aveam o ocupație și o mulțime de alte lucruri de rezolvat.

— Și cine o să fie în rolul bărbatului? Tu?

— Nu am nevoie de un model bărbat. El nu este important.

Gustav ura să se deseneze pe el însuși. De fapt, în cariera lui artistică de treizeci de ani, s-a pictat o singură dată: *Teatrul Globe*, una dintre picturile de la Teatrul Național din Viena. Singurul motiv pentru care s-a pictat pe el însuși a fost fiindcă avea nevoie de un model masculin și nu-și permitea să angajeze unul, iar pe Ernst, Georg și Franz Matsch îi pictase deja. Și-a acoperit fața cu un enorm guler încrețit elisabetan și o umbră bine plasată. De atunci s-a asigurat să nu mai fie niciodată nevoie de fața sau silueta lui într-o pictură. L-a ajutat și faptul că, îndepărtându-se de pictura istorică, a înfățișat bărbați în operele lui din ce în ce mai puțin.

Poate pentru că îi era rușine cu imperfecțiunile lui fizice. Era scund, mai scund decât mine, deși niciunul dintre noi nu a adus niciodată asta în discuție. Doar exercițiile riguroase și plimbările zilnice, lungi îl împiedicau să se îngrașe. Chelise aproape de tot. Poate din vanitate refuza să-și facă autoportretul, ori opusul ei. Uneori sunt atât de greu de deosebit. Nu sunt interesat să mă pictez pe mine, răspundea dacă un jurnalist îi punea o întrebare în legătură cu asta. De ce ar vrea cineva să se uite la o pictură cu mine? Pe mine mă interesează alți oameni. În special femeile. Îi displăceau complet interviurile şi rar dădea câte unul. Dacă vreţi să aflaţi lucruri despre mine și ce-mi doresc, uitaţi-vă la picturile mele, le spunea el.

L-am luat pe Egon Schiele la Cabaret Fledermaus, care fusese conceput de Atelierele Vieneze şi proiectat ca un fel de club pentru avangarda vieneză. Se deschisese în urmă cu abia câteva săptămâni şi era aproape imposibil să obţii o masă, dar Gustav avea deja o rezervare fermă.

Cabaretul lui Josef Hoffmann era o operă de artă. Pereţii de lângă tejghea erau acoperiţi cu plăci de ceramică ornate individual, în tot felul de culori strălucitoare; unii spuneau că arătau de parcă ar fi fost lucrate de un bolnav psihic. Plăcile intrau nebuneşte în contrast cu cele în alb şi negru de pe jos. Aceiaşi critici cărora nu le-au plăcut plăcile spuneau și că, per total, era cea mai elegantă toaletă din lume; dar apoi, la acea vreme, încă existau mulţi oameni în Viena care rămăseseră agăţaţi de draperiile grele ale școlii de desen. Alţii erau scandalizaţi că mâncarea se servea pe mese albe, fără faţă de masă. Lui Hoffmann îi plăceau la nebunie scandalul și notorietatea; era minunat pentru afacere.

Îmi era greu să spun la ce se gândea Egon Schiele. Când a intrat pe uşă, cu jumătate de oră mai târziu și părul încă ud după baie, deşi afară bătea un vânt tăios, s-a oprit şi s-a uitat o clipă în jur, apoi, reperându-ne, s-a îndreptat spre noi. Vorbea puţin, dar bea pahar după pahar de gin în timp ce trupa îşi cânta ultimele melodii cunoscute. Părea că toţi pe care îi cunoşteam se aflau acolo în acea noapte: August și Serena Lederer, Fritz Waerndorfer, Berta, Moll, Moser, Alfred Roller, Hoffmann; iar Gustav a avut grijă să-l prezinte tuturor ca pe noul său discipol. Când a aflat că Gustav a cumpărat două tablouri de-ale lui, Moll a încercat să-l facă pe băiat să semneze pentru Galeria Miethke fără să arunce măcar o privire pe desenele lui. Băiatul i-a spus că o să se gândească. Moll l-a convins să vină a doua zi la galerie cu portofoliul. Mă frapa faptul că băiatul nu era la fel de recunoscător sau dornic așa cum oricine altcineva ar fi fost. Părea că știa deja că puterea era de partea lui, chiar dacă nu era decât un biet student la desen. Să-l văd pe Moll, gras și împlinit în costumul lui scump, lingușindu-l pe băiatul cu geaca murdară mi se părea aproape amuzant.

Berta l-a studiat și ea și i se părea arogant. A pus pariu cu Hoffmann pe un set de lingurițe că avea să dispară din lumea noastră în cel mult șase luni. Moser a vorbit cu el despre desenarea unor cărți poștale în cadrul Atelierelor Vieneze și părea interesat de idee. Am mâncat supă de dovleac și clapon prăjit cu trufe. Când am ajuns la mere înmuiate în coniac, cu cremă de înghețată, Gustav l-a întrebat ce părere avea despre toate astea.

— O decadență absolută, a spus Schiele.

Nu puteam să mă hotărăsc dacă era un compliment sau nu.

— Ei bine, așa e Viena pentru tine, i-a răspuns Gustav cu bucurie. Nu suntem puritani, a continuat și mi-a făcut cu ochiul. Sau cel puțin nu majoritatea dintre noi.

— Luteranii nu sunt puritani și tu știi asta, am intervenit eu.

— Bineînțeles că nu. Amintește-mi de biserica copilăriei tale, acea minunată cutie goală.

— Lui Hoffmann i-ar fi plăcut la nebunie. Gândește-te puțin, poate ar trebui să proiecteze o biserică.

— Casa Stoclet este biserica lui, a spus Gustav. Și o să coste mai mulți bani decât a avut vreodată o biserică, cel puțin.

— Nu sunt sigur că sunt făcut pentru asta, a comentat Schiele. Poate m-aș descurca mai bine pe undeva la țară, într-o căsuță, cu mai mult timp și spațiu.

— Nu fi idiot! l-a repezit Gustav. Toți care te pot ajuta sunt aici. Vreau să-ți dau ceva de lucru pentru prezentarea pe care o s-o avem la anul. Să faci tot ce-ți place. Numai să nu dispari acum că te-am găsit în sfârșit.

Ce băiat, ce tânăr, ce artist fără experiență ar putea să reziste în fața șarmului și a laudelor lui Gustav? Schiele a roşit cu nasul în băutura lui și a promis că o să lucreze din greu în următoarele șase luni ca să adune câteva lucrări pentru prezentare.

— M-am tot gândit, am spus eu. La rochiile reformatoare. Nu se vând atât de bine pe cât ar trebui. Ce-ai zice dacă le-ar face schița un artist cunoscut? Nu crezi că s-ar cumpăra mai bine?

— Depinde de artist, a răspuns Gustav. Prietenul nostru de aici s-ar putea să facă niște lucruri cu adevărat senzaționale, pe care orice doamnă din Viena ar vrea să le cumpere.

— Nu-mi plac hainele, ne-a tăiat-o Schiele. Nu-mi place să mă uit la ele, nu-mi place să le desenez. Doar atunci când cineva se dezbracă de haine devine totul mai interesant.

— Bine spus! a râs Gustav.

— Ai putea schița modelele și am hotărî împreună ce materiale să folosim. Ar putea fi făcute la salon și să le poarte un manechin. Și să facem o prezentare.

— Ar trebui să le faci pentru tine, a comentat Gustav.

— Încerci cumva să mă convingi să fiu eu modelul? De ce nu Elisabeth?

Era modelul casei.

— Le-ar face reclamă mult mai bine decât mine.

— Nu-i adevărat. O creatoare de modă care-și poartă propriile creații este întotdeauna cel mai bun model, m-a contrazis Gustav.

— Creațiile tale, i-am răspuns.

— Creațiile noastre, mi-a răspuns.

După cină, rezidentul companiei de teatru a jucat o satiră despre evenimentele politice de la acea vreme. Apoi, o femeie cu o voce de alto, o voce puternică, întunecată aș spune, a cântat niște cântece triste până la închidere, când Egon Schiele s-a împleticit beat până în atelierul lui, unde a stat treaz toată noaptea și a desenat din memorie scene din acea seară.

După ce îl convinsesem pe Gustav să se picteze pe el în noul tablou cu cei doi îmbrățișați, și-a petrecut următoarele săptămâni încercând să scape de ideea asta. Insista că nu se poate desena pe el însuşi.

— Ai oglinzi, l-am încurajat eu. O mulţime de artişti se folosesc de oglinzi. Sau aş putea să te fotografiez. Sau cineva ar putea să ne fotografieze pe amândoi, după care ai putea urmări fotografia.

— Nu, a refuzat el.

— Atunci, nici eu n-o s-o fac.

S-a îmbufnat. A spus că o s-o aducă pe Anna, noul lui model preferat. Mi-a povestit cât de minunată era, cât de ascultătoare.

— Bine, am încuviinţat eu. Din partea mea e în regulă dacă nu vrei s-o fac eu. Chiar tu mi-ai cerut asta, îţi aminteşti?

Dar după o săptămână sau cam aşa a cedat.

— Doar pentru tine, draga mea prostuţă.

Aşa îmi spunea mai mereu, draga mea prostuţă.

— Doar pentru tine o să mă supun la o aşa tortură.

Am lucrat împreună la stabilirea poziţiei. Nu puteam să stăm amândoi fiindcă eu eram mai înaltă. M-a pus să îngenunchez în profil, apoi mi-a întors capul să-l privesc pe el. Mi-am înclinat bărbia cât am putut şi mi-am adus mâinile spre faţă. Am închis ochii. Câteva zile a făcut mai multe schiţe bune cu mine aşa, până am devenit nerăbdătoare şi i-am amintit de promisiune.

— Încă un minut, m-a rugat el, doar să văd cum arată.

L-am auzit cum a potrivit oglinzile, una sprijinită de peretele din spatele meu şi una de şevalet. Apoi am simţit o mână pe ceafă şi una pe bărbie. I-am simţit buzele pe obraz. Pune-ţi mâna peste a mea, a spus în timp ce-mi trăgea rochia în jos de pe umeri. Am deschis ochii şi am aruncat o privire în oglindă. M-am simţit bizar de impersonală, de parcă m-aş fi uitat la doi străini care se seduceau unul pe altul într-un parc. Cu greu m-am recunoscut pe mine în oglindă. Era o poziţie calculată, o copie a iubirii. Gustav nu se gândise deloc la iubire când lucrase la pictură. Se gândise la spaţiu şi la greutate, la mii de elemente de compoziție atât de familiare pentru el, încât acum doar înregistra ce era bine și ce nu.

— De ce ai vrut să pozez eu? l-am întrebat într-o zi.

— Pentru că ți se potrivește perfect, a ridicat el din umeri.

— Dar de ce? am insistat.

— Am vrut ceva adevărat, s-a gândit el câteva clipe. Nici perfect, nici prea experimentat.

— Mulțumesc. Ai vrut pe cineva lipsit de grație, mai greu de cap și toate modelele tale erau de departe prea frumoase și perfecte ca să pozeze.

A mototolit o bucată de hârtie de desen și a aruncat-o spre mine. A plutit ușor până să cadă ceva mai departe de locul în care stăteam în genunchi, gândindu-mă să-mi masez junghiul îngrozitor care mi se pusese la gât.

— Nu fi capricioasă! Știi exact la ce mă refer.

Și știam.

În general, Gustav lucra foarte încet; unele picturi d-ale lui au durat cinci ani până să le termine, dar asta a mers destul de repede, pentru că voia s-o expună la Prezentările de Artă de la Viena, alături de portretul lui Adele Bloch-Bauer. Erau pereche, spunea el, datorită auriului, datorită formelor, datorită rădăcinilor lor bizantine. Cu toate astea, nu m-am putut abține să nu mă gândesc dacă lucra mai repede fiindcă pictura însemna ceva mai mult pentru el decât celelalte, fiindcă avea o însemnătate personală. Nu m-a lăsat să o văd, bineînțeles. Mi-a spus că trebuia să am răbdare până în seara deschiderii, la prezentarea de artă, ca restul lumii. Am așteptat cu nerăbdare ziua când puteam să văd ce făcuse cu noi, și nu doar din sesiunile astea ciudate de pozat, ci din toți anii de dinainte.

22

Kammer am Attersee
4 aprilie 1945

Pentru prima dată într-o săptămână, nu plouă când mă trezesc. Eu și Helene ne hotărâm să împachetăm de picnic și să mergem la Schloss Kammer din vecinătate. Schloss Kammer este un conac cu acoperiș roșu, cu pereții tencuiți cu stuc, situat între dealurile de mai sus de oraș și înconjurat de copaci și grădini atent îngrijite. Eu și Gustav obișnuiam să mergem acolo tot timpul, să picteze sau să facă schițe. Dacă aveam noroc ca turiștii să nu se apropie, ne puteam preface că eram proprietarii conacului, inspectându-ne grădinile, admirând peisajul, pierzând vremea pe pământurile noastre. Gustav era de părere că oamenii și lumea înconjurătoare erau amândouă infinit de fascinante, dar că nu aparțineau aceleiași pânze, așa că atunci când turiștii se nimereau prin peajmă, de obicei se întorceau și plecau acasă. Nimeni nu va fi acolo astăzi, sunt sigură. Eu și Helene vom fi stăpânele castelului. Deși în zilele de vară eu și Gustav nu trebuia să ne luptăm, așa cum o făceam acum, cu noroiul.

Helene aruncă la grămadă niște sendvișuri cu pâine și brânză, ne punem niște cizme zdravene și pornim. Copacii noștri au început să scoată timid primii muguri verde-deschis. Efectul este tulburător, ca și cum copacul gol se mișcase încet în timp ce era fotografiat. În aer se simțea miros de bălegar și iarbă proaspătă. Au ieșit și râmele și mă străduiesc să nu calc pe niciuna.

Nu ne întâlnim cu nimeni pe drum și dintr-odată îmi dau seama că este duminică. Suntem singurele care nu s-au dus la biserică să se roage pentru victorie.

După vreun kilometru și jumătate, o luăm pe cărarea care urca pe deal, până la castel. Este puțin alunecoasă și mă bucur că am luat bastonul din stejar pe care l-am găsit în seră. Acum nu trebuie decât să fiu atentă la melci. Nu mă mustră faptul că-i omor, doar că nu suport să-i simt pe talpă după ce îi calc. Văd niște pe crengi jos, de-a lungul drumului, și porțiuni cu zăpada care a refuzat să se topească. După câteva minute, mă întorc să admir priveliștea panoramică a munților, care înconjoară lacul Attersee ca o capcană cu fălci. Norii apasă vârfurile ascuțite, acum netezite și albe de zăpadă. Când se va topi, într-o lună sau două, pajiștile vor fi acoperite de o avalanșă de crini și gențiane, de brumărele și flori papucul doamnei.

Când am intrat pe aleea cu copaci, care ducea spre intrare, m-a trecut un fior, deși eram încinsă de la atâta urcat. Rândurile de copaci de pe fiecare parte a cărării creează un exercițiu geometric de perspectivă, încadrând stucul, sticla și țiglele roșii ca printr-un vizor. Cu fiecare pas descopăr o nouă imagine. Acesta era unul dintre unghiurile preferate ale lui Gustav. A pictat castelul de mai multe ori din acest punct avantajos și nu pot să mă aflu aici fără să-mi amintesc picturile lui. Copacii reali nu sunt nici pe departe la fel de amenințători ca cei pictați. Sunt fusiformi și au nevoie să mai fie tăiați. Acum nu locuiește nimeni la castel. A fost construit pentru un prinț în secolul al XVIII-lea, iar urmașii lui înfruntă acum un război în Madagascar. Cândva castelul era de un alb spre crem imaculat, deși adesea Gustav îl picta într-un galben-auriu. Acum, în loc să strălucească și să te îmbie ca prin minune, era trist și banal, brăzdat de mizerie și cu ferestrele închise.

Găsim un loc pe pajiştea plină de noroi. Iarba este galbenă şi încâlcită. Helene, încă şi mai îndemânatică, întinde prelata de pânză pe care a adus-o.

— Aş fi vrut să am coupé-ul. Drumurile sunt pustii. Am fi putut uşor să prindem viteză maximă. Nu ar fi trebuit să frânăm niciodată.

— Şi ce am putea face pentru benzină? întreabă Helene. Chiar dacă maşina nu ar fi revendicată?

— Detalii, detalii...

— Ne-am fi blocat şi nu am fi găsit pe nimeni care să ne împingă. Maşina aia cântăreşte cam cât, două tone? Nu am fi reuşit niciodată noi singure.

Asta este diferenţa între mine şi Helene. Ea pare mulţumită de ce îi oferă zilele, în vreme ce eu mereu îmi doresc altceva, ceva ce nu pot avea, ceva care nu are nicio importanţă că lipseşte. Ea nu-şi aminteşte de tatăl ei, dar seamănă cu el, sau cu imaginea pe care cred eu că ar fi putut s-o aibă dacă ar fi apucat cincizeci de ani. Are o expresie încordată, iar părul grizonant îi alunecă afară din coadă. O iau de mână şi-i simt fierbinţeala, forţa.

Ne aşezăm în linişte şi, pentru câteva clipe, contemplăm mica noastră vale. Pe pajişte rătăcesc două capre, adulmecând pământul în căutare de iarbă proaspătă. Pe partea cealaltă de lac, în Unterach, biserica îşi deschide porţile după slujbă şi se aud clopotele bătând. Cântecul este din *Stuttgart* de Christian Friedrich Witt. De aici, casele par nişte bomboane în nuanţe pastelate. Toate, lacul, cerul, aerul, sunt într-un ton de gri-albăstrui. Dacă aş fi pictor, aş folosi albastru de Prusia, alb de titan, chihlimbar ars. Spre deosebire de Gustav, aş picta întregul cer enorm, cu norii lui îndepărtaţi, de gheaţă, şi cu cei de mai jos, mai mari, care aproape că-i acoperă pe primii. Aş picta reflexia cerului şi a norilor în apă. Şi aş include şi oameni în picturile mele. S-ar afla şi o barcă pe lac, sau chiar mai multe. Fetiţe care s-ar scălda la mal şi familii care s-ar plimba prin oraş, îmbrăcate în cele mai bune haine de duminică. Lacul nu i-ar eclipsa pe oameni în atenția privitorului, iar oamenii nu ar distorsiona perfecțiunea înghețată a cerului cu pantofii lor uzați și fețele bronzate.

— Îți amintești barca cu motor? o aud pe Helene. Unchiul Gust era atât de mândru de ea. Prima barcă cu motor din toată Austria!

— Îmi amintesc când aproape că a dat cu ea peste mama lui Heitzmann. Sau când a rămas fără combustibil pe lângă St. Wolfgang și a trebuit s-o lase acolo și să înoate până acasă.

— Cum ai adus-o înapoi? întreabă Helene, deși știe povestea foarte bine.

— Am vâslit cu el până acolo. Chiar în ziua aia, dimineața devreme, îmi spusese că ar trebui să ne descotorosim de barca cu vâsle, că era demodată și ocupa prea mult spațiu în debarcader. Dar după aceea nu a mai spus un cuvânt despre asta.

Helene scoate sendvișurile, niște mere și câteva pătrățele de ciocolată înfășurate în folie. Dumnezeu știe unde le avea ascunse. În timp ce mâncăm, îmi tot cere să-i mai spun povești despre Gustav, despre mama ei, despre Ernst și, ca să-i fac pe plac, am vorbit și am tot vorbit până ce a trecut după-amiaza.

SĂRUTUL, 1907

Singur în atelier, Gustav stă în fața noii picturi. După lunga plimbare de dimineață, a ajuns înapoi cu respirația tăiată, plin de speranțe. Astăzi este ziua când începe cu adevărat. Are modelul, pânza este pregătită, a desenat în tușe groase siluetele, este gata să înceapă. Dar încă nu poate. De mai bine de o oră, se uită la ea, dar fără nicio intenție să apropie pensula de pânză, mai mult decât la început, când a ajuns.

Umblă prin cameră, deschide, apoi închide fereastra. Ia una dintre pisici și o mângâie pe burtă până începe să miorlăie și-l zgârie pe față. Își face o ceașcă de cafea, pe care o bea în fața pânzei, încercând să-și dea seama de ce îi vine atât de greu. O pictură este ca un joc de șah; trebuie să-ți calculezi mutările. Când a părăsit atelierul cu o noapte înainte, credea că știe cum să înceapă atacul, dar în acea noapte, la un moment dat, ceva se schimbase în el.

Nu este mai diferită decât alte picturi pe care le-am făcut, se gândește el. Chiar dacă o pictură alegorică despre dragoste este cea mai mare îngâmfare dintre toate. Ce naiba știu eu despre dragoste? În comparație cu asta, o pictură alegorică despre medicină sau filozofie este un angajament modest.

Și iată-i, întunecați, în nuanțe de gri, cu siluetele în creion, așteptând să fie aduși la viață de vopsea. În stânga, un bărbat. Nu el. Nu a luat niciodată în serios ideea de a face din acel bărbat propriul portret, bineînțeles. A spus asta doar ca să o împace pe Emilie, care, în legătură cu asta, era bizară și absurdă. Ar trebui să știe că el niciodată nu și-ar face autoportretul, pentru nimeni, nici măcar pentru ea.

Iar în partea dreaptă, această fată. Cine e?

Ei bine, este Emilie, desigur. Puțin mai subțire, puțin mai stilizată, dar, în mod cert, Emilie. Are gura lui Emilie, părul lui Emilie și mâinile lui Emilie. Și asta e o problemă, își dă el seama. Dacă vreți să aflați lucruri despre mine și ce-mi doresc, uitați-vă la picturile mele, spunea el mereu. Știe că dacă pictează o sosie a lui Emilie Flöge, îmbrățișându-se cu un bărbat în mantie, chiar dacă bărbatul este de nedeslușit, toți își vor da seama. Se vor auzi tot felul de bârfe și speculații. Și el îi ceruse să fie modelul lui pentru tablou fix cu acele concluzii în minte. Vrea să exprime ceva, să facă o declarație. A simțit cum în ultima vreme se îndepărtase, atât de ocupată cu munca ei, cu călătoria. Vrea să o aducă din nou lângă el. Dar acum că e aici, cu pictura, își dă seama că nu poate s-o facă. Nu se poate să fie Emilie, nu, cel puțin, nu într-un mod atât de evident.

Îi ia câteva ore să-i modifice crochiul. Forma feței ei s-a schimbat. Mâinile îi aparțin altei femei. Emilie va fi dezamăgită, se gândește el. De când aștepta să-i fac un portret mulțumitor? Chicotește puțin întristat. Aproape dintotdeauna. Niciodată nu a înțeles cu adevărat de ce nu i-a plăcut portretul ei. Ce însemnau toate tâmpeniile alea despre el, cum că n-ar ști cine e ea cu adevărat? O cunoaște mai bine decât oricine, mai bine decât Helene, mai bine decât Pauline, mai bine decât mama ei. Se hotărăște să nu-i spună deocamdată. Când îl întreabă cum merge treaba, el poate să-i spună că a trebuit să modifice puțin desenul. De atât va avea nevoie să audă ca să înțeleagă. Ăsta-i motivul pentru care e singura persoană în preajma căreia se simte cu totul și cu totul confortabil: nu trebuie să vorbească foarte mult și nici să elaboreze discursuri interminabile ca să se justifice. Încearcă să nu se gândească la expresia de pe fața ei atunci când va vedea pictura terminată.

Motivele artistice sau cele personale îl împing să modifice pictura într-o formă mai puțin specifică, mai universală? Este greu să fii atât de conștient de sine. Este greu să te uiți de atât de aproape la propriul psihic. Tot ce știe este că, atunci când se gândește la acea fată ca la o imagine a lui Emilie, nu poate să ridice o pensulă. Este paralizat. Când se gândește că ea este doar o fată, o oarecare fată, poate să-și amestece vopselele și să întindă un strat de chihlimbar ars, apoi să înceapă să construiască pictura în ocru și siena crudă. Și este o diferență între a-și ieși complet din minți și a fi, cel puțin în orele când lucrează, liniștit.

23

Gustav a desenat cincizeci de modele de rochii. Unele erau prea fanteziste ca să fie create, iar altele trebuiau să fie modificate în vederea costului, a trăiniciei sau a caracterului practic. Am purtat discuții lungi despre materiale și ornamente, iar el mi-a descris cum voia să arate fiecare, ce fel de impresie voia să lase fiecare, cum să se așeze pe corp. În cele din urmă, am redus numărul la treizeci și două de modele. Am transformat desenele lui în tipare, pe care le-am adus la salon să le creez după măsurile mele. Mai întâi am început pe muselină, ca să mă asigur că am transpus ideile corect și că se potrivesc după cum au fost concepute. Apoi, după ce au fost drapate și prinse în ace cât de cât, am scos materialele scumpe pe care Gustav cheltuise o mică avere. Era ciudat și puțin stânjenitor să am atâtea haine în lucru doar pentru mine; m-am simțit ca împărăteasa Elisabeta.

Când rochiile au fost gata, eu și Gustav ne-am întâlnit la atelier pentru o ședință foto. Le-am agățat pe toate în hol, ceea ce părea destul de bizar fiindcă arăta ca o cameră de recuzită de la Operă, cu toate acele haine înghesuite pe gravuri și sculpturi. Am făcut fotografii în grădină, intrând mereu înăuntru să mă schimb în următoare ținută.

Prima oară am pozat într-o rochie dreaptă, strâmtă, de zi, cu un imprimeu de carnaval, din trei straturi și cu mâneci-clopot largi.

— Întoarce-te și uită-te spre ușă, mi-a spus el. Gândește-te la o tartă cu marțipan.

— Nu vorbi despre mâncare. Vreau să mai încap în rochiile astea când le terminăm de fotografiat. Spune-mi cum merge cu tabloul cu îmbrățișarea.

— Frustrant, a mărturisit el în timp ce eu stăteam nemișcată pentru interminabila prezentare.

— Există cuvântul ăsta?

— Ți-ai mișcat gura. Acum o să iasă în ceață.

— Ar putea fi un efect drăguț.

— Ții morțiș să continui să vorbești, m-a acuzat el. Taci din gură și lasă-mă să mă plâng despre cât de rău mă descurc cu tabloul.

Mi-a spus că cele două portrete încă nu arătau bine, dar că se hotărâse să le picteze așa cum erau. Mi-a povestit că fundalul era mult prea aglomerat și că a trebuit să-l mai curețe și s-a plâns câte ore de muncă l-a costat asta. Că prețul foițelor de aur era ridicol de mare. L-am ascultat în timp ce pozam într-o rochie de petrecere dintr-un jerseu de lână roz-pal, cu mâneci din șifon alb. Apoi am pozat într-o rochie neagră de seară, cu un guler alb-negru, ca tabla de șah, în vreme ce el îmi povestea despre un nou artist descoperit la Atelierele Vieneze, un tânăr pe nume Oskar Kokoschka.

— Este bine pregătit la desen, un student la Școala de Arte și Meserii. Nu unul despre care ți-ai da seama doar uitându-te la lucrările lui. Este un sălbatic, dar promițător.

— Mai sălbatic decât Schiele? Mai promițător?

— Greu de spus. Cel puțin la fel de nebun, dar într-un mod diferit.

— Și când îl întâlnesc pe ultimul geniu descoperit?

— În curând. Întoarce-ți capul puțin mai la stânga. Ar trebui să dăm o petrecere în cinstea lui.

Ceea ce voia să spună era că ar trebui să dăm o petrecere la mine, el fiind gazda principală. Dar eram obișnuită cu asta.

— Bine. Doar anunță-mă cu câteva zile înainte.

M-am dus înăuntru și m-am schimbat într-o rochie de vară, cu platcă în model alb-negru din triunghiuri, care părea luat direct din friza Casei Stoclet.

Fotografiile au apărut în *Journal of Arts and Crafts*. Râd în poze, iar în majoritatea am părul prins sus, așa că decolteul meu este la vedere. De obicei, Gustav mă lua din profil, care întotdeauna a fost cel mai bun unghi al meu. Purtam lanțul pe care mi-l dăruise Gustav. Deși Gustav se află în afara cadrului, el este peste tot în fotografii, în haine și în zâmbetul meu. Dacă le-ai ridica în aer, i s-ar vedea reflexia oglindită în irisul ochilor mei.

Sărutul a fost expus la Expoziția de Artă din Viena, în anul 1908. Au fost prezenți toți foștii membri ai Secesiunii, care nu mai avuseseră nicio prezentare de când au părăsit grupul, cu trei ani în urmă. Primăria le-a împrumutat un teren viran unde urma să fie construită o sală de concerte, iar Hoffmann a creat un complex pentru expoziție cu cincizeci și patru de camere, cu terase, grădini, curți, un teatru în aer liber și o ceainărie. Reprezentația a fost programată astfel încât să coincidă cu celebrarea a șaizeci de ani de la încoronarea împăratului Franz Josef. Toate lucrările de artă erau austriece. Gustav avea o cameră doar pentru el, unde a expus șaisprezece picturi.

Am fost prea ocupată ca să-l ajut cu pregătirile și oricum nu m-ar fi lăsat să mă uit la *Sărutul* înainte de seara deschiderii, așa că am văzut pictura prima oară când am ajuns la ceremonia de inaugurare. Era foarte aglomerat și, bineînțeles, cei mai mulți se aflau în sala lui Gustav, în jurul noii lui lucrări. De cum m-am amestecat prin mulțime, oamenii continuau să vină să-mi spună cât de mult le plăcea, și nu-i așa că și mie? Da, am încuviințat, era minunat, și m-am postat în fața peretelui opus picturii, așa că, atunci când lumea s-a împrăștiat, am reușit să o văd mai bine.

Stăteam acolo și mă uitam la cefele persoanelor când Gustav a intrat cu un bărbat slab, înalt, cu niște ochi rotunzi, ca de bufniță, și pleoapele căzute. Avea o frunte încrețită de îngrijorare și o față lungă, acoperită în mare parte doar de barbă. Părea genul de bărbat care ar fi putut deveni mai arătos odată cu vârsta, dar acum, la douăzeci și doi de ani, era chiar urâțel.

— Emilie Flöge, Oskar Kokoschka.

— Încântată! am spus eu și i-am mărturisit cât de mult mi-a plăcut afișul pe care îl făcuse pentru prezentare, cel cu tânăra. Îmi amintește de arta populară.

— Mi s-a arătat într-un vis. Cele mai bune idei îmi vin în vis. Dar îmi place mai mult celălalt afiș pe care l-am făcut.

— Sper că acela nu ți s-a arătat tot într-un vis.

— Nu, m-a inspirat cel al lui Goya, *Saturn devorându-și fiul*, îl știi?

I-am spus că da, deși nu fusesem niciodată în Spania să-l văd. Mi-a explicat că titlul afișului era *Tragedia omului* și că moartea, bineînțeles, era prima tragedie a bărbatului și astfel era interconectată cu pictura lui Goya, chiar dacă poziția personajului său nu era chiar aceeași, cum nu era nici metoda de lucru. Goya, a spus el, a înțeles moartea mai bine decât orice alt artist care a trăit vreodată. Vorbea grăbit, de parcă ar fi putut fi atacat înainte să termine. Se întorcea mereu spre Gustav să se asigure că înțelege. M-am gândit că băiatul se poate să fi suferit de insomnii, malnutriție sau ambele, așa că l-am invitat la cină imediat. Apoi Gustav l-a condus afară și eu am rămas să aștept. Era aproape sfârșitul serii când am reușit într-un final să văd *Sărutul*.

Mi-am dat seama pe loc că mă păcălise. Gustav nu mai era deloc în pictură. Dăduse deoparte desenele cu el, pictând în schimb o caricatură. Fața lui era aproape complet neclară, iar puținul obraz și sprânceană care se vedeau nu aveau nimic de-a face cu cele ale lui Gustav. Tenul negricios al bărbatului nu semăna deloc cu al lui. Avea părul prea bogat, prea închis la culoare. Și era ceva ciudat la gâtul lui, din punct de vedere anatomic ceva nu era în regulă, care, luând în considerare câte personaje desenase Gustav cu ușurință, nu avea aici niciun sens. Corpul bărbatului era acoperit într-un caftan în genul celui pe care îl purta Gustav când picta, dar acest veșmânt era un fel de travesti, ascundea totul, îl reducea doar la o formă, la o bucată de aur.

Și pe mine mă modificase. Fata din tablou avea un chip dulce, comun. În zadar mi-am căutat maxilarul, fălcile masive, gura subțire și lungă. Totul era ajustat, netezit, rotunjit. Am constatat cu mâhnire că fata avea mâinile Adelei Bloch-Bauer.

Fata, oricine ar fi ea, se legăna pe marginea prăpastiei. Degetele de la picioare strângeau marginea – extaz sexual sau disperare? Picioarele erau înfășurate sau legate cu viță-de-vie aurită. Bărbatul, oricine ar fi el, părea că e mai bine. El se afla de partea sigură a stâncii. Undeva sub acel veșmânt avea picioare, picioare libere, care îl puteau duce departe. Își ascundea expresia feței, sentimentele, întorcându-și capul într-o parte. Într-o clipă s-ar putea plictisi de fată și ar împinge-o de pe stâncă. Ar putea s-o lase pradă disperării, cu nicio alternativă în mintea ei chinuită decât să se arunce de sus. Chipul binecuvântat trăda întreaga necunoaștere despre întunericul care o înconjura. Fața ei era în centru, inima picturii. Dintr-odată m-am simțit furioasă pe ea, pe inima și chipul sincere, pe inocența și tinerețea ei. Nu vedea pericolul în care se afla? Cum avea de gând să iasă din asta? Îmi venea să o pocnesc, să o trezesc din transă. Dar ea continua să zâmbească, iar și iar.

Bineînțeles, pictura era un obiect al idolatriei. Era o alegorie, nu un portret, și niciodată nu a fost vorba de altceva. O uram pentru ce era sau pentru ce nu?

Dacă ar afla părerea mea, i s-ar frânge inima și, cum de atâtea ori mi se frânsese și mie, voiam să-l scutesc de asta, așa că am căutat altceva, ceva despre care să pot spune sincer că-mi place la nebunie. I-am spus că florile sălbatice îmi aminteau de cele din Attersee. Am spus că adoram rochia ei.

M-am întrebat cu voce tare dacă putea fi reprodusă, cât de scumpe ar fi atât de multe fire de aur și cât de grele. Am apreciat că a folosit auriul, structura fundalului. Gustav părea să nu observe că ceva era în neregulă. Și după ce m-a lăsat acasă, am intrat în camera mea și am dat cu pumnii în pernă până m-am simțit extenuată și capabilă să adorm.

Tabloul a fost vândut Galeriei Austriece pentru o sumă de bani ridicolă. Poate era doar o senzație, dar Gustav părea mai încântat de Kokoschka și copiii lui de basm, *The Dreaming Youths*, care-i fusese dedicată lui. Credea că era cel mai bun lucru din toată prezentarea, deși criticii, evident, erau scandalizați de îndrăzneala lui, de desenele primitive și culorile uniforme, strălucitoare. Gustav i-a spus lui Kokoschka că ar trebui să-și măsoare succesul în cantitatea de venin cu care era împroșcat și că ar trebui să fie foarte mulțumit de concluziile de la Kunstschau.

***

În 1911 eu am fost cea care a găzduit un eveniment, de dragul schimbării. Poiret a venit în Viena cu manechinele lui, într-un tur în capitalele europene. Cu ajutorul celor de la Atelierele Vieneze, am organizat o ceremonie de primire în grădinile din Prater, un parc de distracții de la marginea orașului.

Era vara târziu, cu un aer fierbinte și liniștit. Am acoperit mesele cu o pânză albă și am aranjat vasele albe din ceramică, decorate cu ciclamă delicată, câte una în mijlocul fiecăruia. Mesele flancau o pistă lungă, pe unde aveau să defileze manechinele lui Poiret îmbrăcate în hainele din cea mai nouă colecție. Pavilionul din grădină unde trebuiau să-și schimbe costumele avea jaluzele din bumbac alb. Pe invitație era specificat ca invitații să poarte doar alb. Femeile, bineînțeles, purtau cele mai bune articole Poiret, în cinstea lui.

Adele avea un colier din aur, cu niște opale imense, care nu i s-ar fi potrivit nici Cleopatrei. M-a pândit să-mi spună toate detaliile ultimei ei aventuri, cu Friedericke Beer. Schiele a adus-o și pe prietena lui, o fată frumoasă și jucăușă, îmbrăcată cu o rochie ieftină din bumbac. Hoffmann mergea cu un baston de alabastru și se plimba de jur împrejurul meselor, recentrând aranjamentele. A venit și Alma, dar ea nu putea să poarte alb, căci Mahler murise cu doar trei luni în urmă și încă ținea doliu. Se distingea dramatic față de restul figurilor palide, în rochia ei neagră, din mătase, cu o tăietură atentă. M-am gândit că sigur va leșina de căldură, iar când am văzut-o stând singură, făcându-și vânt cu un șervețel, mi-a părut rău pentru ea. L-am trimis pe Kokoschka să-i ducă un pahar cu apă rece și poate chiar merit să fiu învinovățită pentru tot ce s-a întâmplat după.

După ce salutasem pe toată lumea, am rămas puțin deoparte, uitându-mă să mă asigur că erau cu toții fericiți și că nu fusese uitat niciun detaliu. Am purtat propria creație, un model simplu, dar cu o broderie ocru-pal de flori fanteziste și păsări. În jurul gâtului aveam o eșarfă magenta de la Atelierele Vieneze. Era o copie după alt model, dar voiam ca lumea să mă poată găsi în mulțime.

Gustav a apărut lângă mine, arătând foarte bronzat în costumul deschis la culoare.

— Se simte bine invitatul nostru? m-a întrebat el.

— Discută cu Moll. Ce părere ai?

— Cred că o să fie plictisit de moarte de ultimele detalii legate de conducerea unei galerii. Crezi că Moll o să încerce să obțină bani de la bietul om?

— Cred că ar trebui să-l salvăm înainte să aibă loc un incident internațional.

L-am luat pe Gustav și i l-am prezentat lui Poiret. În primele câteva minute și-au lăudat politicos munca unul altuia. Apoi Gustav l-a întrebat dacă îi place Viena.

Îi plăceau oamenii fermecători, a spus el. Îi plăcea grădina din Prater, chiar dacă erau albine. Îi plăcea felul în care mergeau femeile, atât de diferit față de parizience, mai natural, mai puțin studiat. Îi plăcea lichiorul de cireșe pe care îl bea și porcul umplut, făcut la proțap, acoperit cu zahăr pudră, pe care îl mânca.

— Ah, Viena! a exclamat Gustav, de parcă asta ar fi explicat tot.

— Eșarfa ta, mi s-a adresat Poiret, ador eșarfa ta.

A tras de un capăt până mi-a luat-o cu totul. A ținut-o în ambele mâini și a studiat-o de parcă ar fi fost un artefact foarte vechi.

— Voal de mătase, a observat el. De la Bianchini. Dar niciodată nu am mai văzut culoarea asta.

— A fost special vopsită pentru Atelierele Vieneze, i-am explicat eu.

— Iar broderia este foarte bine făcută. Se poate să o păstrez?

— De ce nu? Mai am atâtea.

— Toate aceeași culoare?

I-am spus că una era verde-acid, iar cealaltă de culoarea pepenelui.

— Cred că pot să introduc ceva de genul ăsta în următoarea mea colecție. Este inspirată din cultura orientală și este foarte mătăsoasă și curgătoare, o mulțime de mișcări și straturi subțiri. Cred că o să meargă foarte bine.

— O să primească și Emilie un procentaj din profit? a întrebat Gustav, iar Poiret a râs.

— Nu, dar promit că o să-i trimit cea mai bună piesă a colecției drept cadou.

După ce a plecat, Gustav și-a șters fruntea prefăcut, în semn de ușurare.

— Îmi era teamă că dacă mai rămânea, îți lua toate hainele, până te lăsa goală aici!

— Ce vis urât!

— Sau, pentru altcineva, unul foarte frumos.

În alt loc al petrecerii începea o nouă poveste de dragoste importantă. Alma și Kokoschka nu se cunoscuseră înainte, de vreme ce Alma fusese în New York când Kokoschka începuse să lucreze pentru Atelierele Vieneze. Când s-a întors, a avut grijă de Mahler, care era pe patul de moarte, și, deși avea deja o aventură cu arhitectul Walter Gropius, era, după câte se pare, cu adevărat înnebunită de durere. Săptămâni la rând după aceea nu a mai ieșit. De fapt, asta era prima apariție în public de la înmormântarea soțului ei. Almei și lui Kokoschka nu li se făcuse cunoștință cum se cuvine, dar am uitat complet de asta când l-am trimis la ea. În cercul nostru, lucrurile astea nu contau prea mult oricum.

Nu știu ce i-a spus; dacă ar fi să mă gândesc la asta, aș spune că el era mult prea necioplit pentru ea, prea ciudat. Și cu siguranță mult prea tânăr. Dar când am aruncat iar o privire spre ei, i-am surprins într-o discuție foarte profundă. Kokoschka îi prinsese mâna într-a lui în mijlocul unei declamații înfocate, iar ea i-a permis s-o țină.

Doar vorbeam despre artă, a spus ea mai târziu. Nici măcar nu a încercat să mă sărute, decât după câteva săptămâni mai târziu. Dar din acea după-amiază, până când el a fost chemat în armată, au fost nedespărțiți. A pictat-o în 1914, un tablou numit *Furtuna*. Fundalul este un albastru-închis ca de ocean, iar în centru, doi îndrăgostiți întinși. Bărbatul este cadaveric, iar femeia, învăluită într-o lumină albă. Relația lor era ca o furtună puternică, întunecată, care-i consuma pe amândoi, lăsându-i apoi distruși.

24

Anul următor, Schiele a fost arestat și judecat pentru obscenitate. Gustav știuse de ceva timp că Schiele desena copii și, deși nu i se părea cine știe ce pagubă, îl avertizase pe Schiele despre cum ar putea oamenii să îi interpreteze munca. Procesul avea loc la Neulengbach, la jumătate de oră de Viena cu trenul. Gustav era incredibil de îngrijorat pentru el și s-a dus la judecătorie în ziua când s-a dat verdictul: desenele lui vor fi arse. Era un moment teribil și părea să anunțe ce avea să vină.

Războiul amenința de ceva vreme, dar încercam să nu mă gândesc la asta. Eram confuză în legătură cu tot ce se întâmpla. Pe de o parte, la ce să mai folosească acum rochiile minunate sau fotografiile la modă sau chiar picturile? Dar pe de altă parte, în aceste vremuri urâte, lumea are nevoie de frumusețe mai mult ca oricând. În cele din urmă, eu și Gustav am hotărât că trebuie să continuăm să muncim, chiar dacă asasinatele din Sarajevo ne îngrozeau, chiar dacă moartea împăratului ne întrista, chiar dacă veștile despre război ne deprimau. Ce altceva puteam să facem? Puteam să mă pregătesc ca să fiu asistentă sau să mă alătur unui comitet de ajutor, dar niciuna dintre cele două variante nu mă atrăgea. Gustav era prea în vârstă ca să mai fie soldat, chiar dacă ar fi vrut, și prea puțin superficial ca să fie politician. Nu voia să scrie articole de ziar sau să țină discursuri. El doar voia să picteze.

Îmi era greu să continui să fac haine la calitatea inițială, de vreme ce porturile erau blocate, iar mărfurile erau imposibil de obținut sau aberant de scumpe. Ne-am descurcat fără materiale franțuzești, fără tipare franțuzești, fără reviste franțuzești. Am încercat, în ceea ce privește manopera, să compensez prin standarde mai riguroase, deși mătasea era ieftină și cu multe defecte. Clientele mele erau înțelegătoare și loiale.

Bineînțeles că viața nu a fost ușoară de-a lungul acestor ani. S-au impus rațiile: la făină, la carne, la combustibil. Dar tot puteai să faci rost de ele dacă știai oamenii potriviți și dacă aveai bani suficienți, iar eu aveam. În majoritatea timpului încercam să mă prefac că nimic nu se schimbase. Eu și Gustav încă mergeam verile la Attersee, iar el picta cu pasiune, terminând pânzele mai repede decât o făcuse vreodată.

Apoi, în toamna anului 1917, Pauline a făcut pneumonie și a murit după câteva săptămâni de boală. Credeam că era cel mai rău lucru care mi se putea întâmpla, să-mi pierd sora. Sora mea, care îmi legase părul cu panglici și-mi împrumutase bani și mă susținuse toată viața ei, atât de puternică și pragmatică. Câteva luni bune am fost într-un fel de amorțeală, până când s-a întâmplat ceva și mai rău.

Citeam în camera de zi. Chiar și în vremurile de restriște, exista un sentiment puternic de satisfacție în străfundul minții mele pentru covorul de sub picioarele mele, pe care îl simțeam bogat și moale, pentru scaunul cu spătar alcătuit dintr-un fel de fusuri, care era din abanos lăcuit, pentru tava de ceai din fața mea, care era din argint, perfect pătrată. Ani de-a rândul, am petrecut câteva momente în fiecare zi agitată admirându-mi pereții, dulapurile sau balamalele ușilor. Dacă încă ar exista, același lucru poate l-aș face și acum.

Răsfoiam o revistă veche, *Journal of Arts and Crafts*. Îmi amintisem că văzusem cândva un articol despre un costum popular românesc și, după ce căutasem în mai multe cutii cu ediții vechi, o găsisem în sfârșit. Articolul era însoțit de câteva fotografii și mai multe desene. Mâzgălind notițe pe margine, mi-au venit niște idei noi de modele.

Era 11 ianuarie 1918. Rația de pâine doar ce fusese redusă și, în câteva zile, în suburbiile din Wiener Neustadt aveau să fie revolte pentru mâncare și greve muncitorești de proporții, dar până atunci nu voiam nici măcar să citesc ziarele, mai ales să-mi pese de ce se găsea în ele.

În acea zi era un frig cumplit. Gustav făcuse țurțuri în barbă în timp ce se îndrepta spre atelier și avea o durere îngrozitoare de cap, dar și frigul îți poate provoca dureri de cap, mai ales dacă ești chel și uiți să-ți pui pălăria.

Johanna Staude venea să pozeze pentru el. S-a ocupat de pregătirile obișnuite, oprindu-se câteodată să se întindă în fața focului. Părea că nu reușește să se încălzească. Mai târziu am găsit flaconul de aspirină pe jos, pastilele împrăștiate peste tot. Trebuie să-l fi lăsat desfăcut pe chiuvetă, iar pisicile îl dărâmaseră pe podea.

Avea cincizeci și șase de ani, nu era bătrân deloc. Încă în putere. Nicio artrită în mâini, încă vâslea pe lac, încă picta noaptea, încă jongla cu nenumărate amante. În atelierul lui se aflau șase pânze, în diferite grade de finalizare: *Mireasa, Amalie Zuckerkandl, Portretul unei doamne, Portretul unei doamne în alb, Prim plan al unei doamne* și *Johanna Staud.*

Johanna avea o structură osoasă puternică, o față pătrățoasă. Gustav i-a pus în jurul gâtului o eșarfă din pene, ca să-i mai îmblânzească chipul. Apoi a aruncat niște surcele în sobă. Mai târziu mi-au spus că nu se simțea foarte rău, doar puțin amețit. Nici măcar nu i-a pomenit ceva Johannei. În timp ce-și amesteca vopselele, Johanna târâia fâșia din pene pe podea, pentru mâță, care o urmărea și se năpustea asupra ei neobosită. I-a spus lui Gustav că fiul ei tocmai rostise primul lui cuvânt: zahăr. Gustav, ca s-o tachineze, i-a spus că nu era deloc un semn bun. A desenat un porc cu o coadă răsucită pe o bucată de hârtie ca să-și amintească să-i trimită niște porcușori din zahăr de la Demel.

Ea avea ochii albaștri, calzi, jucăuși. Mereu mi-a plăcut de ea; mi-a părut rău că a trebuit să se afle acolo. Trebuie să se fi simțit îngrozitor. Dar, pentru siguranța lui Gustav, m-am bucurat că a fost ea și nu vreo tânără zvăpăiată, care ar fi leșinat sau ar fi rupt-o la fugă din atelier de frică. Mă gândesc mereu la asta, chiar și acum; ce fusese diferit, cum aș fi putut să împiedic asta. Dar s-a întâmplat.

În cele din urmă, Gustav a fost gata, iar Johanna și-a împodobit iar umerii cu pene, mișcându-i-se doar mâinile în timp ce se juca cu capetele fâșiei de la gât.

— Oprește-te! a atenționat-o Gustav dezaprobator. Îți cobori bărbia când faci așa.

Gustav lucra din greu la trăsăturile principale ale feței ei. Portocaliul și albastrul aveau o strălucire țipătoare. Fundalul încă era complet neterminat, un alb imaculat, ca un pat nefăcut.

Apoi, brusc, a simțit că amețește. O nădușală rapidă, în timp ce aerul părea absorbit cu totul din cameră. După care, o durere ascuțită. Era pretutindeni, peste tot. Când corpul lui s-a prăbușit pe podea, s-a auzit de parcă un sac a fost încărcat într-un vagon de mărfuri.

Totul s-a întâmplat foarte încet. La început, era conștient. La pământ, dar doar năucit. Aerul era încărcat cu durere. Johanna a îngenuncheat lângă Gustav și i-a atins fața. Mâinile ei erau reci; vocea ei era gravă și liniștitoare. I-a spus ceva, dar el nu îi înțelegea cuvintele. Pisica și-a frecat spatele de gambele lui Gustav. Ca un cal bolnav, a încercat să se ridice, spunea Johanna, dar nu a reușit decât să-și înalțe capul câțiva centimetri. Apoi a rostit un singur lucru:

— Cheam-o pe Emilie.

Johanna a alergat din cameră și l-a întâlnit pe prietenul nostru, Naumann, cel cu câinele neascultător, iar acesta s-a dus să cheme un doctor.

Eram în sala de așteptare, citind, când a sosit telegrama. Nu mi-am luat nici măcar haina. Am alergat în jos, pe scări, apoi am ieşit în stradă. Odată ajunsă în trăsură, mi-am dat seama că încă ţineam în mână *Journal of Arts and Crafts*. Am deschis fereastra şi am aruncat-o în şanţurile din gheaţă săpate de roţi.

Doctorul era deja la atelier când am ajuns eu. Avea o barbă albă şi o trusă medicală neagră. M-a întrebat dacă sunt soţia lui Gustav. I-am spus că da. M-a înştiinţat că avusese un atac cerebral. Părea să-i pară rău când mi-a mărturisit că nu era nimic de făcut. Se putea recupera de unul singur; uneori, dacă atacul nu era foarte sever, creierul îşi putea reveni. Singurul lucru pe care puteam să-l fac era să-l duc acasă şi să aştept.

Stătea întins pe canapea, cu o pătură aruncată peste el. Johanna era îngenuncheată lângă el, încercând să-i dea apă cu linguriţa. Dar apa-i curgea din colţul drept al gurii pe podea. Avea ochiul stâng complet deschis, iar dreptul era înspăimântător, doar pe jumătate deschis, ca o rămăşiţă. Faţa lui părea neînsufleţită, slăbită. Degetele îi erau ţepene, răsucite, ca ale lui Adele.

L-am adus la salon. Singurul lucru la care puteam să mă gândesc era că voiam să fiu cu el în fiecare minut, atât de mult cât reuşeam. L-am pus în propriul meu pat. Nu am luat în considerare simbolistica decât mult mai târziu. Ziua devenea noapte, apoi zi din nou. Doctorul venea şi-şi făcea controalele. A lăsat apoi nişte medicamente, pe care i le administram eu. Îl îmbăiam, îi schimbam aşternuturile soioase, îl întorceam de pe o parte pe alta ca să nu facă răni de la statul în pat. Îi dădeam cu lingura supă şi terci de ovăz şi piure de legume, ca unui copil. Când eram prea obosită să mai continui, Helene mă înlocuia, iar eu mă prăbuşeam în patul ei. Vizitatorii veneau cu ghivece de amarilis şi zâmbetele lor tensionate, încurcate. Îmi doream să nu se mai deranjeze.

Încet-încet, Gustav şi-a revenit din amorţeală. După câteva zile, putea să stea aşezat, dar nu putea să vorbească. Îşi rotea ochii prin cameră fără vreo ţintă anume, cu gura rămasă într-un rânjet sumbru. Îl căutam pe Gustav pe care îl cunoscusem, dar nu puteam să-l găsesc. Totuși, știam că aveam să fiu recunoscătoare pentru orice bucățică rămasă din el, chiar dacă era acest înveliș palid al bărbatului pe care îl întâlnisem cândva.

A trecut o săptămână, apoi încă una. Am crezut că se simțea îndeajuns de bine încât să-i dau un bloc pentru schițe și un creion. Speram să-i fac o bucurie. Și doctorul a spus că stimularea mentală i-ar putea grăbi recuperarea. I-am strâns bine pumnul în jurul creionului și i-am afișat ceea ce speram eu să fie un zâmbet încurajator. La prima încercare, a apăsat creionul prea tare pe hârtie, acesta sărindu-i din mână și lovindu-mă pe mine în piept. L-am pus înapoi, în mâna lui. A doua oară, încercând să fie mai blând, l-a scăpat, iar creionul s-a rostogolit până în colțul patului. L-am luat și i l-am adus iar. A treia oară, a reușit să-l țină și l-am lăsat singur să deseneze în voie.

Când m-am întors după câteva minute cu mâncarea lui, încă lucra. Am lăsat jos tava și m-am uitat peste umărul lui. În douăzeci de minute desenase un cerc de mărimea unui bob de mazăre. A doua zi, a stat o oră la un triunghi șubred. Ziua următoare s-a chinuit toată după-amiaza să scrie un V, din niște linii care nu se intersectau.

Apoi, în cealaltă zi, am găsit creionul rupt, sub pat.

Când Gustav și-a dat seama că nu poate să deseneze, s-a stins toată viața din el. Nu mai voia să mănânce. L-am implorat, i-am spus că, odată cu timpul, se va face bine, cum era înainte, că o să se însănătoșească, că nu ar trebui să renunțe, dar nu știu cât de mult auzea sau înțelegea. I-am spus că am nevoie ca el să trăiască, dar probabil că nu era un motiv destul de bun.

A murit de pneumonie pe 6 februarie 1918.

Ultimul cuvânt pe care l-a spus a fost numele meu.

25

Asistentele l-au bărbierit în ultimele zile și nu mai semăna deloc cu cel pe care îl știam. Schiele i-a desenat portretul pe moarte, dar nu am putut să mă adun să-l privesc, nici atunci, nici altădată. Uneori era reprodus în cărți și mereu întorceam repede pagina. Ziarele erau pline de negocierile de pace cu Ucraina sau Rusia și de speculații, cum că războiul ar putea lua sfârșit în curând. Cel mai mic anunț era despre moartea lui Gustav. Câțiva oficiali ai orașului s-au oferit să aibă parte de o înmormântare specială, să i se ridice un monument, să se facă o ceremonie. Am spus nu. După ce se întâmplase cu picturile de la Universitatea din Viena, după ce fusese refuzat de atâtea ori pentru postul de profesor, după ce fusese sfâșiat de presă, să primesc acceptarea lor postmortem era deranjant. Schiele era de părere că atelierul lui ar trebui păstrat așa cum era, ca să fie transformat într-un muzeu pentru generațiile următoare. Ideea mi s-a părut bună, dar Gustav nu a lăsat cine știe ce bani după moarte, iar surorile lui, care depinseseră întotdeauna de ajutorul său, aveau nevoie de banii pe care obiectele din atelier i-ar fi putut aduce.

Ca executor testamentar, a picat în grija mea să mă ocup de toate. Într-o zi, la atelier, s-a întâmplat să văd o schiță pe masa lui de lucru. Era *Sărutul*, într-un teanc de desene pe care le făcuse în anul dinainte să moară. Nu am înțeles de ce ar fi făcut o schiță a unui tablou terminat de mult, apoi am fost absorbită de literele care alergau într-o parte a desenului: EMILIE.

De ce nu vorbisem niciodată despre acest tablou? Acum era prea târziu, iar eu rămăsesem cu desenul și o mulțime de întrebări fără răspuns. Am pus capul pe masă și am plâns.

Când a murit Gustav, aveam doar patruzeci și patru de ani, dar părea că tot ce era mai frumos în viață trecuse deja. Și nu eram singura care credea asta. După ce a murit Gustav, apoi Schiele, apoi Moser și după ce războiul s-a încheiat cu dezbinarea imperiului, cu toții simțeam că lumina dispăruse din viețile noastre. Încă se dădeau petreceri, deci mai erau rochii de făcut, dar din ce în ce mai puține cliente cumpărau rochiile reformatoare. Fiicele clientelor mele inițiale erau de părere că imprimeurile erau bizare, iar hainele brodate, extravagante și scandaloase. Îmi cereau lucruri obișnuite, lucruri pe care le putea face oricine. Fără să am pentru cine să creez, mă simțeam o simplă croitoreasă, nu o creatoare de modă ca altădată.

Berta încă dădea petreceri, la fel și Adele, iar artiștii încă se înghesuiau să vină la ele, dar lumea artei trecuse pe lângă noi, spre Bauhaus, și o știam cu toții. Alma s-a căsătorit cu arhitectul Walter Gropius și s-a mutat la Berlin. Kokoschka plecase la Dresda. Cu fiecare plecare, rămâneam din ce în ce mai puțini care să ducă arta mai departe.

Fără Pauline, fără Gustav, eu și Helene ne agățam una de alta, depinzând din ce în ce mai mult de nepoata mea, Helene. Încă mergeam la Operă și la teatru, dar cel mai mult stăteam acasă. Helene cânta la pian sau cu vocea și uneori jucam cărți. Adesea îi invitam pe Hoffmann sau pe Alfred Roller să stea cu noi la masă, și îmi plăcea compania lor, prietenia lor, dar asta era tot.

Altcineva nu mai exista. Știam că unii credeau că era o prostie, că făceam un martir din mine, dar Helene înțelegea. Poate că Alma a avut o viață amoroasă dureroasă și încurcată, căsătorindu-se cu Mahler și având aventuri cu Gropius și Kokoschka, apoi căsătorindu-se cu Gropius, dar purtându-i copiii lui Franz Werfel, dar acea viață nu mi se potrivea mie.

La început, modul în care clientele mele s-au risipit era aproape imperceptibil. Una a emigrat în Anglia, alta, în America. În 1920, mama a murit în somn. În 1925, când era tânără încă, Adele a murit de meningită. Alta a murit de cancer. Altele și-au schimbat preferințele în favoarea noilor case de modă, a noilor creatori de modă. Am renunțat la câteva croitorese.

În 1936, sora mea Helene a murit. A fost o lovitură teribilă. Fusesem alături una de cealaltă de mai bine de șaizeci de ani, ca partenere de afaceri, ca prietene. Nu eram sigură că puteam să supraviețuiesc fără ea, iar uneori încă am dubii.

Apoi, situația evreilor din Viena se înrăutățise foarte mult. În fiecare zi se anunțau alte restricții: cei din universități erau concediați, apoi studenții, exmatriculați. Bărbații și-au pierdut afacerile. Niciodată nu fusesem interesată de politică, doar de artă și, deși eram îngrozită, îmi era rușine să spun că îi acordam puțină atenție. Nu aveam idee unde se îndrepta totul.

Când lucrurile s-au înrăutățit din ce în ce mai tare, oamenii au plecat, uneori cu poliția pe urmele lor: Alma a plecat mai devreme, în 1938, în Franța; Ferdinand Bloch-Bauer a fugit în Zürich, dar a trebuit să lase tot în urmă, inclusiv portretele cu Adele.

Când germanii au intrat în Viena, clientele care încă nu fugiseră au fost alungate. Ni s-a spus că aveau să fie mutate și am văzut cum casele, picturile și toată mobila lor au fost confiscate. Am plâns privindu-le plecând, dar mă așteptam ca, după ce situația politică se schimba, ele să se întoarcă. Acum nu mai sunt la fel de sigură.

Salonul, de asemenea, era pierdut. Ruptă de furnizorii din Franța, clientela noastră scădea și chiar și cineva mai sentimental putea să-și dea seama că nu mai exista nicio cale de salvare.

Eram în luna noiembrie când am desființat salonul, o perioadă neplăcută a anului. Când ieșeai afară, vântul îți bătea în față cu ace de lapoviță. Iar când te întorceai înăuntru, din haină îți curgea pe podea o baltă de apă pe jumătate înghețată. Helene se ocupa să șteargă treptele cu o cârpă, ca să nu alunece careva. Copacii se topeau, apoi începeau să picure și iar înghețau, arătând ca niște sfeșnice. Florile de vară stăteau ofilite unele peste altele, într-un morman maroniu, țeapăn, ca niște soldați picați.

Ne pregătiserăm cu luni înainte, lăsând să plece rând pe rând fiecare croitoreasă, până a mai rămas doar Herta. Apoi a venit ziua când am văzut ultimul client care a plasat ultima comandă. Uitasem, probabil intenționat, cine era. Cu toate astea, mi-am amintit ce a cerut: un costum, ceva comod și mohorât, din lână albastru-închis. Părea să se potrivească.

În ultima zi când salonul a fost deschis clienților, am urmărit de la fereastră cum un grup de soldați supraveghea trei femei în vârstă care curățau strada. Acestea purtau eșarfe de lână pe cap. Mulțimea se uita. Două dintre ele plângeau, una, nu. Avea gura perfect închisă, ca un portmoneu; nu părea speriată. În sfârșit, femeilor li s-a permis să plece. Mulțimea s-a risipit, femeile s-au împleticit să ajungă la bagajele lor, care erau împrăștiate de-a lungul străzii.

Am vândut ce am putut: mașinile de cusut, sulurile de materiale și corpurile de iluminat. A fost o vânzare în regim de urgență și era umilitor să vezi cum oamenii de afaceri ticăloși adunau cu dispreț lucrurile pe care Gustav le concepuse cu atâta grijă și pe care Hoffmann le realizase la fel. Unii dintre ei nici măcar nu știau cine au fost Hoffmann sau Klimt.

Apoi au venit bărbații cu camioanele, ca să care rămășițele: manechinele goale ale croitoreselor, acum bune de pus pe foc, și mesele și scaunele stricate.

Helene a sortat hârtiile. Încă erau facturi de socotit și de plătit, formulare fiscale de depus, bilanțuri de completat. Avea să ne ia câteva luni să trecem prin ele, chiar dacă nu mai țineam deschis pentru afaceri.

După încărcarea gunoiului, bărbații au plecat cu mormanul imens de lucruri, iar Herta s-a dus printre grămezi să vadă ce a mai rămas. O movilă era de aruncat, cealaltă, de păstrat. Cea de aruncat era de trei ori mai mare decât restul. Erau pedale de la mașinile de cusut și pinole; pălării nevândute și eșarfe și fuste; role de ață lila, de culoarea chihlimbarului și turcoaz; pachete de ace; ornamente de toate felurile: blană, broderie, dantelă, panglici. Erau și mărgele mici din onix, care semănau cu semințele de măr, paiete opalescente, pene de struț vopsite roz, piepteni din lemn, sculptați minuțios.

Și cam aici se termina. Totul era vândut, hârtiile, îndosariate, banii, în bancă. Am fost lăsate în apartamentul urât și înghesuit. Ne-am oferit voluntare să coasem uniforme. Cel puțin, aveam o ocupație.

Am trăit modest alături de Helene, într-un apartament mic de la etajul al patrulea, fără lift, pe strada Mariahilfer și am încercat să nu ne gândim la trecut. Până a venit în vizită Carl Moll.

26

Carl tocmai fusese numit ministrul Culturii, un post foarte important. Citisem despre asta în ziare. Nu am sperat niciodată să-l mai revăd; trecuseră ani. Dar iată-l aici, în vestibulul apartamentului nostru ponosit.

Era un loc oribil. Pereții de un gri șters se cojeau. Podeaua avea denivelări, iar ferestrele erau murdare. Având mobila făcută la Atelierele Vieneze, nu ne-am îndurat să ne despărțim de întreaga harababură așa că totul era stânjenitor de înghesuit. Mesele erau puse peste pian, iar cărțile, îngrămădite în vitrină. În loc să avem curaj și să ne legăm câte un cordon de mijloc și să agățăm de fereastră o găleată și o cârpă sau să fim descurcărețe și să punem tapiserii pe pereți, ca să acoperim petele de la apa infiltrată, sau să aruncăm niște cârpe pe jos ca să acoperim nodurile, noi am stat o vreme și am plâns după salonul pierdut, după covoarele gri din fetru, după tapetul din mătase, apoi am renunțat complet la ideea de a trăi într-un loc frumos, așa cum era cândva.

Ca să înrăutățim și mai mult lucrurile, tot ceea ce aveam în casă era o linguriță de cafea și câțiva biscuiți digestivi, pe care încă îi țineam în dulap fiindcă niciuneia dintre noi nu îi plăceau. Helene mi-a șoptit scurt din prag că, dacă l-aș ține câteva minute de vorbă, ar putea să facă ea niște brioșe. Niciodată nu fusese dificil să-l ții pe Moll de vorbă.

Părul lui, cândva blond, era aproape alb acum, dar încă reușea să umple camera cu mărimea și personalitatea lui exuberantă. Și-a desfăcut brațele în timp ce vorbeam, ca și cum ar fi vrut să mă îmbrățișeze.

— Emilie, a trecut mult timp. Niște prieteni vechi ca noi nu ar trebui să lase să treacă atâția ani.

Mă întrebam de ce venise. Îl văzusem doar de câteva ori în ultimii douăzeci de ani, ultimii dinainte să mă duc la galeria lui ca să văd picturile unui tânar artist care-mi plăcea.

— Mergem să mâncăm un sendviș la o cafenea aproape în fiecare seară, i-am spus, într-un fel ca să mă scuz, când Helene a adus cafeaua slabă, fără frișcă, fără zahăr. Două femei bătrâne, fără nimeni care să le poarte de grijă, tind să devină leneșe când vine vorba de gătit.

— Prostii! Mereu ai fost foarte ospitalieră, a continuat, apoi a scos o scrisoare din buzunar. E de la Alma.

Alma fugise din Austria în California cu cel de-al treilea soț, un dramaturg care acum scria scenarii la Hollywood. Eu și Carl eram amândoi nedumeriți referitor la ceea ce presupunea un scenariu, dar era clar că Franz avea destul succes.

— A întrebat de tine, a spus el, luându-mi vorbele din gură. Uite aici e, întreabă dacă ai reușit să-ți menții afacerea și dacă tu și rochiile tale ați rămas la fel de frumoase cum erați odată.

— Trebuie să-i fie teribil de dor de casă, ca să scrie lucruri atât de drăguțe despre mine.

— Nu, nu, a râs Moll ușor. Alma te adoră.

— Ce a spus despre California? l-am întrebat pe Moll, mirându-mă de ce îi scria tatălui vitreg.

Se simțea puțin din dragostea pierdută dintre ei, mai ales acum. Totuși, speram să citească mai mult din scrisoare. Apoi a întors paginile.

— Lumina de aici este extraordinară, pare să cadă peste tot în același timp, ce bucurie ar fi pentru un pictor! Din păcate, eu nu sunt, nici Franz, dar ne gândim mereu la prietenii noștri artiști și la cât de mult le-ar plăcea. Locuim într-un bungalow cu tencuială din stuc galben, care îmi amintește puțin de căsuțele din suburbii, dar bineînțeles că niciuna nu are piscină sau portocali și copaci de avocado.

— Alma a fost întotdeauna cea care a strălucit, i-am mărturisit eu.

Era ciudat cât de mult voiam să vorbesc despre Alma de vreme ce altădată aș fi fost absolut bucuroasă dacă ar fi căzut în crevasa unui munte și ar fi dispărut astfel pentru totdeauna. Dar Moll a pus scrisoarea deoparte.

— Alma știe că n-o să se întoarcă niciodată în Austria. Se gândește la viitor. Întotdeauna a fost mai puțin romantică decât tine.

— De ce ai venit, Carl?

— Să-ți cer să ni te alături la construirea unei noi Viene. O Vienă care o să fie cea mai prosperă și mai frumoasă dintre toate capitalele Europei.

Am râs cu amărăciune, după câte se pare, singurul mod în care mai râdeam acum.

— Mi-a plăcut vechea Vienă. Am avut un salon de modă.

— Ți-ai construit succesul pe un fundament fals. Nu era de mirare că nu a supraviețuit. Îți cer să începi din nou. Cum se cuvinte, de data asta. Guvernul e dispus să te ajute.

Am încercat să înțeleg ce spunea.

— Să fiu creatoarea de modă oficială a noului gurvern?

Suna absurd.

— Dar cum pot hainele mele să vă servească drept propagandă?

Pentru prima oară, a părut deranjat.

— Cuvântul ăsta, propagandă. Zici că ai ascultat un post de radio britanic. Tot ce-ți cer este să redeschizi. Sub auspiciile noastre.

— Și cine o să fie noile mele cliente? Cele vechi sunt moarte sau în exil.

— Nu este moartă niciuna, Emilie, a spus Moll cu blândețe. Clientele tale capricioase te-au abandonat în favoarea lui Horst Gernbach, asta-i tot, a continuat și m-a bătut pe mână cu înțelegere. Noi o să te ajutăm. Poți să le îmbraci pe soțiile tuturor celor din guvern.

Era un gând înfiorător. Îi văzusem pe bărbații din guvern. Totul era urât la ei, începând de la ochi, continuând cu buzele, până la modul în care mergeau. Uniformele lor erau monotone, cu niște decorații dezolante. Nici nu voiam să-mi imaginez cum arătau soțiile lor. Ca să-i închid gura lui Carl i-am spus că o să mă mai gândesc. Dar el nu terminase de vorbit. Mai era ceva. Voia să ia câteva picturi care se aflau în posesia mea ca să i le arate lui Hitler. Nu picturile mele. Picturile care se aflau în „posesia mea". Ca și cum eu doar aveam grijă de ele cât timp adevăratul proprietar era plecat. Moll monta o mare expoziție de artă germanică, iar, după cum se pare, Führerul fusese multă vreme interesat de lucrările lui Gustav.

— Führerul este un mare patron de artă. Știi că la un moment dat s-a gândit că ar putea deveni chiar el un artist. Din fericire pentru noi, a apucat un alt drum, dar sensibilitatea lui artistică este încă puternică.

— Arta lui Gustav nu are caracter politic. Voi toți ar trebui să știți asta.

— Orice artă are caracter politic. Voi toți ar trebui să știți asta.

— Lucrările lui Gustav îmi aparțin.

— Nu cumva ești puțin egoistă, Emilie? Bineînțeles că înțeleg de ce, înțeleg perfect...

A făcut o pauză când a intrat Helene cu biscuiții. Nu cernuse bine făina și nu mai era decât foarte puțin gem pe fundul borcanului, dar Moll părea că nu observă toate aceste lipsuri. Și-a pus patru biscuiți pe farfurie și a scos cât gem a putut cu lingurița de cafea.

— Dar oamenii merită să vadă munca lui Gustav.

— Ce spui de muzee? Împrumută de la ele.

S-a aplecat în scaun, iar lăcomia lui de curator a început să iasă la suprafață.

— Dar astea sunt proprietate personală, atât de puțin știute! Cu mult mai semnificative, cu mult mai interesante.

Deși Moll știa că nu trebuia să aibă permisiunea mea ca să ia picturile, iar el știa că eu știu, dar încă încerca să mă convingă. Nu stătuserăm noi în cafenele și nu născociserăm împreună Secesiunea?

— Gustav și-ar fi dorit să mi le dai pentru expoziție, Emilie. Este important pentru reputația lui artistică ca aceste picturi să fie văzute la prezentare. Nu vrei ca el să fie uitat.

— Gustav nu o să fie niciodată uitat. Niciodată nu o să permit să se întâmple asta.

— Nu ține de tine. Dacă vreau, pot să confisc toate lucrările și să le distrug.

Și iată-ne aici. Stăteam mută, iar el îmi privea chipul de parcă acolo era scufundată toată informația.

— Dacă mi-l amintesc bine pe Gustav, și nu printr-un labirint de sentimente, era un artist și voia ca munca lui să fie văzută. Nu-l interesa unde sau de ce.

Moll era puternic. Eu eram un nimeni. Nu-mi dădusem seama până atunci de cât de precară era poziția mea. Era în pericol oricine avea ceva ce ei își doreau. Nu mă gândisem până acum că eu aveam.

Apoi, dintr-odată, am simțit o dorință teribilă să râd și Gustav să fie aici, să se bucure și el de glumă. Toată viața, munca lui fusese condamnată, pe motiv că era urâtă și periculoasă, iar acum voiau să o sărbătorească ca pe o mare realizare a poporului.

La început, nu agățasem nicio lucrare în apartament. Cumva, părea o insultă adresată muncii lui. Le-am păstrat pe toate împachetate și depozitate în dulapuri, iar unele picturi mai mari erau sprijinite de pereții din dormitorul meu. Apoi mă înduioșasem și am agățat un tablou cu un peisaj pe peretele opus patului, de unde puteam să-l privesc mereu. Era cu un câmp de maci din Attersee, care îmi amintea de după-amiezele însorite și de plimbările amețitoare la țară.

L-am condus pe Moll în cameră şi l-am urmărit cum îl studia. Am scos tot din dulap şi am rămas pe pat în timp ce el despacheta fiecare tablou în parte, copiind titlurile într-un carneţel cu coperte de piele. Mai erau patru picturi cu peisaje de la ţară, de lângă Attersee. Portretul nepoatei mele când nu era decât o fetiţă. Portretul meu în pastel de când aveam doisprezece ani. Picturile *Speranţa I* şi *Speranţa II*. Desene cu friza Casei Stoclet. Desene pentru panourile de pe tavanul universităţii.

— O să vină mâine cineva să le ridice, a spus când a terminat.

— O să le mai văd vreodată?

— Poţi veni la expoziţie.

— Apoi?

— O să vedem.

Am discutat despre asta cu Helene. Am încercat să ne gândim la cineva pe care îl cunoşteam în guvern şi la care puteam apela. Dar plecaseră toţi.

— Ce s-a întâmplat cu Moll? se întreba Helene. Când a deschis prima oară galeria, a încercat să expună numai lucrări controversate, dar cu greu a găsit ceva să arate lumii.

— Acum toţi vor putea să vină la expoziţie. Doar scopul s-a schimbat.

Soldaţii au venit, aşa cum a promis Moll, şi au luat tot. Cum am putut să-i las? Aveau arme, dar nu m-ar fi omorât. I-am lăsat să le ia. Un curator de excepţie, protector. Timp de o săptămână, m-am holbat pe fereastră. Apoi am văzut că se opreşte un camion militar, iar Moll a coborât din el.

— S-a răzgândit în legătura cu expoziţia, mi-a spus din prag, în timp ce soldaţii duceau picturile înapoi în apartament.

Le transportau cu neglijenţă, lovind obiectele din jur, apoi le aruncau pe podea ca pe nişte saci de grâu.

— De fapt, nu expoziţia, cât faptul că nu mai vrea să includă operele lui Klimt.

A făcut-o să sune ca și cum Gustav era cineva dintr-o carte de istoria artei, ca Dürer sau David, cineva mort de mult, nu cineva pe care îl cunoscuse.

M-am holbat la el.

— Noi... ăăă... am adunat câteva lucrări de la alte persoane, a spus Moll. O mulțime de portrete. Bineînțeles, a vrut să știe cine erau cei din portrete.

Apoi am înțeles. Margaret Stonborough-Wittgenstein. Amalie Zuckerkandl. Adele Bloch-Bauer, Serena Lederer, Hermine Gallia.

— Chiar dacă tablourile de la tine nu erau... controversate, nu le-a vrut.

Pentru o clipă, m-am gândit că avea de gând să mă pună să le ard.

— Ce s-a întâmplat cu celelalte picturi?

— Nu-ți face griji pentru ele, mai bine fă-ți pentru tine. Ești investigată acum. Toate documentele financiare ale salonului ar putea fi confiscate.

— Pentru ce? Care sunt acuzațiile?

— Ai putea fi arestată în orice clipă. Nu contează ce spun eu. Dacă ai încercat să-ți depui formele să emigrezi, le voi urgenta.

Încerca să fie bun cu mine. Dar nu-i eram deloc recunoscătoare.

— Viena este casa mea.

— Nu dacă nu vrei să intri la pușcărie.

Singura întrebare era unde să mă duc. Helene voia la Paris, dar să trăiesc în străinătate în exil, să nu mai văd niciodată Austria, să-l las pe Gustav în urmă era de neconceput pentru mine. Apoi m-am gândit la Attersee. Este o zonă rurală, slab populată. Dar era îndeajuns de departe? Le-am scris câteva scrisori vecinilor noștri, care ne-au anunțat că orașul era liniștit.

Așa că am venit. În magazie sunt lemne de foc făcute stivă până la înălțimea umărului, iar în dulapuri, cuverturi cu duiumul. Avem conserve bune și un vecin foarte amabil. Putem să ne adăpostim aici pentru totdeauna.

Când eram în Viena, în apartamentul meu întunecat și urât, obișnuiam să mă uit la tabloul cu câmpul de maci, aducându-mi aminte fiecare mâzgălitură roșu-intens, rememorând cât de fericită fusesem când l-a pictat Gustav. Uneori aproape că-mi venea să plâng de dorul lui, de dorul zilelor la Attersee. În mod ironic, acum că sunt aici, atât de aproape că pot să merg cincisprezece minute și să ajung în locul unde stătea el, acele vremuri par mai îndepărtate ca oricând. Câmpul este ud și doborât. Nu e timpul macilor acum.

27

Kammer am Attersee
6 aprilie 1945

Ieri rușii au ocupat Badenul. În timpul nopții am auzit avioanele bâzâind ca niște insecte perfide. Mi-am înfășurat pătura de jur-împrejur și m-am dus la fereastră. Era o noapte limpede, iar luna le scălda în lumina ei. Din când în când apăreau, foarte încet, atât de încet încât puteam să disting literele chirilice de pe laterale. Desigur, nu aveam cum să le citesc. Am coborât în hol să o trezesc pe Helene. Stătea întinsă pe spate cu ochii larg deschiși.

— Hai să mergem în pivnița de cartofi! i-am spus, trăgând-o de braț.

Mi-a răspuns că, dacă într-adevăr vor să ne bombardeze, pivnița nu o să ne fie de niciun ajutor, iar dacă nu vor asta, atunci, putem să stăm foarte bine în pat, la căldură. M-a lăsat totuși să o trag din pat, târând pătura pe jos ca pe trena unei mirese.

Avioanele, cu zgomotul lor asurzitor, erau chiar deasupra noastră, dar nu pentru noi făceau asta. Zburau spre est. În câteva minute nu mai era niciunul, așa că ne-am întors în pat, la ce a mai rămas dintr-o noapte de nesomn.

Dimineața am dat drumul la radio, dar nu am prins niciun semnal, așa că am stat să citim pe terasă sau prefăcându-ne că facem asta. Așteptam. La umbră era mai răcoare, aşa că amândouă stăteam înfăşurate în pături afgane, ca nişte coconi.

Unul dintre băieţii lui Heitzmann ne aducea scrisorile din oraş, cel mai mic, Peter parcă îl chema, un copil deşirat şi pistruiat de opt sau nouă ani, care întotdeauna avea vreun pai sau vreo frunză în păr şi firimituri în colţul gurii. De obicei, băiatul rămânea tăcut pe trepte, până ce îi remarcam sosirea, dar acum i-am auzit strigătele dinainte să apară dintre copaci. Alerga ca un mânz, cu mâinile goale fluturându-i pe lângă corp. A strigat, aproape triumfal, că Viena era în flăcări.

Nu a fost niciodată acolo, bineînţeles. Nu a văzut feţe familiare, străzi familiare. Se gândea la avioane, la explozii şi, poate, la posibilitatea de a vedea un soldat rus. Sau poate pe cineva care să sară cu paraşuta dintr-un avion care se prăbuşea. El şi fraţii lui se joacă de-a războiul pe lângă hambare şi nu înţeleg de ce mama lor îi pedepseşte când îi găseşte acolo.

Auzise de bombardamente la radioul lui cu unde scurte, pe un post din Elveţia. Cartiere întregi ard în flăcări, dar nu poate să-şi amintească care anume, indiferent de înverşunarea cu care stăruiam, cu păturile aruncate într-o parte, cu mâinile venoase scuturându-l de guler. S-a dat câţiva paşi în spate, puţin speriat. Cele din est, poate, a bălmăjit el, încercând să ne liniştească, sau cele din sud. Casa Operei, cel puţin, ştia că era acum distrusă. Auzind asta, Helene s-a prăbuşit în scaun. Şi Dunărea. Dunărea este în flăcări, a continuat el.

Mi-am imaginat carburantul strălucitor aruncat pe deasupra apei. Trebuie să fie frumos focul ăsta lichid. Mi-aş fi dorit să fiu acolo să-l văd.

Helene i-a dat băiatului comisionul obişnuit, deşi a uitat de turta dulce, făcută cu ultimele provizii de zahăr. După ce a plecat, am intrat în casă şi ne-am îngrămădit amândouă lângă radio, dar postul din Viena fusese aparent scos şi părea că nimeni nu știa mai mult decât știam noi. L-am lăsat așa și am așteptat. Erau vești rele pentru noi, opera era destul de aproape de apartamentul nostru, la o distanță mai mică de doi kilometri. Am vorbit despre Herta și despre casa noastră și mi-am adus aminte de picturi. M-am gândit la muzeul de artă – era oare acoperit de flăcări, oare frescele pe care le pictase Gustav la începutul carierei se transformaseră acum în cenușă? Am sperat ca atelierul lui Gustav, care era destul de departe, să fie în regulă, dar oare ce se întâmplase cu Casa Piccola, atât de aproape de centru? Chiar dacă salonul era închis de mult, nu aș suporta să văd clădirea distrusă. Apoi mi-am dat seama că nu aș putea să văd ruinată nicio bucățică din Viena, dar sentimentele mele nu aveau cum să facă vreo diferență. Bombele vor cădea oricum.

Asta se întâmpla cu câteva zile înainte să ajungă o scrisoare. E o poveste lungă despre cum a reușit să ne găsească, cu un sistem poștal suspendat și un oraș cufundat în haos, dar stăteam acolo, lângă grădina de legume, în timp ce băiatul lui Heitzmann îmi povestea despre cum un bărbat care se plimba călare aproape că a fost călcat de un batalion de soldați care se îndreptau în direcția opusă și singurul lucru la care puteam să mă gândesc era oare ce informații ascundea plicul.

Hârtia din plic este scorojită de ploaie, iar cerneala, ștearsă. Scrisul de mână al Hertei era tremurat chiar și în cele mai bune vremuri, dar pot să-mi dau seama ce e important de știut.

Apartamentul este distrus. Clădirea a fost lovită direct de o bombă, spune ea. Atentatul a fost puternic, iar echipajele care se ocupau de stingerea incendiilor nu au reușit să ajungă la timp în zonele afectate ca să împiedice focul să ardă totul din temelii. S-a dus acolo a doua zi de dimineață, când ruinele erau încă fierbinți, și și-a ars mâinile căutând lucruri de-ale noastre, dar tot ce a reușit să găsească au fost câteva tacâmuri şi cioburile uneia dintre lămpile noastre. Nu a menţionat nimic de picturi.

Deci s-a întâmplat ce se putea mai rău. Există un anume sentiment de uşurare în astfel de cazuri. Nu mai avem de ce să ne îngrijorăm; acum pot să mă concentrez pe realitate, nu pe evenimente neprevăzute. Pot să mă reaşez, să exist într-o lume fără anumite opere de artă. Încerc să mi-o imaginez pe micuţa Herta căutând prin dărâmăturile fumegânde, încercând să ne salveze lingurile.

Nu vreau ca băiatul, care îşi aşteaptă răbdător bănuţii, să mă vadă suspinând ca un copil. I-am întins hârtia lui Helene fără să scot un câvânt. Nu pot să rostesc cuvintele cu voce tare.

— E un miracol că nu a fost ucisă, spune într-un final Helene.

În vocea ei se simte durerea, dar se ridică şi-mi citeşte partea în care este descrisă soarta vecinilor noştri. Profesorul Weigel şi soţia lui, cei de vizavi, au fost ucişi. *Frau* Schatz a scăpat aruncându-se de la fereastră, de la etajul patru, dar s-a ales cu un picior rupt şi o fractură de bazin.

Casa Piccola nu a fost lovită. Sala Mare a Universităţii este complet distrusă, iar partea din spate a clădirii Secesiunii a explodat cu totul. Cu toate astea, cupola e încă acolo.

— Minunata căpăţână de varză! exclamă Helene.

Acum Helene plânge. Bag mâna în buzunar şi-i întind băiatului primul lucru pe care îl apuc, o bancnotă de zece şilingi. O rupe la fugă, crezând că o să-mi dau seama de greşeală şi o să-l strig să vină înapoi. Pentru el, sunt simple nume.

Sala Mare. Unde *Medicina*, *Filosofia* şi *Jurisprudenţa* trebuiau să fie agăţate.

— Altceva? o întreb pe Helene.

— Carl Moll a trecut pe la apartament acum două săptămâni şi a mutat toate picturile într-un depozit subteran.

Ne întoarcem spre casă și ne așezăm pe verandă, de unde putem să vedem lacul, dar nu scoatem un cuvânt. În colțul dinspre vest, sus, în streașină, o pereche de vrăbii își construiesc un cuib. Ele zboară fără frică, din mesteceni spre casă și înapoi, fără să ne acorde vreo atenție.

Mă uit în cealaltă direcție, spre Viena. Bineînțeles, tot ce pot să văd din unghiul în care mă aflu sunt munții și ceața atmosferică. Este o zi de aprilie enervant de călduroasă. Aerul miroase a fân, iar gândul că un război făcuse ravagii la nici două sute de kilometri pare absurd. Câteva oi merg pe drum.

Poate relatările nu sunt adevărate. Poate doar le-a auzit de la altcineva. Nu a înconjurat poliția zone mari ale orașului, instituind starea de asediu? Poate este doar un zvon ceea ce s-a spus despre Sala Mare și Casa Operei.

Scot scrisoarea din buzunar și o citesc din nou, dar ea nu a spus nicăieri că a auzit că opera a fost distrusă, așa cum speram eu. Nu a spus că i-a povestit cineva că Sala Mare este acum o ruină.

Dacă eram acolo, puteam s-o protejez, mă gândesc eu, deși știu că e absurd. A fost o lașitate din partea mea să părăsesc orașul în ultima clipă, lăsându-l în cel mai vulnerabil moment, chiar înainte de măcel, iar eu nu sunt o lașă. Aș risca să fiu împușcată ori bombardată ori lăsată să mor de foame.

Aș putea să mă întorc. Aș putea să vâslesc înapoi cu barca micuță și să mă blochez într-un canal. M-ar putea lua cineva din drum, un camion de armată care transportă o grămadă de fermieri drept prizonieri de război.

Dar sunt o lașă. Nu mă simt pregătită, nu încă, să inventariez câte clădiri au dispărut și câte nu, câte picturi au ars și câte nu. În mintea mea, Viena e încă întreagă, pot să o văd. Când o să mă simt mai puternică, o să mă întorc și o să înfrunt pierderile. Când o să se termine războiul, o să mă întorc.

Până atunci, trebuie să mă odihnesc.

Visez: pictez un tablou cu Gustav. Pânza mea este greoaie, în mărime naturală. Eclipsează toată camera. Deodată îmi pierd echilibrul și cad peste ea, dărâmând-o.

În mijlocul pânzei i-am desenat întregul chip cu un creion cu mină de grafit roșie, un desen făcut parcă de un copil. Ar putea la fel de bine să fie opera unui bolnav psihic. Deși ochii au ieșit foarte bine; aparțin unui alt desen, liniile încrucișate umplându-se cumva cu viață. Privirea lui e coborâtă spre stânga, parcă uitându-se în pictură, nu înspre lume. Lângă Gustav am desenat o caricatură a lui, un țap, cu capul susținut de un corp rotund, format din doi saci. Fundalul este acoperit de cuvinte murdare, scrise caligrafic.

Nu-mi amintesc să fi scris cuvintele astea, dar sunt aici, în fața mea. Gustav trebuie să fi făcut asta, mă gândesc. Trebuie ascunse. Încep să pictez pe deasupra cu straturi groase, strălucitoare de negru și galben. În acest timp știu cât e de naiv, că artiștii își construiesc lucrarea strat cu strat, începând mai întâi să spele pânza, căci doar așa ajung la niște culori intense, la particulele de alb și argintiu. Nu poți doar să umpli o pânză goală cu vopsea strălucitoare. O să stric totul. O să trebuiască să o iau de la capăt. Cu toate astea, dorința să ascund ce e dedesubt e mult prea puternică.

Corpul lui Gustav este deformat, mâinile sunt prea mari, fruntea îi ocupă două treimi din față și este exagerat de încruntat, întregul chip ondulându-i-se ca suprafața apei. Poartă un costum de pânză, cu model de păuni, iar picioarele îi sunt legate cu părul blond al unei femei. Pe fundal se află stele și pete și maci și războinici samurai și, inexplicabil, chipul Fecioarei Maria dintr-o pictură a lui Dante Gabriel Rossetti. Totuși, în fundalul-carusel am pictat o altă femeie, micuță și aproape invizibilă. Pe mine, desigur. Toată această muncă frenetică este obositoare, iar când pânza este plină și nu se mai vede nimic de sub stratul inițial, mă simt extrem de ușurată.

Apoi bărbatul din portret întoarce capul și se uită la mine. „Lasă-mă să ies", îmi spune. Nu mă surprinde deloc. Tai părul care îi leagă picioarele, apoi îl decupez din fundal cu spatula de pictat și el pășește în cameră, împrăștiind vopsea peste tot pe podea. Se așază pe brațul canapelei și o îmbibă cu vopseaua care începe să se prelingă pe mese și pe scaune și, imediat, urcă pe pereți ca vița-de-vie, de un roșu-intens și violet. În curând, nu pot să mai văd nimic prin toată culoarea violentă din jur, în afară de propriile-mi mâini, însă încă pot să-i aud vocea lui Gustav.

— Emilie!

NOTA AUTOAREI

A scrie ficțiune istorică reprezintă, în sine, un compromis. Adevărul *literar*, spre deosebire de adevărul *artistic*, al vieții personajelor este rar (sau niciodată) un ajutor pentru succesul plănuit al unui roman. În încercarea de a rezolva această problemă, în loc să modific faptele ca să se potrivească unei povești melodramatice sau să schimb caracterul dramatic al poveștii ca să se potrivească cu faptele, în *Sărutul pictat* am ales să mă axez pe aspectele de viață care sunt omise din înregistrările istorice sau care au trecut în obscuritate odată cu moartea personajului principal și a contemporanilor lui. Cum îl întâlnește Emilie Flöge pe Gustav Klimt, despre ce vorbesc când se plimbă pe lacul Attersee, ce gândește sau simte ea pentru el, ce gândește sau simte el pentru ea – acestea sunt lucruri pe care istoria nu ni le poate spune, însă frustrarea că nu avem cum să știm exact totul este compensată prin faptul că avem posibilitatea să ne imaginăm.

În încercarea de a fi cât mai conformă posibil cu faptele reale din viața lui Emilie Flöge, m-am bazat pe scrierea Susannei Partsch, *Klimt, Life and Work* (München, 1993), a lui Wolfgang Georg Fischer, *Gustav Klimt and Emilie Flöge* (Viena, 1987), a lui Angelica Bäumer, *Gustav Klimt: Women* (traducere de Ewald Osers, Londra, 1986), și a lui Frank Whitford, *Klimt* (Londra, 1990). Fiindcă Emilie Flöge nu a fost o artistă cunoscută sau o figură politică, menționarea ei în înregistrările istorice este extrem de vagă, mențiune care începe și se termină cu salonul ei și diversele interpretări legate de relația ei cu Klimt.

Din când în când, m-am distanțat intenționat de ceea ce știam că este adevărul literar. Anumite evenimente și oameni au fost omiși din roman din motive de simplificare (de exemplu, Emilie a avut un frate care nu apare în poveste), iar unele date au fost modificate de dragul unui efect dramatic. În roman, Klimt îi face portretul în pastel lui Emilie când ea avea doisprezece ani, dar, în realitate, desenul la care mă refer a fost făcut când ea avea șaptesprezece ani, și nu există nicio dovadă că el le-a pictat și pe surorile ei. Klimt a desenat-o pe Herta, pe atunci însărcinată, pentru pictura care s-a numit *Speranța I*, în decursul unui an sau doi, până în 1902, la data reală a finalizării, dar eu l-am pus s-o deseneze în 1890. Personajul Gerta, care apare în treacăt la începutul romanului, poate să fie oricare dintre femeile care au intrat și ieșit din atelierul lui Klimt pe parcursul acelor ani, dar restul femeilor din fragmentele scrise cu caractere cursive au existat, mai mult sau mai puțin în situațiile în care am ales eu să le prezint.

În roman apar mai multe figuri istorice – Carl Moll, Adele Bloch-Bauer, Alma Schindler. Nu pot pretinde faptul că am surprins întocmai esența lor. Carl Moll a devenit într-adevăr Ministrul Culturii în timpul ocupației naziste, dar episodul în care îi ia colecția de artă lui Emilie este pur ficțional. Descrierile despre Alma și Adele poartă, în mod necesar, amprenta perspectivei unui narator părtinitor, al cărui interes este să spună o poveste bună. Alma a declarat în memoriile sale că Gustav Klimt i-a frânt inima. Adele nu a scris o astfel de carte, iar natura relației lor este o pură speculație a mea.

Scopul ficțiunii istorice nu este acela de a reda trecutul exact așa cum a fost – o misiune imposibilă –, ci să imagineze cum ar fi putut să fie.

MULȚUMIRI

Fiecare dintre cei ce urmează a contribuit enorm la scrierea acestei cărți: Catherine Drayton, Greer Hendricks, Rosemary Ahern, Suzanne O'Neill, Michael Albin, Pierce și Alexis Selwood, Jim și Anne Hickey și, bineînțeles, soțul meu, Jonathan Selwood.